BIANCA
IOSIVONI

SORRY

ICH HABE ES NUR FÜR DICH GETAN

ROMAN

PENGUIN VERLAG

MIX
Papier | Fördert gute Waldnutzung
FSC® C014496

Klimaneutral
Druckprodukt
ClimatePartner.com/14044-1912-1001

Penguin Random House Verlagsgruppe FSC® N001967

3. Auflage

Dieses Werk wurde vermittelt durch
die Langenbuch & Weiß Literaturagentur.
Redaktion: Melike Karamustafa
Umschlaggestaltung: ZERO Werbeagentur, München,
unter Verwendung eines Motivs von ivan_kislitsin/Shutterstock.com
Satz: Leingärtner, Nabburg
Druck und Bindung: GGP Media GmbH, Pößneck
Printed in Germany
ISBN 978-3-328-10889-4

www.penguin-verlag.de

*Liebe Leser*innen,*

dieses Buch enthält potenziell triggernde Inhalte. Deshalb findet sich auf S. 393 eine Triggerwarnung. Achtung: Diese enthält Spoiler für das gesamte Buch. Wir wünschen allen das bestmögliche Leseerlebnis.

Bianca Iosivoni und der Penguin Verlag

Für dich.
Halte durch.
Kämpf weiter.

PROLOG

»Sie haben das Recht zu schweigen.«

»Ich war es nicht. Ich habe nichts damit zu tun!«

»Alles was Sie sagen, kann und wird vor Gericht gegen Sie verwendet werden.«

»Robyn! Sieh mich an. Ich war es nicht.«

»Sie haben das Recht, zu jeder Vernehmung einen Verteidiger hinzuzuziehen. Wenn Sie sich keinen Verteidiger leisten können, wird Ihnen einer gestellt.«

»Robyn!«

»Verstehen Sie diese Rechte?«

1. KAPITEL

Gegenwart
Juni

An manchen Tagen will ich die Welt brennen sehen – oder eher die Menschheit. Wenigstens ein paar ganz bestimmte Menschen. Dummerweise regnet es heute in Strömen, also wird daraus wohl nichts. Trotzdem kann ich nicht aufhören, die aktuellen News zu lesen, während der Bus viel zu langsam durch das Auf und Ab der Straßen San Franciscos tuckert. Ich bin sowieso schon viel zu spät dran, und wenn ich mich nicht ablenke, drehe ich durch. Also lieber die Schlagzeilen des Tages an diesem Junimorgen runterscrollen.

Friedensverhandlungen in Kriegsgebiet gescheitert. CO_2-Ausstoß auf neuem Rekordhoch. Weitere Raketentests in Nordkorea.

Nein, das macht es nicht besser. Seufzend klicke ich auf die regionalen Nachrichten.

Die 49ers verlieren gegen die Indianapolis Colts. Amoklauf in San Francisco. Verzögerung der Baumaßnahmen am Netz der Golden Gate Bridge trotz gestiegener Selbstmordrate. Großdemonstration von Abtreibungsgegnern fürs Wochenende angekündigt.

Okay, das reicht. Ich schalte das Display aus und lasse das Handy in meine Handtasche fallen.

Schlimm genug, dass ich verschlafen habe, mir jemand vor dem Coffeeshop seinen kochend heißen Kaffee auf meine weiße Bluse geschüttet hat und ich bei strömendem Regen ohne Schirm und Jacke unterwegs bin. An jedem anderen Tag wäre das kein Grund für einen Weltuntergang, aber da ich meiner Chefredakteurin Monique letzte Woche ungefragt einen Artikel von mir auf den Schreibtisch gelegt habe, sollte ich am Montag darauf besser nicht zu spät kommen. Erst recht nicht, wenn meine berufliche Karriere davon abhängt.

In den letzten Monaten habe ich schon öfter versucht, in der Redaktion einen Schritt weiterzukommen – bis heute ohne Erfolg. Aber bisher habe ich Monique auch noch keinen so gut geschriebenen und umfassend recherchierten Artikel vorgelegt. Und statt jetzt im viel zu lauten Großraumbüro in Tenderloin an meinem Platz zu sein wie eine Vorzeigeangestellte, sitze ich durchnässt und mit einem nicht zu übersehenden Kaffeefleck auf der Bluse noch immer im Bus und starre die dicken Tropfen an, die an der Fensterscheibe hinunterrollen.

Frustriert wische ich mir den Mascara unter den Augen weg, mache es damit aber vermutlich nur schlimmer, und rücke meine Kopfhörer zurecht. Es ist ein nebliger Morgen, aber das ist normal in San Francisco. Der Regen und das Donnergrollen, das ich trotz Musik wahrnehme, sind es dagegen weniger. Aber wenigstens passt das Weltuntergangswetter zu meiner aktuellen Stimmung.

Als der Bus nach einer gefühlten Ewigkeit endlich an der richtigen Haltestelle in der Eddy Street stoppt, springe ich auf, quetsche mich an den anderen Leuten vorbei nach draußen – und renne los.

Ich haste über die Straße, weiche einem Fahrradkurier aus, der vor einem kleinen Pizzaladen eine Vollbremsung hinlegt, und erreiche den Eingang des Hochhauses, in dem sich die Onlineredaktion des Nachrichtenmagazins neben diversen anderen Unternehmen befindet.

Ein kaltes Prickeln in meinem Nacken lässt mich innehalten. Mein Puls fängt an zu rasen. Ich bleibe instinktiv stehen und ziehe die Schultern hoch. Statt hinein ins Trockene zu gehen, mache ich einen Schritt zur Seite, um einem Mann mit Aktentasche auszuweichen, der beinahe in mich hineingerannt wäre, und drehe mich langsam um. Mein Blick zuckt hektisch umher, von der Bushaltestelle und den Shops gegenüber zu dem Pizzaladen und dem Hotel an der Ecke. Es schüttet noch immer, und ein Ende ist nicht in Sicht. Ein Blitz erleuchtet den grauen Himmel über den Wolkenkratzern der Stadt. Gleich darauf folgt ein fast schon warnendes Grollen. Doch weder die Menschen, die durch den Regen eilen, noch die beiden Obdachlosen, die in einem Hauseingang Schutz gesucht haben, scheinen mich zu beachten. Da ist nichts, was dieses warnende Prickeln in meinem Nacken rechtfertigen würde.

Höchstens Alan, der Portier in der Lobby, der mich durch die Glastüren lüstern anstarrt, obwohl er mein Vater sein könnte. Aber er starrt auch, wenn meine Bluse nicht halb durchsichtig an meinem Körper klebt.

Ich versuche das beklemmende Gefühl, beobachtet zu werden, abzuschütteln, komme aber nicht gegen den Schauder an, der zusammen mit ein paar Regentropfen mein Rückgrat hinabläuft.

Ein letzter Blick über meine Schulter, dann betrete ich die Eingangshalle. Meine Schuhe quietschen bei jedem Schritt, als ich schnurstracks an Alan vorbeimarschiere, ohne ihm auch nur einen Blick zuzuwerfen, und dabei jede Menge Tropfen auf dem teuren Marmorboden hinterlasse.

Jessica, eine der beiden Damen am Empfang, steht mit einem mitfühlenden Lächeln auf und hält mir ein paar Papiertaschentücher entgegen, die ich dankend annehme. Wenn es weiter so regnet, kann sie den ganzen Tag mit der Packung hier stehen bleiben.

Erst im Fahrstuhl wage ich es, wieder richtig durchzuatmen, und drücke den Knopf für die zweiundzwanzigste Etage. Oben angekommen, steuere ich als Erstes die Damentoiletten an, um mich abzutrocknen. Ich bin zwar zu spät, aber ich muss wenigstens versuchen zu retten, was noch zu retten ist.

Ein einziger Blick in den Spiegel genügt. Meine Haut ist bleich, und meine Augen sind gerötet, da ich eine miserable Nacht hinter mir habe. Die Bluse klebt an meinem Körper, der Regen hat den Kaffeefleck natürlich nicht einfach ausgewaschen, sondern lediglich verlaufen lassen, und mein angeblich wasserfester Mascara ist verschmiert.

Frustriert puste ich mir ein paar Haarsträhnen aus dem Gesicht. Oder versuche es zumindest, denn sie rühren sich nicht vom Fleck, da sie an meiner Stirn kleben. Seit ich sie vor etwa vier Wochen zu einem schrägen Pony habe schneiden lassen, fallen sie mir ständig in die Augen, aber jetzt liegen sie platt und mit Wasser vollgesogen an, genau wie der Rest meines dunkelbraunen Haares, der ebenfalls meiner Attacke mit der Küchenschere zum Opfer gefallen ist. Soweit ich mich erinnern kann, habe ich meine Haare immer lang getragen. Jetzt berühren sie nicht einmal mehr meine Schultern.

Irgendwie gelingt es mir mithilfe von Papiertaschentüchern und dem Inhalt meiner Handtasche, mich halbwegs wieder herzurichten und die Illusion zu erschaffen, ich wäre tatsächlich ein lebendiges und funktionierendes Mitglied der Gesellschaft. Ein Hoch auf Make-up und Ersatz-T-Shirts.

Knapp zehn Minuten später betrete ich die Redaktion, die natürlich schon voll besetzt ist. Der übliche Trubel liegt in der Luft. Menschen kommen und gehen. Es wird telefoniert, diskutiert und heftig auf die Tastaturen eingehämmert. Auf dem Weg an den vielen Tischen vorbei tue ich so, als würde ich bereits die ersten Arbeitsmails auf dem Handy lesen. Vielleicht kann ich damit überspielen, dass ich über eine Stunde zu spät komme. Wenn ich dadurch weder auffalle noch von irgendjemandem angesprochen werde, ist das ein zusätzlicher Bonus.

Allerdings kann ich nicht verhindern, dass mein Blick im Vorbeigehen Richtung Moniques Büro wandert. Durch die gläsernen Wände sehe ich, dass sie gerade telefoniert – und mein Zuspätkommen bemerkt. Verdammt. So war das nicht geplant.

Ich erreiche meinen Schreibtisch in der hintersten rechten Ecke unbehelligt, lege die Bluse zum Trocknen auf die Heizung und lasse mich auf den unbequemen Drehstuhl fallen. Geschafft! Doch gerade als ich das Handy weglegen will, vibriert es mit einer neuen Nachricht in meiner Hand.

Sie ist von Cooper.

Mein Magen macht einen kleinen Hüpfer, und mein Herz hämmert plötzlich auffällig stark. Ich hasse mich für diese Reaktion, kann aber auch nichts dagegen tun.

Wie lief es? Was hat sie gesagt?, fragt er.

Ich liege ihm seit über einer Woche mit diesem Artikel in

den Ohren, und jetzt, da ich ihn endlich abgegeben habe, will er natürlich wissen, wie das Gespräch mit meiner Chefredakteurin war.

Bevor ich antworten kann, schickt er das Bild eines Koboldmakis hinterher. Der kleine Kerl schaut mit großen Kulleraugen in die Kamera, mit den langen Fingern seiner kleinen Hände umklammert er einen Ast.

Aww, verdammt.

Bis gerade eben wollte ich noch die ganze Welt brennen sehen, aber gegen so viel Niedlichkeit bin ich machtlos. Bei süßen Tieren mit großen Kulleraugen werde ich schwach – und der Mistkerl weiß das. Wann immer ich im College wegen irgendetwas sauer auf ihn war, einen schlechten Tag oder generell einen Hass auf die Menschheit hatte, hat Cooper mir Fotos von süßen Tierbabys geschickt, und schon war alles besser.

Wider Willen muss ich lächeln, als ich ihm antworte. Dann lege ich mein Handy schnell beiseite, fahre den Rechner hoch und tue so, als würde ich schon seit Stunden hier sitzen und arbeiten.

Ich liebe diesen Job nicht – zumindest nicht die Aufgaben, die ich bisher erledigen musste. An manchen Tagen hasse ich ihn sogar. Aber er bezahlt meine Rechnungen, und wenigstens habe ich einen ganz netten Ausblick auf die Postkarten und Bilder aus der ganzen Welt, die an der Pinnwand rechts von mir hängen. Fast keinen dieser Orte habe ich selbst besucht, dafür fehlte es immer an Geld und mittlerweile leider auch an Zeit. Einige der Postkarten haben mir meine Eltern geschickt, manche stammen von den Reisen meiner Schwester Sara, und wieder andere sind von ehemaligen Collegefreunden, zu denen ich mittlerweile den

Kontakt verloren habe. Die Karten habe ich trotzdem aufbewahrt. Ich sehe sie gerne an und stelle mir manchmal vor, wie es wäre, an all diese Orte zu reisen. Allem einfach zu entfliehen und andere Menschen, Länder und Kulturen kennenzulernen. Und darüber zu schreiben.

Ich lehne mich auf dem Schreibtischstuhl zurück und versuche, einen Blick auf Monique in ihrem Büro zu erhaschen. Von der hintersten Ecke des Großraumbüros ist das kein leichtes Unterfangen, aber ich sehe sie kurz. Sie scheint noch immer zu telefonieren.

Am liebsten würde ich sofort aufspringen und sie fragen, ob sie schon eine Chance hatte, meinen Artikel zu lesen. Stattdessen reiße ich mich zusammen und kümmere mich um die vier Recherchen und die Korrekturen für die Redakteure auf meiner To-do-Liste. Ich bin sicher, dass im Laufe des Vormittags noch der eine oder andere Artikel eintrudeln wird, den ich retten, ach nein, *redigieren* soll. Es hat eine Zeit gegeben, in der sich das wie ein Sprung nach oben auf der Karriereleiter angefühlt hat. Dieses Hochgefühl ist mittlerweile vergangen. Ich habe wirklich keinen Nerv mehr, die Texte von anderen auf Hochglanz zu polieren und dabei zusehen zu müssen, wie sie das Lob und die Anerkennung dafür einheimsen.

»Immerhin keine Todesanzeigen mehr«, murmle ich und öffne das erste Dokument.

Ja, immerhin das.

Die nächsten Stunden vergehen wie im Flug, weil ich mich trotz fehlender Motivation in die Arbeit stürze. Ich sehe erst wieder auf, als ein Schatten über mich fällt.

»Hast du einen Moment?«, fragt Monique und setzt sich auf die Kante meines Schreibtisches.

Ich richte mich kerzengerade auf. »Klar.«

Es ist schon kurz vor der Mittagspause, und meine Haare sind glücklicherweise wieder getrocknet.

»Ich habe deinen Artikel gelesen.«

»Und …?«, frage ich und versuche, nicht so ungeduldig und nervös zu wirken, wie ich mich fühle.

»Ganz schön mutig, mir den einfach unaufgefordert hinzulegen. Der Text ist gut geschrieben«, sagt sie gedehnt.

Oh nein. Gleich kommt ein *Aber*. Ich weiß einfach, dass gleich ein großes, fettes *Aber* kommt.

»Aber es ist nichts, was wir in dem Format hier veröffentlichen möchten. Du bist fantastisch darin, die Arbeit der anderen Redakteure zu korrigieren, und ich möchte dich auf diesem Posten behalten. Fürs Erste«, fügt sie mit einem gönnerhaften Lächeln hinzu und steht auf.

Ich kann nur auf einen unsichtbaren Punkt in der Luft starren, während meine Gedanken rasen.

Journalistin zu sein, war schon immer mein großer Traum. Und jetzt habe ich meine erste richtige Chance in den Sand gesetzt? Nein, verdammt. Ich bin gut darin, die Texte von anderen zu redigieren, aber ich weiß, dass ich so viel besser sein könnte, wenn ich meine eigenen Artikel schreiben dürfte. Wenn man mich endlich lassen würde.

Ich sehe zum gläsernen Büro, in dem Monique wieder verschwunden ist. Ich könnte einfach reinmarschieren, ihr die Meinung sagen und kündigen. Aber ich brauche das Geld. Außerdem wäre es eine Lüge, wenn ich behaupten würde, dass ihre letzten beiden Worte nicht meinen Ehrgeiz angestachelt haben. Ich weiß, dass ich es kann. Ich muss es nur noch beweisen.

Auf dem Weg zur Kaffeemaschine im Pausenraum stelle

ich in Gedanken einen Plan zusammen, als mir ausgerechnet Brendan entgegenkommt. Journalist in den Fünfzigern, Arschloch und – seiner Meinung nach – Gottes Geschenk an die Menschheit. Bevor ich eine Kehrtwende machen kann, hat er mich schon entdeckt.

Dieser Tag wird einfach nicht besser.

»Hey, Claymore«, begrüßt mich Brendan mit einem breiten Grinsen, das andere als charmant einstufen würden. Auf mich hat es schon immer aufgesetzt gewirkt. Könnte daran liegen, dass ich es nur zu sehen bekomme, wenn er etwas von mir will. So wie heute. »Lange nicht gesehen.«

»Ja, war schön.« Ich gehe seelenruhig an ihm vorbei zur Kaffeemaschine.

Er starrt mir einen Moment lang irritiert nach, dann lacht er übertrieben laut und folgt mir.

Wir sind allein im Pausenraum. Alle anderen werden erst in zehn, fünfzehn Minuten wie hungrige Zombies hier hereinstürmen. Obwohl mir Brendan nie mit mehr als seiner arroganten Art auf die Pelle gerückt ist, verspannen sich automatisch meine Schultern. Ich versuche, es mir nicht anmerken zu lassen, sondern bereite weiter in scheinbarer Seelenruhe meinen Kaffee zu. Dabei verfluche ich mich in Gedanken dafür, dass ich ihn nicht einfach schwarz trinke, sondern Hafermilch und Zucker dazu brauche.

»Der war nicht schlecht.« Brendan lehnt sich neben mich gegen die Arbeitsplatte. »Ich hatte ganz vergessen, was für ein Scherzkeks du sein kannst.«

Das glaube ich gern. Die meisten Leute denken, ich würde Witze reißen, dabei bin ich nicht mal besonders lustig, sondern nur brutal ehrlich.

»Was willst du – außer deine und meine Zeit noch länger

zu verschwenden?«, knurre ich in der Hoffnung, ihn möglichst schnell wieder loszuwerden.

»Gut, dass du fragst. Monique hat meinen letzten Artikel abgelehnt. Er ist zu lang. Zu viele Füllwörter. Du musst ihn noch mal überarbeiten.«

Ich wünschte, ich wäre überrascht, aber das bin ich nicht. Der Text war grottenschlecht, und nicht mal ich kann aus einem Misthaufen Gold spinnen. Von der katastrophalen Recherche mal ganz abgesehen. Allerdings habe ich schon früh in diesem Job gelernt, den Mund zu halten und meine Arbeit zu machen, wenn ich nicht gefeuert werden will.

Zumindest der Part mit der Arbeit klappt bisher ganz gut.

»Ich sehe, was sich machen lässt«, gebe ich widerwillig nach und gieße die aufgeschäumte Hafermilch auf meinen Espresso. Wahrscheinlich werde ich diesen blöden Artikel von Grund auf neu schreiben müssen, weil er einfach nicht zu retten ist. Und dann wird Brendan das ganze Lob dafür einheimsen. Wie jedes Mal. Während mein eigener Text nicht mal veröffentlicht wird …

Frustration brodelt in mir hoch. Ich habe nicht fünf Jahre am City College und in Berkeley studiert und acht Monate in diesem Höllenloch überstanden, um für den Rest meines Lebens die Drecksarbeit für andere zu erledigen.

Es könnte schlimmer sein, meldet sich eine leise Stimme in meinem Kopf, und ich erstarre. *Es könnte so viel schlimmer sein.*

Ohne ein weiteres Wort stürme ich an Brendan vorbei aus dem Pausenraum, durchquere das Großraumbüro, ohne nach links und rechts zu sehen, und stürze mich geradezu auf mein Handy. Ich will mir noch mal das niedliche Foto anschauen, das Cooper mir geschickt hat.

»Robyn Claymore?«, ertönt plötzlich eine fremde Stimme.

Ich zucke zusammen und reiße den Kopf hoch. »Ja?«

Eine unbekannte Frau steht neben meinem Schreibtisch. Sie scheint Ende dreißig, Anfang vierzig zu sein, hat das glatte schwarze Haar zu einem strengen Pferdeschwanz zurückgebunden und trägt einen langen Mantel, auf dessen Schultern ein paar Regentropfen glänzen. Auf den ersten Blick wirkt sie völlig normal und so wie jede andere, die für ein Interview oder ein Bewerbungsgespräch in die Redaktion kommt. Was nicht normal wirkt, ist ihre ernste Miene. Und das Polizeiabzeichen an ihrem Gürtel.

»Mein Name ist Detective Vicario«, stellt sich die Frau vor. »Ich bin vom San Francisco Police Department.«

Mein Herz beginnt zu hämmern. Ich muss sofort an meine Schwester und meine kleine Nichte denken. An Cooper. An meine Eltern.

»Ist … Ist irgendetwas passiert?«

»Ich würde gerne mit Ihnen reden, Miss Claymore.« Eine kurze Pause. Und dann: »Es geht um Ihren Lebensgefährten Julian Richardson. Er wurde heute Morgen als vermisst gemeldet.«

2. KAPITEL

Zweieinhalb Jahre zuvor
Januar

Das gleichmäßige Prasseln draußen vor dem Wohnheim sollte eigentlich einen beruhigenden Effekt auf mich haben, leider übertönte es die Gedanken in meinem Kopf nicht. Oder vielmehr die heftige Diskussion, die ich bis vor wenigen Minuten geführt hatte.

Ich stand unter dem Vordach vor dem Eingang und verschränkte die Arme vor der Brust. Um mich vor der Kälte zu schützen? Oder eher, um mich zu beruhigen? Ich wusste es nicht.

»Überlegst du, eine Runde durch den Regen zu joggen?«

Ich drehte mich nicht zu Cooper um, sondern starrte weiter auf die anderen Gebäude, in denen mittlerweile Licht hinter den Fenstern angegangen war, und auf die vorbeifahrenden Autos, die im Regen verschwommen aussahen.

»Nein«, rang ich mir schließlich eine Antwort ab. »Eigentlich wollte ich mir die Kleider vom Leib reißen und nackt im Regen tanzen.«

Ein gedämpftes Lachen. »Immer diese leeren Versprechungen.« Er trat näher und blieb neben mir stehen. Cooper war ein ganzes Stück größer als ich – sogar wenn ich Schuhe mit

Absätzen trug, was selten genug vorkam, da ich in den Dingern nicht richtig laufen konnte.

Ich warf ihm einen schnellen Seitenblick zu. Sein kurzes braunes Haar war feucht und wirkte dadurch dunkler als sonst. Anscheinend war er durch den Regen hierhergelaufen, denn er wohnte schon seit einer Weile nicht mehr im Wohnheim. Im Gegensatz zu mir, die noch immer reglos und völlig verkrampft dastand, wirkte er so entspannt wie nach einer seiner heiß geliebten Sporteinheiten. Er wippte sogar leicht auf den Fußballen vor und zurück, als könnte er seine Energie kaum im Zaum halten.

»Alles okay?«, fragte er, als ich nicht auf seinen Spruch reagierte.

Normalerweise gingen unsere Wortgefechte über mehrere Runden. Heute nicht.

»Ja.« Die Antwort kam mir automatisch über die Lippen. Ich musste nicht mal darüber nachdenken.

»Versuchen wir das noch mal, und jetzt sagst du mir die Wahrheit.«

Ich schnaubte nur.

»Was ist los, hm?« Er stieß mich mit der Schulter an. Eine Schulter, die er mir schon mehr als einmal zum Anlehnen und Ausheulen angeboten hatte. Ein Angebot, das ich nie so richtig angenommen hatte, da ich es hasste, andere mit meinen Problemen zu belasten. Dafür war ich schon einige Male abends auf dem Sofa mit dem Kopf an ebendieser Schulter eingeschlafen.

»Nichts.« Als ich die Zweifel in seinen braunen Augen las, seufzte ich tief. Wem versuchte ich hier eigentlich etwas vorzumachen? Cooper war mein bester Freund. Er wusste um das komplizierte Verhältnis zu meinen Eltern. »Meine

Mutter macht schon wieder Stress. Ich hab gerade mit ihr telefoniert und wir hatten Streit. Mal wieder.«

Mittlerweile sollte ich mich wirklich daran gewöhnt haben, schließlich hatte Mom nie ein Geheimnis daraus gemacht, was für eine große Enttäuschung ihre Töchter für sie waren. Hieß es nicht, dass man irgendwann aus seinen Fehlern lernte? Aber es tat jedes Mal aufs Neue weh.

Falten erschienen auf Coopers Stirn. »Wegen dem Studium?«

»Ja, weil ich es gewagt habe, mich fürs Herbstsemester in Berkeley zu bewerben, um nach dem City College dort weiterzustudieren, statt mir endlich einen Job zu suchen. Ich glaube, insgeheim hofft sie immer noch, dass ich endlich zur Besinnung komme und etwas *Vernünftiges* studiere. Bei Sara hat sie zähneknirschend akzeptiert, dass aus ihr nie eine Ärztin, Anwältin oder CEO wird, aber mich erinnert sie täglich daran, dass sie so viel mehr von mir erwartet hat. Hey, manchmal sogar zweimal am Tag!«, fügte ich in gespielter Begeisterung hinzu. »Und als ich erwähnt habe, dass ich darüber nachdenke, mir nach dem Abschluss in zwei Jahren eine Auszeit zu nehmen und zu reisen, statt mir sofort einen Job zu suchen, ist das Gespräch komplett eskaliert.«

»Wow.« Cooper schüttelte den Kopf. »Wie kannst du es wagen?«

»Ach, sei still.«

»Aber du wirst es trotzdem durchziehen? Das Studium verlängern, meine ich, und danach reisen?«

Ich atmete tief durch, dann nickte ich entschlossen. »Auf jeden Fall. Ich spare schon seit Jahren dafür. Selbst wenn das bedeutet, dass Mom die nächsten Wochen nicht mehr mit mir redet.«

Das strafende Schweigen beherrschte sie wirklich bis zur Perfektion. Als ich mit dreizehn von einem Treffen mit Freunden zu spät nach Hause gekommen war, hatte sie eine Woche lang kein Wort mehr mit mir geredet. Nicht morgens vor der Schule, nicht danach, nicht mal beim Abendessen. Sie hatte mich behandelt, als wäre ich Luft, als würde ich nicht existieren, während sie sich fröhlich mit Dad und meiner Schwester Sara unterhielt. Danach war ich nie wieder zu spät nach Hause gekommen. Aber allem Anschein nach hatte ich meine Lektion trotzdem nicht gelernt, denn ich hoffte jedes Mal aufs Neue auf eine andere Reaktion ihrerseits. Verständnis oder Unterstützung wären eine nette Abwechslung. Mit Liebe oder stolzen Muttergefühlen rechnete ich bei ihr schon lange nicht mehr.

»Nicht traurig sein, Claymore. Es gibt genug andere Leute da draußen, denen du wichtig bist und die dich lieben. Definitiv nicht ich, aber … du weißt schon. Andere.«

Wider Willen musste ich lachen und sah zu ihm hoch.

Cooper grinste, wodurch dieses Grübchen in seiner Wange erschien, wurde dann jedoch langsam ernst. »Es ist *dein* Leben, Robyn. Ganz egal, was deine Eltern oder andere davon halten. Du allein entscheidest, was richtig und was falsch für dich ist.«

Ich atmete tief durch. »Sag das meiner Mutter, die meine Studiengebühren bezahlt. Wobei … ab sofort tut sie das ja nicht mehr, also kann ich mir auch gleich einen zweiten Nebenjob suchen.«

»Weißt du, was wir machen sollten?«

»Irgendwohin auswandern, wo uns niemand kennt und nervt?«

Er grinste. »Das ist die zweitbeste Idee.«

»Ich traue mich gar nicht zu fragen, was die beste ist.«

Cooper war in unserem Freundeskreis bekannt für seine verrückten Ideen. Mitten in der Nacht an den Strand fahren und im viel zu kalten Meer schwimmen gehen? Check. Im Morgengrauen auf das Dach eines Hochhauses steigen, das für die Öffentlichkeit gesperrt ist? Check. Freitagabend spontan ins Auto steigen, ohne Ziel losfahren und schauen, wo man ankommt? Check. Trotz seiner Abenteuerlust hatte er nie jemanden in Gefahr gebracht. Und falls doch mal was passierte, hatten wir mit ihm immerhin einen Notfallsanitäter in Ausbildung an unserer Seite.

»Die beste Idee ist, dass wir zuerst lecker essen und dann feiern gehen, damit du den ganzen Scheiß einfach mal vergisst. Da ist dieser neue Club in SoMa, der letzte Woche aufgemacht hat ...«

»Ist das deine Lösung? Essen und Alkohol?«

Er zuckte mit den Schultern. »Kann zumindest nicht schaden. Außerdem hab ich bald deutlich weniger Zeit.«

Richtig. Mein bester Freund hatte mit dem Praxissemester das Paramedic Programm am City College abgeschlossen. Ab nächsten Monat würde er offiziell als Paramedic arbeiten. Damit erfüllte er sich einen Lebenstraum, weil er schon als kleiner Junge Notfallsanitäter hatte werden wollen, aber das bedeutete auch unregelmäßige Arbeitszeiten und sehr viel Stress. Und dass wir uns in Zukunft seltener sehen würden, wenn wir nicht mehr am selben College studierten.

Einerseits freute ich mich für ihn, dass er endlich seinen Traum verwirklichen konnte. Andererseits ... Na ja, es würde seltsam ohne ihn werden. Sehr seltsam. Und ich war nicht gerade der Typ Mensch, der schnell Freundschaften schloss, also sah ich der Zukunft mit gemischten Gefühlen entgegen.

»Hm.« Ich tat, als würde ich angestrengt über seinen Vorschlag nachdenken. »Unter einer Bedingung.«

»Lass mich raten.« Er legte den Kopf in den Nacken und seufzte tief. »Du willst die Badewanne.«

Ich lächelte nur. Im Gegensatz zu mir wohnte Cooper nicht im Wohnheim und musste sich demnach kein Badezimmer mit dem ganzen Flur teilen. Nein, er hatte das Glück, ein Apartment in Outer Richmond nahe am Meer sein Eigen nennen zu dürfen, das ihm seine Großtante vor etwa einem Jahr überlassen hatte, als sie weggezogen war. Selbst wenn die Räume ziemlich klein waren, bildete das Badezimmer das Highlight, denn es gab eine Wanne. Groß und frei stehend und so wundervoll geschnitten, dass man bis zum Hals in warmem Wasser und Schaum versinken konnte, ohne dass irgendwelche Körperteile herausragten. Kurzum: Es war ein Luxus, den ich mir so oft gönnte, wie ich konnte. Oder so oft Cooper mich ließ.

Er schüttelte den Kopf. »Ich wusste es. Du bist nur wegen der Badewanne mit mir befreundet.«

»Awww.« Gespielt tröstend tätschelte ich ihm den Arm. »Keine Sorge, da draußen gibt es genug andere Leute, die dich wegen deines Aussehens und deiner strahlenden Persönlichkeit mögen. Definitiv nicht ich, aber du weißt schon … andere.«

Er lachte laut auf, als ich seine eigenen Worte gegen ihn verwendete, und auch ich musste grinsen. So ging es seit dem ersten Tag zwischen uns hin und her. Die meisten Leute kamen nicht gut mit meiner sarkastischen Art zurecht, und ich hatte schon einige Kommilitonen und Kommilitoninnen mit meinen Bemerkungen vor den Kopf gestoßen. Cooper dagegen? Er gab mir Kontra. Und das genauso trocken.

»Weißt du noch, was du mir gesagt hast, als wir uns kennengelernt haben?«, fragte er und legte den Arm um meine Schultern.

Allerdings.

»Du bist echt seltsam«, wiederholte ich die Worte von damals und musterte sein Gesicht. »Aber irgendwie mag ich dich.«

Ein Lächeln zeichnete sich auf seinen Zügen ab und vertiefte das Grübchen in seiner linken Wange. »Warum magst du mich, wenn ich so seltsam bin?«, spielte er das Spielchen mit.

Ich lächelte ebenfalls. »Weil wir zusammen seltsam sein können. Und das kann man nur mit ganz wenigen Menschen.«

»Richtig.« Wie nebenbei strich er mir eine lange Haarsträhne hinters Ohr und verharrte für einen Moment mit der Hand an meiner Wange. »Du kannst mein Bad besetzen, aber wenn du nicht rechtzeitig fertig wirst, gehen wir ohne dich.«

»Als ob.«

Denn wenn es eine Sache gab, derer ich mir noch sicherer war als der, dass wir heute hier zusammenstanden, war es die, dass Cooper mich nie zurück- oder im Stich lassen würde. Genauso wenig wie ich ihn. Er war mein bester Freund. Nichts und niemand würde etwas daran ändern.

Neben meiner sechs Jahre älteren Schwester Sara war Cooper Vaughn so ziemlich der einzige Mensch, auf den ich hörte – zumindest manchmal. In seltenen Fällen. Heute schien so ein Fall zu sein, denn an diesem Abend gingen wir mit ein paar gemeinsamen Freunden aus, nachdem ich eine Stunde lang Coopers Badezimmer in Beschlag genommen und in seiner traumhaften Wanne mit leiser Musik und einem guten Buch entspannt hatte.

Entgegen Coopers Vermutung war ich rechtzeitig fertig geworden und hatte mich gemeinsam mit ihm auf den Weg nach SoMa, South of Market, gemacht.

Für das italienische Restaurant mit der großen Weinauswahl, in dem wir mittlerweile schon zur Stammkundschaft gehörten, waren wir eindeutig overdressed. Trotzdem hatte ich nicht auf das schwarz-weiße Kleid verzichten wollen, weil mir spätestens beim Tanzen im Club später warm werden würde. Sara hatte es mir zum Geburtstag geschenkt, und seither gehörte es zu meinen absoluten Lieblingsteilen. Es zauberte ein hübsches, aber nicht zu auffälliges Dekolleté und hatte eine angenehme Länge, da es ein paar Zentimeter über den Knien endete. Außerdem gefiel es mir insgeheim, wie Cooper mich ansah, wenn ich es trug, auch wenn ich seinen intensiven Blick nicht genießen, ja, nicht mal wahrnehmen sollte, schließlich waren wir nur Freunde. Genauso wenig sollte er mir in diesem schwarzen Hemd, das er zu einer ausgeblichenen Jeans mit Rissen an den Knien trug, gefallen.

»Endlich.« Ich ließ mich auf die Eckbank neben Cooper und Claire, eine Biologiestudentin, die ein paar gemeinsame Kurse mit Cooper belegt hatte, fallen. Wir hatten uns beim Lernen in der Bibliothek kennengelernt und uns über Chips und Schokoriegel angefreundet. Seither paukten wir in Klausurphasen ständig zusammen. Das stand uns ab nächster Woche auch wieder bevor, aber ich wusste, dass wir uns gegenseitig pushen und zu Höchstleistungen antreiben würden. »Ich bin am Verhungern.«

»Ich auch«, bestätigte Roger, der den Platz neben Claire schräg gegenüber auf der Eckbank eingenommen hatte.

»Und ich verdurste.« Heather, die Fünfte im Bunde, saß als Einzige auf einem Stuhl und fächelte sich Luft zu, als wären wir mitten in der glühenden Sonnenhitze der Sahara gelandet statt in einem klimatisierten Restaurant.

»Denk daran, dass du nicht hier bist, um eine Kritik über den Laden auf deinem Blog zu veröffentlichen«, erinnerte Roger sie.

Heather klimperte mit den Wimpern. »Ich habe meine Kamera nicht mit, denn heutzutage dreht man Videos, Mister ›Ich bin im Jahr 2000 stecken geblieben‹.«

»Seltsam. Und ich dachte, heutzutage hat jeder ein Handy mit Kamera.«

»Ja, wenn man kleine Amateurvideos drehen will. Außerdem hat meine Handykamera einen Sprung, seit du mich auf unserem Trip ins Napa Valley zu Tode erschreckt hast.«

Bei der Erinnerung daran musste ich unwillkürlich schmunzeln. Es war eine von Coopers Spontanaktionen gewesen, und glücklicherweise hatten wir alle Zeit gehabt. Also waren wir ins Auto gestiegen und nach Napa Valley gefahren. Claire und die Jungs waren wandern gegangen, während Heather und ich uns einen Tag im Spa und am Pool gegönnt hatten. Als wir uns abends zum Wine Tasting wiedergetroffen hatten, war Roger von hinten an sie herangeschlichen und hatte ihr einen solchen Schreck eingejagt, dass sie sich an ihrer Weinprobe verschluckt und sowohl das Handy als auch das Weinglas von sich geworfen hatte.

Roger zuckte mit den Schultern, doch in seinen Augen lag etwas Herausforderndes. »*Du* hast dein Handy fallen gelassen, Schätzchen. Nicht ich.«

Ich wechselte einen Blick mit Cooper und gab mir keine Mühe, mein Grinsen zu verbergen. Heather und ich hatten uns im zweiten Semester kennengelernt. Da sie ebenfalls Journalismus studierte und eine ziemlich große Klappe hatte, hatten wir uns auf Anhieb gut verstanden. Allerdings wusste ich nie so genau, was zwischen ihr und Roger abging. In der einen Sekunde warfen sie sich Beleidigungen an den Kopf, in der nächsten flirteten sie hemmungslos miteinander. Aber was es auch war – ich würde die Show ebenso vermissen wie die beiden. Roger hatte sein Studium zusammen mit Cooper beendet und war zwar noch in San Francisco geblieben, aber Heather machte ihren Abschluss am Ende des Wintersemesters und würde dann nach Boston ziehen, wo sie ein Jobangebot bekommen hatte.

»Was ist mit dir, Robyn?«, wandte sich Claire an mich, während Roger und Heather weiter diskutierten. »Irgendetwas Neues?«

Ich dachte an das Horror-Telefonat mit meiner Mutter zurück, die mir im Zuge dessen auch noch jegliche finanzielle Unterstützung gestrichen hatte – und schüttelte den Kopf. Das war kein Thema, über das ich reden wollte.

»Nicht wirklich«, antwortete ich stattdessen. »Ich warte immer noch auf eine Antwort von Berkeley, ob sie mich für den Journalismus-Studiengang zulassen oder nicht.«

Claire lächelte. »Wenn es jemand schafft, dann du. Aber meine Daumen sind gedrückt.«

»Meine auch«, rief Heather und klinkte sich damit

wieder ins Gespräch ein. »Obwohl ich ja nach wie vor die Hoffnung habe, dass sie absagen und du mit mir nach Boston kommst. Wir würden die Stadt so was von aufmischen.«

»Nichts da!«, schaltete sich Cooper ein. »Robyn bleibt schön hier in San Francisco.«

Ich grinste nur. So toll es auch wäre, zusammen mit Heather Boston aufzumischen, hatte ich im Gegensatz zu ihr keinen festen Job als Journalistin in Aussicht. Außerdem wollte ich wirklich weiterstudieren und mich spezialisieren. Und dann waren da noch meine Reisepläne …

»Wieso kommt eigentlich niemand?« Claire reckte den Hals. »Sonst muss man hier doch auch nicht so lange warten.«

Ich sah mich ebenfalls um, konnte aber niemanden vom Servicepersonal entdecken. Dabei war das Restaurant schon jetzt gut gefüllt und das Stimmengewirr so laut, dass es sogar die Musik im Hintergrund übertönte. »Sie scheinen heute etwas unterbesetzt zu sein.«

»Ich glaube, dahinten findet eine Feier statt«, warf Roger ein und deutete in Richtung eines Nebenraumes, in dem gerade eine Kellnerin mit mehreren Tellern in den Händen und auf dem linken Arm verschwand.

»Ich kann uns schon mal was an der Bar holen«, bot ich an, stand auf und fragte die anderen nach ihren Wünschen. Glücklicherweise waren sie nicht allzu kompliziert: Ein Bier für Cooper, Wein für Heather und mich, einen Cocktail für Claire und eine Cola für Roger. Das konnte ich mir merken.

Leider entdeckte ich weder auf dem Weg an den vielen Tischen vorbei noch an der Bar selbst auf Anhieb jemanden, bei dem ich unsere Getränkebestellung aufgeben konnte.

Stirnrunzelnd sah ich mich um und lief vor dem Tresen hin und her. Es konnte doch nicht sein, dass hier niemand war, der …

Mit einem Mal prallte ich gegen etwas Großes, Warmes, das unvermittelt neben mir aufgetaucht war. Ich zuckte zusammen und stolperte zurück. »Oh, Shit! Sorry!«

»Kein Problem«, sagte eine tiefe Stimme. Eine Hand legte sich an meinen Arm, um mich zu stabilisieren. Sobald ich wieder sicher stand, ließ sie mich los. »Mein Fehler.«

Blinzelnd sah ich auf. Die tiefe Stimme gehörte einem Typen, der nur wenige Jahre älter sein konnte als ich. Mitte oder Ende zwanzig vielleicht. Irgendwie rechnete ich mit einer dummen Anmache – einfach, weil ich das schon zu oft erlebt hatte. Aber er riss weder einen Spruch darüber, dass mein Auftauchen den Boden für ihn erbeben ließ, noch fragte er mich, ob es wehgetan hatte, als ich vom Himmel gefallen war. Hatte es nicht. Ich war aus der Hölle gekrochen. Aber von Mister Unbekannt kam nichts dergleichen. Er stand einfach nur da und lächelte entschuldigend.

Ich betrachtete ihn genauer. Durchschnittlich groß. Blondes Haar, akkurat geschnitten und so lässig gestylt, dass es aussah, als hätte er keinen Gedanken daran verschwendet. Tief sitzende Brauen in einem etwas dunkleren Farbton. Seine Augen hingegen? Überraschend. Ich hatte dieses helle Blau, das fast schon ins Graue ging, nicht erwartet. Dazu die glatt rasierten Wangen, das kräftige Kinn und die breiten Schultern in dem eleganten weißen Hemd, das sich an einen schlanken Körper schmiegte.

Ich schüttelte den Kopf, wie um mich aus einem Tagtraum zu reißen. Irgendwie sah er fast ein bisschen *zu* gut aus … Wobei es nicht mal so sehr sein Äußeres war, das diese Wirkung auf mich hatte, sondern vielmehr seine Ausstrahlung.

»Kann ich dir irgendwie helfen?«, fragte er und brach damit das Schweigen zwischen uns. »Wolltest du etwas bestellen?«

Mein Blick zuckte von ihm zur Bar und wieder zurück. »Äh, ja. Klar.«

Ich nannte ihm meine Getränkewünsche und beobachtete, wie er mit einem amüsierten Gesichtsausdruck hinter die Theke trat, sich ein Tablett schnappte und nacheinander Gläser und Flaschen darauf abstellte. Allerdings tat er es nicht in den schnellen, geübten Bewegungen von jemandem, der sich an diesem Ort auskannte.

»Du arbeitest nicht wirklich hier, oder?«

Überrascht hob er die Augenbrauen, während er die Cola ins Glas goss. »Was hat mich verraten?«

Wortlos deutete ich auf sein blütenweißes Hemd. Er hatte sich zwar die Ärmel hochgekrempelt und die obersten Knöpfe geöffnet, dennoch wirkte er zu elegant, um hinter dem Tresen zu stehen und Drinks zu mixen. Zumal die anderen Angestellten schlichte schwarze Shirts trugen, wie mir jetzt wieder einfiel, und keine gebügelten Hemden und Anzughosen. Genauso wenig wie einen Siegelring am kleinen Finger.

Er sah kurz an sich herunter und ließ ein Lächeln aufblitzen. »Erwischt. Wie es aussieht, helfe ich spontan einem Kumpel aus.« Mit dem Kopf deutete er in Richtung des Nebenzimmers, das gerade zwei Kellner mit einer großen Torte in den Händen ansteuerten. Funken stoben von den Wunderkerzen darauf empor und fielen auf den glänzenden

Parkettboden. Sie kämpften kurz mit der Tür, um sie aufzubekommen, ohne die Torte fallen zu lassen. Für einen Moment sah es etwas wackelig aus, doch dann gelang es ihnen, und sie verschwanden hinter der Tür. Gedämpfte Stimmen sangen »Happy Birthday to you«.

Mein Blick wanderte zurück zu Mister Unbekannt, der nicht hier arbeitete und trotzdem wie selbstverständlich meine Bestellung aufgenommen hatte, um seinem viel beschäftigten Freund zu helfen. »Du bist also einer von der netten Sorte?«

»Kommt drauf an.« Er legte den Stift zur Seite, mit dem er etwas aufgeschrieben hatte, und richtete seine ganze Aufmerksamkeit wieder auf mich. Sein Blick wanderte ganz langsam an meinem Körper auf und ab und hinterließ dabei ein Prickeln auf meiner Haut, obwohl er mich nicht einmal berührte. »In bestimmten Situationen kann ich auch nicht so nett sein.«

Bildete ich mir das ein oder war seine Stimme etwas tiefer, etwas dunkler geworden?

Ich lächelte langsam. »Gut.«

»Warum?«

»Weil ich nicht auf nette Kerle stehe.«

Seine Mundwinkel zuckten. »Was für einen Wein möchtest du?«

Ich holte Luft, um zu antworten, entschied mich dann aber spontan anders. »Was würdest du mir denn empfehlen?«

Er nahm eine Weinflasche aus dem großen Regal hinter der Bar, warf einen kurzen Blick aufs Etikett und nickte, als wäre er mit der Wahl zufrieden. Dann zeigte er mir die Flasche. Es war ein Rotwein, ein Château Margaux Premier Grand Cru Classé, der schon vom Namen her verflucht teuer klang. Aber warum mir heute nicht ein Glas davon gönnen? Insbesondere wenn ein so heißer Typ mir ausgerechnet diesen Wein empfahl, also nickte ich.

Er goss den Margaux erst in das eine Weinglas, dann in das andere. »Wie heißt du?«, fragte er wie nebenbei.

»Robyn.«

»Freut mich, Robyn. Ich bin Julian.« Statt mir die Hand zu geben, stützte er sich mit den Unterarmen auf den Tresen und kam mir dadurch ein Stück näher. »Weißt du, was ich glaube, Robyn?«

Ich wich nicht zurück, kam ihm aber auch nicht entgegen. Irgendwie gefiel mir dieses kleine Spiel, das wir hier spielten. »Nein, aber du wirst es mir sicher gleich verraten.«

Er lehnte sich noch ein Stückchen vor und brachte seinen Mund nahe an mein Ohr. Sofort drang mir sein herber Duft in die Nase. Ich hatte keine Ahnung, was es für eine Mischung war, aber die Rosmarinnote darin war unverkennbar. Er roch verdammt gut.

»Ich denke, du und ich haben schon jetzt eine ganz besondere Verbindung.«

Ein überraschtes Lachen kam mir über die Lippen.

»Glaubst du mir etwa nicht?«

Ich drehte den Kopf zur Seite in der Erwartung, dass er zurückgewichen war. Was jedoch nicht der Fall war, und auf einmal waren unsere Lippen nur wenige Zentimeter voneinander entfernt. Unwillkürlich senkte ich die Stimme. »Weißt du, was *ich* glaube? Dass du echt gut darin bist, Frauen um den kleinen Finger zu wickeln.«

»Warum?« Sein Blick wanderte zwischen meinen Augen und meinem Mund hin und her. »Hat es bei dir geklappt?«

Schmunzelnd griff ich nach dem Tablett mit den Getränken. »Bye.«

»Das ist keine Antwort!«, rief er mir nach.

Noch im Gehen drehte ich mich zu ihm um. Unsere Blicke trafen sich, und ein heißes Kribbeln schoss durch meinen Körper. Als würde er genau wissen, was er in mir auslöste, lächelte er eine Spur breiter.

Oh ja, er wusste ganz genau, welche Wirkung er auf mich hatte.

Kopfschüttelnd wandte ich mich ab und kehrte zu den anderen an den Tisch zurück, die mittlerweile in eine intensive Diskussion vertieft waren. Ich setzte mich wieder auf meinen Platz, stieß mit ihnen an und trank einen Schluck von meinem Wein.

Oh wow. Der intensive Geschmack des Margaux zerging mir förmlich auf der Zunge und entlockte mir ein zufriedenes Lächeln. Mit Sicherheit war dieser Wein teurer als jeder andere, den ich jemals getrunken hatte. Heute hatte ich zwar weder Geburtstag, und es war auch sonst kein Feiertag, aber ich hatte das Telefonat mit meiner Mom erfolgreich hinter mich gebracht und ihr die Stirn geboten, also genoss ich jeden einzelnen Schluck.

Cooper hatte recht. Das hier war mein Leben. Meine Entscheidung. Und das war verdammt noch mal ein teures Glas Wein wert. Vor allem, wenn er mir von so einem attraktiven Kerl serviert wurde wie gerade eben.

»Hey.« Cooper stupste mich von der Seite an.

Ich sah von meinem Glas auf. »Hm?«

»Steht unser Filmabend am Freitag noch?«

Schon während des Praxissemesters hatte Cooper feste Arbeitszeiten gehabt, weswegen wir uns seit einer ganzen

Weile nicht mehr so spontan treffen konnten wie früher, was irgendwie schade war. Andererseits gab es dadurch immer etwas, worauf ich mich freuen konnte.

»Für Popcorn ist gesorgt«, fügte er hinzu. »Mit Parmesan, so wie du es liebst.«

Ich strahlte. »Du bist der Beste.«

»Oh, glaub mir, das weiß ich.«

Cooper musterte mich unentwegt, aber mein Blick glitt wie von selbst wieder Richtung Bar. Allerdings ohne *ihn* noch mal zu sehen.

Mittlerweile hatte sich das Restaurant deutlich gefüllt. Alle Tische waren besetzt, und die Luft war erfüllt vom Summen der Gespräche, von gedämpftem Gelächter und dem Klappern von Geschirr. Auch die Mitarbeiter schienen Unterstützung bekommen zu haben, denn wir konnten endlich bestellen.

Erst als ich mein leeres Glas zurück aufs Tablett stellte, bemerkte ich den zusätzlichen Bierdeckel, auf dessen Rand eine Reihe Zahlen standen. Eine Telefonnummer. *Seine* Telefonnummer. Mein Puls begann zu rasen, und meine Fingerspitzen kribbelten, als ich nach meinem Handy griff und die Zahlen eingab.

»Jemand zu Hause?« Cooper schnippte mit den Fingern vor meiner Nase herum. »Du hast so einen entrückten Blick drauf. Der kann einem echt Angst machen.«

»Sehr witzig.« Ich schob seine Hand beiseite und speicherte Julian als neuen Kontakt ab.

»Hast du überhaupt mitbekommen, worüber wir gesprochen haben?«

Ich schenkte ihm ein honigsüßes Lächeln. »Normalerweise versuche ich auszublenden, was du sagst.«

Claire spuckte ihren Cocktail aus, während Roger und Heather lauthals anfingen zu lachen. Und auch um Coopers Mundwinkel zuckte es amüsiert.

»Badewanne, Claymore«, warnte er mich leise. »Vergiss das nicht.«

»Als ob ich das je vergessen könnte. Außerdem weißt du doch: Du bist mein Lieblingsidiot.«

»Puh. Und ich dachte schon, ich müsste den Pflichten als bester Freund nachkommen. Glück gehabt.«

Schmunzelnd steckte ich das Handy weg. »Ja. Glück gehabt.«

»Robyn war bestimmt nur wegen diesem heißen Barkeeper abgelenkt, bei dem sie vorhin unsere Getränke bestellt hat.« Claire warf mir ein Lächeln zu und zog die Brauen in die Höhe.

Ich verdrehte die Augen. Auffälliger ging es wohl nicht, oder?

»Welcher Barkeeper?« Cooper folgte ihrem Blick und runzelte die Stirn.

Zwei Männer und eine junge Frau gossen Getränke ein, mixten Cocktails und holten Bierflaschen aus dem Kühlschrank. Julian war nicht darunter und auch sonst nirgendwo zu sehen. Ob er auf der Party im Nebenzimmer war? Oder war er nur für ein Feierabendbier hergekommen und längst wieder verschwunden?

Im Laufe des Abends meinte ich zwar, hin und wieder Julians Blick auf mir zu spüren, konnte ihn aber nirgendwo entdecken, auch dann nicht, als wir das Restaurant verließen, um in den Club zu gehen. Dennoch erwischte ich mich immer wieder dabei, wie ich auf die eingespeicherte Nummer in meinem Handy starrte und mich an Julians intensiven Blick, an sein Lächeln und an diesen Spruch erinnerte, der aus seinem Mund sogar einigermaßen gut geklungen hatte. Nein, nicht gut. Nach sinnlichen Versprechen.

Wer war dieser Typ nur?

3. KAPITEL

Gegenwart
Juni

Julian wird vermisst. Er ist verschwunden.

In Gedanken wiederhole ich die Worte wieder und wieder, aber sie ergeben auch eine halbe Stunde später keinen Sinn. Menschen verschwinden nicht einfach, oder? Schon gar nicht so jemand wie Julian.

Und nicht jetzt. Warum ausgerechnet jetzt? Wir haben seit einem Monat keinen Kontakt mehr. Warum muss er ausgerechnet auf diese Weise einen Weg zurück in mein Leben finden? Allein beim Gedanken daran balle ich die Hände zu Fäusten. Meine kurzen Fingernägel bohren sich in meine Haut, aber es ist ein willkommener Schmerz. Er lenkt mich ab. Verankert mich in der Gegenwart, wenn mich die Vergangenheit wie ein schwarzes Loch verschlucken will.

Ich habe zugestimmt, das Gespräch auf dem Polizeirevier zu führen statt in der Redaktion. Schlimm genug, dass uns all meine Kollegen und Kolleginnen beobachtet haben, aber in wenigen Minuten wäre die Mittagspause losgegangen und dann hätte uns jeder erst recht belauschen können. Nein, danke.

Also bin ich jetzt hier.

Das Polizeirevier sieht von innen genauso aus, wie ich es mir dank all der Filme, die ich mit Cooper geschaut habe, immer vorgestellt habe. Ein Empfang, mehrere Schreibtische in einem größeren Raum, das Summen von Computern und Klackern von Tastaturen, hin und wieder ruft jemand einem anderen etwas zu, und überall laufen Menschen herum. Wären da nicht die uniformierten Männer und Frauen, die deutlich neben den Leuten in Zivilkleidung herausstechen, wäre es genauso wie in der Redaktion.

Ich melde mich am Empfang mit meinem Namen an. Gleich darauf taucht Detective Vicario auf und führt mich einen dunklen Flur entlang bis zu einer Tür, die sie mir aufhält. Der dahinterliegende Raum misst nur wenige Quadratmeter und ist damit kaum größer als das Schlafzimmer in meiner alten Wohnung. Kahle graue Wände ohne jegliche Dekoration. Keine Fenster. Nur eine Tür, ein Metalltisch mit zwei Stühlen und eine verspiegelte Wand. Bringt man hierher wirklich Leute, die nur als Zeugen aussagen sollen? Oder ist das der Raum für die Verdächtigen?

»Kaffee? Wasser?«, bietet Detective Vicario an, aber ich schüttle den Kopf.

»Nein, danke.«

Ich will das Ganze nur hinter mich bringen und dann so schnell wie möglich von hier verschwinden. Von diesem Ort bekomme ich Schweißausbrüche, dabei hatte ich bisher nie ein Problem mit kleinen Räumen.

An der Tür wechselt die Polizistin ein paar Worte mit jemandem. Gleich darauf betritt ein älterer Mann den Raum. Auch er trägt Zivilkleidung und eine Marke am Gürtel. Vielleicht ihr Partner. Wie es aussieht, wollen beide mit mir reden, denn sie setzen sich mir gegenüber.

»Was ist passiert?«, stoße ich hervor, als ich das Schweigen nicht länger ertrage.

Detective Vicario faltet die Hände auf dem Tisch. »Wenn es für Sie in Ordnung ist, würden wir dieses Gespräch gerne aufzeichnen. Es wird per Bild und Ton aufgenommen.«

Ich runzle die Stirn und unterdrücke den Drang, mich nach irgendwelchen Kameras umzusehen, nicke aber. Bleibt mir überhaupt eine andere Wahl?

»Gut.« Sie rasselt das heutige Datum, die Uhrzeit und Fallnummer herunter, gefolgt von ihrem Namen und dem ihres Kollegen – Detective Faulkner –, dann wendet sie sich an mich. »Wie Sie vielleicht wissen, muss im Staat Kalifornien keine Wartezeit verstreichen, um eine Person als vermisst zu melden. Wir werden sofort aktiv. In diesem Fall geht es um das Verschwinden von Julian Richardson. Würden Sie uns bitte Ihren vollen Namen nennen?«

»Mein Name ist Robyn Elizabeth Claymore.«

»Was machen Sie beruflich, Miss Claymore?«

»Ich arbeite in einer Zeitungsredaktion, redigiere Artikel, erledige Recherchen, solche Dinge.«

Sie zeigt keine Reaktion. »In welchem Verhältnis stehen Sie zu Mr. Richardson?«

»In gar keinem.« Die Worte kommen mir schneller über die Lippen, als ich sie aufhalten kann.

Detective Vicario zieht die schmalen Augenbrauen hoch, die genauso dunkel sind wie ihr restliches Haar. Ihr Partner auf dem Stuhl daneben lässt sich nichts anmerken. So wie er dasitzt, wirkt er fast gelangweilt, aber ich spüre, dass er mich genau beobachtet.

Ich räuspere mich. »Das heißt … Wir waren bis vor

Kurzem zusammen, aber das war's auch schon. Was ist mit ihm passiert?«

Warum bin ich hier?

Nun ergreift Detective Faulkner das Wort und erklärt in ruhigem, neutralem Tonfall: »Heute Morgen haben wir einen Anruf von den Nachbarn von Mr. Richardsons Atelier erhalten. Anscheinend war sein Hund die ganze Nacht über allein dort eingesperrt und hat stundenlang gebellt. Mr. Richardson war weder telefonisch noch zu Hause zu erreichen, also mussten wir uns Zugang zum Atelier verschaffen, um den Hund zu befreien. Da das sehr untypisch für Mr. Richardson ist, haben seine Nachbarn umgehend eine Vermisstenanzeige aufgegeben.«

Vielleicht stehe ich unter Schock, denn nichts von dem, was der Beamte sagt, ergibt auch nur den geringsten Sinn. Das hier kann nicht wirklich passieren. Oder? Das ist ein dummer, dummer Scherz.

»Wir haben uns bereits den Arbeitsplatz und die Wohnung von Mr. Richardson angesehen und in den Krankenhäusern der Stadt nachgefragt. Bisher ohne Ergebnis.«

Meine Gedanken rasen wie eine viel zu schnelle Achterbahn, doch das Erste, mit dem ich herausplatze, ist: »Was ist mit Lucky?«

Die beiden heben fragend die Augenbrauen.

»Der Hund«, erkläre ich in dem Versuch, mich auf eine Sache zu konzentrieren. Auf eine Sache, die ich beeinflussen kann. »Wo ist er jetzt?«

Ich traue Julian zwar vieles zu, aber Lucky, seinen besten Freund, einfach so allein zu lassen? Nein, das würde er nicht tun.

Im selben Moment, in dem mir dieser Gedanke durch den

Kopf schießt, spüre ich einen Stich in der Brust. Bilder tauchen vor meinem inneren Auge auf, Bilder und Erinnerungen, die mir die Luft abzuschnüren drohen. Ich setze alles daran, sie zurückzudrängen. Sie dorthin zu verbannen und einzuschließen, wo sie hergekommen sind, bis ich wieder atmen und klar denken kann.

Die beiden Beamten beobachten mich genau. Ihnen scheint keine einzige Regung zu entgehen. »Er ist bei den Nachbarn, die uns angerufen haben.«

Okay. Das ist gut. Also ist er schon mal nicht in einem Tierheim gelandet oder wo auch immer man Tiere von vermissten Personen hinsteckt.

»Ich kann mich um ihn kümmern«, biete ich an und bereue es im selben Moment. Das Letzte, was ich jetzt tun sollte, ist, noch mehr Verbindungen zu Julian aufzubauen, statt jede einzelne davon zu kappen.

»Das ist sehr großzügig von Ihnen.« Detective Vicario scheint das Gespräch jetzt wieder zu übernehmen. »Unseren Informationen zufolge wohnen Sie und der Vermisste zusammen?«

»Nein«, widerspreche ich schnell. Zu schnell. Ich räuspere mich. »Ich wohne zurzeit bei meiner Schwester.«

»Wie heißt sie?«

»Sara Claymore«, erwidere ich und nenne sicherheitshalber auch noch ihre Adresse.

Detective Vicario mustert mich fragend. »Warum wohnen Sie nicht dort, wo Sie gemeldet sind?«

Erneut bohre ich die Fingernägel in meine Handflächen. Kurz flackert mein Blick durch den Raum und landet dann wieder auf den beiden Polizisten. »Wir haben entschieden, uns zu trennen. Ich bin ausgezogen.«

Die Lüge brennt auf meinen Lippen, aber ich nehme sie nicht zurück. Und irgendwie ist es auch keine richtige Lüge. Wir wohnen nicht mehr zusammen. Uns verbindet nichts mehr außer zweieinhalb Jahre voller gemeinsamer Erinnerungen. Wenn man das nicht *Trennung* nennt, was dann?

»Wann war das?«

»Vor ungefähr einem Monat.«

»Und danach sind Sie zu Ihrer Schwester gezogen?«

Ich zwinge mich dazu, meine Fäuste zu lösen, und falte stattdessen die Hände im Schoß. »Ja. Zumindest übergangsweise.«

»Aber Sie haben sich noch nicht umgemeldet?«

Ich erstarre. »Nein«, bestätige ich widerwillig. »Dazu hatte ich noch keine Gelegenheit. Im Moment orientiere ich mich neu.«

»Inwiefern?«

»Was hat das mit Julians Verschwinden zu tun?«

Detective Faulkner schenkt mir ein Lächeln, das wohl beruhigend wirken soll. Er scheint den netten Part zu übernehmen, während seine Kollegin mit einer Stricknadel in einer Wunde bohrt, die nicht mal ansatzweise verheilt ist. »Wir versuchen nur herauszufinden, was passiert ist, und ob möglicherweise ein Verbrechen vorliegt.«

Ich kralle die Hände fester zusammen. Meine Fingerknöchel treten weiß hervor. »Sie glauben, ihm ist etwas zugestoßen?«

Die beiden wechseln einen kurzen Blick, dann wendet sich Detective Vicario wieder an mich. »Momentan können wir dazu noch nichts sagen. Wir beleuchten alle Möglichkeiten und stufen das Risiko ein. Das ist unser Job.«

Natürlich. Sie wollen herausfinden, was geschehen ist.

»Wo waren Sie gestern Abend, Miss Claymore?«

Ich reiße den Kopf hoch. »Bei meiner Schwester. Und ja, sie kann es bezeugen.« Ich klinge defensiver, als mir lieb ist, aber ich kann meine Antwort auch nicht mehr zurücknehmen.

Die Miene der Ermittlerin ist nicht zu deuten. Ich habe keine Ahnung, was sie von meiner Antwort hält – oder ob sie mir überhaupt glaubt.

»Den ganzen Abend?«, hakt sie nach.

»Ja. Wie gesagt: Ich wohne momentan bei ihr.«

»Was haben Sie gemacht?«

»Filme geschaut. Wein getrunken. Uns über Männer und das Leben im Allgemeinen aufgeregt.«

Detective Faulkner legt fragend den Kopf schief. »Haben Sie auch über Ihren Ex-Freund gesprochen?«

Ich hasse es, zugeben zu müssen, dass Julian noch immer ein Thema in meinem Leben ist, obwohl er doch kein Teil mehr davon sein sollte. Trotzdem nicke ich knapp. Ich habe nichts zu verbergen.

»Haben Sie ihn angerufen? Ihm eine Nachricht geschrieben? Versucht, wieder Kontakt aufzunehmen?«

Wirklich? So wollen sie es drehen? Die durchgeknallte Ex-Freundin, die nicht von dem Typen loskommt?

Meine Arme zittern, so sehr ringe ich um Beherrschung. »Nein. Meine Schwester und ich haben uns einfach nur einen schönen Abend gemacht.«

»Wann sind Sie schlafen gegangen?«

»Gegen elf oder zwölf.«

Genauer weiß ich es nicht. Schlafprobleme gehören momentan leider zu meinem Alltag. Entweder ich kann überhaupt nicht einschlafen und wache nachts ständig auf – oder ich bin vor Erschöpfung sofort weg und schlafe die ganze

Nacht durch, ohne mich am nächsten Morgen besser zu fühlen, geschweige denn auch nur ansatzweise erholt. Eher im Gegenteil.

Detective Faulkner wechselt die Taktik. »Gab es Probleme in Ihrer Beziehung?«

Ich presse die Lippen aufeinander, um das Lachen zu unterdrücken, das in meiner Kehle brennt. Meinen die das wirklich ernst?

»Wir haben uns wohl kaum getrennt, weil alles perfekt gelaufen ist«, erwidere ich trocken.

»Aus welchem Grund haben Sie sich getrennt?« Er klingt ehrlich interessiert. Wie ein netter älterer Nachbar, der sich selbst zum Kaffee eingeladen hat.

»Was hat das damit zu tun, dass Julian vermisst wird?«

»Miss Claymore, wir versuchen nur unseren Job zu machen«, schaltet sich Detective Vicario wieder ein. »Sie würden uns und sich selbst viel Zeit ersparen, indem Sie einfach auf unsere Fragen antworten.«

Aber ich hasse ihre Fragen. Sie zwingen mich, an Dinge zu denken, die ich am liebsten ignorieren würde. Sie ziehen mich zurück in Julians Welt, obwohl ich kein Teil mehr davon sein möchte. Ich will nicht mal im selben Kosmos wie er existieren. Und genau deshalb überlege ich mir meine nächsten Worte zur Abwechslung genau, statt einfach damit herauszuplatzen.

»Wir haben festgestellt, dass wir unterschiedliche Vorstellungen von dieser Beziehung haben. Vorstellungen, die sich nicht miteinander vereinbaren lassen. Also haben wir uns getrennt.«

»War es eine einvernehmliche Trennung?«

»Wann ist eine Trennung schon einvernehmlich?«

»Miss Claymore …«

Ich beiße die Zähne zusammen. Mir bleibt nichts anderes, als die Wahrheit zuzugeben. »Nein. War es nicht.«

»Wer hat die Trennung initiiert?«, hakt Detective Vicario so kühl und emotionslos wie ein toter Fisch nach.

»Ich.«

»Aus welchem Grund?«

»Wie gesagt hatten wir verschiedene Vorstellungen von –«

»Ja, das haben Sie erwähnt.« Sie sieht mich durchdringend an, aber etwas an ihrer Miene ist auf einmal anders. Einen Hauch weicher. Fast schon … mitleidig. »Hat er Sie betrogen?«

»Nein. Und ich ihn auch nicht, falls Sie das als Nächstes fragen wollten.«

Ein knappes Nicken. Und dann, ohne jede Vorwarnung: »Hat er Sie geschlagen?«

Kälte kriecht über meine Haut und mein Rückgrat hinunter, aber ich erwidere ihren Blick, ohne zu blinzeln. »Nein. Julian hat mich nie geschlagen.«

Es ist einfach nur falsch, dass ich mir beinahe wünsche, meine Antwort wäre eine andere, aber das ist sie nicht. Es ist die reine Wahrheit. Julian hat mich nie geschlagen.

Die Beamtin mustert mich noch einen Moment eindringlich, dann nimmt ihr Gesicht wieder diesen unnahbaren, neutralen Ausdruck an. »Hatte ihr ehemaliger Lebensgefährte Feinde? Frühere Kollegen, Konkurrenten oder andere Personen, die ihm nicht wohlgesonnen sind?«

Warum ist Cooper der Erste, der mir bei dieser Frage einfällt? Ich schiebe den Gedanken an meinen besten Freund entschieden beiseite und schüttle den Kopf.

»Nicht dass ich wüsste. Julian hielt seine Arbeit meistens

von mir fern. Ich weiß nur, dass er schon seit Monaten an einer wichtigen Sache dran war. Ein großer Auftrag für Luxusapartments drüben in L. A.«

Detective Vicario nickt. »Haben Sie Namen für uns?«

»Nein, aber die Informationen müssten in seinem Atelier zu finden sein. Er ist sehr ordentlich und hat sich alles digital, aber auch ganz klassisch in seinem Kalender notiert, weil er oft Kundenmeetings hatte und nichts vergessen wollte.«

»Wir werden dem nachgehen, danke. Hat sich Mr. Richardson in den letzten Wochen Ihrer Beziehung seltsam verhalten?«

Angesichts des plötzlichen Themenwechsels runzle ich die Stirn. »Wie meinen Sie das?«

»War er depressiv, aggressiv oder womöglich sogar selbstmordgefährdet?«

Mein Magen zieht sich schmerzhaft zusammen, aber ich schüttle den Kopf. »Nein. Er war … wie immer«, presse ich hervor.

Die Beamten haben mein Zögern bemerkt. »Sind Sie sicher?«

Ich nicke und versuche, meiner Stimme einen festen Klang zu verleihen. »Ja. Er war nicht depressiv. Zumindest nicht, dass ich wüsste. Wir haben nie darüber geredet.«

Wie seltsam, zweieinhalb Jahre lang mit jemandem das Bett und das Zuhause zu teilen, ohne jemals solche Themen angesprochen zu haben. Warum fällt mir das erst jetzt auf?

»Hatte er einen Misserfolg im Job? Einen Auftrag verloren vielleicht?«

Ich will wieder den Kopf schütteln, halte jedoch inne, als mir etwas einfällt. »Er war … angespannt, weil er es mit einem schwierigen Auftraggeber zu tun hatte. Ungefähr zur gleichen Zeit sind ihm auch zwei wichtige Kunden abgesprungen. Ich weiß allerdings nicht, ob das etwas mit Julian und seiner Arbeit zu tun hatte oder ob sie von der Konkurrenz abgeworben wurden.«

»Wann war das?«

Ich muss nicht lange überlegen. »Vor ungefähr einem Monat.«

»Zur Zeit Ihrer Trennung?«

»Kurz davor, ja.«

Die beiden Detectives wechseln einen Blick, dann wendet sich Vicario wieder an mich. »Hat Mr. Richardson Ihnen gegenüber irgendetwas darüber gesagt? Wie wütend er ist? Dass er sich rächen möchte? Oder sich von den Konkurrenten bedroht fühlt?«

»Nein, er war einfach nur wütend und angespannt, hat aber umso mehr Energie in das Projekt mit den Luxuswohnungen gesteckt.«

Die beiden feuern weitere Fragen auf mich ab, bei denen ich nur immer wieder mit dem Kopf schütteln kann. Keine Medikamente. Keine Drogen. Kein Alkohol im Übermaß. Keine Affären. Keine Schulden – zumindest keine, von denen ich weiß. Keine Drohbriefe oder Hassnachrichten von Konkurrenten.

Das alles ergibt einfach keinen Sinn. Julian ist erfolgreich, gesund, gut aussehend. Warum sollte er von einem Tag auf den anderen spurlos verschwinden? Und dann auch noch ohne Lucky? Er hat den Hund gerettet und um die halbe Welt geflogen, um ihn bei sich zu haben. Nie im Leben würde er ihn einfach so zurücklassen.

»Aktuell ermitteln wir nur aufgrund der Vermisstenanzeige«, informiert mich Detective Vicario abschließend. »In den meisten Fällen taucht die verschwundene Person innerhalb weniger Tage von allein wieder auf.«

Hoffentlich nicht.

In derselben Sekunde, in der dieser Gedanke in meinem Kopf auftaucht, zucke ich zusammen und hasse mich dafür, überhaupt so zu denken. Aber ich kann nicht anders.

Meine beiden Gegenüber scheinen meine Reaktion falsch zu interpretieren. Zum ersten Mal zeigt Detective Vicario so etwas wie ein angedeutetes Lächeln. »Machen Sie sich keine Sorgen, Miss Claymore. Er wird bestimmt bald wieder da sein.«

Ja, bestimmt.

Ich zwinge mich zu nicken. Ihr Lächeln zu erwidern, obwohl sich alles in mir eiskalt anfühlt. Denn die Wahrheit ist … Ich will nicht, dass Julian wieder auftaucht – oder gefunden wird.

Ich will nur, dass es vorbei ist.

4. KAPITEL

Zweieinhalb Jahre zuvor
Februar

»Wow«, stieß ich leise hervor, als Julian mir die Tür aufhielt und ich das schicke Restaurant betrat.

Es sah schon von außen sehr hübsch und vor allem sehr teuer aus. Aber von innen? Das Licht der Kronleuchter funkelte in den einzelnen Kristallen und tauchte den Raum in eine warme, intime Atmosphäre. Gedämpfte Stimmen, dezente Klavierklänge im Hintergrund und ein köstlicher Geruch in der Luft, bei dem mir unweigerlich der Magen knurrte.

Julian trat neben mich und legte mir eine Hand auf den unteren Rücken. Er hatte sich für unser Date in Schale geworfen. Weißes Hemd, dunkelblaue Anzughose und gleichfarbiges Jackett. Sein Haar war auf diese lässige Art gestylt und sein Gesicht glatt rasiert. Neben ihm kam ich mir beinahe etwas underdressed vor, auch wenn er mir bereits ein Kompliment zu meinem Kleid gemacht hatte, als er mich vor dem Wohnheim abgeholt hatte. Dennoch: Dies war definitiv kein Restaurant, das ich mir als Studentin mit zwei Nebenjobs leisten konnte. Wahrscheinlich kostete hier selbst ein Kaffee mehr als mein Stundenlohn.

Bevor ich weiter darüber nachdenken konnte, nahm uns

ein junger Mann die Mäntel ab und zog sich anschließend diskret zurück. Gleich darauf tauchte eine Frau mit zu einem strengen Knoten zurückgebundenen Haar vor uns auf und begrüßte uns mit einem freundlichen Lächeln. »Guten Abend. Ihr Tisch ist bereit, Mr. Richardson. Bitte folgen Sie mir.«

Ich sah kurz zu Julian, der sich wie selbstverständlich in Bewegung setzte, ganz so, als würde er jeden Tag in einem so schicken Restaurant zu Abend essen, und ich beeilte mich, ihm zu folgen. Allerdings konnte ich nicht verhindern, dass mein Blick hin und her zuckte, weil ich einfach alles in mich aufnehmen wollte.

Es gab nur wenige Tische, die außerdem mit genügend Abstand zueinander standen, um jedem Gast ausreichend Privatsphäre zu bieten. Auf jedem einzelnen davon lag eine blütenweiße Tischdecke, darauf ein kleiner Strauß frischer Blumen und eine Kerze, die sanft flackerte. Aber auch das restliche Mobiliar, die gepolsterten Stühle, die großen Gemälde an den Wänden, all das wirkte sorgfältig ausgewählt – und kostspielig.

Im ersten Moment wären mir die Kellner und Kellnerinnen gar nicht aufgefallen, die zwischen den Tischen hin und her huschten, weil sie so lautlos und diskret arbeiteten, als wären sie Geister. Oder gute Feen, die einem jeden Wunsch erfüllten.

Nichts hiervon war mit meinem Lieblingsrestaurant, in dem ich Julian kennengelernt hatte, zu vergleichen.

Als ich unseren Tisch erreichte, stand Julian bereits hinter einem Stuhl und rückte ihn für mich zurecht, ehe er sich mir gegenübersetzte.

Er lächelte charmant. »Gefällt es dir hier?«

»Ja.« Ich strich die Stoffserviette auf meinem Schoß glatt und sah mich erneut um. »Es ist nur so …«

»So …?«

Ich schüttelte den Kopf. »Es sieht unheimlich teuer aus.«

»Mach dir darum keine Gedanken.« Er machte eine wegwerfende Geste. Doch dann musterte er mich genauer. »Wenn du lieber woandershin möchtest …«

»Nein«, widersprach ich sofort und merkte, dass ich ihm eine Erklärung schuldig war. »Ich kenne dieses Restaurant. Ich komme jeden Tag auf dem Weg zum College daran vorbei und wollte schon immer hier essen. Ich hätte nur nicht gedacht, dass ich eines Tages tatsächlich mal hier sitzen würde.«

»Wirklich?« Die Falten auf seiner Stirn glätteten sich, und er entspannte sich sichtlich. »Dann hatte ich ja die richtige Idee.«

»Aber ich dachte, man muss Monate im Voraus reservieren.«

Und wir hatten uns vor gerade mal einer Woche kennengelernt …

Bevor sich ein seltsames Gefühl zwischen uns breitmachen konnte, antwortete Julian auf meine unausgesprochene Frage. »Das ist auch so. Ich war bisher selbst nur ein-, zweimal mit Kunden und Kollegen hier essen. Aber ich kenne jemanden, der jemanden kennt, der mir noch einen Gefallen schuldig war. Das hat das Ganze deutlich beschleunigt.«

Wie aus dem Nichts tauchte ein junger Kellner mit einer Weinkarte auf. »Guten Abend, Sir. Miss.« Er nickte mir zu, dann wandte er sich wieder an Julian. »Darf ich Ihnen für den heutigen Abend einen Wein empfehlen?«

Julian sah nicht mal hin, sondern hielt meinen Blick fest,

als er antwortete. »Sie dürfen, aber ich kann Ihnen schon jetzt sagen, dass wir beide lieber ein Glas Château Margaux Premier Grand Cru Classé hätten.«

»Aber natürlich, Sir. Kommt sofort.«

Ich blinzelte. »Das ist doch der Wein, den …«

»Den du getrunken hast, als wir uns kennengelernt haben, ja«, bestätigte Julian und sah mich warm an.

Nach unserem Kennenlernen hatte ich den Wein gegoogelt und herausgefunden, dass er unheimlich teuer war. Eine Flasche kostete je nach Jahrgang ab sechshundert Dollar bis in den vierstelligen Bereich. An jenem Abend hatte ich den Wein nicht auf unserer Rechnung gefunden, also schien Julian mich ohne mein Wissen eingeladen zu haben.

»Daran erinnerst du dich?«

Seine Mundwinkel wanderten nach oben. »Ich erinnere mich an alles von diesem Abend. Frag mich etwas.«

»Was habe ich sonst noch bestellt?«

»Eine Cola, einen Cocktail, ein Bier und ein zweites Glas Wein. Du warst mit deinen Freunden da.«

Okay. Anscheinend war das zu einfach gewesen.

»Was hatte ich an?«, fragte ich als Nächstes.

»Dieses heiße schwarz-weiße Kleid. Nicht zu kurz, aber kurz genug, um die Fantasie anzuregen. Und du hattest dein Haar ein wenig zurückgesteckt, ähnlich wie heute Abend.« Er hob die Hand und ließ die Finger durch eine lange Haarsträhne gleiten. »Aber am deutlichsten erinnere ich mich an deine Augen. An dein Lächeln. An deine herausfordernde Art.«

Mit jedem seiner Worte schlug mein Herz ein kleines bisschen schneller, und als er fertig war, hämmerte es heftig in meiner Brust, und eine kribbelnde Wärme hatte sich in meinem Bauch ausgebreitet.

Ich hatte nicht einmal gemerkt, dass der Wein serviert worden war, so gebannt war ich von Julians Worten gewesen. Jetzt griff ich nach meinem Weinglas. »Du bist ganz schön aufmerksam.«

»Nur wenn es um dich geht.« Er hob ebenfalls sein Glas. »Auf einen wundervollen Abend. Cheers.«

»Cheers.« Ich stieß mit ihm an und hielt seinen Blick fest, als ich den ersten Schluck trank.

Der Wein schmeckte köstlich und noch intensiver, als ich ihn in Erinnerung hatte. Wahrscheinlich ein anderer Jahrgang. Aber es war der Ausdruck in Julians Augen, der das Kribbeln in meinem Bauch nur noch verstärkte. Ich konnte mich nicht daran erinnern, wann ich das letzte Mal so heftig auf jemanden reagiert hatte, und an diesem Abend wollte ich auch an niemanden außer Julian denken.

Wir überflogen die Speisekarte und bestellten schnell, was nicht nur daran lag, dass ich Hunger hatte, sondern auch daran, dass ich wieder allein mit Julian sein wollte.

»Erzähl mir von dir«, bat ich und lehnte mich zurück. »Bisher weiß ich nur, dass du ganz schön viele Leute kennst, spontan für Kumpel als Barkeeper einspringst und ab und zu in teuren Restaurants essen gehst.«

Dieser Mann war schon jetzt voller Widersprüche, aber aus irgendeinem Grund faszinierte mich genau das.

»Da gibt es nicht viel zu erzählen«, behauptete er und breitete die Arme aus. »Ich habe Architektur studiert und hatte das Glück, direkt nach meinem Abschluss in einer großen Firma anfangen zu dürfen, wo ich jede Menge Erfahrungen sammeln konnte.« Er trank einen Schluck von seinem Wein. »Vor ein paar Monaten habe ich gekündigt, mich selbstständig gemacht und zwei große Kunden mitgenommen.«

Überrascht zog ich die Brauen hoch. »Irgendetwas sagt mir, dass mehr hinter dieser Geschichte steckt.«

Er sah zur Seite. Allem Anschein nach hatte ich mit meiner Vermutung ins Schwarze getroffen.

»Du hast recht«, murmelte er und rieb sich über das glatt rasierte Kinn. »Da ist noch mehr, aber ich rede nicht gerne darüber.«

»Hey …« Ich lehnte mich vor und legte meine Hand auf seine auf dem Tisch. Einen Moment lang betrachteten wir beide unsere miteinander verschränkten Finger, dann räusperte ich mich leise. »Du musst mir nicht davon erzählen, wenn du nicht möchtest. Aber du kannst mir vertrauen. Versprochen.«

Ein schwaches Lächeln umspielte seine Lippen. Ohne ein weiteres Wort schlossen sich seine Finger um meine, und er hob sie an seinen Mund, um einen kleinen Kuss auf meinen Handrücken zu hauchen. Es war nur eine winzige Berührung, eine lächerlich kleine Geste, die nicht dieses Herzklopfen in mir auslösen sollte. Aber sie tat es. Und mir stockte der Atem.

Julian legte meine Hand wieder ab, hielt sie aber weiterhin fest und spielte versonnen mit meinen Fingern. »Am Anfang war es fantastisch in der Firma. Ich war neu und wissbegierig, verstand mich mit den anderen und wollte alles von ihnen lernen. Ich war schon immer ehrgeizig, weißt du? Innerhalb kürzester Zeit wurde ich vielleicht ein bisschen zu gut und zu beliebt bei den Auftraggebern. Ein paar meiner Kollegen, die sich schon seit Jahren den Arsch aufgerissen hatten, sahen das nicht gerne, also beschlossen sie, sich gegen mich zu verbünden und es mir so schwer wie möglich zu machen.«

Ich drückte seine Hand. »Das tut mir leid.«

»Mir nicht.« Er hielt meinen Blick fest. »Nur deswegen habe ich gekündigt und etwas Eigenes gegründet. Und nur deswegen war ich an jenem Abend überhaupt in diesem Restaurant und konnte dich kennenlernen. Der Kumpel, dem ich ausgeholfen habe? Sein Name ist Anthony. Wir haben zusammen studiert, und er hat sich kurz vor mir selbstständig gemacht, aber er arbeitet abends noch zusätzlich als Barkeeper, um sich finanzieren zu können. Wir wollten uns über unsere Erfahrungen austauschen, deshalb war ich dort. Wäre es anders gelaufen, würde ich noch immer in dieser Firma sitzen und Tag und Nacht arbeiten.«

Ich konnte gar nicht anders, als zu lächeln. »Dann ist aus etwas Schlechtem also etwas Gutes entstanden?«

Er nickte. »Ich mag deine Einstellung.«

Und ich mag dich. Aber ich sprach die Worte nicht aus. Noch nicht.

»Was gibt es sonst über dich zu wissen?«

»Durch meinen Job bin ich viel gereist. Die Firma, für die ich gearbeitet habe, hat Auftraggeber aus der ganzen Welt.«

»Wirklich?« Ich konnte nichts dagegen tun, dass sich eine leise Sehnsucht in meine Stimme schlich. Ich wollte so sehr reisen und die Welt entdecken, dass es beinahe wehtat. Sobald ich in Berkeley fertig war, würde ich es endlich tun. Ich würde meine Sachen packen und einfach losziehen. »Wo warst du überall?«

»Am häufigsten in Tokio, aber auch in Moskau, Johannesburg, Frankreich, Osteuropa und natürlich in den Vereinigten

Staaten. Auf einer dieser Reisen habe ich meinen besten Freund kennengelernt.« Er zog seine Brieftasche hervor und zeigte mir ein Bild von einem Hund. Er hatte rötlich braunes Fell und große braune Augen.

»Oh mein Gott, ist der süß!« Mein Herz schmolz und brach gleichzeitig ein bisschen, als ich mir den Hund genauer anschaute. Sein linkes Ohr sah aus, als würde ein Stück fehlen, und jemand hatte seine Rute abgeschnitten. Ihm musste Schlimmes zugestoßen sein.

Julian schien meine Gedanken zu erraten, denn er nickte mit grimmiger Miene. »Ich habe ihn Lucky genannt. Er hat sich vor meinem Hotel herumgetrieben und kam immer zu mir. Zuerst war er etwas scheu, wurde dann aber schnell zutraulich. An meinem letzten Tag habe ich erfahren, dass er in eine Tötungsstation soll. Das konnte ich nicht zulassen.«

»Also hast du ihn gerettet?«

Wieder ein Nicken. »Es war nicht einfach und mit ganz schön viel Bürokratie verbunden. Ich musste dort erst ein Tierheim für ihn finden und seine Tollwutimpfung organisieren, aber ich konnte ihn vor seinem Schicksal bewahren und etwa zwei Monate später zu mir nach Hause holen. Seitdem ist er immer an meiner Seite. Er begleitet mich sogar jeden Tag zur Arbeit in mein Atelier.«

»Das ist wunderschön.« Ich seufzte. »Alles, meine ich. Die Reisen. Der Hund. Deine Karriere.«

Das entlockte ihm ein leises Lachen. »Keine Sorge, mein Alltag ist nicht ganz so märchenhaft. Spätestens wenn du trotz Jetlag mitten in der Nacht aufstehen und mit dem Hund rausgehen musst oder er genau die Schuhe anknabbert, die du für ein wichtiges Kundenmeeting anziehen wolltest, verfliegt der Zauber.« Trotz seiner Aussage nahm ich die Zuneigung in seinen Worten wahr. Er liebte diesen Hund über alles.

Die Vorspeise kam, und ich konnte gar nicht anders, als mich darauf zu stürzen, obwohl ich diese winzig kleine, liebevoll hergerichtete Portion wirklich genießen wollte.

»Sieht so aus, als würde es dir schmecken«, stellte Julian fest. Ein amüsierter Tonfall schwang in seinen Worten mit.

»Schmecken?«, wiederholte ich ungläubig und schob mir den letzten Bissen in den Mund. »Ich liebe es. Ich würde meine Seele für dieses Essen verkaufen. Oder meine rechte Niere.«

Julian lachte leise.

Während wir im Anschluss den Hauptgang aßen, unterhielten wir uns über alles und nichts. Über unbedeutende Kleinigkeiten und Probleme, die die Welt bewegten. Mir gefielen seine Ansichten, auch wenn ich nicht immer mit ihm übereinstimmte. Viel wichtiger war jedoch, dass wir miteinander lachen konnten. Als er mir erzählte, was sein Mischlingshund Lucky vor ein paar Tagen angestellt hatte, verschluckte ich mich vor Lachen und hustete so sehr, dass mir Tränen in die Augen schossen. Sofort stand Julian von seinem Platz auf und klopfte mir, ebenfalls lachend, auf den Rücken. Es war ein peinlicher, aber auch schöner Moment.

»Jetzt bist du an der Reihe«, sagte er, sobald wir unser Besteck abgelegt hatten. »Ich habe so viel über mich geredet, weiß aber kaum etwas über dich.«

»Ach, da gibt es nicht viel zu erzählen«, griff ich seine Aussage von früher am Abend auf. Er kniff die Augen ein wenig zusammen, schmunzelte aber auch. »Ich bin hier geboren und aufgewachsen und studiere Journalismus am City College. An dem Tag, an dem wir uns kennengelernt haben, hatte ich einen riesigen Streit mit meiner Mom, weil ich mich in Berkeley beworben habe, um dort weiterzustudieren, und weil ich nach meinem Abschluss lieber reisen möchte, statt mir sofort einen Job zu suchen.«

Er nickte verständnisvoll. »Das tut mir leid.«

Ich winkte ab. »Schon gut. War nicht das erste und wird auch nicht das letzte Mal gewesen sein. Sie hat einfach eine sehr konkrete Vorstellung davon, wie mein Leben aussehen sollte, während ich mich lieber ausprobieren will. Ich weiß noch nicht mal, in welche Richtung ich beruflich gehen möchte. Bei einer Zeitung zu arbeiten, wäre schön, aber ein Onlinemagazin wäre auch spannend – und an Enthüllungs- oder Reisejournalismus wage ich gar nicht zu denken.«

Obwohl das der Traum wäre. Durch die Welt zu reisen und darüber zu schreiben. Wenn plötzlich eine gute Fee mit einem Zauberstab auftauchen und mich nach meinem Wunsch fragen würde, wäre es mit ziemlicher Sicherheit genau dieser. Aber die Realität sah leider anders aus, und es war alles andere als einfach, in dieser Branche Fuß zu fassen.

»Ich glaube an dich. Du kannst es schaffen.«

Ich erstarrte. So kleine Worte, leise und fest ausgesprochen. Sie sollten nicht so viel in mir auslösen, taten es aber dennoch. Vielleicht weil ich sie von kaum einem Menschen je zuvor zu hören bekommen hatte. Von Cooper, ja, aber sonst? Definitiv nicht von meinen Eltern, die insgeheim noch immer hofften, dass ich eines Tages einen Sinneswandel haben und etwas *Vernünftiges* studieren würde. Etwas, mit dem ich gutes Geld verdiente und auf das sie stolz sein konnten.

»Danke.« Ich räusperte mich, da meine Stimme auf einmal so erstickt klang. »Das bedeutet mir wirklich viel.«

Erst als ich meine Hände beschäftigen und mit dem Besteck auf meinem Teller herumspielen wollte, fiel mir auf, dass alles bereits abgeräumt worden war. Wow. Ich hatte den Kellner weder gesehen noch gehört, so vertieft war ich in unsere Unterhaltung gewesen.

»Was ist mit deinen Eltern?«, fragte ich, um von mir selbst und meinen Gefühlen abzulenken. »Sie sind bestimmt stolz auf das, was du erreicht hast.«

Ein seltsamer Ausdruck huschte über sein Gesicht, dann hatte er sich wieder im Griff. »Das hoffe ich. Aber es ist nicht so, als könnte ich sie fragen. Sie sind vor fünfzehn Jahren gestorben.«

»Oh mein Gott. Das tut mir leid. Ich wusste nicht …«

Julian schüttelte den Kopf. »Das konntest du auch nicht wissen. Es ist ja nicht so, als würde ich mit dieser Information hausieren gehen.« Sein Lächeln wirkte bedrückt, und er betrachtete den Siegelring an seinem kleinen Finger, mit dem er gedankenverloren herumspielte. »Sie sind bei einem Unfall im Skiurlaub ums Leben gekommen. Ich war damals erst dreizehn und hatte mehr Lust auf Computerspiele als aufs Skifahren, also habe ich sie so lange genervt, bis ich früher in die Hütte zurückdurfte, die wir gemietet hatten. Zuerst kam es mir nicht komisch vor, dass sie auf sich warten ließen. Selbst nach all den Jahren waren sie noch wie ein frisch verliebtes Paar und konnten manchmal die Zeit vergessen. Erst als es draußen dunkel wurde und sie immer noch nicht zurück waren, habe ich mir Sorgen gemacht. Im

Laufe des Tages war es immer windiger geworden, und abends fing es dann auch noch an zu schneien. Laut Wettervorhersage sollte es einen richtigen Schneesturm geben, und Mom und Dad waren irgendwo da draußen. Ich sprach mit den Leuten vom Notruf, und sie starteten umgehend eine Suchaktion.« Er hielt inne. Schluckte hart. Als er mich wieder ansah, waren seine Augen gerötet. »Man hat sie erst am nächsten Tag gefunden – und da war es schon zu spät.«

Ich legte meine Hand wieder auf seine. »Das tut mir schrecklich leid.«

Hier saß ich und beschwerte mich über den Streit mit meiner Mutter und darüber, welche Vorstellungen sie von meinem Leben hatte, während Julian seine Eltern verloren hatte. Hätte ich das gewusst, hätte ich gar nicht erst den Mund aufgemacht.

»Danke.« Er drückte meine Hand. »Das ist schon lange her. Danach kam ich zu meinem Onkel, und das war keine besonders schöne Zeit. Er war ein sehr strenger Mann und akzeptierte nur Bestleistungen. Ich glaube, insgeheim gab er mir die Schuld am Tod seiner Schwester.«

Wie grausam …

»Meine Eltern haben mir genug hinterlassen, um damit mein Studium, mein Zuhause und meine eigene Firma zu finanzieren, aber …« Behutsam nahm er den Siegelring ab und hielt ihn in die Höhe. »Das hier und meine Armbanduhr sind das Einzige, was zählt. Das Einzige neben meinen Erinnerungen, was ich noch von meinen Eltern habe.« Er legte den Ring auf den Tisch und öffnete seinen Manschettenknopf, um mir die silberfarbene Rolex mit dem schwarzen Ziffernblatt zu zeigen, die selbst nach so vielen Jahren noch immer wie neu aussah.

»Wenn deine Eltern dich heute sehen könnten, wären sie bestimmt sehr stolz auf dich.«

»Das hoffe ich. Das hoffe ich wirklich.« Er lächelte matt und bedankte sich beim Kellner für das Dessert. »Erzähl mir etwas Ungewöhnliches über dich. Etwas Seltsames, das nur wenige Menschen wissen.«

»Hm.« Ich tauchte den Löffel in das Stück Tiramisu auf meinem Teller und schob ihn mir in den Mund. »Oh mein Gott.« Ich schloss die Augen, um mich ganz auf den Geschmack zu konzentrieren. Nur mit Mühe konnte ich ein genüssliches Stöhnen unterdrücken. »Das ist das beste Tiramisu, das ich jemals gegessen habe. Und ich liebe italienisches Essen!« Als ich die Augen wieder öffnete, begegnete ich Julians amüsiertem, aber auch warmem Blick und spürte, wie mir die Röte in die Wangen stieg. »Sorry. Also: Seltsame Dinge über mich, abgesehen von diesem Moment gerade.«

Er lachte leise.

»Vor dem ersten Kaffee am Morgen bin ich unausstehlich. Ich habe Mordgedanken, wenn es jemand wagt, mich anzusprechen.«

Julian zwinkerte mir zu. »Das ist nicht seltsam, sondern normal. Die wirklich Seltsamen sind doch diejenigen, die morgens frisch und munter und voller Energie aus dem Bett springen.«

»Stimmt. Na gut, dann ... Ich liebe Tiere mit großen Kulleraugen. Hundewelpen, Katzenbabys, Koboldmakis, Babyrobben ... Ich bin machtlos gegen so viel Niedlichkeit.«

»Das heißt, solltest du irgendwann mal sauer auf mich sein, muss ich dir nur ein Bild von einer Babyrobbe schicken? Oder von Lucky, der mit großen traurigen Augen in die Kamera guckt?«

»Genau. Jetzt kennst du meinen Schwachpunkt. Wehe, du nutzt ihn aus.«

»Das würde ich niemals wagen.«

»Was ist mit dir?« Ich deutete mit dem Dessertlöffel auf ihn. »Irgendwelche Schwächen oder seltsamen Eigenschaften?«

Nachdenklich wiegte er den Kopf hin und her. »Ich brauche eine bestimmte Art von Ordnung um mich herum. Bei der Arbeit müssen all meine Unterlagen, Stifte und Zeichenutensilien sortiert sein und an ihrem Platz liegen. Alles andere macht mich nervös.«

»Ein Ordnungstick also. Was noch?«

»Ich bin verrückt nach Snickers. Du weißt schon, die Schokoriegel.«

Nur mit Mühe unterdrückte ich ein Auflachen und behielt eine ernste Miene bei. »Okay, du hast also einen Ordnungstick und bist süchtig nach Snickers. Ich weiß nicht, ob ich damit umgehen kann. Das ist echt heftig.«

Julian lachte. »Du wirst damit zurechtkommen müssen.«

»Ach ja?« Ich stützte mich mit den Unterarmen auf den Tisch und kam ihm etwas näher. »Warum?«

Er lächelte charmant und imitierte meine Pose. »Weil ich dich jetzt, da ich dich besser kennengelernt habe, nicht mehr so einfach gehen lasse.«

»Vielleicht will ich ja gar nicht, dass du mich gehen lässt ...«

Er lächelte, als hätte ich das Richtige gesagt.

Obwohl ich mich am liebsten noch weiter über den Tisch gelehnt und ihn geküsst hätte, tat ich es nicht. Aber ich wusste schon jetzt, dass dieser Abend auf diese Weise enden würde. Mit einem Kuss – und der Hoffnung, dass daraus mehr wurde. Dass aus *uns* mehr werden konnte.

Nach dem Dessert bezahlte Julian für uns beide, obwohl ich protestierte und wenigstens einen Teil der Rechnung übernehmen wollte. Keine Chance. Er bestand darauf, mich einzuladen – genau wie darauf, mich wieder zurück ins Wohnheim zu fahren.

Auch wenn ich mir ziemlich sicher war, ihn schon bald wiederzusehen, wollte ich nicht, dass der Abend mit Julian endete. Genau genommen wollte ich nicht, dass die Zeit mit ihm jemals vorbei war.

5. KAPITEL

Gegenwart
Juni

Um ehrlich zu sein, habe ich nicht damit gerechnet, jemals wieder herzukommen. Ich war auch früher nur selten in Julians Atelier, obwohl es in der Nähe von Saras Wohnung liegt, aber an diesem späten Nachmittag fühlt es sich noch seltsamer an, vor dem Haus zu stehen.

Cole Valley ist eine tierliebe Nachbarschaft mit vielen Berufstätigen, Paaren mit Kindern oder Haustieren. Es gibt Cafés und Restaurants mit unglaublich leckerem Essen sowie einige Büros von Anwälten, Ingenieuren und anderen Architekten. In der Nähe befindet sich der Golden Gate Park, in dem wir zwei-, dreimal zusammen spazieren waren, als ich Julian mit einem Mittagessen überrascht habe.

Heute fühlen sich diese Erinnerungen jedoch weit weg an. Beinahe wie aus einem anderen Leben. Und als ich auf das glänzende Namensschild starre, in dem sich mein Gesicht verschwommen widerspiegelt, werde ich das Gefühl nicht los, geradewegs zurück in meine Vergangenheit zu stolpern. An einen Ort, an den ich nie wieder gehen wollte.

Die schwarzen Buchstaben heben sich deutlich vom schlichten silberfarbenen Schild ab. *Julian Richardson. Architekt.*

Beim Anblick seines Namens zieht sich mein Magen zusammen, aber ich ignoriere die Empfindung. Darin bin ich in den letzten Wochen gut geworden. Gefühle und Erinnerungen wegzuschließen und zu ignorieren, bis es beinahe so ist, als wären sie nicht real. Als wäre nie etwas davon wirklich geschehen.

Julian hat die beiden Wohnungen im Erdgeschoss zu einem Studio ausgebaut, mit viel Platz für seine Aufträge und Kundentermine, also klingle ich bei seinen Nachbarn von oben. Denjenigen, die Lucky bei sich aufgenommen haben. Denjenigen, die Julian als vermisst gemeldet haben.

Es dauert einen Moment, bis der Summer ertönt und die Haustür aufgeht. Ich sehe bewusst nicht zu Julians Atelier hinüber, sondern nehme sofort die Treppe nach oben.

Eine ältere Frau mit weißem Haar, das ihr in einem geflochtenen Zopf über die Schulter fällt, und einer adretten Bluse wartet an der Wohnungstür auf mich. Ihre Falten zeugen nicht nur vom Alter, um ihre Augen und die Mundwinkel stammen sie eindeutig von häufigem Lachen. Sie ist mir sofort sympathisch.

»Hallo, mein Name ist Robyn Claymore. Ich bin wegen Lucky hier.«

Ein leises Misstrauen schleicht sich in ihre blauen Augen. »Sind Sie eine Freundin von Julian?«

»Ich bin …«

Das schnelle Tapsen von Pfoten bewahrt mich davor, den Satz zu Ende bringen zu müssen. Gleich darauf schiebt sich eine braune Schnauze an der alten Dame vorbei, dicht gefolgt vom restlichen Körper.

»Hey, mein Kleiner.« Ich gehe in die Hocke, lasse mich von Lucky beschnuppern und ablecken. Ich versuche ihn zu streicheln, aber er ist so aufgedreht, dass er wie wild um mich herumhüpft. »Ich hab dich auch vermisst.«

Sobald sich Lucky halbwegs wieder beruhigt hat und lange genug stillsteht, damit ich ihn hinter den Ohren kraulen kann, richte ich mich wieder auf.

»Ich bin ... eine Bekannte von Julian«, beantworte ich verspätet die Frage der älteren Dame. »Was ist passiert? Wo ist er?«

Ein bekümmerter Ausdruck tritt auf ihr faltiges Gesicht. »Er hat das Atelier spät verlassen, so wie jeden Abend in den letzten Wochen.« Sie schüttelt bedauernd den Kopf. »Und er ist dünner geworden, der arme Junge. Wenn ich ihm nicht ab und zu etwas zu essen nach unten bringen würde, würde er wahrscheinlich gar nichts mehr zu sich nehmen.«

Ich muss mich wirklich zusammenreißen, um möglichst keine Reaktion zu zeigen.

»Julian ist so ein guter Junge. Nie zu laut oder ungeduldig. Er hat uns schon oft mit unseren Einkäufen geholfen und Pakete für uns nach oben getragen.« Sie seufzt tief. »Ich hoffe, es geht ihm gut. Wo auch immer er ist, ich bete zu Gott, dass es ein guter Ort ist.«

Ich nicht. Ich hoffe, er schmort in der Hölle.

Aber ich spreche die Worte nicht aus, sondern setze mein überzeugendstes Lächeln auf. Das Lächeln, das ich in der Redaktion oft genug üben konnte, um nicht zu zeigen, was wirklich in mir vorgeht.

»Danke, dass Sie sich um Lucky gekümmert haben«, versuche ich das Gespräch zu beenden, bevor sie Julian noch länger in den Himmel loben kann. An irgendwelche nützlichen Informationen scheine ich bei ihr nicht zu kommen –

und wenn, hat sie die mit Sicherheit schon längst der Polizei mitgeteilt.

Als er seinen Namen hört, kommt der Mischlingshund wieder angewetzt und stupst meine Hand an.

»Wir sollten jetzt wirklich gehen. Danke noch mal.«

»Aber natürlich.« Sie tätschelt Lucky zum Abschied den Kopf. »Ich werde weiter für Julian beten.«

Ich ignoriere das und bin froh, dass sie die Tür schließt, statt mich auf einmal auch noch missionieren zu wollen.

Lucky folgt mir sofort, als ich mich wieder in Bewegung setze. Unten angekommen, zögere ich. Es wäre das Beste, wenn ich Lucky einfach nehmen und wieder von hier verschwinden würde. Das wäre die kluge, die richtige Entscheidung. Aber das schlichte, elegante Schild neben der Tür im Erdgeschoss zieht meine Aufmerksamkeit auf sich. Julians Atelier. Der letzte Ort, an dem er sich nachweislich aufgehalten hat …

Bevor ich es überhaupt realisiere, stehe ich schon direkt davor.

Die Tür hat einen Riss an der Seite. Splitter liegen auf dem Boden. Die Polizisten haben keine Scherze gemacht, als sie gesagt haben, sie hätten sich Zugang zur Wohnung verschaffen müssen. Wahrscheinlich haben sie die Tür aufgebrochen.

Mit klopfendem Herzen strecke ich die Hand danach aus und schließe die Finger um den kühlen Knauf. Nichts. Abgeschlossen. Natürlich. Allerdings habe ich einen Ersatzschlüssel, seit ich Julian einmal ein paar Akten für ein wichtiges Meeting bei einem Kunden geholt habe, die er im Atelier vergessen hatte. Ich habe den Schlüssel nie zurückgegeben, auch wenn sich ein Teil von mir wünscht, ich hätte es getan. Dann stünde ich jetzt nämlich nicht vor der Entscheidung, hineinzugehen oder nicht.

Obwohl ich weiß, dass ich es nicht tun sollte, kann ich nicht anders. Ich schließe die Tür auf und betrete das Atelier, dicht gefolgt von Lucky, der an mir vorbeizischt und mit trippelnden Schritten durch das Studio läuft.

Der Duft von Rosmarin hängt noch in der Luft. Ganz leicht nur und dennoch unverkennbar. Julians Aftershave.

Ich beiße die Zähne zusammen. Bekämpfe jedes Gefühl, das dieser Geruch in mir wachruft, selbst wenn ich dafür die Fingernägel wieder so fest in meine Handflächen bohren muss, dass es wehtut.

Auf einmal spüre ich eine kalte Hundeschnauze an meinem Handrücken. Automatisch beginne ich, Lucky hinter den Ohren zu kraulen. »Du weißt auch nicht, wo dein Herrchen abgeblieben ist, oder?«

Die einzige Antwort darauf ist eine raue Hundezunge, die über meine Finger leckt, während ich aus großen braunen Augen liebesbedürftig angeschaut werde. Seufzend gehe ich in die Hocke und streichle ihn noch ein paar Minuten weiter, während ich den Blick durch das Studio wandern lasse.

Es ist genauso groß und hell wie in meiner Erinnerung. Da sich das Atelier über das gesamte Erdgeschoss erstreckt, scheint praktisch den ganzen Tag die Sonne durch eines der vielen Sprossenfenster herein. Der helle Kunstharzboden und die weiß gestrichenen Wände mit den eingerahmten Architekturfotos verstärken den einladenden Eindruck. Auf der einen Seite steht ein großer Holztisch mit Stühlen für Meetings bereit. Auf der anderen ein Eckschreibtisch mit Computer und Julians Zeichentisch mit

Hocker. Daneben ein riesiges Regal mit allen möglichen Ordnern und Unterlagen.

Alles ist fein säuberlich sortiert und sieht aus wie immer. Zumindest wie bei den wenigen Malen, die ich hier war. Keine herumliegenden Notizen, keine Klebezettel, nicht mal ein einzelner Stift, der sich nicht an seinem Platz befindet. Man könnte meinen, man wäre geradewegs in ein Fotoshooting hineingestolpert, so aufgeräumt und sauber ist alles. Zumindest fast. Denn dann bemerke ich die Ecke, die Julian für Lucky eingerichtet hat. Halb hinter seinem Schreibtisch versteckt entdecke ich das Kissen, auf das sich der Hund immer zum Schlafen legt. Daneben zwei Spielzeuge, ein leerer Futter- und Wassernapf etwas weiter weg, als hätte Lucky sie verschoben.

»Armer Kerl«, murmle ich und stehe auf. »Du musst irgendwann in der Nacht Hunger und Durst bekommen haben, nicht wahr?«

Ich gehe zum Schreibtisch hinüber. Hinter dem Monitor, gleich neben der ergonomischen Tastatur, liegt Julians Laptop. Ich runzle die Stirn, während sich ein ungutes Gefühl in meiner Magengegend breitmacht. Auf keinen Fall würde Julian seinen Hund *und* seinen Laptop zurücklassen. Das passt einfach nicht zu dem Mann, den ich kenne. Andererseits … habe ich Julian je wirklich gekannt?

Ich vertreibe die Frage aus meinem Kopf, doch das ungute Gefühl bleibt. Es wird sogar noch stärker, als ich durch Julians Planer blättere. Gestern scheint er noch alle Termine erledigt zu haben, und für den Abend war nichts eingetragen. Aber heute? Heute Morgen hätte er bereits auf einer Baustelle am anderen Ende der Stadt sein müssen, um irgendetwas mit dem Bauherrn zu besprechen.

Julian hat mir nie viel über seine Arbeit erzählt, aber bei unserem ersten Date und auch etwas später hat er die beiden großen Kunden erwähnt, die er nach seiner Kündigung aus seiner alten Firma mitgenommen hat. Ich bin mir ziemlich sicher, dass die heutige Deadline, um irgendwelche Pläne freizugeben, mit einem der beiden zu tun hat. Zumindest kommt mir der Name bekannt vor. Ich glaube, wir sind mal mit ihm essen gegangen.

Warum sollte Julian einen Termin mit einem solch wichtigen Auftraggeber verpassen? Er hat laufende Projekte und einen vollen Terminkalender. In den vergangenen zweieinhalb Jahren ist er selbst total erkältet noch ins Studio gefahren, um zu arbeiten. Und jetzt … ist er einfach fort?

Irgendetwas stimmt hier nicht. Wenn er gestern Abend nur kurz wegfahren wollte, um sich etwas zu Essen zu holen, würde er Lucky, seinen Terminplaner und seinen Laptop zurücklassen, ja. Aber die ganze Nacht lang? Und auch noch fast den ganzen Tag danach? Definitiv nicht.

Was wiederum bedeuten würde, dass ihm etwas zugestoßen ist. Warum sollte er sonst plötzlich wie vom Erdboden verschluckt sein?

Es sei denn …

Ich kann ohne dich nicht leben.

Nein. Ich blocke seine Stimme in meinen Gedanken ab, stoße ihn von mir, bis er wieder in den hintersten Tiefen meines Bewusstseins verschwindet. Dorthin, wo ich mich nicht mit ihm auseinandersetzen muss und weiterhin so tun kann, als wäre nie etwas passiert.

Auf einmal will ich keine einzige Sekunde länger hier sein. Ich schnappe mir eine von Luckys Leinen, mache auf dem Absatz kehrt und stürme aus dem Atelier. Das gleichmäßige

Trippeln von Pfoten folgt mir bis nach draußen und die Stufen hinunter. Hastig befestige ich die Leine an Luckys Halsband und laufe weiter, ohne mich auch nur ein einziges Mal umzudrehen.

Als ich an unserem Treffpunkt am Baker Beach ankomme, ist Cooper schon da und wartet mit zwei Kaffeebechern in den Händen auf mich.

Es wäre zwar kein großer Umweg gewesen, Lucky erst in die Wohnung meiner Schwester zu bringen und dann hierherzufahren, aber ich glaube, dass der Hund den Auslauf nach letzter Nacht wirklich gut gebrauchen kann. Auch wenn das bei Cooper viele Fragen aufwerfen wird. Fragen, die ich nicht beantworten will. Zumindest nicht sofort.

»Hey«, begrüße ich ihn und versuche gar nicht erst, Lucky davon abzuhalten, wie wild um Cooper herumzuspringen und an ihm zu schnüffeln.

»Hi.« Ein fragender Unterton schwingt in dieser einen Silbe mit, und während er den Hund beobachtet, mustere ich ihn von der Seite.

Seine Züge sind in den letzten Jahren etwas härter geworden, und er trägt wie immer einen Dreitagebart. Früher war sein braunes Haar kurz, jetzt fallen ihm ein paar Strähnen in die Stirn. Seltsam, dass mir das erst jetzt auffällt. Als Lucky ihn mit der Schnauze anstupst und dann zu ihm hochguckt, verschwindet Coopers Stirnrunzeln. An seine Stelle treten ein kleines Lächeln und ein Funkeln in seine braunen Augen.

Er überreicht mir einen der Thermobecher und geht in die Hocke, um den Hund zu begrüßen und ihm kurz über den Kopf zu streicheln. Als er sich wieder zu seiner vollen

Größe aufrichtet, setzen wir uns in Bewegung, wie schon unzählige Male zuvor.

Wir haben Glück. Seit heute Mittag regnet es nicht mehr, es ist mitten in der Woche und noch Frühsommer – oder kühl genug –, sodass nicht allzu viele Leute und vor allem kaum Touristen am Strand unterwegs sind.

Es ist dieselbe Strecke, die Cooper gerne joggt – und die zu laufen er mich früher gezwungen hat, als wir noch gemeinsam am City College studiert und beide im Wohnheim gewohnt haben. Heute treffen wir uns glücklicherweise nicht mehr, um Sport zu machen, sondern zu einem gemütlichen Spaziergang zu Beginn meines Feierabends und bevor Cooper mit seiner Nachtschicht als Paramedic startet. Obwohl er mit den Sneakers, der bequemen Hose und dem T-Shirt durchaus auch als Sportler durchgehen könnte.

Eine Weile gehen wir schweigend nebeneinanderher, und ich genieße es, die letzten Sonnenstrahlen des Tages auf meinem Gesicht zu spüren. Das gleichmäßige Rauschen der Wellen und der pfeifende Wind begleiten jeden unserer Schritte, während im Hintergrund die Golden Gate Bridge in den Himmel hinaufragt. Es riecht nach Salz, Sonne und Meer. Ein Geruch, der mir so vertraut ist wie nichts anderes.

Sobald ich Lucky von der Leine losmache, rennt er voraus, schnuppert an den Felsen und buddelt so eifrig im Sand, dass er hinter ihm in Fontänen über den Strand fliegt. Der Anblick bringt mich zum Lächeln – und erinnert mich viel zu sehr an damals.

»Also …«, beginnt Cooper und wirft mir einen fragenden Seitenblick zu.

Ich gehe nicht darauf ein. Noch nicht.

»Danke für das Bild vom Koboldmaki«, sage ich stattdessen – und meine es auch so. Ich habe mir das kleine Tierchen öfter angeschaut, als ich zugeben will. Vor allem nach der Absage meiner Chefredakteurin, über die ich Cooper bereits informiert habe. Das ist jedoch nicht der Hauptgrund, aus dem ich am heutigen Tage jede Ablenkung gebrauchen kann, die ich kriegen kann.

Cooper bleibt vor mir stehen und legt mir eine Hand an die Stirn.

Ich blinzle verdutzt, weiche aber nicht aus. »Was soll das werden?«

»Fieber messen. Denn entweder wirst du krank und hast dich deshalb bedankt – oder ich leide an Halluzinationen. Und dann muss ich auf der Arbeit Bescheid geben, damit sie schnell jemanden finden, der für mich einspringen kann.«

Belustigt schiebe ich seine Hand beiseite. »Das war mein Ernst, du Arsch.«

»In dem Fall: gern geschehen.« Er wirft mir einen seltsamen Blick zu. »Obwohl es immer noch ungewohnt ist, dieses Wort aus deinem Mund zu hören.«

Ich verdrehe die Augen, widerspreche aber nicht. Wie immer sind die Neckereien mit Cooper eine willkommene Abwechslung.

Wir setzen unseren Weg fort.

Cooper ist einer der wenigen Menschen, wenn nicht sogar der Einzige, mit dem ich auch mal schweigen kann, ohne dass es seltsam wird. Im Gegenteil. Selbst Stille hat mit ihm etwas Entspannendes. Etwas, das ich mit meinen anderen Freunden vom College nie so richtig hatte. Und nachdem wir alle unseren Abschluss am City College gemacht haben und viele von ihnen im Anschluss weggezogen sind, sind immer mehr Kontakte verloren gegangen. Nur nicht zu Cooper. Er war immer da.

»Es ist schön, dich wieder so zu sehen.«

Ich schiebe mir ein paar Haarsträhnen hinters Ohr, die der kühle Wind mir ins Gesicht geweht hat. »Wie, *so*?«

»Mehr wie früher. Wie die alte Robyn.«

Vor Julian. Beim Gedanken an mein unbekümmertes altes Ich vor zweieinhalb Jahren stolpere ich fast. Cooper hat unrecht. Ich werde nie mehr die alte Robyn sein.

Dabei könnte es so einfach sein, so zu tun, als hätte sich nichts geändert. Als wäre alles beim Alten geblieben. Als hätte Julian heute keinen Weg gefunden, wieder zu einem Teil meines Lebens zu werden. Es wäre so leicht, all das auszublenden und den Abend mit meinem besten Freund zu genießen. Aber ich kann nicht. Und er kennt mich zu gut, um nichts zu bemerken.

»Willst du mir erzählen, was das zu bedeuten hat?« Mit dem Kaffeebecher in der Hand deutet er nach vorne auf Lucky, der bellend mit den Wellen spielt. »Oder wollen wir weiterhin so tun, als wäre der Hund gar nicht da?«

Julians Hund. Nicht meiner. Auch wenn ich Lucky genauso in mein Herz und mein Leben gelassen habe wie sein Herrchen.

Ich seufze tief. Wusste ich doch, dass ich ihm nichts vormachen kann. Aber will ich das überhaupt? Cooper hat mich schon in meinen schlimmsten Momenten erlebt. Und er weiß es. *Er weiß es.*

»Heute Mittag ist die Polizei in der Redaktion aufgetaucht.«

Cooper bleibt stehen und sieht mich alarmiert an. »Ist alles in Ordnung?«

»Es ist … wegen ihm. Wegen Julian«, presse ich hervor und rede weiter, bevor er die Fragen loswerden kann, die ich in seinen Augen lese. »Er ist verschwunden.«

Cooper runzelt die Stirn. »Wie bitte?«

»Er ist verschwunden«, wiederhole ich widerstrebend. »Seine Nachbarn haben die Polizei gerufen, weil Lucky im Studio eingesperrt war und die ganze Nacht gebellt hat. Da niemand Julian finden konnte, haben sie ihn als vermisst gemeldet. Sein Auto und sein Handy sind weg, aber von ihm gibt es keine Spur.«

»Und den Hund hat er zurückgelassen?« Wut und Ungläubigkeit schwingen in seinen Worten mit, die mehr eine Feststellung als eine Frage sind.

Ich seufze wieder und sehe nach vorne, wo Lucky gerade ein Loch in den Sand buddelt, das Sekunden später von einer Welle überschwemmt wird. Er springt zurück, als seine Pfoten nass werden, und bellt das Meer vorwurfsvoll an. »Sieht ganz danach aus.«

Auch wenn das keinen Sinn ergibt. Aber das tut schon lange nichts mehr, was Julian betrifft.

»Warum war die Polizei bei dir?«, hakt Cooper nach.

»Sie wollten mit mir reden. Mir ein paar Fragen stellen. Ich bin in der Mittagspause aufs Revier gegangen, um das nicht mitten in der Redaktion besprechen zu müssen.«

»Glauben sie etwa, du hättest etwas damit zu tun?«

»Keine Ahnung.« Ich starre auf den Boden und trinke einen Schluck von meinem Kaffee. »Bisher ist nichts passiert. Es liegt kein Verbrechen vor. Genau genommen liegt gar nichts vor, weil es keine Hinweise gibt. Sie werden noch mit allen anderen Leuten aus seinem Umfeld sprechen, aber sie meinten auch, in den meisten Fällen tauchen verschwundene Personen innerhalb weniger Tage von allein wieder auf.«

Cooper schnaubt. »Ganz ehrlich? Meinetwegen kann er verschwunden bleiben.«

»Sag das nicht ...«, murmle ich, auch wenn – oder gerade weil – er damit meine eigenen Gedanken laut ausgesprochen hat.

»Warum nicht? Es ist die Wahrheit.« Er muss etwas in meinem Gesicht gesehen haben, denn gleich darauf seufzt er und sieht kurz zur Seite. »Tut mir leid.«

»Schon gut.«

»Es ist nur ...« Er zögert, macht einen halben Schritt auf mich zu und zögert wieder, was er früher nie getan hätte. Bei der alten Robyn, die ich nicht mehr bin. Er reibt sich mit der rechten Hand übers Gesicht – und da sehe ich es. Seine Fingerknöchel sind gerötet, etwas angeschwollen und aufgeschürft.

»Was ist das? Was ist passiert?«

»Das?« Er tut es mit einem Schulterzucken ab und lässt die Hand wieder sinken. »Nichts weiter. Sieht schlimmer aus, als es sich anfühlt, ehrlich.«

Irgendwie kaufe ich ihm das nicht ab.

»Bist du in eine Schlägerei geraten? Oder ist das während der Arbeit passiert?«

Ein amüsiertes Lächeln umspielt seine Mundwinkel. »Ja, klar. Ich laufe immer rum und schlage Leute k.o., statt Erste Hilfe zu leisten. Das ist so viel effizienter.«

Ich lache laut auf – und, verdammt, es tut so gut, es wieder zu können. Ich will mir das nicht erneut wegnehmen lassen. Schon gar nicht von Julian. *Erst recht* nicht von Julian.

Cooper schmunzelt ebenfalls, doch dann wird seine Miene wieder ernst. Er scheint etwas sagen zu wollen, schüttelt aber nur den Kopf.

»Shit.« Das Wellenrauschen übertönt sein Murmeln beinahe, dennoch habe ich es gehört.

»Ich glaube, was du eigentlich sagen willst, ist: Komm her.«

Er hebt den Kopf und sieht mich überrascht, womöglich auch ein wenig erleichtert an. Als ich einen Schritt auf ihn zu mache, kommt er mir entgegen und legt die Arme um mich. Vorsichtig zunächst, doch dann drückt er mich fest an sich.

Ich vergrabe das Gesicht an seiner Brust und atme tief den vertrauten Duft zusammen mit dem Geruch des Meeres ein. Sofort beginnen sich meine angespannten Muskeln zu entspannen und meine tobenden Gedanken kommen zur Ruhe. Mit dem Körper schützt er mich vor dem Wind, und seine Wärme springt auf mich über, während er mir mit der Hand über den Rücken streicht. Es hat eine Zeit gegeben, in der ich Momente wie diesen beinahe täglich hatte, und dann eine ganze Weile überhaupt nicht mehr. Ich bin froh, dass ich es heute wieder genießen kann. Ich bin froh, dass Cooper da ist. Trotz allem.

Er scheint sich genauso widerwillig von mir lösen zu wollen, wie ich mich von ihm. Aber Cooper muss bald zur Arbeit, und wir können nicht die ganze Nacht hier stehen bleiben, auch wenn das verlockender klingt, als es sollte.

Langsam setzen wir unseren Spaziergang fort und hängen einen Moment schweigend unseren Gedanken nach.

»Hast du ihn seit dieser Nacht noch mal gesehen?«, fragt Cooper unvermittelt.

Ich weiß, welche Nacht er meint. Die Nacht vor einem Monat. Die Nacht, in der ich mich von Julian getrennt habe. Unfassbar, dass inzwischen so viel Zeit vergangen ist. Es fühlt sich an, als wäre es ewig her. Als wäre das einer anderen Robyn passiert. Und gleichzeitig … gleichzeitig hätte es erst gestern sein können.

Ich zögere. Das »Nein« liegt mir auf den Lippen, beinahe spreche ich es aus. Aber nur beinahe.

»Vor ungefähr zwei Wochen«, gestehe ich leise und ohne ihn anzusehen. »Er hat vor Saras Wohnung auf mich gewartet.«

Ohne Vorwarnung bleibt Cooper stehen und stellt sich vor mich. »Was? Davon hast du gar nichts erzählt.«

Ich blicke zur Seite, zucke mit den Schultern, zwinge mich dazu, es abzutun. »Weil es nichts zu bedeuten hat. Er wollte reden, ich habe ihn weggeschickt. Das ist alles.«

Die Zweifel stehen Cooper so deutlich ins Gesicht geschrieben, dass sich alles in mir zusammenzieht. Er hat Julian nie gemocht – und auch kein großes Geheimnis daraus gemacht.

»Warst du mit ihm allein?«, bohrt er nach.

Ich bin nicht ganz sicher, worauf er damit anspielt. Darauf, dass ich Julian wieder verfallen sein könnte? Nur für einen Moment, für eine Nacht? Oder auf etwas, über das ich lieber nicht nachdenken will?

»Robyn …« Coopers leise Stimme und seine Hand an meiner Wange reißen mich aus meinen Gedanken, bevor sie zu einem Strudel werden können, in dessen Dunkelheit ich versinke. Mit dem Daumen streicht er über meine Wange und ganz leicht über meine Unterlippe. Die Berührung, so sanft sie auch sein mag, hinterlässt ein Kribbeln auf meiner

Haut und ersetzt meine Gedanken mit Erinnerungen ganz anderer Art. »Warst du mit ihm allein?«

Ich schlucke mehrmals, weil meine Kehle viel zu trocken ist. »Ja. Aber es war vor der Wohnung. Und es ist nichts passiert.«

Das ist die Wahrheit, und ich hoffe, dass Cooper mir glaubt. Die letzten zweieinhalb Jahre waren hart für unsere Freundschaft. Es hat Zeiten gegeben, da dachte ich, ich hätte ihn verloren. Dass wir uns heute treffen und so normal miteinander umgehen können, ist nicht selbstverständlich.

»Es geht mir gut«, behaupte ich, als er nicht reagiert. Ob ich damit meinen besten Freund überzeugen will oder mich, ist mir in diesem Moment nicht mal selbst ganz klar. Ich weiß nur, dass ich die Worte laut aussprechen muss, weil sie dann vielleicht irgendwann wahr werden.

»Nein, tut es nicht. Nicht wirklich.« Cooper lächelt schief und streichelt ein letztes Mal über meine Wange, ehe er die Hand wieder sinken lässt. »Aber wenn du irgendwann darüber reden möchtest, weißt du hoffentlich, dass es da draußen Menschen gibt, die dir zuhören würden. Menschen, denen du wichtig bist. Anwesende natürlich ausgeschlossen.«

Ich kann nicht anders, ich pruste leise. Erleichtert und dankbar dafür, dass er es mir leicht macht. Dass er nicht von mir verlangt, darüber zu sprechen, was damals wirklich vorgefallen ist.

Und so einfach, so schnell ist alles wieder beim Alten zwischen uns.

6. KAPITEL

Anderthalb Jahre zuvor
Januar

»Ist das der letzte?« Julians Stimme hallte durch das Treppenhaus.

Ich konnte nichts sehen, weil der Umzugskarton in meinen Armen auch noch mit Decken und Kissen beladen war, hörte ihn aber näher kommen. Gleich darauf nahm er mir das schwere Teil ab.

»Nein, unten stehen noch zwei«, erwiderte ich und wischte mir mit dem Arm über die verschwitzte Stirn. Dafür, dass es sich bei dem Haus um einen Neubau handelte, war der Fahrstuhl wirklich langsam, also hatte ich die Treppe in den dritten Stock genommen. »Cooper müsste aber schon auf dem Weg damit sein.«

»Aha.« Julian stellte den Karton zu den anderen ins Wohnzimmer.

Ich runzelte die Stirn, sagte aber nichts dazu. Mittlerweile wusste ich ja, dass er Cooper nicht besonders mochte, was leider auf Gegenseitigkeit beruhte. Doch nun, da ich bei meinem Freund einzog, würden sie sich miteinander arrangieren müssen. Und das nicht zuletzt, weil ich nicht bereit war, auf einen der beiden in meinem Leben zu verzichten.

»Du hättest wirklich ein Umzugsunternehmen beauftragen sollen«, murmelte Julian zum wiederholten Mal und verteilte die kleinen dekorativen Kissen auf dem Sofa, als hätten sie schon immer dort hingehört.

Ich seufzte innerlich. »Dafür wollte ich kein Geld ausgeben. Wir haben doch darüber gesprochen.«

Wir hatten es sogar lang und breit ausdiskutiert. Mein Erspartes würde noch ein Jahr auf der Bank bleiben, bis ich nach dem abgeschlossenen Studium endlich reisen konnte. Das würde ich nicht für ein Umzugsunternehmen zum Fenster rauswerfen. Außerdem half Cooper mir mit den Kartons, auch wenn er gerade selbst viel um die Ohren hatte.

Julian kehrte in den Eingangsbereich der Wohnung zurück, wo ich an der hüfthohen Kommode lehnte. »Aber wir haben auch darüber gesprochen, dass ich es für dich bezahlt hätte«, erinnerte er mich leise und gab mir einen Kuss auf die Wange.

»Ich weiß«, gab ich zu und spielte mit den Knöpfen an seinem Hemd herum. »Das ist lieb, und ich bin dir dankbar dafür, aber das mit dem Umzug hat auch so geklappt.«

Wahrscheinlich wäre ich nicht so schnell mit meinem Freund zusammengezogen, aber ich steckte noch mitten im Studium und hatte gerade erst meinen Nebenjob als Kellnerin verloren, als die Mieterhöhung ins Haus geflattert war. Es war auch so schon schwierig gewesen, über die Runden zu kommen, seit ich allein für die Studiengebühren aufkommen musste. Noch mehr Miete zahlen? Das konnte ich mir nicht leisten. Außerdem tropfte seit Monaten die Dusche, und die Nachbarn über mir ließen mich regelmäßig an ihrem Eheleben teilhaben, sei es nachts im Bett oder tagsüber, wenn sie sich stritten und das Baby schrie. Also waren mir nur zwei Möglichkeiten geblieben: Entweder ich suchte mir einen Mitbewohner, dem ich nicht mal ein eigenes Zimmer hätte anbieten können – oder ich zog aus.

Im Gegensatz zu mir hatte Julian eine große Wohnung in einer schönen Nachbarschaft in Nob Hill, die sogar näher an meiner Uni lag als die Bruchbude am Stadtrand, in die ich nach dem Abschluss am City College gezogen war. Er hatte mir mal erzählt, dass die Wohnung von einem Architektenkollegen designt wurde, den er bewunderte, und als sie vor ein paar Jahren frei wurde, hatte er sie sich sofort geschnappt. Zuerst hatte ich das für übertrieben gehalten, aber nachdem ich das erste Mal bei ihm zu Hause gewesen war, konnte ich es sehr gut nachvollziehen.

Warum auch nicht? Diese Wohnung war ein Traum, direkt unterm Dach mit großen bodentiefen Fenstern, Klimaanlage, Fußbodenheizung und schickem Echtholzparkett. Die Küche sah aus wie neu und war mit dem schwarzen Marmor mehr als elegant. Das Schlafzimmer hatte eine Fensterfront Richtung Osten, sodass man jeden Morgen von Sonnenstrahlen geweckt wurde, und das Badezimmer war ungefähr viermal größer als mein eigenes. Das Einzige, was zur Perfektion fehlte, war eine Badewanne, aber in meiner alten Bleibe war das nicht anders gewesen. Ich war immer noch ab und an zu Cooper zum Baden gefahren, doch irgendetwas sagte mir, dass Julian damit nicht einverstanden sein würde. Dafür gab es hier eine Regendusche, in der locker zwei Personen Platz hatten und die wir bereits mehrfach zusammen genutzt hatten. Und das nicht nur zum Duschen.

Der Aufzug meldete sich mit einem leisen *Pling*, und die Türen glitten auf. Ich ließ Julian stehen, um Cooper mit den letzten Kartons zu helfen.

»Danke.« Er warf mir ein kurzes Lächeln zu.

Ich schnaubte. »Ich muss mich bei dir bedanken, nicht andersrum.«

»Oh, das wirst du«, rief er mir nach. »Pizza und Filmabend, schon vergessen?«

Nein, das hatte ich nicht vergessen. Es war ewig her, seit wir das gemacht hatten, weil immer etwas dazwischengekommen war. Entweder war ich mit Julian verabredet gewesen, hatte arbeiten oder für meine Prüfungen lernen müssen, oder Cooper war mit seiner Freundin beschäftigt gewesen oder hatte mal wieder eine Schicht zu einer unmöglichen Uhrzeit gehabt. Würden wir uns nicht beinahe täglich texten, wüsste ich schon gar nicht mehr, was in seinem Leben vor sich ging. Und da ich mittlerweile kaum noch Kontakt zu Heather, Claire und Roger aus der Zeit am City College hatte, war es mir umso wichtiger, dasselbe nicht auch mit Cooper passieren zu lassen.

Julian kam mir entgegen, um mir den Bücherkarton abzunehmen und ihn ins offene Wohnzimmer zu tragen. Er hatte schon vor Tagen Platz für meine Sachen geschaffen. Sobald ich ausgepackt hatte, konnte ich die Lücken im Regal und in der Vitrine füllen.

Ich hörte ein mittlerweile vertrautes Trippeln von Pfoten, gleich darauf tauchte Lucky auf und begrüßte mich freudig. Während des Umzugs hatte Julian ihn mit einem Kauknochen und einem Spielzeug ins Schlafzimmer verbannt, aber jetzt lief der Rüde aufgeregt zwischen uns hin und her und schnüffelte an allem herum.

Cooper stellte die letzten Kartons im Flur ab, die Julian sofort aufhob und an anderer Stelle platzierte. Er hatte ein System, das niemand durcheinanderbringen durfte, nicht einmal ich. Aber solange sich einer von uns noch auskannte und wusste, wo sich alles befand, war mir das nur recht.

Ich blieb im offenen Durchgang zwischen Flur und Wohnzimmer stehen und beobachtete Julian lächelnd dabei, wie er alles in Ordnung brachte. Als Cooper neben mich trat, sah ich zu ihm hoch.

»Was ist?«, fragte ich, als ich seinen nachdenklichen Blick bemerkte.

»Nichts. Irgendwie dachte ich nur, dass du nach dem Abschluss reisen würdest. Seit wir uns kennen, hast du von kaum etwas anderem geredet.«

»Das ist immer noch der Plan.« Ich zuckte mit den Schultern. »Nur weil ich hier einziehe, heißt das nicht, dass ich all meine Pläne und Ziele im Leben aufgebe.«

Mal ganz davon abgesehen, dass ich noch immer nicht mal ansatzweise genug gespart hatte, um mehr als nur drei, vier Wochen wegzufahren. Womöglich würde ich meinen Traum also auch nach dem Abschluss nicht umsetzen können. Zumindest nicht so, wie ich es mir immer ausgemalt hatte: Einfach losfahren, in den Tag hineinleben, neue Menschen, Länder und Kulturen kennenlernen und dabei spontan nach Lust und Laune von A nach B fliegen. Wenn ich nicht nur mit einem Rucksack reisen, in überfüllten Schlafsälen übernachten und nebenher arbeiten wollte, brauchte ich die finanziellen Mittel für diese Art von Reise.

Cooper antwortete nicht, aber ich konnte ihm die Skepsis deutlich ansehen.

»So kann ich weiter Geld sparen und mich zusätzlich auch noch mit meiner Mom gut stellen.«

»Seltsam. Ich dachte, Letzteres hättest du schon durch ihn

getan«, murmelte er und deutete mit dem Kinn in Julians Richtung.

Unwillkürlich musste ich lächeln. Als ich Julian meinen Eltern vorgestellt hatte, war Dad wie erwartet zurückhaltend und ernst gewesen – aber Mom? Irgendwie hatte Julian es mit seinem Charme geschafft, sie innerhalb kürzester Zeit um den kleinen Finger zu wickeln. Dass er ein erfolgreicher Architekt mit eigener Firma war, obwohl er nur ein paar Jahre älter war als ich, beeindruckte sie zusätzlich, und zum ersten Mal seit einer Ewigkeit hatte ich so etwas wie Stolz in den Augen meiner Mutter gesehen. Das war nur ein einziges weiteres Mal vorgekommen, nämlich als ich ihr ein paar Monate später erzählt hatte, dass ich mit Julian zusammenziehen würde. Wahrscheinlich plante sie insgeheim schon die Hochzeit, nachdem ihr das bei meiner großen Schwester Sara und ihrer On-off-Beziehung Peter verwehrt geblieben war. Doch dann hatte sie mich mit der Neuigkeit überrascht, dass sie und Dad sich ein kleines Haus an einem See in Kanada gekauft hatten. Jetzt, da Sara und ich erwachsen waren, gingen sie anscheinend davon aus, dass sie ihren Job als Eltern erledigt hatten und wir sie nicht länger brauchten.

»Sicher, dass du das hier willst?« Coopers leise gesprochenen Worte holten mich in die Gegenwart zurück. »Du kannst immer noch bei mir unterkommen. Im Sofa sind nur zwei Sprungfedern kaputt, und im Kühlschrank lagern genug Take-aways für eine ganze Woche.«

Einen Moment lang war ich mir nicht sicher, ob das ein Scherz sein sollte, beschloss jedoch, es als solchen zu verstehen, und schüttelte den Kopf. »Ich bin sicher, deine Freundin wäre begeistert.«

Ich hatte Kayla bisher zwar nur zweimal getroffen, aber entweder war sie wirklich schüchtern oder sie schien nicht besonders viel von mir zu halten.

»Das war ein ernst gemeintes Angebot, Claymore.«

»Hm«, machte ich und tippte mir gegen das Kinn, während ich langsam die bodentiefen Fenster ansteuerte. »Eine kaputte Couch und mehrere Tage altes Essen vom Lieferdienst oder eine Wohnung zusammen mit meinem Freund in einer der teuersten Gegenden der Stadt. Das ist *echt* eine schwierige Entscheidung.«

Ich lehnte mich so weit nach vorne, dass meine Stirn beinahe die Fensterscheibe berührte. Trotz der grauen Wolken am Himmel hatte man einen fantastischen Blick auf die vielen viktorianischen Häuser in der Nachbarschaft. Die modernen Bauten fügten sich nahtlos ein und bildeten einen faszinierenden Kontrast. Im Gegensatz zu der Ecke, in der ich bis vor Kurzem gewohnt hatte, wirkte hier alles sauberer, heller und freundlicher.

»Wow!«, ertönte plötzlich eine Kinderstimme von der Wohnungstür her. Ellie stand ehrfürchtig im Eingangsbereich, doch als sie mich entdeckte, flitzte sie auf mich zu und schlang die kurzen Arme um meine Beine. »Tante Robyn!«

»Hey, kleine Maus.« Ich ging in die Hocke und umarmte sie. Ihr Haar duftete nach Erdbeeren, und als sie sich aus meiner Umarmung befreite, entdeckte ich einen kleinen Schokofleck an ihrer Wange. Ihre blauen Augen wurden riesig, als sie losrannte, um sich alles anzusehen.

»Hier wohnst du jetzt?«, rief Ellie.

Ich wechselte einen amüsierten Blick mit Julian, der das Ganze schweigend beobachtet hatte und Lucky am Halsband festhielt, damit sich der Hund vor Freude nicht sofort auf meine Nichte stürzte, die kaum größer war als er. »Ganz genau.«

Sara folgte ihrer Tochter und schob sich ein paar Strähnen kastanienbraunen Haares hinter die Ohren, die sich aus ihrem Zopf gelöst hatten. »Ich wusste ja, dass es hier schön ist, aber *so* schön?« Ihr Blick fand mich, und sie lächelte breit. »Ab heute bin ich ganz offiziell neidisch auf meine kleine Schwester.«

Ich lachte auf und fiel ihr um den Hals.

Sara stolperte einen halben Schritt zurück, fing mich aber auf und erwiderte die Umarmung genauso stürmisch.

»Was für eine schöne Überraschung!«, rief ich, nur um mich genauso schnell wieder von ihr zu lösen, wie ich sie angesprungen hatte. »Du siehst großartig aus! Was macht ihr hier?«

»Ach, ich habe Ellie gerade von Du-weißt-schon-wem abgeholt und dachte, ich schaue mal vorbei. Ich war schließlich noch nie hier.« Sie nickte Julian freundlich zu.

Ich senkte die Stimme. »Heißt das, du und Peter …?«

Sara presste die Lippen aufeinander und schüttelte den Kopf. »Es ist aus. Diesmal wirklich.«

Oh wow. Das hatte ich in den letzten Jahren zwar schon öfter von ihr gehört, allerdings hatte sie noch nie so überzeugend geklungen wie jetzt.

»Das tut mir leid. Seit wann?«

»Drei Wochen.«

Mist. In letzter Zeit hatten wir uns viel zu selten gesehen, weil wir beide so beschäftigt gewesen waren und Julian neben Studium und Nebenjob meine ganze Freizeit beanspruchte. Aber ich wäre für Sara da gewesen, wenn ich davon gewusst hätte.

»Die Wohnung ist ein Traum«, flüsterte sie mir zu und lenkte uns damit beide von dem traurigen Thema ab. »Und dein Freund sowieso.«

Ich folgte ihrem Blick. Julian war vor Ellie in die Hocke gegangen und unterhielt sich mit ihr. Als er einen Lolli hinter ihrem Ohr hervorzauberte, kicherte sie aufgeregt und umarmte ihn überschwänglich. Ich lächelte. Manchmal wusste ich selbst nicht, womit ich das hier verdient hatte, aber ich würde mich sicher nicht beschweren.

Cooper räusperte sich und warf einen Blick auf sein Handy. »Ich muss leider los. Kayla wartet schon.«

»Danke für die Hilfe.« Julian hielt ihm die Hand hin, bevor ich selbst etwas sagen oder reagieren konnte. Nach einem kurzen Zögern schlug Cooper ein. »Du hast sicher viel zu tun«, sprach Julian weiter. »Wir wollen dich nicht länger als unbedingt nötig aufhalten.«

»Klar.« Cooper nickte ihm etwas steif zu, dann wandte er sich an mich und zog mich in eine feste Umarmung. Er gratulierte mir nicht zum Einzug, aber wenigstens warnte er mich auch nicht, damit einen Fehler zu begehen.

Ich schmiegte mich an ihn wie unzählige Male zuvor. »Danke.«

Cooper erwiderte nichts, aber ich spürte, wie er nickte. Dann machte er sich schnell von mir los und verabschiedete sich auch von Sara und Ellie.

Aus irgendeinem Grund sah ich ihm mit gemischten Gefühlen nach, als er die Wohnung verließ. Als wäre es etwas Endgültiges, als hätte sich etwas Grundlegendes in unserer Freundschaft geändert, auch wenn das totaler Blödsinn war. Er war immer noch Cooper, ich war immer noch Robyn, und wir würden auch weiterhin beste Freunde sein. Daran hatten weder sein Abschluss noch sein neuer Job und seine neue Freundin etwas geändert – genauso wenig wie mein Studium in Berkeley. Und daran würde auch dieser Umzug nichts ändern. Da war ich mir absolut sicher.

»Wie wäre es, wenn wir alle zusammen essen gehen?«, schlug Julian vor und riss mich damit aus meiner seltsamen Stimmung. »Ich lade euch zur Feier des Tages ein. Keine Widerrede«, fügte er hinzu, als Sara protestieren wollte. »Es würde mich wirklich freuen.«

Sara zögerte – und ich verstand, warum. Sie hatte kein gutes Verhältnis zu Geld und noch mehr Probleme damit, von anderen etwas anzunehmen, sei es Hilfe oder eine Einladung zum Essen. Doch als Ellie vor Freude quietschte, gab sie schließlich nach.

»Das ist sehr nett von dir«, sagte sie an Julian gewandt. »Danke.«

Er lächelte. »Kein Problem. Wirklich.«

Während Julian ins Schlafzimmer ging, um sein Jackett zu holen, stellte sich Sara neben mich und zerquetschte vor Aufregung beinahe meine Hand.

»Wenn du diesen Kerl gehen lässt, bringe ich dich um.«

Ich lachte laut auf und schlug mir sofort die Hand vor den Mund, damit Julian es nicht hörte. »Keine Sorge«, erwiderte ich gedämpft. »Ich hab nicht vor, ihn gehen zu lassen.«

Gleich darauf kehrte Julian ins Wohnzimmer zurück, und wir machten uns zusammen auf den Weg.

Da ich mich in Nob Hill nicht wirklich auskannte, genauso wenig wie Sara, suchte Julian das Restaurant für uns aus. Als wir ankamen, rannte Ellie geradewegs zu der Fensterfront, die einen fantastischen Ausblick über Teile von San

Francisco bot. Kurz darauf saßen wir auch schon an einem schönen Tisch am Fenster. Von hier aus konnte man nicht nur über die Stadt, sondern auch das Meer und sogar die Bay Bridge und die dahinterliegenden Inseln sehen.

»Bestellt, was auch immer ihr wollt«, sagte Julian und klappte die Speisekarte auf. »Das ist mein Einzugsgeschenk an dich.«

Ich gab mir nicht mal mehr Mühe, mein Strahlen zu verbergen. Stattdessen lehnte ich mich zu ihm und drückte ihm einen kurzen Kuss auf den Mund, dicht gefolgt von einem leisen »Danke«.

»Das ist wirklich großzügig von dir. Vielen Dank«, kam es von Sara, die glücklich zwischen uns hin- und herschaute, ehe sie sich wieder Ellie widmete, um ihr bei der Auswahl zu helfen.

Wir bestellten unsere Getränke und das Essen, dann entschuldigte sich Sara kurz, um ihre Tochter zu den Toiletten zu begleiten.

Die ganze Zeit über war ich von einem sprudelnden, warmen Gefühl eingehüllt gewesen, doch jetzt mischte sich leise Sorge darunter, als ich meiner Schwester und meiner Nichte nachblickte.

»Ihr scheint es gut zu gehen, oder? Was denkst du?«

Julian musterte mich aufmerksam. »Warum sollte es ihr nicht gut gehen?«

Ich seufzte und begann, den Teelichthalter in der Mitte des Tisches herumzuschieben. »Sie hat mir vorhin erzählt, dass sie sich von Peter getrennt hat. Diesmal endgültig. Ich habe keine Ahnung, wie sie das mit Ellie regeln wollen, kann mir aber kaum vorstellen, dass es einfach wird.«

Julian legte seine Hand auf meine und unterbrach mein nervöses Herumspielen. »Sara ist stark. Sie schafft das. Wenn ich eins gelernt habe, dann dass ihr Claymore-Frauen unverwüstlich seid.«

Seine Worte entlockten mir ein Lächeln. »Das sind wir wirklich. Vor allem Sara nach allem, was sie schon durchgemacht hat.«

»Was meinst du?«

Ich zögerte kurz, sprach es dann aber doch aus. »Sie hatte früher Probleme. Mit der Arbeit, dem abgebrochenen Studium, unseren Eltern, dazu kamen Geldsorgen. Als ich herausgefunden habe, dass sie Drogen nimmt, war es fast zu spät. Sie hat zwei Entzüge hinter sich, aber erst als sie mit Ellie schwanger wurde, hat sie es geschafft und diesen Kampf gewonnen.«

»Wow«, murmelte Julian. »Das muss wirklich schwer für sie gewesen sein.«

Ich nickte. »Sie war ganz allein damit. Niemand hat etwas mitbekommen. Sara war ein Genie darin, ihre Probleme vor uns allen geheim zu halten. Ich habe es nur durch Zufall herausgefunden, als ich mal bei ihr übernachtet habe. Mom und Dad wissen bis heute nichts davon.«

Und jetzt hatte ich Julian davon erzählt. Ich biss mir auf die Lippe. Hätte ich das besser nicht tun sollen? Es war schließlich Saras Geheimnis und nicht meines. Andererseits wusste ich, dass ich Julian zu hundert Prozent vertrauen konnte. Und wenn ich ihm trauen konnte, dann galt das auch für meine Schwester.

»Danke, dass du das mit mir geteilt hast.« Julian drückte meine Hand. »Und mach dir keine Sorgen, offiziell weiß ich von nichts.«

Ich konnte ihm gerade noch ein dankbares Lächeln zuwerfen, bevor Sara und Ellie an unseren Tisch zurückkehrten. Anfangs nagte das schlechte Gewissen an mir, doch je länger der Abend dauerte, desto deutlicher wurde, wie gut sich Julian mit meiner Schwester und auch mit Ellie verstand. Sie scherzten und lachten miteinander, als würden sie sich schon seit Jahren kennen.

Als wir später in unsere Wohnung kamen, schloss Julian gleich nach dem Eintreten von hinten die Arme um mich. »Ich habe eine Überraschung für dich.« Er drückte mir einen Kuss auf die Wange und griff nach meiner Hand, um mich ins Wohnzimmer zu ziehen.

Am Nachmittag war ich so mit dem Umzug beschäftigt gewesen, dass ich dem kleinen Weinregal, das neben der Vitrine stand, kaum Beachtung geschenkt hatte. Doch als Julian nun eine dunkle Flasche mit hellem Etikett herauszog, die mir ziemlich bekannt vorkam, konnte ich nicht mehr wegsehen.

»Ist das …?« Ich starrte erst ihn, dann die Weinflasche an. »Das kann unmöglich dein Ernst sein. Die günstigste Flasche kostet schon über sechshundert Dollar.«

Und das hier war eindeutig ein anderer, ein teurerer Jahrgang eines Château Margaux Premier Grand Cru Classé. So viel hatte ich durch meine Recherchen gelernt.

»Ich weiß.« Julian grinste zufrieden und legte mir den freien Arm um die Taille. »Aber das war es mir wert. Außerdem kenne ich jemanden, der jemanden kennt, der wiederum jemanden kennt und mir einen Rabatt geben konnte.« Er drückte einen Kuss auf mein Haar. »Freust du dich?«

»Soll das ein Witz sein?« Ich drehte mich in seinem Arm

um und sah fasziniert zu ihm auf. »Ich will mich sofort darauf stürzen und die ganze Flasche trinken. Und gleichzeitig möchte ich sie für immer aufheben, weil das …« Ich schüttelte den Kopf und suchte nach den richtigen Worten. »Das ist wirklich unglaublich süß von dir. Unnötig, aber trotzdem süß.«

»Wie gesagt …« Er lehnte sich zu mir hinunter, bis seine Lippen meine streiften. »Deine Reaktion und dieses Lächeln sind es mir wert.«

Ein absurd großer Teil von mir schmolz gerade dahin, auch wenn ich das niemals laut ausgesprochen oder zugegeben hätte.

»Wenn du willst, können wir uns den Wein für einen ganz besonderen Anlass aufheben?«, schlug er vor, und ich nickte sofort.

Diese Flasche hatte es verdient, gefeiert und gewürdigt zu werden. Genau wie dieser Mann, der so unerwartet in meinem Leben aufgetaucht war und den ich nie mehr missen wollte.

7. KAPITEL

Gegenwart
Juni

Zwei Tage nach Julians Verschwinden gibt es noch immer keine Neuigkeiten, keine Hinweise und keine Spuren. Detective Vicario und ihr Partner haben sich nicht mehr bei mir gemeldet, weder mit guten noch mit schlechten Nachrichten. Wobei *gut* und *schlecht* in diesem Fall wohl Interpretationssache sind. Julian ist nicht auf wundersame Weise wiederaufgetaucht, was auch der Grund dafür ist, dass ich an diesem Abend hier bin. An dem Ort, von dem ich nie gedacht hätte, dass ich freiwillig an ihn zurückkehren würde: die Wohnung, in der ich mit Julian gewohnt habe.

Ungeduldig verlagere ich das Gewicht von einem Bein aufs andere und blinzle gegen die letzten Sonnenstrahlen, die einen Weg an den viktorianischen und modernen Häusern vorbei in die Nachbarschaft finden.

Es ist fast zwanzig Uhr, weil ich noch ewig in der Redaktion saß und mit Lucky Gassi gehen musste. Jetzt ist der Hund wieder in Saras Wohnung, während ich am letzten Ort bin, an dem ich sein will.

Den ganzen Tag über war ich unkonzentriert und habe mir Patzer geleistet, die mir sonst nie unterlaufen. Ich habe

Fehler übersehen und – schlimmer noch – sogar selbst welche in die Artikel reingeschrieben, statt sie einfach nur zu prüfen und zu redigieren. Ich schätze, ich muss nicht erwähnen, dass meine Chefredakteurin alles andere als begeistert von meiner Arbeit war. Wahrscheinlich schiebt Monique es auf ihre Absage, was meinen eigenen Artikel angeht, dabei könnten meine Gedanken gerade nicht weiter davon entfernt sein. Doch nicht einmal ihre Standpauke hat geholfen, auch den Rest des Tages war ich mit dem Kopf woanders.

Nämlich hier.

Ich widerstehe dem Drang, zu dem Haus hinter mir zu schauen. Genauer gesagt zu den bodentiefen Fenstern im obersten Stockwerk. Stattdessen hole ich zum dritten Mal mein Handy heraus und starre darauf. Sara wollte mich begleiten, damit ich da nicht allein durchmuss, aber von meiner Schwester ist weit und breit nichts zu sehen. Dabei wollten wir uns schon vor zwanzig Minuten hier treffen.

Als ich das Handydisplay diesmal einschalte, erscheint eine neue Nachricht von Sara:

Brauche noch ein paar Minuten! Hab Ellie vom Karate abgeholt und zu Peter gebracht. Stecke im Feierabendverkehr fest. Warte auf mich! Bin in 5 Minuten da.

Ich unterdrücke ein Seufzen. Fünf Minuten im Feierabendverkehr von San Francisco sind gleichbedeutend mit einer halben Stunde – oder mehr –, und so lange werde ich nicht vor dem Haus herumstehen. Schon gar nicht, wenn die durchaus reale Möglichkeit besteht, dass mein Ex-Freund gleich um die Ecke biegt, ohne zu wissen, dass er vermisst gemeldet wurde, und mich hier erwischt. Bei der bloßen Vorstellung rumort es in meinem Magen, also tippe ich eine knappe Antwort an Sara:

Bin schon da und gehe jetzt rein. Du musst nicht mehr kommen, wir treffen uns zu Hause.

Wie ich meine Schwester kenne, wird sie nicht begeistert davon sein, aber ich habe nicht die geringste Lust, noch länger in der abendlichen Kälte herumzustehen und zu warten. Außerdem will ich es endlich hinter mich bringen. Kurz überlege ich, Cooper anzurufen und ihn herzubitten, verwerfe diese Idee aber sofort wieder. Zum einen dürfte er schon auf dem Weg zur Arbeit sein und zum anderen sollte ich keinen Babysitter brauchen, wenn ich in meine alte Wohnung zurückkehre. Erst recht nicht für einen kurzen Besuch.

Ich stecke das Handy wieder ein und gebe dem Drang, mich umzudrehen, diesmal nach. Einen Moment lang betrachte ich das Haus, in dem ich die letzten anderthalb Jahre zusammen mit Julian gewohnt habe. Es ist ein fast schwarzer moderner Bau mit drei Stockwerken und großen Fenstern, der sich auf wundersame Weise gut in die Nachbarschaft einfügt. Links und rechts daneben thronen zwei Villen im typischen viktorianischen Baustil.

Mein Blick wandert zu den obersten Fenstern hinauf. Seit jener Nacht vor einem Monat war ich nicht mehr hier.

Ich betrete das Haus und nehme den Fahrstuhl nach oben. Obwohl es noch nicht besonders spät ist, scheint es unheimlich still im ganzen Gebäude zu sein. Meine Hände zittern, und ich brauche mehrere Anläufe, bis ich mit dem Schlüssel treffe. Als ich ihn herumdrehe, hallt das Klicken unangenehm laut im Flur und in meinen Ohren wider. Ich zögere, schiebe die Tür dann aber doch auf. Das Herz schlägt mir bis zum Hals.

Dunkelheit und abgestandene Luft empfangen mich. Die Jalousien sind heruntergelassen, sodass kaum Tageslicht durch die Fenster hereindringt. Nicht dass es viel ausmachen würde, da ohnehin bald die Sonne untergeht. Ich taste die Wand rechts von mir ab und finde den Schalter. Mit einem Klicken ist alles von einem hellen Licht erfüllt, während die Tür hinter mir ins Schloss fällt.

Damals ist mir die Wohnung wie ein Traum vorgekommen – und Julian wie meine Rettung, weil ich sonst auf der Straße gelandet wäre. Zumindest hätte ich nicht so schnell etwas Neues finden können. Ich dachte, mit dem Zusammenziehen beginnt ein neues Kapitel in unserer Beziehung. Ich dachte und hoffte auf so vieles, und nichts davon hat sich erfüllt.

Instinktiv will ich meine Handtasche auf der hüfthohen Kommode rechts neben dem Eingang abstellen und erstarre mitten in der Bewegung. Die Kommode sieht noch genauso aus wie früher. Rotbraunes Mahagoniholz. Eine Antiquität mit vier Schubladen, Metallgriffen und spitzen Kanten. Als ich in den Spiegel sehe, der direkt darüber an der Wand hängt, erschrecke ich vor meinem eigenen Anblick. Ich bin leichenblass, meine Augen sind riesig und wirken geradezu panisch. Ich blinzle mehrmals, doch das Bild bleibt dasselbe.

Langsam ziehe ich meine Hand zurück und wende mich hastig ab.

Ich bin nur aus zwei Gründen hier. Erstens um herauszufinden, ob es irgendwelche Hinweise auf Julians Verschwinden gibt. Irgendetwas, das ich der Polizei melden kann, damit sich der Fall möglichst schnell aufklärt. Und zweitens um endlich meine restlichen Sachen zu holen und endgültig mit diesem Kapitel abzuschließen. Trotzdem muss ich mich praktisch dazu zwingen, einen Fuß vor den anderen zu setzen und weiterzugehen.

Der Flur führt direkt in den größten Raum. Links von mir befindet sich die offene Küche mit der großen Kochinsel. Schwarzer Marmor und saubere Arbeitsflächen wie in meiner Erinnerung. Rechts ist das Wohnzimmer mit ausladender Couch, Tisch, Fernseher, Vitrine, Bücher- und Weinregal. Auch hier ist alles blitzblank. Nichts deutet darauf hin, dass Julian überstürzt abgereist sein könnte. Alles befindet sich an seinem Platz. Nirgendwo liegt ein in der Eile vergessener Stift, ein loser Zettel, ein Shirt oder sonst etwas in der Art herum. Nicht einmal von Luckys Spielzeugen ist etwas zu sehen. Vielleicht sollte ich ein paar von seinen Sachen einpacken, wenn ich schon mal hier bin, auch wenn mir allein der Gedanke widerstrebt, etwas mitzunehmen, das nicht mir gehört, sondern Julian.

Mir war nie klar, wie dunkel, kühl und unnahbar die Einrichtung wirkt. Aber vielleicht ist das auch nur mein Eindruck, jetzt, da ich nicht mehr hier wohne. Auch wenn die meisten meiner Sachen immer noch hier sind, weil ich es bisher nicht über mich gebracht habe, sie abzuholen.

Ich bleibe neben dem Esstisch stehen, an dem Platz für exakt sechs Leute ist, was wir nie ausgenutzt haben. Es gab immer nur uns beide. Nur ihn und mich.

Ein anderes Bild schiebt sich vor jenes, das ich vor mir

sehe. Die Kerzen, die jetzt aus sind, flackern in meiner Erinnerung. Leise Musik spielt im Hintergrund, und der Duft meines Lieblingsparfums schwebt in der Luft. Das Fünf-Gänge-Menü ist bestellt und unterwegs. In meiner Erinnerung schlüpfe ich in die mörderisch hohen High Heels, als ich Julian an der Tür höre, und komme aus dem Schlafzimmer, um ihn nach einem langen Arbeitstag zu begrüßen. Voller Vorfreude und prickelnder Erregung im Bauch.

Ich schließe die Augen und schüttle den Kopf, um das Bild zu vertreiben und stattdessen das zu tun, was ich seit Wochen versuche: zu vergessen. Oder vielmehr zu verdrängen.

Als ich die Augen wieder öffne, fällt mein Blick auf den Château Margaux Premier Grand Cru Classé, Jahrgang 2000, der um die 1500 Dollar gekostet haben muss. Die Flasche steht unangetastet im Weinregal in der Ecke. Ich weiß nicht einmal, warum mich das überrascht. Vielleicht, weil ich mir nahezu sicher war, dass Julian sie ausgetrunken hat, als er realisiert haben muss, dass ich nicht mehr zurückkomme. Oder dass er sie wutentbrannt gegen die Wand geworfen hat. Beide Varianten erscheinen mir erschreckend realistisch. Aber dass er meinen Lieblingswein, den ich nur durch seine Empfehlung überhaupt erst kennengelernt habe, weiterhin aufbewahrt …? Damit habe ich nicht gerechnet.

Vielleicht hat er gehofft, dass du zu ihm zurückkehrst.

Ich ignoriere die leise Stimme in meinem Kopf. Es ist mir völlig egal, was er gedacht oder gehofft hat. Ich komme nicht zurück. Und den Wein kann er meinetwegen behalten.

Ein leises Knarzen dringt durch die Stille. Ich erstarre. Mein Herz poltert los, und Kälte breitet sich in mir aus.

Ganz langsam drehe ich mich um, aber da ist nichts. Alles sieht noch genauso aus wie zuvor.

Julian ist nicht da, rufe ich mir wieder ins Gedächtnis. Die Polizei war schon hier. Sie suchen nach ihm. Wenn es einen guten Zeitpunkt gibt, meine restlichen Sachen zu holen, ohne ihn dabei wiedersehen zu müssen, dann ist das heute. Jetzt. Ich werde keinen Rückzieher machen.

Entschlossen versuche ich, das Gefühl abzuschütteln, und mache mich an die Arbeit. Leider haben sich in anderthalb Jahren so einige Klamotten und neue Bücher angesammelt, sodass die drei Stoffbeutel, die ich mitgebracht habe, innerhalb kürzester Zeit vollgestopft sind. Mist. Dabei war das noch längst nicht alles. Egal. Den Rest brauche ich nicht. Die weiße Bluse konnte ich sowieso nie richtig leiden; ich habe sie nur getragen, weil Julian mich darin so sexy fand. Auch den dazugehörigen knielangen Bleistiftrock lasse ich zurück, dazu ein paar weitere Oberteile, Hosen, zwei Paar Schuhe und eine Reihe von Büchern, die ich ohnehin nie lesen werde.

Der Abschied fällt mir weniger schwer, als ich befürchtet habe, und ich frage mich unweigerlich, warum ich das hier nicht schon längst hinter mich gebracht habe. Dann fällt es mir wieder ein. Ach ja. Bis vor zwei Tagen war mein Ex noch nicht von der Bildfläche verschwunden. Und ich hätte ihm unter keinen Umständen über den Weg laufen wollen.

Allein beim Gedanken an diese Möglichkeit bekomme ich eine Gänsehaut, also schiebe ich ihn ganz schnell beiseite.

Jetzt gibt es nur noch eine Sache, die ich zu tun habe. Ich trete an den Esstisch und ziehe die Halskette mit dem Herzanhänger aus meiner Hosentasche. Als ich gegangen bin, habe ich ihn noch getragen. Jetzt lasse ich ihn hier zurück.

Es ist das Letzte, was mich noch mit Julian verbindet, abgesehen von Lucky vielleicht.

Ich will mich schon abwenden, zögere jedoch. Den Wohnungsschlüssel und den Schlüssel zu seinem Atelier sollte ich auch hierlassen, oder? Es wäre das einzig Richtige. Der Schlussstrich, den ich mir so sehnlichst wünsche. Aber was, wenn ich doch noch etwas von meinen zurückgelassenen Sachen holen will? Oder wenn Lucky irgendetwas braucht, an das ich heute in der Eile nicht gedacht habe?

Beim Gedanken an den Hund setze ich mich wieder in Bewegung. Ich hole zwei weitere von Luckys Lieblingsspielzeugen aus einer Kiste – das quietschende Huhn und den Plüschdinosaurier. Mitten im Wohnzimmer stehend sehe ich mich ein letztes Mal um. Ohne so viele von meinen Dingen wirkt alles noch kühler, noch lebloser und verlassener.

In diesem Moment höre ich ein leises Klicken – und erstarre. Ein Schaudern begleitet mich, als ich zur Garderobe zurückkehre und abrupt stehen bleibe. Meine Handtasche befindet sich wie eh und je auf der Kommode.

Kälte kriecht über meine Haut, und mein Herz fängt an zu rasen. Ich könnte schwören, dass ich die Handtasche nicht dorthin gestellt, sondern mit ins Wohnzimmer genommen habe. Und dieses Geräusch …

Ich sollte mich umdrehen. Ich sollte nachschauen und die ganze Wohnung noch einmal absuchen, aber ich kann nicht. Stattdessen klammere ich mich an die logische Erklärung: Anscheinend habe ich die Tasche doch noch auf ihren Stammplatz gelegt, ohne mir dessen bewusst zu sein. Und das Klicken habe ich mir nur eingebildet. Es muss so sein.

Abrupt reiße ich die Tasche an mich und hänge sie mir um. Anschließend trage ich die drei bis zum Platzen vollgestopften Stoffbeutel in den Eingangsbereich.

Ein letzter kurzer Blick in die Wohnung, ein letzter Blick zurück auf diesen Teil meines Lebens. »Leb wohl, Julian.«

Dann ziehe ich hastig die Tür hinter mir zu.

8. KAPITEL

Ein Jahr zuvor
Juni

»Bereit?« Julian deutete mit der Fernbedienung auf den TV und warf mir einen fragenden Blick zu.

»Sofort.« Hastig tippte ich die Nachricht an Sara zu Ende. In den letzten Monaten hatten wir uns viel zu selten geschrieben und auch nur ein Mal gesehen. Entweder war sie beschäftigt oder ich hatte zu tun, aber ich war fest entschlossen, das zu ändern. Nicht zuletzt, weil ich sie und meine Nichte vermisste.

Als Kinder hatten Sara und ich uns nicht besonders nahegestanden, dafür war der Altersunterschied von sechs Jahren einfach zu groß, und wir waren zu verschieden gewesen. Ich laut und ehrgeizig, sie ruhig und genügsam. Wir hatten auch nie dieselbe Musik gemocht oder denselben Sport betrieben oder dieselben Bücher gelesen. Erst mit dem Erwachsenwerden war unser Verhältnis enger geworden, und wir hatten gelernt, unsere Unterschiede zu akzeptieren, aber auch neue Gemeinsamkeiten zu finden. Essen war eine solche Gemeinsamkeit, darum versuchte ich sie jetzt auch dazu zu überreden, mit mir in dieses neue italienische Restaurant in SoMa zu gehen, über das ich neulich einen Artikel korrigiert hatte.

»Robyn …«

Ich tippte das letzte Wort, schickte den Text ab und legte das Handy neben mich aufs Sofa. »Bereit.«

»Na endlich!« Julian legte den Kopf in den Nacken und tat, als würde er Gott dafür danken.

Ich warf ein kleines Kissen nach ihm, das er grinsend auffing. »Sehr witzig.«

»Willst du jetzt diese Doku schauen oder eine Kissenschlacht veranstalten? Wobei ich dich dabei gerne in Dessous sehen würde«, fügte er hinzu und ließ den Blick an mir auf und ab gleiten.

Wärme sammelte sich tief in meinem Bauch, und ein Lächeln trat auf meine Lippen. »In deinen Träumen.«

Er grinste noch breiter und streckte den Arm nach mir aus. »Da auf jeden Fall, Süße.«

Ich kuschelte mich an ihn und wartete gespannt darauf, was für eine Doku er diesmal ausgesucht hatte.

Durch das Zusammenziehen vor sechs Monaten hatte sich unsere Beziehung verändert. In einigen Punkten war sie inniger geworden. Wir wussten mehr übereinander und standen uns näher als jemals zuvor. Gleichzeitig war es an manchen Tagen lächerlich schwierig, neben der Arbeit, dem Alltag und all den anderen Verpflichtungen überhaupt richtig Zeit füreinander zu finden, also hatten wir uns angewöhnt, zweimal die Woche einen Abend für uns zu reservieren. Quasi eine Date Night, selbst wenn die nur daraus bestand, es sich zu Hause auf dem Sofa gemütlich zu machen. An diesen Abenden war es für uns beide tabu, über die Arbeit oder mein Studium zu reden.

Lucky hatte es sich zu unseren Füßen auf dem Boden gemütlich gemacht und knabberte an einem Kauknochen. Auf dem Tisch vor uns standen Wasser und eine Flasche Wein, dazu eine Packung Snickers und eine Schüssel mit Popcorn.

Ich griff nach dem Popcorn. Es war gesalzen, nicht mit Parmesan, wie ich es eigentlich liebte, weil Julian das ekelhaft fand. Allerdings konnte ich auch mit gesalzenem Popcorn leben, also ging das völlig in Ordnung. Genauso wie die Tatsache, dass wir zwar nicht über Julians Arbeit oder seinen Alltag im Studio redeten, uns jedoch eine Dokumentation über Traumhäuser ansahen. Julian war hierbei mehr an der Architektur interessiert, da er einen neuen Kunden hatte, der sein Zuhause von ihm gestalten lassen wollte. Ich hätte lieber einen Actionfilm angeschaut, der mich gut unterhielt und bei dem ich nicht nachdenken musste, aber das hier war auch okay.

Die ersten Bilder flackerten über den großen Fernseher. Um ehrlich zu sein, passierte nicht allzu viel, außer dass jede Menge geredet wurde und immer wieder ein paar schicke, aber auch verflucht teure Häuser gezeigt wurden.

Aus dem Augenwinkel sah ich mein Handy aufleuchten. Das musste Sara sein. Ich wollte gerade ganz unauffällig danach greifen, als etwas auf dem Bildschirm meine Aufmerksamkeit erregte.

»Das will ich auch«, rief ich und deutete auf den Fernseher.

Julian warf mir einen überraschten Seitenblick zu. »Was? Etwa dieses Badezimmer? Die Kacheln sind scheußlich.«

»Nicht die Kacheln. Die Badewanne. Sollten wir irgendwann unser eigenes Haus haben, will ich genau so eine frei stehende Wanne haben. Die werde ich dann nie mehr verlassen.«

»Soso.« Seine Mundwinkel zuckten. »Wäre in dieser

Wanne denn auch Platz für mich, oder willst du sie ganz für dich allein beanspruchen?«

Wieder wurde mir bei seinen Worten wohlig warm. Mit gespielter Skepsis musterte ich Julian von oben bis unten. »Wenn du auch mit reinwillst, brauchen wir eine größere Wanne.«

Nachdenklich wiegte er den Kopf hin und her. »Mitten im Raum mit Ausblick nach draußen? Oder direkt unterm Dach mit teilweise verglaster Decke, um die Sterne zu sehen?«

»Das wäre ein Traum.«

Ein sanftes Lächeln umspielte seine Lippen. »Ist notiert. Hast du sonst noch Wünsche?«

Ich hielt inne, überrascht über die Frage. »Gestalten wir gerade unser Traumhaus?«

»Warum nicht?« Julian zuckte mit den Schultern und zog mich näher an sich. »Dann kann ich es planen, und eines Tages können wir es bauen lassen.«

Bei der Vorstellung hämmerte es kräftig in meiner Brust, während die Gedanken nur so durch meinen Kopf wirbelten.

»Wir brauchen einen Garten.«

»Unbedingt. Nicht wahr, Lucky?« Er kraulte den Hund hinter den Ohren, der bei der Erwähnung seines Namens sofort den Kopf gehoben hatte und angetrottet gekommen war. »Eine große Garage muss auch sein«, spann Julian den Gedanken weiter. »Und zwei, drei zusätzliche Räume als Gästezimmer – und die vielleicht irgendwann zu Kinderzimmern werden können.«

Ich hielt inne. Erstarrte geradezu. Wir hatten nie über Kinder gesprochen, und um ehrlich zu sein, wusste ich nicht, wie ich dazu stand. Meine Nichte Ellie liebte ich über alles, aber selbst sah ich mich nicht als Mutter. Zumindest nicht in den nächsten Jahren. Vorher wollte ich reisen und die Welt sehen – zumindest, wenn ich genug Geld zusammenbekam und es Julians Job erlaubte. Als Selbstständiger konnte er sich nicht mal eben so für ein paar Monate freinehmen, doch ich war sicher, dass wir das irgendwie hinkriegen würden. Weiter hatte ich mein Leben nicht geplant. Kinder? Ein schönes Zuhause, das Julian designt und für uns gebaut hatte? Ein großes Haus im Grünen mit viel Platz und einer traumhaften Badewanne für mich? Das klang fast zu schön, um wahr zu sein.

»Lass uns weiterschauen.« Julian strich mir über den Arm. »Vielleicht finden wir noch mehr Inspiration.«

In der nächsten halben Stunde starrte ich auf den Fernseher, aber die Versuchung, nach meinem Handy zu greifen und nachzuschauen, was Sara mir geantwortet hatte, wurde immer größer. Schließlich gab ich nach.

Julian sah nicht mal auf, als ich mich aufrichtete, so fokussiert war er auf die Dokumentation. Ich griff nach meinem Handy. Meine Schwester hatte mir tatsächlich geantwortet, aber leider mit einer Absage. Zu viel zu tun, ein neuer Nebenjob, den sie gerade erst in einer Poststelle angefangen hatte. Stress und Müdigkeit. Ich runzelte die Stirn, weil sie Ellie mit keinem Wort erwähnt hatte. Ich wusste nicht mal, welche Vereinbarung sie mittlerweile mit Peter bezüglich ihrer Tochter getroffen hatte oder ob Ellie im Moment überhaupt bei Sara wohnte.

Ich tippte eine Nachricht, in der ich sie fragte, ob alles in Ordnung war und ich irgendetwas für sie tun konnte, als mir das Smartphone aus der Hand gerissen wurde, bevor ich den Text absenden konnte.

»Hey!«, rief ich.

»Willst du die Doku schauen oder an deinem Handy herumspielen?«, fragte Julian ruhig.

»Ich kann beides gleichzeitig tun. Das nennt sich Multitasking.«

Seine Mundwinkel zuckten, aber er ließ sich nicht beirren und hielt mein Handy weiter fest. »Kannst du dich dabei auch noch mit mir unterhalten? Ich würde den Abend nämlich wirklich gern zusammen mit meiner Freundin verbringen, statt mit einer Frau, die mit ihren Gedanken und ihrer Aufmerksamkeit meilenweit entfernt ist.«

Ich hasste es, dass sich umgehend mein schlechtes Gewissen meldete. Wieder mal. Aber noch mehr hasste ich es, dass er recht hatte. Wieder mal.

»Na schön«, gab ich widerwillig nach, auch wenn es mich in den Fingern juckte, die Nachricht zu Ende zu tippen, die ich gerade begonnen hatte.

Das letzte Treffen mit Sara war ewig her – genau wie das mit Cooper –, da wollte ich wenigstens per Handy Kontakt halten, von meinem Tag erzählen und herausfinden, was bei meiner Schwester und meinem besten Freund so los war. Allerdings würde ich das nicht auf Kosten der Zeit mit Julian tun. Er hatte unheimlich viel auf der Arbeit zu erledigen, und abgesehen von unseren fest eingeplanten Date Nights waren die entspannten Momente zu zweit in letzter Zeit rar geworden. Ich wollte diesen Abend mit ihm, der so schön begonnen hatte, wirklich nicht kaputtmachen.

Wortlos streckte Julian die Hand nach mir aus. Mein Telefon legte er neben sich auf den Beistelltisch.

Ich rutschte zu ihm hinüber und kuschelte mich wieder an ihn.

»Viel besser.« Er drückte mir einen Kuss aufs Haar und

ließ die Doku weiterlaufen, die er zuvor pausiert hatte. Doch diesmal schien keiner von uns richtig bei der Sache zu sein.

Ich musste noch immer an Sara denken, und ob sie wohl Schwierigkeiten hatte, über die sie nicht reden wollte. Wenn ich ihr irgendwie helfen könnte, würde ich es tun, ganz egal, ob sie Ärger mit ihrem Ex hatte, es mit Ellie zu tun oder sie Geldprobleme hatte. Ich verdiente mit meinem eigenen Nebenjob als Kellnerin zwar nicht sonderlich viel und musste mein Studium bezahlen, aber ich hatte ein bisschen was für meine zukünftigen Reisen angespart. Ich könnte –

Unvermittelt fand ich mich auf dem Rücken auf dem Sofa wieder, und Julian schob sich zwischen meine Beine. Gleich darauf lag sein Mund auf meinem.

»Wolltest du nicht diese Doku sehen?«, fragte ich zwischen unseren Küssen.

Im Hintergrund erzählten sie irgendetwas über die besondere Lage des Hauses, über Solaranlagen, Wärmedämmung und große Fenster, aber ich blendete die Stimmen genauso aus wie die Fragen und Gedanken, die mich bis eben beschäftigt hatten. Julian nahm meine ganze Aufmerksamkeit für sich ein. So wie er es am liebsten hatte.

»Die kann warten«, murmelte er und knabberte an meinem Ohrläppchen. »Das hier nicht.«

Meine Antwort bestand aus einem gedämpften Stöhnen, das gleich darauf lauter wurde, als er seinen Mund auf die Stelle unter meinem Ohr presste, genau dort, wo ich besonders empfänglich für Liebkosungen dieser Art war. Innerhalb von Sekunden hatte ich vergessen, was der eigentliche Plan für diesen Abend gewesen war, und konnte mich nur noch auf diesen Mann konzentrieren. Auf seinen schweren Körper auf mir, auf den mittlerweile vertrauten Geruch nach Rosmarin und die Wärme, die von ihm ausging. Ich dachte nicht mehr an mein Handy oder die Nachricht an meine Schwester, sondern nur noch an das hier. An die heißen Küsse an meinem Hals und auf meinem Dekolleté. Daran, wie gut es sich anfühlte, seine Hände unter meinem Shirt direkt auf meiner Haut zu spüren. Selbst der kühle Luftzug, sobald ich nackt unter ihm lag, geriet in Vergessenheit, als Julian mich mit seinem großen, kräftigen Körper wärmte. Und als er sich das Kondom überstreifte und in dieser Position in mich eindrang, vertrieb er auch den letzten Gedanken und das letzte Gefühl, das nichts mit ihm zu tun hatte.

Es gab nur noch ihn in meiner Welt. Nur noch uns beide. Nur noch das, was wir hier taten und was sich mit jeder Sekunde besser anfühlte, weil er genau wusste, wie er mich berühren, wie er sich in mir bewegen und was er mir ins Ohr raunen musste, damit ich komplett den Verstand verlor.

Später, nachdem wir von unserem Hoch langsam wieder heruntergekommen waren und Julian aus dem Bad zurückgekehrt war, kuschelten wir uns nackt auf dem Sofa aneinander. Er hatte eine Decke über uns ausgebreitet. Auf dem Tisch standen die ausgetrunkenen Gläser, die leere Weinflasche, die Schale mit den letzten Krumen Popcorn und lagen die vergessenen Snickers-Riegel, während die Doku über den Fernseher flimmerte.

Zufrieden seufzend schmiegte ich mich an ihn. Als ich wieder klarer denken konnte, gab es nur eine einzige Sache, die mir durch den Kopf ging. Nur einen Wunsch, nur einen Gedanken: Das hier sollte bitte niemals enden.

9. KAPITEL

Gegenwart
Juni

In Saras Gästezimmer ist kaum Platz für die Sachen, die ich aus Julians Wohnung geholt habe. Ich vermute, dass es ursprünglich als Abstellkammer gedacht war. Es ist ein winziger Raum ohne Fenster, aber wenigstens steht ein gemütliches Bett darin, eine kleine Kommode mit den wenigen Kleidungsstücken, die ich mir vor vier Wochen neu gekauft und mittlerweile viel zu oft angezogen und gewaschen habe. Es gibt einen runden Spiegel an der Wand und einen Nachttisch. Normalerweise stehen dort eine kleine Lampe, eine Tasse Tee, die ich vor dem Schlafengehen trinke, mein Handy und das Buch, das ich seit vier Wochen zu lesen versuche, auf das ich mich aber nicht länger als drei Seiten konzentrieren kann. Doch als ich das Zimmer an diesem Abend betrete, liegt dort noch etwas. Etwas, das nicht dorthin gehört. Etwas, das eine Reihe von Erinnerungen heraufbeschwört und bei dessen bloßem Anblick sich alles in mir verkrampft.

Die Plastikverpackung knistert leise, als ich den Schokoriegel in die Hand nehme und damit in die Küche stürme. »Wo kommt das her?« Anklagend halte ich das Snickers in die Höhe.

Lucky, der unter dem Esstisch liegt, hebt den Kopf in der Hoffnung, dass es sich um ein Leckerli handeln könnte.

Sara ist kurz vor mir nach Hause gekommen und räumt gerade die letzten Einkäufe weg. »Oh, das?« Sie wirft nur einen kurzen Blick darauf und schließt die Kühlschranktür. »Ich habe es dir vorhin hingelegt. Ich dachte, du isst die so gerne?«

Nicht ich, sondern *er*. Julian. Das ist seine Lieblingssüßigkeit, und für einen kurzen Moment dachte ich tatsächlich …

Ich schüttle den Kopf. Saras Erklärung klingt völlig logisch. Außerdem gibt es viele Leute, die dieses Zeug essen. Ich habe bloß … Ich habe sofort das Schlimmste vermutet. Als würde Julian plötzlich in meinem Zimmer stehen und mich mit einem »Hallo, Süße« begrüßen. Was nicht passieren wird. Er ist weg. Und ein viel zu großer Teil von mir hofft noch immer, dass er nie wiederauftaucht. Selbst wenn das bedeutet, dass ihm wirklich etwas Schlimmes widerfahren ist oder er sich etwas angetan hat.

Macht mich das zu einem schlechten Menschen? Macht mich das zur Bösen in meiner eigenen Geschichte? Ich weiß es nicht. Aber im Moment ist mir das völlig egal.

»Alles okay?« Sara stützt sich auf der Kochinsel ab und mustert mich mit diesem besorgten, mitfühlenden Blick, den ich zu hassen gelernt habe. Dabei wirkt sie selbst erschöpft und hat Ringe unter den Augen, weil sie zu wenig schläft und zu viel arbeitet. »Ich wollte dir bloß eine Freude machen.«

Obwohl mein Verstand das durchaus begreift, braucht mein Körper eine ganze Weile, bis die Anspannung aus meinen Muskeln weicht und mein rasender Herzschlag sich wieder beruhigt.

»Ich weiß. Danke.« Da ich kein Lächeln zustande bringe, nicke ich nur. Ich lasse mich auf einen der beiden Hocker sinken und lege das Snickers auf die Kochinsel. Ich will es nicht haben. Ich will nichts von dem, was mit *ihm* zu tun hat.

Wie auf Kommando kommt Lucky mit wedelndem Schwanz unter dem Esstisch hervor und stupst mich an.

Sara folgt meinem Blick. Ein Lächeln umspielt ihre Lippen, aber sie seufzt auch. »So leid es mir tut, er kann nicht hierbleiben. Nicht auf Dauer. Ich kann es mir wirklich nicht leisten, auch noch für ein Haustier aufzukommen.«

»Ich weiß.« Mit den Fingerkuppen massiere ich mir die Schläfen, hinter denen es zu pochen begonnen hat. »Ich finde eine Lösung.«

»Bitte bevor Ellie wieder hier schläft. Wenn sie den Hund sieht, wird sie sich sofort in ihn verlieben und ihn behalten wollen.«

Damit hat sie leider recht, und so wie ich Sara kenne, wird sie es ihrer Tochter nicht abschlagen können, ganz egal wie teuer ein Hund ist. Sie würde alles für das kleine Mädchen tun. Nur deshalb streitet sie sich seit ihrer Trennung mit ihrem Ex herum, der versucht, ihr Ellie wegzunehmen.

Mein Blick fällt auf Lucky, der mich aus großen braunen Hundeaugen anschaut. Als würde er meine beginnende Verzweiflung spüren, legt er den Kopf auf meinen Schoß. Seufzend beginne ich ihn hinter den Ohren zu kraulen, denn wenn ich ganz ehrlich bin, habe ich die Fellnase vermisst. Auch wenn ich noch immer nicht weiß, was ich jetzt mit ihm anfangen soll. Ich würde es nie über mich bringen, ihn ins Tierheim zu stecken, aber ich kenne auch niemanden, der mal eben einen Hund aufnehmen könnte. Die Wohnungssuche in dieser Stadt ist schon als geringverdienender Single brutal. Aber mit Hund? Praktisch aussichtlos. Außerdem gehört mir Lucky nicht. Ich weiß nicht mal, ob ich ihn überhaupt behalten darf, wenn Julian nicht zurückkommen sollte. Und wenn er zurückkommt … Nein, damit will ich mich noch weniger beschäftigen als mit der Frage, was aus Lucky wird.

»Vorgestern hab ich Cooper getroffen«, erzähle ich meiner Schwester, um mich von all den Fragen und Unwägbarkeiten abzulenken. »Wir waren abends mit Lucky am Baker Beach spazieren.«

Sara sieht mich nicht an, sondern räumt die letzte Tüte aus. »Du solltest vorsichtig mit ihm sein.«

Verwirrt runzle ich die Stirn. Diese Worte höre ich zum ersten Mal aus ihrem Mund. »Mit Cooper? Warum?«

Sie seufzt. »Weil es offensichtlich ist, dass er etwas für dich empfindet.«

Ich blinzle, starre sie an, während mein Magen einen kleinen Salto inklusive Purzelbaum schlägt und ich mich am Rande der Kochinsel festkralle. »*Offensichtlich?*«, wiederhole ich langsam, nur um ganz sicherzugehen, sie richtig verstanden zu haben.

Sara wirkt ein wenig beschämt und räumt hastig eine frische Packung Toast weg. »Ich meine ja nur. So wie ich das sehe, ist er der Einzige, der von Julians Verschwinden profitiert.«

Das ist nicht wahr. Zumindest nicht ganz. Ich habe auch sehr viel davon. Mehr als mir lieb ist. Aber würde Cooper deshalb …? Nein. Unmöglich. Ich weigere mich, auch nur an diese Möglichkeit zu denken.

Ich räuspere mich. Auf einmal ist das Gespräch zäh und anstrengend, dabei habe ich extra das Thema gewechselt, um über leichtere Dinge sprechen zu können. Trotzdem muss ich jetzt einfach nachhaken. »Was willst du damit sagen? Keine Andeutungen. Klartext, bitte.«

»Sei einfach vorsichtig, okay? Du weißt nie, wie gut du einen Menschen wirklich kennst.«

»Cooper und ich sind seit über fünf Jahren befreundet«, erinnere ich sie.

Was zur Hölle passiert hier gerade? Bin ich in einem Paralleluniversum gelandet? Denn genau so fühlt es sich an.

»Ja, aber wie gut kennst du ihn wirklich?« Bevor ich etwas sagen kann, hebt sie beschwichtigend die Hände. »Du warst auch zweieinhalb Jahre lang mit Julian zusammen, bevor … na ja, bevor all das passiert ist. Peter kenne ich seit inzwischen fast zehn Jahren – und sieh dir an, wo wir heute stehen.«

In einem Sorgerechtsstreit, der schon seit anderthalb Jahren andauert und bei dem sie praktisch nur noch über ihre Anwälte kommunizieren. Jeder will Ellie ganz für sich haben. Peter wirft Sara vor, eine schlechte Mutter zu sein und ihre gemeinsame Tochter zu vernachlässigen, weil sie immer arbeiten ist. Im Gegenzug wirft Sara ihm vor, Ellie kein stabiles Zuhause bieten zu können, weil er ständig eine neue Freundin hat und seit ihrer Trennung schon dreimal umgezogen ist. Sie drehen sich im Kreis, und wenn ich ehrlich bin, habe ich Angst davor, was der Richter entscheiden wird. Ein gemeinsames Sorgerecht scheint für keinen von beiden infrage zu kommen, und wenn Sara Ellie verliert, wird sie das zerstören. Aber wie lange kann sie dieses Hin und Her noch aushalten? Von den ganzen Anwalts- und Gerichtskosten ganz zu schweigen.

Ausnahmsweise spreche ich nicht einfach aus, was ich denke, sondern wähle meine Worte mit Bedacht. »Es tut mir leid, dass es so ist, und ich hoffe von Herzen, dass ihr euch irgendwie einigen könnt und einen Weg findet, Ellie das beste Zuhause und die beste Kindheit zu ermöglichen. Aber das ist nicht dasselbe. Das kannst du nicht mit Cooper und mir vergleichen – und erst recht nicht mit Julian.«

»Ich mache mir nur Sorgen um dich.«

Ich rutsche vom Hocker und gehe zu ihr hinüber, um die Arme um sie zu legen. »Ich weiß«, murmle ich mit dem Kopf an ihrer Schulter. »Und ich mache mir Sorgen um dich. Dafür sind Schwestern da.«

Sie stößt einen leisen Laut aus, eine Mischung aus Schnauben und Lachen. »Ich glaube nicht, dass sie nur dafür da sind.«

»Stimmt. Auch noch zum Ärgern, um sich heimlich Klamotten auszuleihen und um bei ihnen Unterschlupf zu finden, wenn man nirgendwo sonst hinkann.«

Die besorgten Falten auf ihrer Stirn glätten sich, und sie lächelt sanft. »Jederzeit.« Dann drückt sie kurz meinen Arm und macht sich los, dreht sich mit dem Wasserkocher in der Hand aber noch mal zu mir um. »Soll ich dir einen Tee kochen, damit du besser einschlafen kannst?«

»Du bist die Beste.«

»Ich habe so meine Momente.« Sie wirft mir einen amüsierten Blick zu. »Eigentlich wollte ich mir nur selbst einen Tee machen und wissen, wie viel Wasser ich in den Kocher füllen soll.«

Ich pruste leise. So viel zur Schwesternliebe. Trotzdem umarme ich Sara noch mal kurz. »Danke.«

Nicht nur für den Tee, sondern für alles. Dafür, dass ich

hier wohnen und sowohl ihr Gästezimmer als auch das winzige Bad belegen darf. Dass sie mich sofort und ohne Fragen zu stellen aufgenommen hat. Dass sie mich bereits seit einem Monat hier wohnen lässt, ohne sich auch nur ein einziges Mal darüber beschwert zu haben, dass Sachen von mir herumliegen oder warum es so lange dauert, mir eine eigene Bleibe zu suchen. Sara ist einfach für mich da, so wie sie es immer war, und dafür bin ich ihr unendlich dankbar. Mehr als sie je ahnen könnte.

Ohne dem Snickers auf der Kochinsel noch einen einzigen Blick zuzuwerfen, wünsche ich Sara eine gute Nacht und ziehe mich mit der dampfenden Tasse ins Gästezimmer zurück. In der nächsten halben Stunde beschäftigt mich das Buch genug, um nicht mehr an Julian, an die Polizei, an meinen Besuch in der Wohnung oder an Cooper zu denken. Der Tee schmeckt nach Kamille und Lavendel und hilft mir dabei, ruhiger zu werden. Entspannter. Als mir immer wieder die Augen zufallen, lege ich das Buch beiseite und schalte die Nachttischlampe aus. Gleich darauf schlafe ich ein.

10. KAPITEL

Knapp ein Jahr zuvor
Ende Juni

»Wie sehe ich aus?«, fragte ich und betrat das Wohnzimmer.

Es war früher Abend, in wenigen Minuten würden wir zu einem wichtigen Geschäftsessen aufbrechen. Ein potenzieller Auftraggeber hatte Julian und zwei andere Architekten zum Essen eingeladen, um weitere Details zu besprechen und sich im Anschluss für einen von ihnen zu entscheiden. Julian hatte wochenlang an seinem Entwurf und dem Angebot für diesen speziellen Kunden gesessen. Wenn der heutige Abend gut lief, standen seine Chancen hoch, dass er den Zuschlag erhielt. Doch dazu mussten wir erst mal von hier loskommen.

Julian betrachtete mich von oben bis unten. Es war das zweite Outfit, nachdem er das erste bereits abgelehnt hatte. Seiner Meinung nach hatte es zu billig für das Restaurant ausgesehen. Ich hatte meine ganze Hoffnung auf dieses Kleid gesetzt, das Julian mir vor einer Weile geschenkt hatte, doch jetzt beäugte er es kritisch.

Sein Blick blieb an meinem Dekolleté hängen. »Ich will ihn beeindrucken, nicht ablenken. Mit diesem Kleid wird er den ganzen Abend nirgendwo anders hinschauen können als in deinen Ausschnitt.«

Ich blinzelte, nicht ganz sicher, ob das gerade ein verstecktes Kompliment in seiner Kritik gewesen war oder nicht. Statt meine Gedanken auszusprechen, unterdrückte ich ein Seufzen und kehrte ins Schlafzimmer zurück, um das nächste Kleid anzuziehen. Es war schwarz und vorne hochgeschlossen, während es dafür etwas von meinem Rücken frei ließ und züchtig knapp über den Knien endete.

»Und das hier?«, fragte ich, während ich noch im Gehen an dem Verschluss in meinem Nacken herumnestelte.

»Besser.« Julian blieb vor mir stehen und gab mir einen Kuss auf die Wange. Dann schob er meine Hände beiseite und kümmerte sich selbst um den Verschluss. »Viel besser. Du siehst atemberaubend aus. Danke, Süße.«

Wärme breitete sich in meinem Brustkorb aus, und das ganze Hin und Her war mit einem Mal vergessen. »Kein Problem.« Lächelnd strich ich über seine Schultern, die in dem Jackett besonders gut zur Geltung kamen, und rückte seine Krawatte zurecht. »Du wirst diesen Auftrag bekommen. Ich weiß es.«

Julians Lippen streiften meine für einen sanften Kuss. »Dann los.«

Wir mussten nicht lange fahren. Zielsicher brachte Julian uns von unserer Wohnung in Nob Hill durch den Financial District bis ins Hafenviertel im Nordosten, wo sich jede Menge Restaurants und Bars tummelten.

»Wow«, hauchte ich, als wir das Restaurant betraten.

Es sah noch teurer aus als jenes, in das Julian mich bei unserem ersten Date geführt hatte, noch exklusiver als die, in die wir seitdem manchmal zusammen essen gingen. Imposante Kronleuchter erhellten den Raum, stilvolle kleine Teelichter sorgten für ein angenehmes Ambiente. Im

Vorbeigehen erhaschte ich einen Blick auf die weiß gedeckten Tische mit den Blumengestecken, den Tellern, Gläsern und verschiedenen Bestecken. Eindeutig mehrere Gänge. Julian hatte nicht gescherzt, als er behauptet hatte, diesen Kerl heute Abend mit mir an seiner Seite beeindrucken zu wollen.

Ein Kellner führte uns an unseren Tisch, wo bereits zwei Leute saßen und jetzt für uns aufstanden. Hände wurden geschüttelt und Begrüßungen ausgetauscht.

»Und das«, sagte Julian voller Stolz und Wärme in der Stimme, »ist Robyn Claymore. Robyn, das ist Mr. Thomson.«

»Freut mich, Mr. Thomson.« Ich schüttelte dem älteren Mann mit den ergrauten Haaren die Hand. »Julian hat mir schon so viel über Sie und Ihre Pläne erzählt.«

»Die Freude ist ganz meinerseits, Miss Claymore. Oder sollte ich Mrs. Richardson sagen?« Er zwinkerte Julian zu und klopfte ihm in einer fast schon väterlichen Geste auf die Schulter.

Ich biss mir von innen auf die Unterlippe, damit man mir das kleine Gefühlschaos, das gerade in mir ausgebrochen war, nicht vom Gesicht ablesen konnte, und setzte mich, nachdem Julian mir den Stuhl zurückgezogen hatte.

Mir gegenüber saß ein Mann in Julians Alter. Schwarzes Haar, lässige Ausstrahlung, ohne Begleitung. Zur Vorbereitung auf den Abend hatte Julian mir bereits von Anthony erzählt. Die beiden hatten zusammen studiert und pflegten eine freundschaftliche Konkurrenz als Architekten. Von den dreien, die es in die engere Auswahl geschafft hatten, war Anthony der Konkurrent, der Julian bei der Auftragsvergabe am gefährlichsten werden konnte.

»Du bist also die Frau, die der gute Richardson damals

an der Bar kennengelernt hat, als er für mich eingesprungen ist.« Anthony grinste. »Wirklich schade, dass ich nicht an seiner Stelle dort war.«

Julian warf ihm einen warnenden Blick zu, aber ich lachte nur und betrachtete den Mann an meiner Seite liebevoll.

»Ich würde eher sagen, dass ich großes Glück hatte.«

Anthony prostete uns grinsend zu und wandte seine Aufmerksamkeit dann wieder dem eigentlichen Grund für dieses gemeinsame Essen zu: Mr. Thomson.

Kurz darauf trafen die letzten Gäste ein – ein Mann mittleren Alters namens Harris und seine deutlich jüngere Ehefrau. Auch er wollte diesen Auftrag haben, doch Julian sah in ihm die geringste Gefahr.

Wieder wurden Begrüßungen ausgetauscht, dann die ersten Getränke serviert. Außerdem erreichte uns ein Gruß aus der Küche in Form einer winzig kleinen köstlichen Vorspeise.

Während die Männer redeten und innerhalb kürzester Zeit mit Fachbegriffen aus der Architektur um sich warfen, sah ich mich unauffällig um. Wir hatten einen Tisch direkt an der Fensterfront, und der Ausblick war atemberaubend. Je später es wurde, desto heller funkelten die Lichter San Franciscos mit jenen der Oakland Bay Bridge um die Wette und spiegelten sich auf der dunklen Meeresoberfläche wider.

Als der Kellner für die Bestellung an unseren Tisch trat, griff ich schnell nach der Speisekarte, um mir etwas auszusuchen.

»Und die Dame?«, wandte er sich mit einem höflichen Lächeln viel zu schnell an mich.

Ich holte gerade Luft, um zu antworten, als Julian mir zuvorkam.

»Sie nimmt als Vorspeise die frischen Austern, genau wie ich. Dazu den Salat der Saison. Anschließend die Linguine mit Meeresfrüchten, und den Hummer als Hauptspeise«, bestellte er wie selbstverständlich für mich mit.

Ich starrte ihn einen Moment lang von der Seite an, ohne ein Wort hervorzubringen. Zu überrascht und irritiert darüber, dass er einfach für mich entschied, ohne mich nach meinen Wünschen zu fragen. Gleichzeitig wurde mir aber auch klar, dass er exakt das bestellt hatte, was ich mir selbst ausgesucht hätte. Julian kannte mich inzwischen wirklich gut – manchmal sogar besser als ich mich selbst. Und dieser Gedanke genügte, um mir ein kleines Lächeln auf die Lippen zu zaubern. Ein Lächeln, das nur noch breiter wurde, als sich unsere Blicke trafen.

Den ganzen Abend über lag Julians Arm auf meiner Stuhllehne. Ich genoss die Nähe, auch wenn er sich hauptsächlich um Mr. Thomson kümmerte, mit ihm lachte und scherzte, als würden sie sich schon seit Jahren kennen. Keine Frage: Julian besaß nicht nur ein großes berufliches Talent, sondern auch natürlichen Charme.

Ich konnte gar nicht anders, als stolz auf diesen Mann zu sein. Stolz auf das, was er bereits erreicht hatte, und auf das, was er noch in seinem Leben vorhatte. Stolz darauf, als seine Freundin an seiner Seite sein zu dürfen.

Hoffentlich für immer.

11. KAPITEL

Gegenwart
Juni

Ich wache auf, weil sich meine ganze linke Seite taub anfühlt. Mühsam schlage ich die Augen auf, aber alles dreht sich um mich herum, also kneife ich sie wieder zusammen.

Was zur Hölle ist mit mir passiert?

Ich will aufspringen, schaffe es aber gerade mal, mich auf einen Ellbogen zu stützen. Ich fühle mich wie gerädert, und ein unangenehmes Kribbeln setzt in meinen tauben Muskeln ein, was vermutlich kein Wunder ist, wenn man bedenkt, dass ich nicht mehr im Bett, sondern auf dem harten Dielenboden im Eingang neben der Garderobe liege.

Ich drehe mich um, verrenke mir den Kopf – und erstarre. Die Wohnungstür steht weit offen. Ein kalter Windzug prickelt auf meiner Haut.

Innerhalb eines Wimpernschlags bin ich hellwach und in Alarmbereitschaft. Wieso ist die Wohnungstür auf? Und warum um alles in der Welt liege ich hier?

»Robyn?«, ertönt auf einmal die Stimme meiner Schwester.

Ächzend kneife ich die Augen zusammen. Mir ist noch immer schwindelig, und da ist ein Pochen in meinem Kopf, das stärker wird, aber ich muss aufstehen und die Tür schließen.

Wenn Sara mich so findet, wird sie sich Sorgen machen, und ich kann diese mitleidigen Blicke nicht mehr ertragen. Die Blicke, mit denen sie mich bedenkt, seit ich vor vier Wochen plötzlich vor ihrer Tür stand.

Gleichzeitig spüre ich die wachsende Panik in meinem Inneren. Wie bin ich hierhergekommen? Was ist passiert? Warum steht die Tür offen?

»Robyn!« Auf einmal kniet Sara im Pyjama neben mir und packt mich an den Schultern. »Ist alles in Ordnung?«

»Ich …«, beginne ich, bringe aber kein Wort hervor. Angst schnürt mir die Kehle zu, und mein Herz schlägt viel zu schnell. Ich verstehe das alles nicht. Wie bin ich hier gelandet? Warum habe ich auf dem Boden vor der offenen Wohnungstür gelegen?

»Sch-Sch …« Sara streicht mir über den Rücken. »Beruhige dich.«

Ich habe nicht mal gemerkt, dass ich am ganzen Körper zittere. Waren Einbrecher da? Hat Julian mich gefunden?

»Wie soll ich mich beruhigen, wenn … wenn ich mitten im Flur aufgewacht bin?«

Sie sieht mich seltsam an. »Du erinnerst dich nicht?«

Zum ersten Mal schaffe ich es, den Blick von der offen stehenden Wohnungstür loszureißen und ihn auf meine Schwester zu richten. »Woran soll ich mich erinnern?«

»Du musst geschlafwandelt sein. Das ist nicht das erste Mal.«

»Was?!« Ich starre sie an und grabe in meinem Gedächtnis nach irgendeiner Erinnerung, nach einem Ereignis, einer Information, um das zu bestätigen. Und dann fällt mir ein, dass Julian mal dasselbe zu mir gesagt hat. Als ich besonders viel Stress in der Uni hatte, bin ich auch geschlafwandelt und habe am nächsten Morgen ständig Sachen gesucht, die ich nachts verlegt habe.

Seufzend steht Sara auf und drückt die Tür zu, dann geht sie wieder neben mir in die Hocke. »Damals, als Mom und Dad diese schwierige Phase hatten und sie sogar über eine Scheidung nachgedacht haben, warst du nachts ständig unterwegs.«

»Was? Wieso kann ich mich nicht daran erinnern?«

Sie zuckt mit den Schultern. »Meistens haben wir dich einfach zurück ins Bett gebracht – oder Mom und Dad haben dich morgens an den seltsamsten Orten schlafend vorgefunden. Einmal sogar auf der Treppe. Die ganze Situation zu Hause hat dich auch so schon mitgenommen. Keiner wollte es schlimmer machen, also haben wir nichts gesagt. Kurz danach sind Mom und Dad zur Paartherapie gegangen.«

Das weiß ich noch. Da muss ich zehn oder elf gewesen sein. Es war eine schlimme, angespannte Zeit, in der ich schlecht schlief und in der Schule dauernd müde gewesen war. Ich kann mich nicht daran erinnern, damals schlafgewandelt zu sein, aber ich weiß noch genau, wie plötzlich es vorbei war. Die Schlafprobleme. Die Müdigkeit tagsüber. Mom und Dad waren in der Therapie, und zu Hause wurde es besser. Die Streitereien und Anschuldigungen wurden weniger und hörten schließlich ganz auf. Ab da ging es auch mir besser, und ich konnte wieder richtig schlafen. Vermutlich habe ich zur selben Zeit auch damit aufgehört, nächtliche Ausflüge zu unternehmen.

»Na komm.« Sara hilft mir auf die Beine und führt mich zum Sofa im Wohnzimmer, auf das ich mich ächzend setze.

So steif wie sich meine Muskeln anfühlen, muss ich stundenlang auf dem kalten Boden gelegen haben. Aber warum? Weshalb habe ich nach all den Jahren ausgerechnet heute Nacht wieder damit angefangen, schlafzuwandeln? Warum jetzt? Ist es wegen Julian? Weil er verschwunden ist? Weil ich kurz zuvor in seiner Wohnung war? Oder wegen der Ungewissheit, die so schwer auf meiner Brust liegt, dass ich das Gefühl habe, kaum noch atmen zu können?

Das Tappen von Pfoten dringt an mein Ohr. Gleich darauf kommt Lucky schwanzwedelnd angelaufen und sieht mich mit großen Hundeaugen an. Wahrscheinlich denkt er, es ist Zeit fürs Frühstück oder für die morgendliche Gassirunde. Himmel, ich weiß ja nicht einmal, wie viel Uhr es überhaupt ist.

Sara kehrt mit einer dampfenden Tasse Tee und ein paar Tabletten zurück. Ich bin so neben der Spur, dass ich nicht einmal gemerkt habe, dass sie in die Küche gegangen ist. Als mein Blick auf die Tabletten fällt, lächelt sie zögernd.

»Du siehst aus, als könntest du etwas davon gebrauchen«, erklärt sie. »Valium und Aspirin.«

»Danke.«

Und das meine ich auch so. Danke, dass sie sich um mich kümmert. Und vor allem, dass sie mich nicht längst rausgeworfen hat. Wenn Ellie hier gewesen wäre, während ich nachts in der Wohnung herumspaziere und die Tür für jedermann öffne … Allein bei der Vorstellung verkrampft sich alles in mir. An Saras Stelle wäre ich ausgerastet. Aber sie kommentiert es nicht mal. Zumindest nicht mit Worten. Ihre besorgten Blicke spüre ich dafür umso deutlicher, als ich die Tabletten einnehme und meinen Tee trinke.

12. KAPITEL

Acht Monate zuvor
Oktober

»Schatz?«, rief ich durch die Wohnung. »Hast du meine Wimperntusche gesehen?«

Eigentlich müsste sie im Bad bei meinen Sachen stehen, aber dort war sie nicht und ich könnte schwören, sie nirgendwo anders platziert zu haben.

Julian hantierte in der Küche herum. Er war ein Frühaufsteher und daher immer lange vor mir wach, während ich versuchte, bis zur letzten Minute im Bett zu bleiben. Was leider zur Folge hatte, dass ich öfter zu spät dran war, als mir lieb war. Auch an diesem Morgen war er schon munter – ganz im Gegensatz zu mir, die noch immer mit der Müdigkeit zu kämpfen hatte. »Bist du etwa wieder geschlafwandelt und hast deine Sachen verlegt?«

»Sehr witzig …« Ich schnitt eine Grimasse.

Das war bisher nur einmal vorgekommen. Ein einziges Mal, an das ich mich nicht mehr erinnerte, weil Julian, lieb wie er war, mich nicht aufgeweckt, sondern zurück ins Bett gebracht hatte. Am nächsten Tag hatte ich mich dumm und dämlich gesucht, bis ich mein Handy und meinen Lippenstift wiedergefunden hatte. Aber wenn ich letzte Nacht erneut durch die Wohnung gewandert wäre, hätte Julian mir das bereits gesagt.

Es war frühmorgens, und die ersten Sonnenstrahlen schienen durch die Fenster herein, während draußen der Nebel durch die Straßen kroch.

Mitten im Schlafzimmer drehte ich mich langsam im Kreis und ließ meinen Blick über jeden Zentimeter wandern. Das Bad hatte ich bereits abgesucht.

Julian reagierte nicht sofort, aber ich hörte ihn ebenfalls herumlaufen. »Wohnzimmer«, antwortete er schließlich. »Esstisch.«

Ich verließ unser Schlafzimmer und sah mich kurz im Wohnzimmer um. Und tatsächlich: Auf dem Tisch stand das goldene Fläschchen mit meinem Mascara. Wie seltsam. Ich konnte mich nicht daran erinnern, es gestern Abend dort hingelegt zu haben. Wahrscheinlich war ich wieder mal in Gedanken gewesen. In letzter Zeit passierte das leider häufig. Glücklicherweise war Julian stets zur Stelle und half mir bei der Suche oder fand meine herumliegenden Sachen noch vor mir.

Erschöpft rieb ich mir über die Stirn. Das war nur der Prüfungsstress. Ich stand kurz vor meinem Abschluss in Berkeley und wollte in den letzten Monaten noch mal alles geben. Außerdem war da auch noch mein neuer Nebenjob in einer Redaktion – einer richtigen Zeitungsredaktion! – und die Tatsache, dass ich neben alldem kaum noch Zeit für meine Freunde fand. Sara hatte ich seit zwei Monaten nicht mehr gesehen, und Cooper … Cooper hatte mir gestern Abend eine Nachricht geschickt, in der er kurz und bündig erklärt hatte, dass es zwischen Kayla und ihm aus war. Früher wäre ich nach so einer Neuigkeit sofort zu ihm gefahren, um ihn mit Bier, Pizza und Filmen abzulenken, aber heute war das nicht mehr so einfach möglich.

Wenigstens hatte ich ihn dazu überreden können, sich später mit mir zu treffen.

Mit der Wimperntusche in der Hand kehrte ich ins Schlafzimmer zurück und stellte mich vor den Spiegel, um meinem Outfit den letzten Schliff zu verleihen.

»Sehen wir uns zum Mittagessen?«, fragte Julian.

Er lehnte mit der Schulter am Türrahmen, gekleidet in eine perfekt sitzende Jeans und ein weißes Hemd, dessen Ärmel er hochgekrempelt hatte. In der Hand hielt er eine dampfende Tasse Kaffee. Da ich die Kaffeemaschine heute schon gehört hatte und wusste, dass er auf seinen Koffeinkonsum achtete, ahnte ich, dass diese Tasse nicht für ihn bestimmt war, sondern für mich – was mein einsetzendes schlechtes Gewissen sofort verstärkte. Genau wie die Tatsache, dass er sich jetzt vom Türrahmen abstieß, zu mir schlenderte und mir einen Kuss auf die Schläfe und die Tasse in die Hand drückte.

Ich zögerte nur einen winzigen Augenblick. »Heute nicht«, gestand ich und versuchte, das unangenehme Ziehen in meinem Bauch zu ignorieren. Dafür gab es überhaupt keinen Grund. »Ich treffe mich mit Cooper auf einen Snack und muss nach der Uni direkt in die Redaktion.«

Die Todesanzeigen schrieben sich schließlich nicht von allein. Auch wenn die Toten es mir nicht übel nehmen würden, etwas länger warten zu müssen – die Lebenden taten es. Allerdings musste ich nur noch ein bisschen durchhalten. Meine Chefin Monique hatte angedeutet, dass sie bald eventuell etwas für mich zum Redigieren hätte. Das war zwar auch nicht das, wofür ich Journalismus studierte, aber wenigstens ein weiterer Schritt nach vorne. Und wer wusste schon, ob sie mich nach meinem erfolgreichen Abschluss nicht ganz übernehmen würden? Dann konnte ich eines Tages endlich meine eigenen Artikel schreiben.

»Cooper?«, wiederholte Julian, als würde er den Namen zum ersten Mal hören. Kleine steile Falten erschienen zwischen seinen Augenbrauen.

Ich unterdrückte die sarkastische Erwiderung, die mir auf der Zunge lag, und trank stattdessen einen Schluck von meinem Kaffee. Ugh. Julian hatte wieder mal den Zucker für mich weggelassen. Wenn er schon keinen Sirup im Haus haben wollte, sollte mir doch wenigstens ein kleines bisschen Zucker in meinem Kaffee vergönnt sein, oder etwa nicht?

»Ja, Cooper«, wiederholte ich und nahm noch einen Schluck, um mich an den bitteren Geschmack zu gewöhnen. »Er macht gerade eine schwierige Zeit durch.«

Julian schnaubte leise. »Natürlich tut er das.«

»Was soll das heißen?«

»Nichts. Schon gut.« Doch sein Stirnrunzeln vertiefte sich, und er sah alles andere als zufrieden aus.

Ich stellte die Kaffeetasse auf der Kommode neben mir ab. »Nein, nichts ist gut. Rede mit mir.«

Doch Julian hatte sich bereits abgewandt. »Warum musst du immer eine Diskussion anfangen?«

»Das stimmt doch gar nicht!« Meine Stimme überschlug sich.

Ich hatte nicht mal gemerkt, dass Lucky ins Schlafzimmer gekommen war, bis ich das leise Winseln des Hundes hörte. Er hatte die Ohren angelegt und hätte mit Sicherheit den Schwanz eingezogen, hätte er noch einen gehabt.

»Und du wirst emotional«, fuhr Julian fort, ohne auf Lucky zu achten.

»Wie bitte? Ich werde nicht … Okay, weißt du was? Lassen wir das. Cooper ist mein bester Freund, und ich habe ihn seit drei Wochen nicht mehr gesehen. Da wird ja wohl ein lausiges Mittagessen drin sein, oder nicht?«

Noch während ich die Worte aussprach, verschloss sich Julians Miene komplett und wurde abweisend.

»Klar«, antwortete er knapp. »Warum gehst du nicht auch gleich mit ihm Abendessen und Frühstücken? Oder ziehst bei ihm ein?«

Das war jetzt nicht sein Ernst, oder? Doch er ließ mich stehen, bevor ich überhaupt darauf reagieren konnte.

»Julian!«, rief ich und kämpfte mit mir, ob ich ihm ins Wohnzimmer folgen sollte oder nicht.

Es war nicht so, dass ich seine Enttäuschung nicht nachvollziehen konnte, zumal wir aufgrund unserer Arbeitszeiten und meiner anstehenden Prüfungsphase wirklich nicht so viel Zeit miteinander verbringen konnten, wie wir es uns gewünscht hätten. Aber das hier? Das war total übertrieben.

Oder etwa nicht …?

Cooper war schon vor Julian ein Teil meines Lebens gewesen. Ein verdammt wichtiger Teil. Ich wollte nicht, dass sich etwas daran änderte, aber ich hatte auch keine Lust, deshalb ständig mit Julian zu streiten. Die erste Zeit war so einfach gewesen. Er hatte Cooper ignoriert, Cooper hatte ihn ignoriert. Warum konnte es nicht wieder so sein?

Ich folgte Julian ins Wohnzimmer, wo er gerade seine Laptoptasche packte. »Es tut mir leid, dass dich das aufregt.«

Er gab einen verächtlichen Laut von sich. »Wenn du dich nicht mit ihm treffen würdest, würde es mich auch nicht aufregen.«

Wieder schluckte ich die sarkastische Antwort hinunter und bemühte mich um Schadensbegrenzung. »Cooper ist nur ein Freund. Das war er schon immer. Das weißt du doch.«

Ich hatte keine Ahnung, was mehr wehtat. Wie ungläubig Julian mich nun anstarrte oder das harte Lachen, mit dem er ganz offensichtlich an meinem Verstand zweifelte. »Wow. Ich wusste ja, dass du ein bisschen naiv sein kannst, aber das?«

»Wie bitte?!«

»Denkst du, ich bin total bescheuert? Der Kerl ist scharf auf dich. Und das nicht erst seit gestern.« Er blieb vor mir stehen und musterte mich mit hartem Blick. »Du musst das nicht auch noch anheizen, indem du dich mit ihm triffst.«

»Anheizen? Ich heize überhaupt nichts an! Gott, hörst du dich eigentlich selbst reden?«

Mit einem Mal schlossen sich seine Finger um meine Unterarme, und er schüttelte mich kurz und kräftig. »Mach endlich die Augen auf, Robyn! Der Mistkerl ist nur mit dir befreundet, weil er dich flachlegen will.«

Ich starrte ihn schockiert an. Schockiert über seine Worte. Schockiert darüber, dass er mich gepackt hatte. Mein Herz raste in meiner Brust, doch dieses eine Mal war es kein gutes, kein berauschendes Gefühl in Julians Gegenwart. Es war Angst.

»Du tust mir weh …«, stieß ich hervor.

Sofort veränderte sich Julians Miene, und er lockerte den Griff um meine Unterarme. »Entschuldige«, murmelte er und strich mit den Daumen sanft über meine Haut. »Ich wünschte nur, du würdest diesen Kerl so sehen, wie ich ihn sehe.«

»Rate mal. Dasselbe wünsche ich mir auch von dir.«

Ein schwaches Lächeln zog an seinen Lippen, und ein trauriger, fast schon bittender Ausdruck trat in seine Augen. »Versprich mir nur, dass du vorsichtig bist, okay? Ich traue diesem Typen nicht.«

Aber *ich* traute ihm. Ich hätte Cooper sogar mein Leben anvertraut – und das nicht nur, weil er Notfallsanitäter war und es retten konnte.

Andererseits konnte ich auch Julians Sorge nicht ganz von der Hand weisen, wenn ich wirklich ehrlich zu mir war. Da war etwas zwischen Cooper und mir. Etwas Vertrautes. Blicke, die manchmal zu lange anhielten, und ein leises Prickeln auf meiner Haut, wenn er mich zufällig berührte. Nichts davon sollte eine Rolle spielen, da ich mit Julian zusammen war und ihn liebte. So gesehen konnte ich ihm seine Eifersucht also nicht mal übel nehmen, aber ich wusste auch nicht, was ich noch tun sollte, außer ihm zu versichern, dass zwischen Cooper und mir nichts lief.

Beruhigend legte ich die Hände an seine glatt rasierten Wangen und zog ihn ein Stück zu mir herunter, bis sich unsere Nasen beinahe berührten. »Ich liebe dich«, sagte ich leise, aber eindringlich. »Daran wird niemand etwas ändern, okay?«

Er nickte langsam und lehnte die Stirn an meine.

Einen Moment lang verharrten wir so, dann hörte ich ihn zittrig durchatmen und spürte seinen warmen Atem in meinem Gesicht.

»Ich vertraue dir.« Mittlerweile malten seine Finger zarte Kreise auf meine Arme. »Aber ihm nicht. Kein Stück.«

Ich unterdrückte ein Seufzen und suchte seinen Blick. »Wenn du möchtest, sage ich das Treffen ab.«

Es war zwar nicht das, was ich wollte, da ich Cooper schon viel zu lange nicht mehr gesehen hatte, er gerade eine Trennung durchmachte und ich für ihn da sein wollte. Mal ganz davon abgesehen, dass ich meinen besten Freund vermisste. Aber ich wollte Julian auch nicht so leiden lassen. Schon gar nicht wegen etwas, das ich beeinflussen konnte. Wären unsere Rollen vertauscht gewesen und er hätte mit einer Freundin zum Mittagessen gehen wollen, von der ich glaubte, dass sie auf ihn stand, hätte ich mich auch beschissen gefühlt. Das wollte ich Julian nicht antun.

Zu meiner Überraschung schüttelte er jedoch den Kopf. »Nein, schon gut. Geh mit ihm essen und hab Spaß.«

»Wirklich?«

»Ja, wirklich.« Er drückte mir einen sanften Kuss auf den Mund, dann richtete er sich wieder auf. Ein mattes Lächeln umspielte seine Lippen. »Sag mir nur Bescheid, wann du heute nach Hause kommst, dann versuche ich, früher Schluss zu machen, damit wir uns noch einen schönen Abend machen können.«

Und da war es wieder: das schlechte Gewissen. Julian war bereit, weniger zu arbeiten, obwohl er gerade an einem großen Auftrag dran war, damit wir mehr Zeit zu zweit verbringen konnten, während ich darauf bestand, mit jemand anderem zu Mittag zu essen? Das war nicht fair.

Nachdenklich sah ich ihm nach, als er das Wohnzimmer und anschließend unsere Wohnung verließ.

Während ich mich innerlich auf die Prüfungen und auf den Nachmittag in der Redaktion einstellte und den Lippenstift auftrug, piepte mein Handy mit einer neuen

Nachricht. Irgendwie ging ich automatisch davon aus, dass Julian sich noch mal gemeldet hatte, aber es war Coopers Name, den ich auf dem Display las.

Heute um 12? Ich kann dich von der Uni abholen, wenn du willst.

Ich zögerte. Lief im Schlafzimmer hin und her. Als ich antworten wollte, fiel mein Blick auf die Tasse auf der Kommode. Ich hatte sie zwar nicht mehr angerührt und Julian in Gedanken wegen des fehlenden Zuckers verflucht, aber es war süß von ihm gewesen, mir einen Kaffee zu bringen. Gerade an einem solchen Morgen, an dem ich vor lauter Prüfungsstress total erschöpft und angespannt war. Genauso wie es süß von ihm gewesen war anzubieten, heute früher Schluss zu machen, nur um mehr Zeit mit mir zu verbringen.

Ich seufzte tief, dann gab ich mir einen Ruck und textete Cooper.

Mir ist leider etwas dazwischengekommen. Sorry! Können wir das verschieben?

Anschließend schickte ich eine Nachricht an Julian und fragte ihn, wo er zu Mittag essen wollte.

13. KAPITEL

Gegenwart
Juni

Als ich abends aus der Redaktion komme, wartet Detective Vicario unten in der Eingangshalle auf mich. Jessica sieht mir von ihrem Platz am Empfang aus mit einer Mischung aus Mitgefühl, Neugier und Besorgnis entgegen. Ich ignoriere sie genauso wie die lüsternen Blicke des Portiers und beschleunige meine Schritte, bis ich die Polizistin erreicht habe.

»Miss Claymore«, begrüßt sie mich knapp. Wie schon bei unserer letzten Begegnung ist sie in Zivil gekleidet – schwarze Hose, schlichte Bluse, langer Mantel –, und ihre Miene wirkt völlig neutral. Keinerlei Anzeichen von Emotionen. Da ist nichts, was mir einen Hinweis darauf gibt, warum sie hergekommen ist. Oder warum sie den Weg auf sich genommen hat, hierherzufahren und auf mich zu warten, statt einfach anzurufen oder eine Mail zu schreiben.

Ein ungutes Gefühl beginnt in meiner Magengegend zu brodeln.

»Detective Vicario.« Kurz zuckt mein Blick durch die Lobby. Geschäftsleute und Kunden der diversen Firmen in diesem Gebäude gehen ein und aus, aber von dem anderen Polizisten, der mich befragt hat – Detective Faulkner –, ist weit und breit nichts zu sehen. »Wo ist Ihr Partner?«

»Er wurde abgezogen. Da kein gesonderter Gefährdungsgrund und kein Anzeichen von Gewalt vorliegt, haben wir den Fall als Low Risk eingestuft. Ich bin die alleinige leitende Detective im Fall von Mr. Richardson.«

Okay …? Ist das gut oder schlecht? Es bedeutet dann wohl, dass Julians Verschwinden nicht wichtig genug für zwei Detectives ist. Oder ist sie hier, um mir zu sagen, dass man ihn gefunden hat? Oder dass er mit irgendeiner lächerlichen Erklärung für sein Verschwinden von allein wieder aufgetaucht ist?

Wenn Letzteres der Fall ist, soll sie lieber schnell zur Sache kommen, denn ich möchte nach Hause, um mit Lucky Gassi zu gehen und mich vor dem Spieleabend mit Sara und Cooper noch mal umzuziehen und frisch zu machen.

»Lassen Sie uns ein Stück gehen«, schlägt Detective Vicario vor, bevor ich auch nur eine der vielen Fragen in meinem Kopf aussprechen kann, und deutet Richtung Ausgang.

Zögernd folge ich ihr, und wir verlassen das Gebäude, in dem ich die meiste Zeit des Tages hinter einem Schreibtisch verbringe.

Es ist noch nicht mal dunkel, trotzdem tummeln sich bereits die ersten Leute vor den Nachtclubs, verlassen lachend die Restaurants oder kauern mehr oder weniger reglos in einem Hauseingang. Die Zeitung, bei der ich arbeite, ist weder die größte noch die bekannteste der Stadt. Neben den belebten Straßen voller Menschen und hupenden Autos gibt es die dunklen Gassen, die versteckten Bars und offenen Plätze, an denen nicht nur Drogen und Geldscheine ihre Besitzer wechseln.

Ich meide diese Gegenden, indem ich nach der Arbeit direkt in den Bus steige, aber es wäre nicht das erste Mal, dass mich irgendwelche zwielichtigen Typen ansprechen. Meist genügt ein Blick oder ein Wort von mir, damit sie mich in Ruhe lassen. Heute jedoch, mit Detective Vicario an meiner Seite? Obwohl sie keine Uniform trägt, merkt man ihr ihren Job an. Niemand belästigt uns, als wir durch die Straßen laufen. Niemand sieht auch nur eine Sekunde zu lange in unsere Richtung.

Der Wechsel von mit Graffiti besprühten Hausfassaden und dreckigen Hinterhöfen zu belebten Restaurants mit Außentischen vollzieht sich so schnell, dass man nur einmal kurz blinzeln muss und schon das Gefühl hat, sich in einem anderen Stadtteil zu befinden.

Detective Vicario steuert ein Café an, und wir setzen uns an einen der quadratischen Tische. Obwohl es schon fast Ende Juni ist, weht ein kühler Wind vom Meer herüber und lässt mich frösteln. Vielleicht liegt es aber auch nur daran, dass die Polizistin noch immer kein einziges Wort gesagt hat.

»Warum sind Sie hier?«, frage ich, als sich das Schweigen zwischen uns ausdehnt und unerträglich zu werden droht.

Bevor sie antworten kann, steht eine Kellnerin mit schwarzer Schürze vor uns, um unsere Bestellung aufzunehmen. Selbst wenn ich vorher Hunger gehabt hätte, der Appetit ist mir inzwischen längst vergangen, also ignoriere ich sowohl die Speisekarte als auch die Happy Hour und bestelle einen Kaffee. Müdigkeit ist momentan mein ständiger Begleiter.

»Sicher, dass Sie nichts anderes wollen?«, fragt Detective Vicario. Sie hat ebenfalls einen Kaffee und dazu eine Mousse au Chocolat gewählt.

»Sicher.« Ich warte, bis die Kellnerin außer Hörweite ist. »Gibt es etwas Neues?«

Sie streicht über die glatte Tischplatte. Keine Blumen, kein Besteck, keine Deko. Nur dunkelbraune Holztische und schwarze Stühle.

»In einem Vermisstenfall ist es üblich, die nächsten Verwandten, Freunde, Arbeitskollegen und die Leute zu befragen, mit denen der Vermisste zuletzt Kontakt hatte.«

Ich nicke. Irgendjemand muss etwas gesehen oder gehört haben, oder nicht? Menschen lösen sich schließlich nicht einfach in Luft auf. Es muss eine Spur geben.

»In diesem Fall«, fährt Detective Vicario fort und hält kurz inne, während uns der Kaffee serviert wird. »In diesem Fall stehen uns leider nicht ganz so viele Optionen zur Verfügung. Keine Familie, keine Lebensgefährten, nur eine Handvoll Freunde, Geschäftspartner und ehemalige Arbeitskollegen. Also habe ich das Raster ausgeweitet. Heute Nachmittag war Cooper Vaughn auf dem Revier und hat uns ein paar Fragen beantwortet.«

Ich verschütte fast meinen Kaffee, so überrascht bin ich. Einen Moment lang glaube ich, mich verhört zu haben, aber ihr Gesichtsausdruck bleibt weiterhin unbewegt.

Ich kneife die Augen ein wenig zusammen. »Warum erzählen Sie mir das?«

Und warum hat sie Cooper befragt? Er hat nichts mit Julian zu tun. Absolut gar nichts.

»Weil ich denke, dass Sie ein paar seiner Antworten genauso interessant finden werden wie ich.« Sie holt ihr Handy heraus und platziert es zwischen uns auf dem Tisch. »Sehen Sie, es gibt Vermisstenfälle, die sich als weggelaufene Teenager, als Selbstmordversuche, Betrug, Kidnapping oder sogar Mord herausstellen. Aber es gibt immer Hinweise. Eine letzte Nachricht. Einen Abschiedsbrief. Ungewöhnliche

Kontoaktivitäten. Gebuchte Flugtickets. Lösegeldforderungen bei Entführungen. Jemanden, der etwas gesehen oder gehört hat. Aber dass jemand ohne eine Spur verschwindet? Das ist selten.«

Sie entsperrt das Handydisplay und schaltet die Tonaufnahme ein. Dann lehnt sie sich in ihrem Stuhl zurück und mustert mich.

»Danke, dass Sie sich die Zeit dafür genommen haben«, ertönt Detective Vicarios Stimme aus dem Gerät.

»Aber natürlich.« Cooper klingt ruhig, geradezu gelassen, als würde er mit einem Bekannten bei einem Kaffee plaudern, statt mit einer Polizistin zu sprechen.

»Dieses Gespräch wird aufgezeichnet. Bitte nennen Sie Ihren vollen Namen und in welchem Verhältnis Sie zu Miss Claymore stehen.«

»Cooper Vaughn. Robyn und ich haben uns im ersten Semester am College kennengelernt. Seitdem sind wir befreundet.«

»In welchem Verhältnis stehen Sie zu Mr. Richardson?«, fragt sie weiter.

»In keinem. Robyn war über zwei Jahre mit ihm zusammen. Wir hatten nicht viel miteinander zu tun.«

»Sie sind Miss Claymores bester Freund, hatten aber kaum mit ihrem Partner zu tun? Das klingt ungewöhnlich.«

Ein Knirschen ertönt, als würde Cooper auf dem Stuhl herumrutschen oder sich nach vorne lehnen. »Julian und ich waren nicht gerade auf einer Wellenlänge. Robyn war unsere einzige Verbindung und Gemeinsamkeit.«

»Also hatten Sie und Mr. Richardson kein gutes Verhältnis?«

Cooper zögert. Er zögert sogar so lange, dass ich nicht

sicher bin, ob Detective Vicario die Aufnahme pausiert hat oder sie noch immer weiterläuft. Doch als ich zu ihr schaue, erwidert sie lediglich ruhig meinen Blick.

Schließlich höre ich ein Seufzen, so leise, dass es im Trubel um uns herum, zwischen den Gesprächen der Gäste an den anderen Tischen und dem Motorengeräusch der vorbeifahrenden Autos beinahe untergeht. »Wir hatten überhaupt kein Verhältnis. Ich hatte mich damit arrangiert, dass er ein wichtiger Teil von Robyns Leben ist. Wie er das gesehen hat, kann ich Ihnen nicht sagen.«

»Aber Sie wissen es?«, hakt Detective Vicario in ihrer neutralen Stimme nach.

»Kein Kommentar.«

Ein kurzes Rauschen. Die Polizistin spult ein paar Minuten vor, bis sie die gesuchte Stelle gefunden hat. Dann lehnt sie sich wieder zurück.

»Haben Sie Gefühle für Miss Claymore?«

»Sie ist meine beste Freundin. Natürlich habe ich Gefühle für sie. Ich mag sie.«

»Lassen Sie mich das spezifizieren, Mr. Vaughn. Haben Sie romantische Gefühle für Miss Claymore, die über das Freundschaftliche hinausgehen?«

Mein Magen macht einen kleinen Salto, aber ich ignoriere die Reaktion genauso wie das plötzliche Ziehen in meiner Brust. Stattdessen warte ich gebannt – und ein klein wenig besorgt – auf seine Antwort.

Dass die Kellnerin ausgerechnet jetzt wieder vorbeikommt und einen Teller mit Schokoladenmousse vor Detective Vicario abstellt, passt mir gar nicht. Ich grabe die Finger in die Sitzfläche meines Stuhls und bete innerlich um Geduld. Aber in Wahrheit platze ich beinahe. Ich will wissen, was er gesagt hat. Ich will die Wahrheit erfahren. Und das nicht, weil ich die besorgte Ex-Freundin bin.

»Was hat das mit dem Vermisstenfall zu tun?«, ertönt Coopers Stimme endlich wieder.

»Antworten Sie bitte auf die Frage.«

»Was genau werfen Sie mir vor?«

»Ich werfe Ihnen überhaupt nichts vor, Mr. Vaughn. Ich versuche mir lediglich ein Bild von der Situation zu machen und herauszufinden, was an jenem Abend mit Mr. Richardson passiert ist. Also noch einmal: Haben Sie Gefühle für Miss Claymore, die über Ihre Freundschaft hinausgehen?«

Mittlerweile schlägt mir das Herz bis zum Hals. Detective Vicario isst scheinbar seelenruhig ihr Dessert, aber ich spüre ihren beobachtenden Blick nur zu deutlich auf mir. Ich kann bloß hoffen, dass ich nach außen hin keine Reaktion zeige, auch wenn es in mir drin völlig anders aussieht.

»Nein«, antwortet Cooper gepresst. »Wir sind Freunde. Das ist alles.«

Ich starre auf das Handy und beiße die Zähne so fest zusammen, dass mein Kiefer wehtut. Er hat nicht gelogen. Wir sind Freunde. Schon seit dem College. Er hat nur die Wahrheit gesagt – und meine leise Enttäuschung hat hier überhaupt nichts verloren.

Ich hebe den Kopf, um mich Detective Vicarios bohrendem Blick zu stellen, als sie die Aufnahme stoppt. »Warum haben Sie mir das vorgespielt?«

Darf sie das überhaupt? Ist das legal? Fällt das nicht unter vertrauliches Beweismaterial? Wobei es jetzt vermutlich etwas zu spät ist, um sich diese Fragen zu stellen.

Sie tunkt den Löffel in das Mousse. »Ich wollte Ihre Reaktion sehen.«

»Meine Reaktion darauf, dass mein bester Freund bestätigt, dass wir Freunde sind?«, erwidere ich sarkastisch. »Wow. Herzlichen Glückwunsch. Ziel erreicht.«

Doch in Wahrheit bin ich noch immer so angespannt, dass meine Muskeln zittern.

Detective Vicario schüttelt ganz leicht den Kopf. »Wir wissen beide, dass er gelogen hat.«

Und wieder macht mein Magen einen kleinen Salto. Ich sollte dieses verdammte Organ wirklich mal ärztlich untersuchen lassen.

»Ich habe keine Ahnung, wovon Sie reden.«

Sie lächelt nur, und zwar auf eine Art und Weise, als wüsste sie genau, dass ich sie für dumm verkaufen will. Oder mich selbst. Im Moment bin ich mir da nicht so sicher.

»Das war nicht alles.«

Nur mit Mühe unterdrücke ich ein frustriertes Stöhnen. »Es gibt noch mehr?«

»Hören Sie es sich an.«

Ein Klicken. Gleich darauf ertönt wieder Detective Vicarios Stimme.

»Wo waren Sie am Abend des neunzehnten Junis?«

»Ich habe bis nach sieben gearbeitet, war kurz zu Hause und dann joggen.«

»Wann sind Sie zurückgekommen?«

»Das müsste so gegen neun oder halb zehn gewesen sein.«

»Kann das jemand bezeugen?«

»Dass ich laufen war? So ziemlich jeder in der Stadt, der mich auf meiner Runde gesehen hat. Als ich nach Hause kam, bin ich meiner Nachbarin von oben kurz im Treppenhaus begegnet. Ich war duschen und hab mir etwas zu essen bestellt. Die Lieferung kam kurz nach zehn.«

»Das heißt, Sie waren im Zeitraum von sieben bis neun oder halb zehn Uhr abends außer Haus?«

Ein kurzes Zögern. Ein Räuspern. »So langsam kriege ich das Gefühl, ich sollte mir einen Anwalt suchen.«

»Das steht Ihnen natürlich frei, Mr. Vaughn.«

Ich starre die Beamtin an. Sie sitzt mir gegenüber und isst ihr Dessert, als hätte sie sich mit einer Freundin zu einem Plausch über alte Zeiten getroffen. Aber ich weiß, dass sie nur auf eine Reaktion meinerseits lauert. Sie will mich in Sicherheit wiegen, damit ich mich ihr anvertraue. Ich kann ihr förmlich ansehen, welche Geschichte sie sich zusammenreimt, um Julians Verschwinden zu erklären, während die Tonaufnahme weiterläuft.

»Er hat ihr nicht gutgetan«, sagt Cooper plötzlich.

Ich beiße mir auf die Zunge. Fest.

»Können Sie das näher erläutern?«

Schweigen.

Ich schwöre, ich kann meinen eigenen Herzschlag hören. Mit jeder Sekunde, die vergeht, ein bisschen schneller, ein bisschen heftiger. Ob Detective Vicario das Hämmern ebenfalls wahrnimmt?

»Nein«, antwortet Cooper schließlich. »Kann ich nicht.«

Nur mit Mühe unterdrücke ich ein Aufatmen.

Detective Vicario schaltet die Aufnahme aus und faltet die Hände auf dem Tisch. Ihr Blick ist eindringlich. »Gibt es da vielleicht etwas, das Sie mir sagen möchten?«

14. KAPITEL

Drei Monate zuvor
März

Mit ein paar Akten in der einen Hand und meinem Smartphone in der anderen lief ich an diesem Morgen durch die Redaktion. Den Kopf gesenkt, scheinbar völlig in das versunken, was ich da auf meinem Handy las, damit auch ja niemand auf die Idee kam, mich anzusprechen.

Eigentlich sollte ich überglücklich sein, nach den bestandenen Prüfungen endlich Vollzeit angestellt zu sein, doch an der Arbeit hatte sich leider trotz meines Masterabschlusses in Journalismus und eines intensiven Gesprächs mit meiner Chefredakteurin nicht viel geändert. Ich durfte mich weiterhin nur mit Todesanzeigen, sinnlosen Recherchen, Terminplanung, Organisation und Kaffeekochen beschäftigen, als wäre ich noch immer eine völlig überarbeitete Aushilfe.

Dass mich jetzt auch noch jemand vor Arbeitsbeginn anquatschte und mir eine weitere Aufgabe für meine niemals enden wollende To-do-Liste aufdrückte, konnte ich wirklich nicht gebrauchen. Es reichte schon, dass Julian im Morgengrauen einen Anruf von einem Auftraggeber bekommen hatte, der seine ganzen Pläne über den Haufen warf und das Angebot eines Konkurrenten in Erwägung zog. Dementsprechend schlecht war Julian nach dem Gespräch gelaunt gewesen und hatte nicht nur mit Lucky geschimpft und über alles und jeden gemeckert, sondern auch mein Outfit kritisiert. Erst war ihm der Rock zu kurz gewesen, dann das Dekolleté an meinem T-Shirt zu aufreizend. Bei der Erinnerung daran verdrehte ich die Augen.

Männer …

Ihm zuliebe hatte ich mich zweimal umgezogen, bis er sich wieder beruhigt hatte und ich vernünftig mit ihm reden konnte. Jetzt trug ich eine bequeme, aber schicke dunkelbraune Hose und eine Bluse in einem gedeckten Orange, weit genug hochgeknöpft, um kein Dekolleté zu zeigen. Nicht mein Favorit, aber wenn es Julian nachts ruhig schlafen ließ, war das für mich in Ordnung.

Die Ärmel der Bluse waren allerdings fast ein bisschen zu kurz, um die blauen Flecken auf meinen Unterarmen zu verbergen. Es war nichts weiter, nur ein weiterer Streit mit anschließendem heißen Versöhnungssex, aber ich wollte keine Fragen oder dummen Sprüche zu hören bekommen. Und bei manchen männlichen Kollegen wie Brendan war Letzteres garantiert.

Ich hatte meinen Schreibtisch fast erreicht, als ich ein Paar schwarze Sneakers am Rande meines Sichtfelds bemerkte. Ich blieb stehen und ließ den Blick langsam an langen, kräftigen Beinen in einer zerschlissenen Jeans hinaufwandern, über ein dunkelgraues Shirt mit V-Ausschnitt, dessen Ärmel hochgekrempelt waren und gebräunte Unterarme präsentierten, bis hin zu breiten Schultern und einem Gesicht, eingerahmt von kurzen braunen Haaren, das mir nur zu vertraut war. Der Dreitagebart war hingegen neu – und sah eher nach fünf Tagen aus.

»Hey, Fremde.«

»Cooper?« Ich blinzelte, doch das Bild blieb dasselbe. Wenige Schritte von mir entfernt lehnte niemand Geringeres als Cooper Vaughn an meinem Schreibtisch, die Beine ausgestreckt, die Arme vor der Brust verschränkt. Einen herausfordernden Ausdruck in den schokoladenbraunen Augen. »Was machst du denn hier?«

Und wie war er überhaupt reingekommen? Ich erinnerte mich dumpf daran, dass Jessica vom Empfang mir vorhin etwas nachgerufen hatte, aber ich war so in Eile gewesen, dass ich nicht stehen geblieben, sondern sofort in den Fahrstuhl gestürmt war. Jetzt wusste ich, worüber sie mich hatte informieren wollen.

Cooper zuckte mit den Schultern. »Du schreibst nicht, du rufst nicht an, und du hast meine Badewanne seit einer Ewigkeit nicht mehr besucht. Irgendwie musste ich ja Kontakt zu dir aufnehmen.«

»Entschuldige. Mein Handy ist ...«

»Voll aufgeladen und funktionsfähig?«, beendete er meinen Satz und erinnerte mich daran, dass ich das verdammte Ding noch immer in der Hand hielt.

»Tut mir leid.« Ich sah ihn nicht an, als ich näher trat und das Telefon und die Akten auf dem Schreibtisch neben ihm ablegte. Erst da registrierte ich die beiden Kaffeebecher.

»Hey.« Cooper stieß mich mit der Schulter an und wartete, bis ich ihn wieder ansah. Dann hielt er mir einen der beiden To-go-Becher hin. »Ich bin nicht hier, um dir ein schlechtes Gewissen zu machen, Claymore. Ich bin hier, weil ich meine beste Freundin vermisse.«

Das entlockte mir ein Lächeln, und ich griff nach dem Becher. »Ich hab dich auch vermisst. Vielleicht. Ein winziges bisschen. Aber nicht wirklich.«

»Nicht wirklich, hm?« Er schnaubte, aber in seinen Augen funkelte es belustigt.

»Genau.« Ich trank einen vorsichtigen Schluck und seufzte genießerisch. Der Kaffee war genau so, wie ich ihn mochte: extra stark, mit Hafermilch und einer ungesunden Menge an Sirup. »Danke. Du bist ein Lebensretter.«

Er zwinkerte mir zu. »Ich weiß.«

»Angeber.« Doch das Lächeln verging mir, als ich ihn genauer musterte. Er hatte dunkle Ringe unter den Augen und wirkte müde. Abgespannt. Gestresst. »Das mit Kayla und dir tut mir leid.«

Ich hatte ihm das zwar schon geschrieben, als er frisch getrennt gewesen war, es ihm jedoch nie persönlich gesagt. Und seit ich das Mittagessen mit ihm abgesagt hatte, hatten wir uns auch nicht mehr gesehen.

Cooper schüttelte langsam den Kopf. »Mir nicht. Es hat einfach nicht gepasst.« Mehr sagte er nicht dazu.

Ob er ihr entgegen seiner Aussage noch immer nachtrauerte? Oder hatte seine Anspannung andere Gründe?

Gerade als ich ihn ein zweites Mal darauf ansprechen wollte, schlenderte Brendan an meinem Schreibtisch vorbei und ließ demonstrativ einen Stapel Papiere darauf fallen. »Ich brauche das in zwei Stunden.«

Keine Erklärung. Kein Bitte, kein Danke. Nichts. Brendan ging einfach weiter, schon wieder ganz in sein Handy vertieft.

Ich legte den Kopf in den Nacken und seufzte tief. »Ich würde wirklich gerne Zeit mit dir verbringen, aber …« Ich schaute von Cooper zu meinem überquellenden Schreibtisch und wieder zurück. »Du siehst ja, was los ist.«

»Kein Problem.« Er stieß sich von der Tischkante ab und richtete sich zu seiner vollen Größe auf. »Ich helfe dir.«

»*Du* …«, begann ich und deutete erst auf ihn, dann auf mich, »willst *mir* bei der Arbeit helfen? Hast du Langeweile in deinem Job, oder was?«

Er stieß ein leises, tiefes Lachen aus, das mich an die vielen gemeinsamen Filmabende auf seiner Couch mit Parmesan-Popcorn erinnerte. An freie Nachmittage, an denen ich ihm stundenlang beim Zocken zugeschaut hatte, an Studentenpartys und Fast Food mitten in der Nacht, an verhasste Laufeinheiten am Strand, an Lernsessions in der Bibliothek und in Coopers Wohnung, an Spaziergänge im nebligen Morgengrauen, an Neckereien, Gelächter und tiefgründige Gespräche.

Ich seufzte unwillkürlich, als ich dieses sehnsüchtige Ziehen in meiner Brust wahrnahm. Warum konnte mein Leben nicht mehr so einfach wie damals während des Studiums am City College sein? Wann war alles so kompliziert geworden?

Cooper warf einen Blick auf sein Handy, ehe er es wieder einsteckte. »Ich habe genau eine Stunde, bis ich zu meiner Schicht muss. Also los. Bewirf mich mit Arbeit.«

Ich blinzelte. Musterte ihn genauer. Es war ihm tatsächlich ernst. Keine Ahnung, warum er sich das in den Kopf gesetzt hatte, aber wenn er mir wirklich helfen wollte, würde ich mich nicht beschweren. Außerdem war es schön, ihn endlich wieder um mich zu haben. Mein bester Freund hatte mir gefehlt, ja – aber erst jetzt, da er vor mir stand, wir miteinander sprachen und uns die üblichen Schlagabtausche lieferten, merkte ich so richtig, *wie sehr* mir das hier gefehlt hatte. Wie sehr Cooper mir gefehlt hatte und dass ich diese Empfindung in den letzten Monaten nur unterdrückt hatte.

»Wie du willst.« Ich sah mich auf dem chaotischen Schreibtisch um. Über Nacht schienen neue Stapel, Mappen und Klebezettel dazugekommen zu sein, weil gefühlt jeder, der hier vorbeilief, irgendeine Aufgabe bei mir ablud. Manchmal fragte ich mich, ob ich nach meinem Abschluss wirklich einen Posten als Redaktionsassistentin innehatte oder nicht doch eher den einer Praktikantin oder Aushilfe. Ich griff nach der obersten Mappe und überflog die Zeilen auf dem knallgrünen Klebezettel. »Hier. Ich brauche eine Recherche dazu.« Ich drückte ihm die Mappe gegen die Brust und machte Platz, damit er sich auf meinen Schreibtischstuhl setzen konnte, während ich mich neben ihm gegen die Fensterbank lehnte und ein paar Rechnungen überprüfte.

Kurz darauf hörte ich das gleichmäßige Klicken und Tippen von Maus und Tastatur neben mir, während ich den Rotstift ansetzte und eine Zahl korrigierte. Es war beinahe unheimlich, wie schnell Cooper und ich in einen gemeinsamen Arbeitsrhythmus verfielen. Wahrscheinlich lag es daran, dass wir zu Unizeiten oft zusammen gelernt hatten; genau wie damals funktionierte es auch heute noch reibungslos.

Rund eine halbe Stunde später hatte Cooper nicht nur eine, sondern sogar zwei Recherchen beendet, meinen Posteingang von allen Spam-Mails befreit und meinen Standard-Desktophintergrund durch das Foto eines Flughörnchens mit großen Kulleraugen ersetzt. Das war zwar nicht Teil seiner Aufgaben gewesen, aber ich war ihm trotzdem dankbar dafür.

»Erledigt.« Cooper trank seinen Kaffee aus und warf den Becher in den Mülleimer unter meinem Schreibtisch. »Was steht als Nächstes an?«

Ich sah von seiner Recherche auf, die ich gerade überprüfte, und deutete mit dem Stift auf einen Stapel Papiere. »Davon brauchen wir zwanzig Kopien für das Meeting heute Nachmittag. Beidseitig. Schwarz-weiß.«

»Okay.« Cooper stand auf und nahm die Dokumente an sich. Er nickte bekräftigend … und nickte … und nickte … und musterte mich abwartend.

Nur mit Mühe konnte ich ein Lachen zurückhalten. »Du hast keine Ahnung, wie das geht, oder?«

Ertappt presste er die Lippen aufeinander. »Nope.«

War das etwa ein unterdrücktes Grinsen, was ich da sah?

Ich kniff die Augen zusammen, gab aber nach. »Komm mit. Ich zeige dir, wo der Kopierer steht.«

In der Redaktion herrschte wie immer reger Betrieb, und es gingen ständig Leute ein und aus, sodass niemand auf uns achtete, als wir an den Reihen von Schreibtischen vorbeigingen und den Kopierraum ansteuerten. Er war an zwei Seiten komplett verglast, aber dunkle Jalousien schützten vor unliebsamen Blicken, wenn man während des Kopierens mal ein paar Minuten auf seinem Handy herumspielen oder mit jemandem telefonieren wollte.

Cooper folgte mir in den kleinen Raum, in dem sich lediglich ein langer Tisch, eine Ablage und zwei große Drucker mit Scanner- und Kopierfunktion befanden. In den Schubladen unter dem Tisch lagerten Papier, Adressaufkleber, Post-its, Umschläge in diversen Größen und jede Menge Tintenpatronen.

Ich lehnte die Tür an, damit sich niemand an den Geräuschen des Kopierers störte, dann stellte ich mich mit den Dokumenten vor das Gerät.

»Hast du wirklich noch nie etwas kopiert?«, fragte ich ungläubig.

Cooper trat neben mich. »In der Uni musste ich nicht mal meine Hausarbeiten ausdrucken, also auch nichts kopieren.«

»Und beim Lernen? In der Bibliothek?«

»Fotografisches Gedächtnis.«

Ich warf ihm einen zweifelnden Blick zu.

Er grinste kurz. »Fotos mit dieser neuen Technik namens Smartphone. Oder, du weißt schon, ganz klassisch aufschreiben. Und bei meinem Job muss ich auch nichts kopieren.«

Richtig. Weil er Tag für Tag, Nacht für Nacht Leben rettete, während ich meine Zeit damit verschwendete, Unterlagen zu kopieren, Kaffee zu kochen, Todesanzeigen aufzusetzen und anderen Kram zu erledigen, den eigentlich eine Praktikantin machen sollte. Dafür hatte ich nicht fünf Jahre lang studiert. Aber der Job brachte das nötige Geld ein, um meinen Teil der Miete zu bezahlen und zusätzlich ein paar Dollar pro Monat zu sparen. Außerdem gab es eine Menge Aufstiegschancen. Ich würde nicht bis in alle Ewigkeit Praktikantenaufgaben erledigen. Zumindest hoffte ich, dass ich nicht dafür das Reisen auf Eis gelegt hatte. Na gut, dafür und für Julian.

»Siehst du? Du legst es hier rein, klappst den Deckel zu, drückst diese Taste.« Ich warf ihm einen Blick über die Schulter zu.

Statt sich das anzuschauen, was ich ihm zeigte, beobachtete Cooper mich von der Seite – und sah dabei wie immer viel mehr, als er sehen sollte.

»Mir geht's gut«, behauptete ich, bevor er die Frage aussprechen konnte, die ich in seinen Augen las, und konzentrierte mich ganz auf meine Aufgabe. »Alles okay.«

»Du siehst aber nicht so aus, als wäre alles okay.« Seine Stimme war leiser geworden, aber er stand nahe genug neben mir, um trotz des Brummens und Ratterns des Kopierers jedes einzelne Wort zu verstehen.

»Dann hör auf, mich anzusehen.«

Cooper schnaubte. »Als ob das so einfach wäre …«

Während ich das nächste Blatt zum Kopieren einlegte, machte er mir etwas Platz und lehnte sich mit verschränkten Armen gegen die Wand in seinem Rücken. »Also, was ist los bei dir?«

Sollte ich das nicht eher ihn fragen?

Ich sah nicht auf, sondern starrte auf den Kopierer, bis ich ihn mit dem nächsten Dokument füttern konnte. »In meinem Leben? Meinem Alltag? Meinem Kleiderschrank? Auf der Arbeit?«

Ein einziger Blick von Cooper genügte.

Ich seufzte und schloss für einen Moment die Augen. »Heute Morgen hatte ich wieder mal eine Diskussion mit Julian. Er denkt, du stehst auf mich.«

Da. Jetzt hatte ich es ausgesprochen. Es sollte mir nichts ausmachen, zum Teufel, ich sollte nicht mal über die Möglichkeit nachdenken, dass Julian mit seiner Befürchtung recht haben könnte. Cooper war mein bester Freund. Selbst wenn er Gefühle für mich hätte, die über das Freundschaftliche hinausgingen, würde das nichts ändern. Absolut nichts. Julian und ich waren ein Paar. Wir wohnten seit über einem Jahr zusammen. Ich war glücklich.

Das war ich wirklich.

Nur warum ließen mich diese ständigen Anschuldigungen dann nicht los? Warum nagten sie so an mir? An ihm? An uns beiden?

Cooper stieß einen Laut aus, den ich nicht ganz zuordnen konnte. »*Deswegen* gehst du mir die ganze Zeit aus dem Weg? Weil dein Freund eifersüchtig ist?«

Ich runzelte die Stirn, drehte mich aber nicht zu ihm um. Es war einfacher, mit ihm über dieses Thema zu sprechen, wenn ich ihm dabei nicht ins Gesicht schauen musste. »Ich will ihn nicht noch wütender machen.«

»Also lässt du lieber deinen besten Freund fallen?«

Autsch.

Na gut, wir hatten in letzter Zeit weniger ... okay, praktisch gar keinen Kontakt mehr gehabt, aber das bedeutete doch nicht, dass ich ihn *fallen ließ*.

»Das ist nicht wahr«, behauptete ich sofort. »Ich versuche nur ... Keine Ahnung. Eine Balance zu finden? Einen Mittelweg? Julian davon zu überzeugen, dass er keinen Grund hat, eifersüchtig zu sein?«

»Und wie klappt das so für dich?«, konterte er trocken.

»Was soll ich denn sonst tun?«

»Wie wär's mit ... Ach, ich weiß auch nicht ... Vertrauen?«

Ich verdrehte die Augen und raschelte mit den Papieren in meiner Hand. »Er vertraut mir.«

»Ahh, verstehe. Dir vertraut er angeblich – aber mir nicht.«

Aus irgendeinem Grund wurde mir heiß und kalt. Vielleicht aufgrund der Bitterkeit und Enttäuschung, die in Coopers Stimme mitschwangen. Vielleicht auch wegen dem, was er da andeutete ...

Einem spontanen Impuls folgend drehte ich mich zu Cooper um. »Hat Julian denn einen Grund, eifersüchtig zu sein?«

Sekundenlang starrte er mich nur an, dann brach ein hartes Lachen aus ihm hervor. »Wow.« Kopfschüttelnd stieß er sich von der Wand ab und fuhr sich mit den Fingern durchs Haar. »Ich weiß nicht, was mich gerade mehr überrascht: Dass du mir diese Frage wirklich gestellt hast oder … es einfach nicht siehst.«

Stirnrunzelnd verfolgte ich seine Bewegungen, als er begann, in dem winzigen Raum hin und her zu laufen. Zwei Schritte vor, zwei Schritte zurück. Immer wieder.

Dann blieb er abrupt stehen und drehte sich wieder zu mir um. »Habe ich ihm je einen Grund dafür gegeben, eifersüchtig zu sein? Habe ich in all den Jahren jemals etwas gesagt oder getan, was dir in irgendeiner Form unangenehm war?«

Das hatte er nicht. Seit dem Moment, in dem wir uns kennengelernt hatten, war er mir immer ein guter Freund gewesen. Und das sogar noch, bevor wir richtig befreundet gewesen waren.

»Robyn …?«, hakte er leise nach, als ich nicht sofort antwortete.

»Nein«, stieß ich hervor. »Das hast du nicht. Das hast du nie. Nicht mal damals, als du dir mitten auf dieser Party direkt vor meinen Augen dein Shirt ausgezogen hast.«

Bei der Erinnerung daran umspielte ein angedeutetes Lächeln seine Lippen. »Was ich nur getan habe, damit du nicht den ganzen Abend in einem nassen, halb durchsichtigen Oberteil herumlaufen musst.«

»Mein edler Ritter.« Ich schnaubte belustigt. »Aber vergiss nicht, dass *du* derjenige warst, der mir die Bowle über mein Shirt gekippt hat.«

Es war meine allererste Party am City College gewesen – und natürlich hatte mir sofort irgendein Idiot seinen Drink übergeschüttet. Ein Idiot, der später mein bester Freund werden sollte. Zugegeben, es war nicht zu hundert Prozent seine Schuld gewesen. Ich hatte im Weg gestanden, aber er hatte sich auch zu schwungvoll umgedreht, und prompt hatte die ekelhafte Bowle an meinem Oberteil geklebt. Ich hatte ihm die Hölle heißmachen wollen, aber Cooper hatte sich überraschend reumütig gezeigt. Vor meinen und den Augen aller Anwesenden hatte er sich das Shirt ausgezogen und es mir hingehalten, damit ich nicht den Rest des Abends in dem alkoholgetränkten Oberteil herumlaufen musste. Natürlich hatte ich angenommen, denn – hallo? Ich wäre schön blöd gewesen, es nicht zu tun. Außerdem hatte er halb nackt einen echt netten Anblick abgegeben.

»Na gut«, gab er nach. »Aber ich hab's auch wiedergutgemacht.«

Ich nickte. Auf der Party hatte ich ihn zwischendurch aus den Augen verloren, doch dann war er wiederaufgetaucht und hatte mir mein Shirt zurückgebracht – frisch gewaschen und getrocknet. Später hatte ich erfahren, dass er in dem Haus mit ein paar Kumpels wohnte und deshalb so schnell gehandelt hatte, auch wenn er das nicht hätte tun müssen. Aber so war Cooper nun mal. Er kümmerte sich um seine Mitmenschen, weil sie ihm wichtig waren.

Nur leider änderte das nichts an der Tatsache, dass Julian ihn nicht ausstehen konnte. Wenn es nach ihm ginge, hätte ich wahrscheinlich überhaupt keine Beziehung mehr zu Cooper und auch keinen Kontakt. Würde er jemals begreifen, dass wir nur Freunde waren? Dass Cooper ein wichtiger Teil meines Lebens war, den ich einfach nicht missen wollte? Ein Teil, den ich in den vergangenen Monaten viel zu sehr vernachlässigt hatte, wie mir jetzt überdeutlich klar wurde. Wenn ich daran dachte, wie oft ich Cooper abgesagt hatte, um stattdessen Zeit mit Julian zu verbringen, und wie selten ich mich von mir aus bei ihm gemeldet hatte, begannen sich Schuldgefühle in mir auszubreiten. Ich seufzte. Anscheinend waren sie zu meinen ständigen Begleitern geworden, denn egal, was ich tat, ich konnte es nie allen recht machen. Irgendjemand war immer enttäuscht von mir. Und das war echt zum Kotzen.

»Tut mir leid«, sagte ich leise. Mittlerweile hatte der Kopierer aufgehört zu brummen und jede Menge Papierstapel ausgespuckt, aber ich achtete nicht darauf. Genauso wenig wie auf die gedämpften Stimmen, die von draußen hereindrangen.

»Hör auf, dich zu entschuldigen. Deswegen bin ich nicht hier.«

»Warum dann?«

»Das habe ich doch schon gesagt.«

Weil er mich vermisst hatte. Ja, das hatte er erwähnt, aber irgendwie wurde ich das Gefühl nicht los, dass das nicht die ganze Geschichte war. Cooper kannte mich mindestens so gut wie ich ihn. Und genauso wie er mir anmerkte, wenn etwas nicht in Ordnung war, entging mir nicht, dass er mir gerade nicht die ganze Wahrheit sagte.

»Was ist los?« Diesmal war ich diejenige, die diese Frage stellte.

Ich hatte mich bereits bei ihm entschuldigt, und Cooper war nicht der nachtragende Typ, also konnte es nicht daran liegen. Aber was war es dann?

Er zögerte, schien mit sich zu ringen, aber was auch immer es war, er sprach es nicht aus. Stattdessen deutete er, ohne mich anzusehen, mit dem Daumen hinter sich. »Lass uns zurückgehen, damit ich dir noch ein bisschen helfen kann, bevor ich losmuss.«

»Coop …«

Diese eine Silbe, sein leise ausgesprochener Spitzname, lenkte seinen Blick sofort wieder auf mich. Diesmal mit einer Intensität, die mir den Atem raubte.

»Was ist los?«, wiederholte ich leise.

Er senkte den Blick und starrte auf seine Sneakers hinab. »Während meiner letzten Schicht ist etwas passiert«, begann er stockend. »Wir sind schon ein paarmal von den Nachbarn gerufen worden, weil sich das Ehepaar nebenan so laut gestritten hat und sie Schreie gehört haben. Die Polizei war schon vor Ort. Obwohl die Frau ein blaues Auge und eine blutige Lippe hatte, hat sie geschworen, sie wäre nur hingefallen. Dass es nicht ihr Mann getan hat.« Er stieß ein leises Schnauben aus.

Ein ungutes Gefühl breitete sich in meiner Magengrube aus. »Was ist dann passiert?«

Cooper fuhr sich mit der Hand durchs Haar und sah mir in die Augen. »Als wir das letzte Mal dort ankamen, war sie tot. Ihr Mann hat sie getötet. Angeblich ist sie wieder mal die Treppe runtergefallen. Jede Hilfe, jeder Wiederbelebungsversuch unsererseits kam zu spät.«

»Das tut mir so leid.« Ich legte die Unterlagen beiseite und machte einen halben Schritt auf ihn zu. »Bist du deshalb heute hergekommen? Weil du darüber reden wolltest?«

»Nein.« Die Antwort kam schnell. Womöglich zu schnell. »Ich bin hergekommen, weil ich dich sehen musste. Nur deshalb.«

Aus irgendeinem Grund begann es plötzlich in meiner Brust zu hämmern.

Etwas veränderte sich in Coopers Miene. Die kleinen Falten auf seiner Stirn vertieften sich, der Blick aus seinen braunen Augen wurde eindringlicher. »Du merkst es wirklich nicht, oder?« Seine Stimme war nicht mehr als ein Raunen.

Ich schüttelte langsam den Kopf, obwohl ein Teil von mir, ein Teil, den ich viel zu lange unterdrückt und vehement von mir gestoßen hatte, sofort wusste, wovon er sprach.

Cooper schien mir meinen Zwiespalt anzusehen, denn er trat näher, sodass ich den Kopf in den Nacken legen musste. »Nein«, stellte er ruhig fest. »Ich glaube, du weißt es ganz genau. Du willst es bloß nicht wahrhaben.«

Mir stockte der Atem. Das Denken fiel mir schwerer. Das war die einzige Erklärung dafür, dass ich ihm nicht auswich und ihn auch nicht zurückschob. Hinter mir war genug Platz, um zurückzutreten. Zwei Meter entfernt befand sich die angelehnte Tür. Schritte und Stimmen näherten und entfernten sich wieder. Wir waren nicht allein, dennoch wirkte es auf einmal so, als wären wir in diesem kleinen Raum vom Rest der Welt abgeschnitten. Und von der Wirklichkeit.

Cooper ließ mich nicht aus den Augen und kam noch einen halben Schritt näher.

Ich wich nicht zurück. Warum wich ich nicht zurück?

Er stand viel zu dicht vor mir. So dicht, dass ich den vertrauten zitrusartigen Duft wahrnahm, der von ihm ausging, und die drängenden, widersprüchlichen Gefühle in seinen Augen lesen konnte, als er sich langsam zu mir herunterbeugte.

Wir verharrten. Atmeten dieselbe Luft, sahen uns tief in die Augen, aber keiner von uns rührte sich. Denn sich zu bewegen hätte bedeutet, das hier auf die eine oder andere

Weise zu beenden – und dazu war ich nicht bereit. Am liebsten hätte ich die Zeit angehalten, um diesen Moment länger auszukosten. Nur noch ein kleines bisschen länger. Gleichzeitig wusste ich, dass ich einen Schritt zurückmachen und mich aus dieser Situation befreien musste. Dass es nicht in Ordnung war, was hier passierte, obwohl sich alles daran richtig anfühlte …

Plötzlich spürte ich eine Berührung an meiner Unterlippe. Ganz zart nur. Mit dem Daumen fuhr Cooper die Kontur meiner Unterlippe nach und strich an meinem Kiefer entlang, ehe er seine warme Hand an meine Wange legte.

Die Geste, so klein sie auch sein mochte, hinterließ ein Prickeln auf meinen Lippen und ein warmer Schauer wanderte durch meinen Körper. Mittlerweile klopfte mein Herz zum Zerspringen schnell … Ich konnte nicht mehr atmen, nicht mehr denken, mir aber vor allem nichts mehr vormachen. In diesem Augenblick lagen all meine Gefühle offen und roh da. Alles, was ich jahrelang fortgeschoben hatte. Jedes noch so kleine Kribbeln zwischen uns. Jede Empfindung, die er in mir auslöste, wenn er mich zufällig berührte. Das Knistern in der Luft, wann immer sich unsere Blicke begegneten und ineinander versanken. Ich hielt nichts zurück.

Cooper sah alles davon – und kam noch näher.

Ich müsste ihm ausweichen. Könnte ihn wegschieben. Sollte ihm klar und deutlich sagen, dass nichts hiervon passieren durfte.

Aber ich tat nichts davon.

Stattdessen schloss ich die Augen, hielt unbewusst den Atem an – und wartete mit rasendem Puls darauf, seinen Mund auf meinem zu spüren.

Im ersten Moment strichen seine Lippen nur ganz leicht über meine. Wie ein Hauch, wie ein Traum, der nicht die Wirklichkeit war. Nicht die Wirklichkeit sein *konnte*. Dann hielt Cooper inne. Wartete, ohne sich auch nur einen Zentimeter wegzubewegen.

Blinzelnd öffnete ich die Augen – nur um einen Wimpernschlag später in seinen zu versinken. Die Wucht dessen, was darin tobte, traf mich wie ein Schlag. Und es zerbrach jede verbliebene Mauer und jedes Hindernis, das sich in all den Jahren zwischen uns aufgebaut hatte.

Er legte auch die andere Hand an meine Wange, und ich kam ihm entgegen. Hitze schoss in der Sekunde durch meinen ganzen Körper, in der sich unsere Lippen berührten. Der Kuss war nicht zaghaft, nicht zögernd, sondern verzweifelt. Hungrig.

Seine Bartstoppeln kratzten über meine Haut. Mit der Zungenspitze strich er über meine Unterlippe. Neckend. Herausfordernd. Obwohl ich aufhören sollte, konnte ich gar nicht anders, als die Lippen unter seinen zu teilen und zuzulassen, dass er den Kuss vertiefte. Im nächsten Moment fanden sich unsere Zungen, und die Hitze in meinem Körper sammelte sich tief in meinem Bauch. Coopers Geschmack überflutete meine Sinne. Sein vertrauter, unverwechselbarer Duft umfing mich genauso wie die Wärme seines Körpers so dicht an meinem.

Ich klammerte mich an ihn und grub die Finger in sein Shirt, während seine Hände meinen Rücken hinunterstrichen, an den Seiten hinauf bis zu meinen Schultern, nur um sich dann in meinem Haar zu vergraben. Jede einzelne dieser Berührungen hinterließ eine Flammenspur auf meiner Haut.

Und es war noch immer nicht genug.

Ich wusste nicht, wer von uns sich zuerst bewegte, aber mit einem Mal stand ich nicht mehr mitten im Kopierraum, sondern spürte etwas Hartes hinter mir. Eine Sekunde später verlor ich den Bodenkontakt und saß auf der Tischplatte neben dem Kopierer. Cooper nahm den Platz zwischen meinen Beinen ein, und ich drängte mich ihm instinktiv entgegen. All das, ohne den Kuss auch nur eine Sekunde lang zu unterbrechen. Denn ihn zu unterbrechen hätte bedeutet, der Realität ins Auge blicken zu müssen, und dazu war ich nicht bereit.

Ich meinte, ein gedämpftes Stöhnen zu hören. War ich das? Er? Es spielte keine Rolle. War völlig egal. Das Einzige, was zählte, waren die wahnwitzigen Gefühle, die das hier in mir auslöste. Es sollte noch nicht vorbei sein. Es durfte nicht vorbei sein.

Ich bemerkte nicht einmal, wie ich die Arme um Coopers Nacken schlang, bis sich meine Finger in seinem Haar vergruben und sein harter Körper sich gegen mich drängte. Und dann lag sein Arm auf meinem unteren Rücken, und er zog mich noch näher an sich, bis ich nicht nur jeden einzelnen Muskel unter seiner Kleidung spüren konnte, sondern noch sehr viel mehr unterhalb der Gürtellinie. Aber nicht einmal das war genug. Es konnte gar nicht genug sein, wenn ich so heftig auf ihn reagierte. Wenn sich jede Faser meines Seins danach sehnte, mehr von ihm zu spüren. Mehr von ihm zu schmecken. Mehr von dieser brennenden Hitze zwischen uns, von diesen verzweifelten Küssen und seinen Berührungen. Mehr von *ihm*. Von Cooper. Und nicht von …

Julian.

Schlagartig setzte mein Verstand wieder ein, und ich drückte Cooper so abrupt weg, dass ich fast vom Tisch rutschte.

Er stolperte zwei Schritte zurück, bis er gegen die Wand hinter sich stieß.

Keiner von uns brachte einen Ton hervor. Wir konnten einander nur anstarren. Sein Blick war unergründlich und gleichzeitig so verlangend, dass ich ihn am liebsten sofort wieder an mich gezogen hätte. Sein Brustkorb hob und senkte sich genauso schnell wie meiner, und sein Mund glänzte feucht von unseren Küssen. Raste sein Puls genauso heftig wie meiner? Kribbelte seine Haut ebenso wie meine? Haftete mein Geschmack noch immer an seinen Lippen so wie seiner an meinen? Sehnte er sich genauso sehr danach, dort weiterzumachen, wo wir aufgehört hatten, und nie mehr damit aufzuhören?

Oh Gott …

Oh Gott.

Das hier hätte niemals passieren dürfen. Nicht nur wegen … wegen Julian, sondern auch wegen Cooper. Er war mein bester Freund. Wir waren *Freunde*, verdammt noch mal! Und trotzdem atmeten wir beide noch immer schnell und starrten einander an, als würden wir uns gerade zum allerersten Mal sehen.

Ich hatte keine Ahnung, was ich sagen oder tun sollte, und auch Cooper schwieg. Im Gegensatz zu mir wirkte er jedoch nicht halb so überrascht, sondern regelrecht gefasst. Entweder hatte er sich deutlich schneller wieder im Griff als ich oder … Darüber wollte ich nicht einmal nachdenken. Genauso wenig wie darüber, was gerade zwischen uns passiert war, wie es sich angefühlt und wie ich darauf reagiert hatte. Gleichzeitig fand ein ganz anderer Gedanke seinen Weg an die Oberfläche: Julian hatte recht gehabt. Ich hatte seine Eifersucht abgetan, hatte ihm gut zugeredet und ihn beruhigt, aber die Wahrheit war … Er hatte von Anfang an recht gehabt. Cooper hatte mich geküsst, und ich … ich hatte den Kuss auch noch erwidert. Wenn Julian das herausfand, würde er ausrasten.

Nein, nicht ausrasten.

Er würde Cooper umbringen.

Kälte breitete sich in mir aus und vertrieb jedes bisschen Wärme aus meinem Körper. Ich schauderte und rieb mir über die Arme.

»Was ist das?«, durchbrach Cooper plötzlich das angespannte Schweigen zwischen uns.

Ich erstarrte. Langsam senkte ich den Kopf und folgte seinem Blick. Meine Ärmel waren ein Stück hochgerutscht und gaben den Blick auf die sich blaugrün verfärbten Stellen an meinen Unterarmen frei.

Oh, verdammt.

»Robyn …?« Seine alarmierte Stimme riss mich aus meiner Erstarrung.

»Nichts.« Rasch zog ich den Stoff wieder über meine Arme. »Es ist nichts.«

Er zögerte einen Moment und schüttelte dann den Kopf. Die Enttäuschung war ihm so deutlich anzusehen, dass sich bei dem Anblick alles in mir verkrampfte. »Weißt du, wie oft ich diesen Mist schon gehört habe? Dieselben Ausreden?«

Er sprach von seiner Arbeit. Gott, dachte er etwa, ich wäre eine dieser Frauen, die sich von ihrem Partner zusammenschlagen ließen, bis jemand einen Rettungswagen rief? Das war ich nicht. Julian und ich waren dermaßen weit davon entfernt, *so* zu sein, dass es lächerlich war. Absolut lächerlich.

»Robyn.« Cooper trat einen Schritt auf mich zu. »Wenn du –«

»Hör auf.« Ich rutschte vom Tisch und richtete meine Kleidung, seltsam erleichtert, über ein anderes Thema reden zu können als über unseren Kuss. Nicht dass das hier besser wäre. Kein bisschen. Es war nur anders. »Das sind nur ein paar blaue Flecken, sonst nichts. Menschen kriegen die manchmal einfach so und erinnern sich nicht mal mehr daran, wo sie sich gestoßen haben. Mit deinem Job solltest du das eigentlich wissen.«

»Heißt das, du weißt nicht mehr, woher du sie hast?«

Doch, ich erinnerte mich genau. Es war ein weiterer Streit mit Julian vor ein paar Tagen gewesen. Weil er es nicht gutgeheißen hatte, dass Cooper mir textete. Weil er davon überzeugt war, dass mein bester Freund Gefühle für mich hatte. Und wie sich herausstellte, hatte er die ganze Zeit recht gehabt.

Ich wandte den Blick ab, wollte mich jetzt nicht damit auseinandersetzen. »Es ist wirklich nichts.«

Minutenlang sagte keiner von uns ein Wort, ganz so, als wäre die Zeit hier drinnen stehen geblieben, während sich die Welt außerhalb dieses kleinen Raumes unaufhörlich weiterdrehte. Dann hörte ich Cooper tief durchatmen.

»Es ist dein Leben, Robyn«, sagte er ruhig. Diese Worte kamen mir viel zu vertraut vor. »Nur du allein entscheidest, was richtig und was falsch für dich ist.« Er suchte meinen Blick und hielt ihn fest. Als er weitersprach, war seine Stimme genauso ernst, genauso eindringlich wie seine Miene. »Egal, was hier gerade passiert ist: Wenn du mich brauchst, bin ich für dich da. Vergiss das nicht, okay?«

Dann ging er und ließ mich allein im Kopierraum zurück. Allein mit meinem Gefühlschaos. Allein mit diesen neuen Erinnerungen. Allein mit dem Wissen, dass ich in den letzten Minuten jemanden verloren hatte.

Ich wusste nur noch nicht, wer es sein würde.

15. KAPITEL

Gegenwart
Juni

Es gibt nur noch wenige Menschen in meinem Leben, denen ich zu hundert Prozent vertraue. Genauer gesagt sind es zwei: meine Schwester und mein bester Freund.

Den gemeinsamen Abend haben wir geplant, bevor Sara ihre Zweifel wegen Cooper angesprochen hat. Aus diesem Grund rechne ich es ihr hoch an, dass wir diesen Abend trotzdem zusammen verbringen.

Ich sitze auf dem Sofa, während Sara Getränkenachschub aus der Küche holt. Cooper ist schon seit seiner Ankunft vor zehn Minuten mit Lucky beschäftigt. Er hat dem Mischling ein dickes verknotetes Seil mitgebracht, an dem sie jetzt beide spielerisch zerren. Sie so zu sehen, ist, als hätte jemand eine Momentaufnahme der Gegenwart auf ein Foto der Vergangenheit gelegt. Es passt zwar zusammen, fühlt sich aber nicht echt an. Nicht richtig.

Ich kann mich an unzählige Male erinnern, in denen Julian mit Lucky gespielt oder ihn trainiert hat. Gleichzeitig habe ich Cooper so gut wie nie mit diesem Hund gesehen, weiß aber, dass er ein großer Tierfreund ist. Ihn jetzt geradezu vertraut mit Julians Hund zu erleben, ist … ungewohnt. Seltsam und schön, aber auch ungewohnt.

Als würde er meinen Blick auf sich spüren, hebt Cooper den Kopf und sieht zu mir herüber. »Willst du auch mal?«

Ich schüttle den Kopf und nehme dankend das Glas Cola von Sara entgegen. »Nein, tob dich ruhig aus. Dann müssen wir Lucky wenigstens nicht auspowern.«

»Oh Gott, ja.« Übertrieben ächzend lässt sich Sara neben mich aufs Sofa fallen. Dabei habe ich vorhin genau gesehen, wie sie Lucky heimlich Leckerli zugesteckt hat.

Der Hund ist mittlerweile seit fünf Tagen bei uns, und ich glaube, meine Schwester gewöhnt sich langsam an ihn. Mehr noch: Sie verliert ihr Herz an die Fellnase. Ob sie will oder nicht, er ist ihr inzwischen ans Herz gewachsen. Und wenn Ellie erst von ihrem Vater zurückkommt, ist sowieso alles vorbei.

Sara hat recht. Lucky kann nicht hierbleiben. Spätestens wenn Julian wieder auf der Bildfläche erscheint, wird er seinen Hund zurückhaben wollen. Nicht dass er ihn verdient hätte, nachdem er ihn eine ganze Nacht in seinem Atelier eingesperrt und allein dort zurückgelassen hat, aber trotzdem. Rechtlich gesehen gehört Lucky ihm. Julian hat ihn damals gerettet. Und daran, dass er zurückkommt und es irgendeine logische Erklärung für sein Verschwinden gibt, zweifle ich keine Sekunde. Er muss einfach einen guten Grund gehabt haben. Daran, dass ihm wirklich etwas zugestoßen sein oder er sich etwas angetan haben könnte, will ich nicht denken. Und erst recht nicht an die Möglichkeit, dass Cooper darin verwickelt sein könnte, wie Detective Vicario vorhin angedeutet hat. Nur deshalb hat sie mir doch die Aufzeichnung von Coopers Befragung vorgespielt. Sie wollte Zweifel säen und mir eine Reaktion entlocken, irgendetwas, das ihn oder mich verrät.

»Diese Polizistin war heute Nachmittag bei mir«, erzählt Sara und wirft mir einen eindringlichen Blick zu. »Sie hat mich zu Julians Verschwinden befragt. Hat er keine Freunde oder Verwandtschaft, die sie belästigen kann? Muss sie sich jetzt schon an deine Familie wenden?«

Ich seufze leise. »Doch, aber sie haben die Suche ausgeweitet, weil Julian keine Familie hat.«

»Ich habe auch schon mit ihr gesprochen«, wirft Cooper ein, ohne vom Zerrspiel mit Lucky aufzusehen.

Meine Muskeln verspannen sich unwillkürlich, als ich an die Tonaufnahme zurückdenke. Detective Vicario hatte kein Recht, sie mir vorzuspielen. Und jetzt, nachdem ich Coopers Aussage gehört habe, kann ich sie nicht wieder vergessen.

Sara runzelt die Stirn. »Warum? Glauben die ernsthaft, einer von uns hätte etwas damit zu tun?«

Ich zucke mit den Schultern und fühle mich plötzlich sehr erschöpft. Eigentlich kein Wunder nach dem langen Arbeitstag und dem ungeplanten Treffen mit Detective Vicario. Ach ja, und nach dieser Horrornacht vorgestern, in der ich erst im Schlaf herumgewandert bin und danach stundenlang auf dem Fußboden gelegen habe. Dass ich überhaupt noch aufrecht sitzen und die Augen offen halten kann, grenzt an ein Wunder.

Mit beiden Händen reibe ich mir über das Gesicht. »Ich schätze, sie versuchen einfach alles, um ihn zu finden.«

Und um einen Mord auszuschließen. Denn dann müssten sie sich richtig darum kümmern. Ein Selbstmord oder ein simples Verschwinden ohne kriminellen Hintergrund lässt sich leichter und wesentlich schneller zu den Akten legen.

»Er kann gerne wegbleiben«, murmelt Cooper. Und dann, kaum hörbar: »Oder in der Hölle schmoren.«

»Cooper!«

Er sieht auf. Sein Blick wandert von mir zu Sara und wieder zurück. Er sagt kein Wort, aber ich bemerke, wie seine Kiefermuskeln arbeiten und er die Zähne zusammenbeißt.

Sara räuspert sich. »Nun, ich gehe davon aus, dass keiner der hier Anwesenden etwas mit seinem Verschwinden zu tun hat, also verschwendet die Polizei ihre Zeit.«

Ein seltsam angespanntes Schweigen breitet sich zwischen uns aus, nur unterbrochen durch das leise Grollen von Lucky beim Spielen.

»Ich bin froh, dass er fort ist«, sagt Cooper schließlich leise und setzt sich zu uns.

Ich starre auf das Glas Cola in meinen Händen. »Ich auch«, gebe ich nach einem Moment leise zu.

Sara nickt langsam. »Du warst … anders, als du mit ihm zusammen warst«, sinniert sie.

Ich weiß nicht, ob sie mit *anders* meint, dass sich meine Persönlichkeit verändert hat, oder die Tatsache, dass wir uns kaum noch gesehen und gesprochen haben, weil ich so von Julian eingenommen war.

»Ich bin einfach nur glücklich darüber, meine Schwester wiederzuhaben.«

So direkt hat sie mir das noch nie gesagt, nicht mal als ich vor einem Monat vor ihrer Tür stand und sie mich bei sich aufgenommen hat.

Ohne ein weiteres Wort lehne ich mich zu ihr hinüber und umarme sie. Nicht mal eben so im Vorbeigehen oder zum Dank wie neulich in der Küche, sondern richtig. Das haben wir schon viel zu lange nicht mehr gemacht, weil wir uns in den vergangenen Jahren entfremdet haben. Sara hatte ihre eigene kleine Familie und dann den Stress mit ihrem Ex und musste ihr Leben nach der Trennung komplett neu sortieren. Und ich war so in mein Studium, die Arbeit und in meine Beziehung zu Julian eingespannt, dass ich alles andere ausgeblendet habe.

Mein Blick fällt auf Cooper. Er beobachtet uns mit einem stillen Lächeln.

»Okay. Höchste Zeit, dass wir endlich Essen bestellen.« Sara macht sich von mir los und wischt sich hastig über die Augenwinkel.

Ich lege den Kopf schief. »Wollten wir nicht kochen?«

Ich bin mir ziemlich sicher, dass wir darüber gesprochen haben und ich nicht darauf bestanden habe, auswärts zu essen oder etwas zu bestellen, da ich weiß, dass es finanziell gerade nicht so gut bei meiner Schwester aussieht. Ich sollte ja selbst auf meine Ausgaben achten, wenn ich irgendwann mal eine bezahlbare Wohnung in dieser Stadt finden will, die keine komplette Bruchbude ist oder für die ich Tausende von Dollar Miete bezahlen muss.

»Schon gut.« Sara winkt ab. »Heute machen wir eine Ausnahme. Ich lade euch ein.«

Bevor wir protestieren können, ist sie schon aufgesprungen, um ihr Handy zu holen, damit wir bestellen können.

Während der Wartezeit drehe ich eine Runde mit Lucky um den Block. Cooper begleitet mich und schweigt die meiste Zeit über. Er scheint genauso in Gedanken versunken zu sein wie ich, während wir darauf warten, dass der Hund sein Geschäft erledigt. Allerdings bezweifle ich, dass seine Gedanken um dasselbe Thema kreisen wie meine.

Als wir wieder im Flur von Saras Wohnung stehen und ich Lucky von der Leine lasse, kann ich es nicht länger für mich behalten. Ich lege eine Hand auf Coopers Arm, um ihn davon abzuhalten, dem Hund ins Wohnzimmer zu folgen.

»Detective Vicario hat mir heute nach der Arbeit einen Besuch abgestattet«, erzähle ich leise genug, dass Sara uns nicht hören kann, und mustere meinen besten Freund genau. »Sie hat mir einen Teil der Audioaufzeichnung von deiner Befragung abgespielt.«

Cooper sieht von meiner Hand auf seinem Arm in mein Gesicht und runzelt die Stirn. »Okay …?«

»Du hast gelogen«, stelle ich nach einem Moment ruhig fest.

»Ja.«

Kein Abstreiten. Keine Erklärungen. Nichts.

Ich traue mich kaum, die Frage auszusprechen, aber ich muss. »Warum?«

Er sieht zur Seite, weicht meinem Blick aus. »Wäre es dir lieber gewesen, ich hätte ihnen einen Grund gegeben, dich zu verdächtigen? Mich? Uns beide?«

Ich lasse die Hand sinken. »Nein, natürlich nicht, aber …«

»Was in der Redaktion passiert ist, was zwischen *uns* passiert ist, hat nichts mit *ihm* zu tun, weder damals noch heute. Das geht nur uns beide etwas an. Niemanden sonst.«

Wenn das wirklich wahr ist – warum hat er es dann nie wieder angesprochen? Warum kam das Thema in den letzten drei Monaten nie wieder zwischen uns auf?

Aber noch während diese Fragen auf mich einstürmen, kenne ich bereits die Antwort darauf: Weil ich es nicht zugelassen habe. Weil ich es beiseitegeschoben, Cooper ignoriert und lieber so getan habe, als wäre nichts davon geschehen. Weil ich mit Julian zusammen war und ihn geliebt habe. Trotz allem.

Ich schlucke hart. Cooper hat recht. Was zwischen uns war, hat nichts mit meinem Ex zu tun, sondern allein etwas mit uns beiden. Nur was bedeutet das heute für uns? Jetzt, da Julian endlich keine Rolle mehr in meinem Leben spielt?

Cooper macht einen kleinen Schritt auf mich zu. Ich habe nicht die geringste Ahnung, was er vorhat, aber mit einem Mal schlägt mir das Herz bis zum Hals.

Da ist eine sanfte Berührung an meiner Wange. Nichts Ungewöhnliches. Cooper fasst mich ständig an. Aber aus irgendeinem Grund hat das hier überhaupt nichts Freundschaftliches mehr an sich. Oder zumindest nicht nur. Erst recht nicht, als er sich ein kleines bisschen zu mir hinunterbeugt.

Ich bin hin- und hergerissen. Ich weiß, wie es sich anfühlt, ihn zu küssen – und genau das macht mir Angst. Das Wissen darum, wie verzweifelt, wie hungrig und leidenschaftlich es zwischen uns sein kann, wenn ich es zulasse. Ich muss es nur zulassen …

Cooper sieht mich unentwegt an. Er muss die Zweifel und das Zögern in meinen Augen sehen, denn er scheint etwas sagen zu wollen.

»Seid ihr endlich fertig?«, ertönt plötzlich Saras Stimme aus dem Wohnzimmer. »Das Essen ist gleich da, und es warten ein paar Spiele auf uns.«

Ich schnaube leise, und auch Cooper wirkt amüsiert, als er die Stirn kurz gegen meine lehnt. Dann richtet er sich wieder auf und lässt mich los.

»Wir kommen schon!«, ruft er zurück und wirft mir ein Lächeln zu, das seltsame Dinge mit mir anstellt und mich an den Moment im Kopierraum vor drei Monaten erinnert. Dann geht er ins Wohnzimmer.

Mir bleibt nichts anderes übrig, als ihm zu folgen und so zu tun, als wäre nichts gewesen. Als hätten diese Tonaufnahme und der Moment gerade eben nicht meine ganze Welt erneut auf den Kopf gestellt.

16. KAPITEL

Drei Monate zuvor
März

»Was hast du gerade gesagt?«, fragte Julian gefährlich leise.

Vielleicht war es nicht meine klügste Entscheidung gewesen, direkt mit der Tür ins Haus zu fallen, aber jetzt war es wenigstens raus. Auch wenn sich keiner von uns besser zu fühlen schien. Kein bisschen.

Ich saß zusammengesunken auf dem Sofa in unserem Wohnzimmer. Abwesend hatte ich Lucky kurz gestreichelt, der sofort zu mir gerannt war, um mich zu begrüßen. Jetzt knetete ich die Hände in meinem Schoß. Sie waren eiskalt, und der Nagellack an meinem Zeigefinger war abgesplittert. Wie seltsam, dass mir das ausgerechnet jetzt auffiel, genauso wie die Tatsache, dass von dem frischen Blumenstrauß auf dem Esstisch ein paar Blütenblätter herabgefallen waren. Dabei sollte doch all meine Aufmerksamkeit bei Julian sein, der gerade erst hereingekommen war. Er hatte seine Laptoptasche, ein paar Akten und eine Rolle mit Skizzen eines wichtigen Auftrags gerade abgelegt und die Krawatte gelockert, als ich ihm alles gestand.

Heute Abend war er nach der Arbeit wieder mal mit Lucky zur Golden Gate Bridge gefahren. Der Hund konnte sich dort austoben und Julian nach einem langen Arbeitstag runterkommen. Innerhalb eines Sekundenbruchteils wich jedoch jedes Anzeichen von Entspannung aus seinem Gesicht, und seine ganze Statur wirkte wie versteinert. Seine Finger verharrten noch am Manschettenknopf des linken Hemdaufschlags. Sein bohrender Blick richtete sich auf mich. Seine Stimme war völlig ruhig. Zu ruhig.

Ich befeuchtete mir die plötzlich trockenen Lippen – und bereute die Geste sofort, als sein Blick darauf fiel und seine Miene sich verhärtete.

»Cooper hat mich geküsst«, wiederholte ich so leise, dass ich mir nicht sicher war, ob er die Worte auch beim zweiten Mal gehört hatte.

Lucky sah zwischen uns hin und her. Die Ohren etwas angelegt und den Kopf gesenkt, als würde er mit einem drohenden Unwetter rechnen. Laute Geräusche hatten ihn schon immer zu Tode verängstigt, genauso wie unsere Streitereien.

Julian beachtete seinen Hund nicht. Wie selbstverständlich öffnete er erst den einen Manschettenknopf, dann den anderen, und krempelte anschließend die Hemdsärmel hoch. »Wann?«

Ich bohrte die Fingernägel in meine Handflächen. »Heute Morgen.«

»Wo?« Seine Stimme klang völlig sachlich – und noch immer so verdammt ruhig.

Konnte er sich nicht wenigstens darüber aufregen? Wütend sein? Enttäuscht? Irgendeine verdammte Emotion zeigen, mit der ich etwas anfangen konnte?

Die feinen Härchen auf meinen Armen stellten sich auf, Gänsehaut begann sich darauf auszubreiten.

»Er ist in der Redaktion vorbeigekommen, weil wir uns schon ewig nicht mehr gesehen haben.«

Weswegen ich noch immer ein schlechtes Gewissen hatte. Aber ich konnte mich auch nicht zweiteilen. Wie sollte ich gleichzeitig meine Beziehung zu Julian und die Freundschaft zu Cooper aufrechterhalten? Und wann war das so verflucht schwierig geworden?

»Vor all den Leuten in der Redaktion?« Julian nahm die Krawatte ab und legt sie über eine Stuhllehne am Esstisch. »Er hat dich vor den Augen all dieser Leute geküsst?«

Warum wollte er die ganzen Details wissen? Das machte es nicht besser oder ungeschehen. Im Gegenteil. Es quälte uns nur beide unnötig.

Ich stand langsam auf. Meine Knie zitterten, und mir war so übel wie nicht damals, als ich mich auf einer meiner letzten Studentenpartys so betrunken hatte, dass Cooper mich praktisch nach Hause hatte tragen müssen. Er hatte mir einen Eimer neben das Bett gestellt und war die ganze Nacht bei mir geblieben, falls ich mich übergeben musste oder etwas brauchte. Der Sessel musste furchtbar unbequem gewesen sein, dennoch hatte er darin verharrt, bis ich am nächsten Morgen völlig verkatert aufgewacht war. Danach hatte er mir Schmerztabletten und Wasser gegeben, mich mit zu sich genommen, in seine Badewanne gepackt und mir etwas vorgelesen, während das Hämmern in meinem Kopf von Minute zu Minute abnahm. Anschließend hatte er mir Frühstück gemacht. Zum Schluss hatte jene Nacht also doch noch ein gutes Ende gehabt. Allerdings war ich mir nicht sicher, ob das heute auch so sein würde. Und das ganz ohne einen Tropfen Alkohol.

»Nicht vor allen«, brachte ich hervor und hasste mich dafür, wie schwach, wie schuldbewusst sich meine Stimme anhörte. »Wir waren allein im Kopierraum.«

Mit einer einzigen Bewegung fegte Julian die Vase vom Esstisch. Das Glas zerbrach scheppernd und verteilte Wasser und Blumen auf dem teuren Holzboden.

Ich erstarrte vor Schreck. Nur mein Herz hämmerte wie verrückt, aber ich war mir ziemlich sicher, dass ich nicht mal mehr atmete.

Ein leises Winseln. Tappende Schritte. Lucky floh aus dem Raum und versteckte sich im Flur.

Ich sah dem verängstigten Hund kurz nach und dann wieder zu Julian. »Beruhige dich. Es war nur ein Kuss, okay?«

Falsche Aussage. Ganz falsche Aussage.

»Nur ein Kuss?«, wiederholte er gefährlich leise und überbrückte die Distanz zwischen uns mit wenigen Schritten. Die Raumtemperatur schien um mehrere Grade zu fallen. »Wie wäre das für dich, wenn mich eine andere Frau küssen würde? Wäre das okay? Wäre das etwa auch *nur ein Kuss* für dich?«

»Nein, natürlich nicht.«

Darüber musste ich nicht nachdenken. Allein die Vorstellung von ihm mit einer anderen war wie Gift für mich. Es breitete sich von meinem Brustkorb in meinem ganzen Körper aus. Brennend. Schmerzhaft. Tödlich.

»Das wäre überhaupt nicht okay«, flüsterte ich.

Grob packte er mich an den Oberarmen. »Wie zum Teufel soll es dann für mich okay sein, wenn du dich wie eine billige Schlampe von diesem Typen im Kopierraum küssen lässt?«

»Julian …« Ich versuchte, mich aus seinem Griff zu winden, aber er drückte nur noch fester zu.

»Sag mir, dass du diesen Kuss nicht erwidert hast.« Er

schüttelte mich. Einmal. Zweimal. Beim dritten Mal so heftig, dass meine Zähne aufeinanderschlugen.

»Julian!«

»Sag es mir!« Er starrte mich aus zusammengekniffenen Augen an. Der Zorn hatte Falten in seine Stirn gemeißelt und seinen Mund in eine harte Linie verwandelt. Ich erkannte den Mann vor mir kaum wieder. »Sag es, Robyn. Du musst es mir sagen.« Seine Stimme brach.

Ich zitterte am ganzen Körper. Etwas Warmes lief mir über die Wangen, und ich brauchte einen Moment, um zu realisieren, dass es Tränen waren.

»Ich habe ihn weggestoßen«, wisperte ich. »Okay? Das ist es, was passiert ist.«

Lüge.

Lüge, Lüge, Lüge.

Obwohl etwas in mir aufschrie, blieb ich bei dieser Version der Geschichte. Denn es war die Wahrheit. Ich *hatte* Cooper weggedrückt und den Kuss beendet. Nur das zählte. Nicht das davor. Nur das Ende war wichtig.

Ursprünglich hatte ich vorgehabt, Julian die ganze Wahrheit zu sagen. Ihm alles zu beichten. Aber jetzt? Nach seiner heftigen Reaktion? Mein Herz und Puls rasten, als hätte ich einen Marathon hinter mir, Angst hatte jeden Muskel in meinem Körper zu Eis erstarren lassen. Dabei wusste ich nicht einmal, wovor genau ich mich eigentlich fürchtete. Ich liebte Julian. Er hatte zwar ein hitziges Temperament und konnte jähzornig sein, aber er war kein schlechter Mensch. Er trug mich auf Händen und hatte mich in seine Wohnung einziehen lassen, als es in unserer Beziehung noch viel zu früh dafür gewesen war. Er hatte mir Mut zugesprochen, als ich mich während des Studiums um Jobs beworben hatte, und mit mir gefeiert, nachdem ich meinen Abschluss in Berkeley geschafft hatte. Himmel, er hatte sogar meinen Lieblingswein – meinen *teuren* Lieblingswein – zu meinem Einzug besorgt und lud mich regelmäßig zum Essen in Restaurants ein, die ich mir von meinem mageren Gehalt in der Redaktion niemals leisten könnte. Er hatte auch Sara und Ellie und sogar meine Eltern, als sie zu Besuch gewesen waren, zum Essen eingeladen. Er liebte mich. Ich wusste, dass er mich liebte, sonst befänden wir uns gar nicht in dieser Situation. Viel schlimmer wäre doch, wenn es ihm egal wäre, was zwischen Cooper und mir passiert war. Aber das war es nicht. Es war ihm nicht egal. Und wären unsere Rollen vertauscht, dann wäre es mir auch nicht gleichgültig, wenn sich eine andere Frau an ihn rangemacht hätte. Vielleicht hätte ich in dem Fall sogar eine ähnliche Reaktion gezeigt wie er. Zumindest wäre ich genauso aufgebracht gewesen.

»Ich habe ihn weggestoßen«, wiederholte ich und konnte das Schluchzen nicht unterdrücken, das mir über die Lippen kam. »Bitte. Du musst mir glauben. Ich habe es beendet.«

Tränen verschleierten mir den Blick. Verzweiflung tobte mit solcher Heftigkeit in mir, als hätte mir jemand in den Bauch geboxt. Hätte Julian mich nicht noch immer festgehalten, hätte ich mich nicht mehr auf den Beinen halten können.

Ich hatte nie gewollt, dass es so weit kam. Ich hatte nie gewollt, dass Julian mit seinem Misstrauen und seiner Eifersucht recht behielt. Ich hatte nie gewollt, dass wir uns in einer Situation wie dieser wiederfanden. Ich liebte diesen Mann. Ich wollte nicht diejenige sein, die unsere Beziehung zerstörte.

Sekundenlang starrten wir uns schweigend an. Es war so still im Raum, dass ich nur das Rauschen meines eigenen Blutes in den Ohren und unsere unregelmäßigen Atemzüge hören konnte.

Julians Finger gruben sich fest in meine Oberarme, aber ich wehrte mich nicht länger gegen seinen Griff. Das, was ich getan hatte, was ich uns beiden angetan hatte, war schlimmer als jeder körperliche Schmerz, den ich empfinden konnte.

Keiner von uns sagte ein Wort. Wir waren uns so nahe, dass ich Julians hektische Atemzüge beinahe schmecken konnte. Die Wut und die Enttäuschung, die von ihm ausgingen, waren fast mit Händen zu greifen. Ich hatte ihn verletzt. Ich hatte ihm unglaublich wehgetan, obwohl das nie meine Absicht gewesen war.

»Es tut mir leid«, flüsterte ich. »Es tut mir so, so leid.«

Etwas regte sich in seiner Miene. Wut und Enttäuschung waren noch immer da, wurden aber nach und nach von etwas anderem abgelöst. Einem Gefühl, von dem ich für einen kurzen Moment geglaubt hatte, es nie wieder in seinen Augen lesen zu können.

Sein Blick fiel auf meinen Mund. Seine Pupillen weiteten sich. Mit einem Mal schlugen all der Zorn und die Verzweiflung in Verlangen um. Mein Körper reagierte mit einem vorfreudigen heißen Kribbeln darauf, das sich tief in meinem Unterleib sammelte. Obwohl es keiner von uns aussprach, wussten wir beide, dass sich etwas zwischen uns verändert hatte.

Ohne Vorwarnung ließ Julian meine Arme los, legte die Hände an mein Gesicht und presste seinen Mund so fest auf meinen, dass es einem Angriff gleichkam.

Ich gab nach, ließ ihn gewähren, öffnete die Lippen unter seinen und hieß seine Zunge in meinem Mund willkommen. Kurz flackerte die Erinnerung an einen anderen Kuss in meinen Gedanken auf, an einen Kuss, der ebenfalls von Leidenschaft und Emotionen getrieben gewesen war. Ein Kuss, der nicht von Wut, Schuld und Tränen getränkt gewesen war. Der nicht wehgetan hatte. Aber ich schob diese Erinnerung mit aller Macht von mir.

Julians Finger glitten in meinen Nacken und packten hart zu, zogen so fest an meinen Haaren, dass ich aufkeuchte und für einen kurzen Moment Sterne sah. Falls er es bemerkte, hörte er nicht auf. Wieder und wieder küsste er mich so hart, als wollte er mich für das, was heute Morgen passiert war, bestrafen.

»Versprich mir, dass das nie wieder vorkommt«, knurrte er zwischen zwei Küssen und zog erneut an meinem Haar.

»Ich verspreche es.«

»Schwör es mir!« Er klang heiser, kehlig und so verzweifelt, dass es mir das Herz brach. Für ihn. Für mich. Für uns beide. »Schwör mir, dass das eine einmalige Sache war.«

»Das war es«, antwortete ich hastig und versuchte, nach Luft zu schnappen. »Ich schwöre es dir.«

Ohne Vorwarnung drängte er mich zurück, bis ich mit dem Rücken gegen die Wand stieß, dann presste er den Mund erneut unbarmherzig auf meinen. Im nächsten Moment schob er mich weiter. Ich verlor die Orientierung und merkte nicht einmal, wie er mich ins Schlafzimmer führte, bis ich auf dem Bett unter ihm lag und er mir das Shirt fast schon gewaltsam vom Körper riss. Sekunden später war ich nackt, meine Klamotten waren auf dem Boden verstreut, während sich Julian auf den Knien aufrichtete, sich das Hemd über den Kopf zog und den Gürtel öffnete.

Es war ein Anblick, der bisher immer Hitze und kribbelnde Vorfreude in mir ausgelöst hatte, doch diesmal war es eine so wilde Gefühlsmischung, dass ich nicht einmal selbst wusste, was ich eigentlich empfand.

»Kondome«, erinnerte ich uns beide, da wir nie darauf verzichtet hatten und ich trotz aller Lust nicht vorhatte, jetzt damit anzufangen.

Ich richtete mich etwas auf und tastete nach der Nachttischschublade, um die Packung herauszuholen, aber Julian stieß mich grob zurück aufs Bett, packte meine Handgelenke und presste sie über meinem Kopf ins Kissen. Gleichzeitig schob er sich zwischen meine geöffneten Schenkel.

Für einen Sekundenbruchteil zuckte erneut der Gedanke an Verhütung durch meinen Kopf, dann drang Julian mit einem einzigen kräftigen Stoß in mich ein und vertrieb jeden weiteren Gedanken aus meinem Kopf. Ich schrie auf, als Schmerz und Lust tief in mir zu einer untrennbaren Einheit verschmolzen.

Es gab kein Vorspiel. Keine liebevollen Worte. Julian war nicht sanft. Er war nicht zärtlich. Vielleicht brauchte er das nach meinem Geständnis heute. Verdammt, vielleicht brauchte *ich* es, um endlich diese Schuldgefühle loszuwerden.

Mit einer Hand umfasste er meine Handgelenke fester, die andere legte er um meine Kehle. Seine Stöße wurden schneller, härter, und er sah mich unentwegt an. »Du gehörst mir. Nur mir.«

»Ja …«, keuchte ich, ohne zu wissen, ob ich ihm zustimmte oder nur mehr brauchte. Mehr von allem, was meinen Körper und meine Sinne völlig verrücktspielen ließ. Als mich der Höhepunkt überrollte, schrie ich auf und vergaß alles, was nicht *er* und dieses unbeschreibliche Gefühl war. »Oh Gott, ja.«

»Und ich gehöre dir.« Er stieß weiter in mich, schneller, immer schneller. Er war kurz davor zu kommen.

»Julian ...«

Er ließ meinen Hals los und bohrte die Finger schmerzhaft fest in mein Bein. Ein letztes Mal stieß er fest zu, dann stöhnte er tief auf und ergoss sich in mir.

Wir atmeten beide schwer. Unsere Herzen schlugen im gleichen schnellen Rhythmus. Und wir waren noch immer miteinander verschmolzen. Ich unter ihm, während Julian über mir zusammengesackt war und sich nicht mehr rührte.

Die Tränen auf meinen Wangen waren inzwischen getrocknet. Meine Handgelenke und mein Hals brannten von seinem festen Griff. Die Stelle an meinem Oberschenkel, wo er zum Schluss so fest zugepackt hatte, war gerötet und würde mit ziemlicher Sicherheit einen Bluterguss ergeben.

Wir hatten schon immer leidenschaftlichen Sex gehabt, aber das hier ...? Das war neu. Das war anders. Ich konnte ihm nicht mal vorwerfen, eifersüchtig gewesen zu sein, denn schließlich war sein Misstrauen berechtigt gewesen – auch wenn ich mir wünschte, es wäre nicht so gewesen.

Und während ich so unter ihm lag und wir beide wieder zu Atem kamen, konnte ich nur daran denken, dass ich ihm nie auf seine Frage geantwortet hatte. Ich hatte Coopers Kuss erwidert. Ganz instinktiv. Völlig selbstverständlich. Ohne auch nur eine Sekunde zu zögern oder darüber nachzudenken.

Dabei war ich glücklich mit Julian. Ich liebte ihn. Das tat ich wirklich.

Aber wenn ich tatsächlich glücklich war, wenn es mir an nichts fehlte, warum hatte ich den Kuss dann erwidert?

»Julian …« Ein dumpfes Gefühl machte sich in mir breit. Im ersten Moment begriff ich nicht, was es war und warum ich so reagierte, doch dann erstarrte ich. »Wir haben das Kondom vergessen.«

Scheiße. Wie hatte das passieren können? Ich hatte es noch aus der Schublade holen wollen und dann …

Julian reagierte nicht darauf, zumindest nicht mit Worten. Stattdessen rollte er sich von mir herunter und zog mich zu sich heran. Wortlos drehte er mich auf die Seite, damit er hinter mir liegen konnte, die Nase in meinem Haar vergraben, den Arm schwer über mich gelegt.

Nach wenigen Minuten hörte ich seine gleichmäßigen Atemzüge. Er war eingeschlafen. Er war wirklich eingeschlafen.

Ich wagte es nicht, mich zu bewegen. Ich konnte seinen ruhigen, gleichmäßigen Herzschlag an meinem Rücken spüren, während mein eigener fast schon panisch war.

Wir hatten nicht mehr an Verhütung gedacht, hatten es im Eifer des Gefechts einfach vergessen. Verflucht. Ich würde mir morgen früh die Pille danach besorgen müssen.

Das war okay. Alles war gut. Es *musste* gut sein.

Doch das nagende Gefühl in meinem Inneren blieb hartnäckig. Denn was … was, wenn Julian das Kondom gar nicht vergessen hatte? Wenn er absichtlich darauf verzichtet hatte? Ohne vorher mit mir darüber zu reden. Ohne mich zu fragen, ob das für mich okay war.

Wäre er wirklich zu so etwas fähig?

Federleichte Küsse in meinem Nacken weckten mich am nächsten Morgen. Julians Finger glitten meinen Arm hinauf, strichen hauchzart über mein Dekolleté und meine Brüste. Das kalte Metall seines Siegelrings erwärmte sich an meiner Haut und verstärkte die Wirkung seiner Berührungen. Gleichzeitig regnete es mehr Küsse auf meinen Hals und meine Schulter.

»Mhm …« Ich hielt die Augen geschlossen und seufzte genießerisch.

»Es tut mir leid«, wisperte Julian so leise, dass ich zunächst glaubte, mich verhört zu haben. Doch dann fiel der letzte Rest Schlaf von mir ab, und die Erinnerung kehrte mit voller Wucht zurück.

Mein Geständnis. Unser Streit. Der Kuss. Der Sex. In diesem Moment streichelten Julians Finger über meine Oberarme, genau an der Stelle, an der er mich schmerzhaft gepackt hatte. Schon wieder. Bevor er …

Mein ganzer Körper spannte sich an, wechselte von siedend heiß zu eiskalt und wieder zurück.

»Es tut mir leid. Es tut mir leid.« Mit jeder neuen Entschuldigung hauchte Julian sanfte Küsse auf meine Haut und ersetzte die schrecklichen Erinnerungen an unseren Streit durch neue. Durch diesen Morgen, an dem er mich so zärtlich weckte, aber auch durch jene von letzter Nacht, als uns die Leidenschaft übermannt hatte. Und je länger er mich berührte, je länger ich seinen warmen Mund und das leichte Kratzen seines unrasierten Kinns auf meiner Haut spürte, desto schwerer fiel es mir, einen klaren Gedanken zu fassen.

»Wir müssen darüber reden.« Irgendwie brachte ich die nötigen Worte dennoch hervor und drehte mich auf den Rücken, um ihn anzusehen.

»Ich weiß. Es tut mir leid«, wiederholte er und warf mir einen zerknirschten Blick zu.

Doch dann küsste er sich zwischen meinen Brüsten hinunter und strich mit den Händen so liebevoll über meine Haut, bis ich gar nicht anders konnte, als zu lächeln. Und dann zu stöhnen, als er noch tiefer glitt.

Etwas später lagen wir wieder nebeneinander, diesmal beide auf der Seite, einander zugewandt. Der lustvolle Nebel verzog sich langsam, aber mein Herzschlag wollte sich nicht beruhigen. Ich musste nicht hinschauen, um genau zu wissen, dass ich an den Oberarmen blaue Flecken von unserer Auseinandersetzung davongetragen hatte. Genau wie an meinem Oberschenkel.

Die Male an meinen Unterarmen hatte ich heruntergespielt, als Cooper mich danach gefragt hatte. Es war nichts Besonderes gewesen, nichts Schlimmes. Aber galt das auch jetzt noch …?

Der Gedanke an Cooper brachte ganz andere Erinnerungen und eine ungewollte Hitze mit sich. Es kostete mich meine gesamte Willenskraft, all das beiseitezuschieben und mir nichts davon anmerken zu lassen. Hier ging es nur um Julian und mich. Die Sache mit Cooper hatte darin keinen Platz.

Julian beobachtete mich die ganze Zeit über aufmerksam und legte schließlich seine warme Hand an meine Wange. »Woran denkst du gerade?«

Sofort bekam ich ein schlechtes Gewissen. Mein Freund hatte mich gerade mit Sex am Morgen geweckt und mir einen fantastischen Höhepunkt verschafft – und ich dachte an einen anderen? Wer tat so etwas? Und wie zur Hölle konnte ich Julian seine Reaktion auf mein Geständnis übel nehmen, wenn er allen Grund für sein Misstrauen gehabt hatte? Er hatte mich vor Cooper gewarnt, hatte mir sogar ins Gesicht gesagt, dass Cooper etwas für mich empfand, aber ich hatte ihm nicht glauben wollen. Hatte es einfach abgetan. Julian hatte mich vor Cooper schützen wollen – aber er konnte mich nicht vor meinen eigenen Gefühlen schützen.

»Robyn …?« Ein lauernder Tonfall schlich sich in seine Stimme.

Ich schüttelte den Kopf und versuchte, all diese Gedanken und Emotionen zu vertreiben. Ich musste mich auf die Gegenwart konzentrieren. Auf das Hier und Jetzt. Nur das zählte.

»Du hast mir gestern Abend Angst gemacht«, gab ich leise zu.

»Ich weiß.« Sofort trat ein betrübter Ausdruck auf sein Gesicht. Er sah mich nicht an, sondern spielte mit ein paar meiner langen Haarsträhnen. »Ich habe mir selbst auch Angst gemacht. Es ist nur … die Vorstellung, dass du mit einem anderen Kerl …« Er schüttelte den Kopf. Ballte die Hand in meinem Haar zur Faust und zog etwas daran. Nicht schmerzhaft, nur ganz leicht.

»So etwas darf nie wieder passieren.« Ich flüsterte die Worte nur, dennoch meinte ich sie absolut ernst. Ich konnte mit seinem Temperament, sogar mit seiner Eifersucht umgehen, aber nicht damit, wenn ich das Gefühl hatte, dass er die Kontrolle verlor. So sehr, dass er mir Angst einjagte, weil ich nicht einschätzen konnte, wozu er fähig war.

Als er mich wieder ansah, glänzte es verdächtig in seinen Augen. »Ich weiß. Ich liebe dich so sehr, Robyn.«

»Das trifft sich gut.« Sanft streichelte ich über seine Wange. »Ich liebe dich nämlich auch, Julian Richardson.«

Seine Miene veränderte sich, wurde weicher, zugänglicher – aber auch verletzlicher. »Du musst mir auch etwas versprechen.«

Ich nickte, noch bevor er seine Bitte ausgesprochen hatte.

»Versprich mir, dass das nie wieder vorkommt. Ich kann nicht ... Ich komme nicht damit klar, wenn dich ein anderer küsst.«

Das sollte er auch nicht. Wir waren ein Paar. Monogam und ganz exklusiv. Wenn er kein Problem damit hätte, dass mich ein anderer Mann küsste, dann wäre diese Beziehung von vornherein zum Scheitern verurteilt gewesen.

»Es wird nicht wieder passieren. Versprochen.«

Noch während mir die Worte über die Lippen kamen, wusste ich, dass ich ihm etwas zusagte, das ich nicht garantieren konnte. Coopers Besuch in der Redaktion war völlig überraschend gewesen, genau wie der Kuss. Aber vielleicht ... vielleicht hatte ich es auch einfach nicht kommen sehen wollen. Die Freundschaft zwischen Cooper und mir war schon immer anders gewesen als alle anderen Freundschaften vor und nach ihm. Innig. Besonders. Womöglich hatte ich ihm irgendwie falsche Hoffnungen gemacht oder mich hinreißen lassen oder ... keine Ahnung. Aber ich war mir ziemlich sicher, dass die Schuld nicht allein bei Cooper lag, sondern genauso bei mir.

Allerdings wusste ich auch, dass ich weder Julian noch unsere Beziehung damit aufs Spiel setzen wollte. Ich war nicht die Frau, die zwischen zwei Männern stand und sich nicht entscheiden konnte. Ich weigerte mich, diese Frau zu sein. Ich liebte Julian. Und ich liebte Cooper, wenn auch auf eine völlig andere Weise. Ich musste nur noch einen Weg finden, mich irgendwie damit zu arrangieren – und zwar so, dass niemand verletzt wurde. Denn das Letzte, was ich wollte, war einem der beiden wehzutun.

Julian musterte mich mehrere Sekunden lang prüfend, dann nickte er, beugte sich über mich und gab mir einen leidenschaftlichen Kuss. Ich sah ihm nach, als er anschließend aufstand und ins Bad ging. Erst als ich das Rauschen der Dusche hörte, realisierte ich, dass wir gar nicht über ein anderes, ebenfalls wichtiges Thema gesprochen hatten. Verdammt.

Ich setzte mich hin und tastete nach meinem Handy auf dem Nachttisch, griff aber ins Leere. Es musste noch im Wohnzimmer liegen, also stand ich auf, streifte mir einen Morgenmantel über und ging nach nebenan. Sekunden später hatte ich online die nächste Apotheke ausfindig gemacht, in der es die Pille danach rezeptfrei zu kaufen gab und die sie vorrätig hatte.

Die ganze Zeit über schlug mir das Herz bis zum Hals. Gestern Nacht war einfach nur dumm gewesen. Ich hatte nicht vor, schwanger zu werden, schon gar nicht, solange ich beruflich am Anfang meiner Karriere stand und meine Reisepläne nicht mal ansatzweise umgesetzt hatte.

Wir hätten besser aufpassen müssen. *Ich* hätte aufpassen müssen. Aber wenigstens würde diese Sorge in wenigen Stunden erledigt sein.

Als ich ins Schlafzimmer zurückkehrte, war Julian bereits vollständig angezogen und verabschiedete sich mit einem Kuss auf die Wange. Er war schneller aus dem Haus, als ich etwas sagen konnte. Da ich selbst losmusste, um es vor der Arbeit zur Apotheke zu schaffen, behielt ich meine Gedanken und Sorgen für mich.

Von Cooper hörte und sah ich nichts mehr, aber das war mir im Moment nur recht. Ich musste noch immer verarbeiten, was da zwischen uns geschehen war und warum ich es nicht nur zugelassen, sondern auch noch mitgemacht hatte. Julian hatte ich bei der Frage, ob ich den Kuss erwidert hatte, ausweichen können, aber mir selbst konnte ich nichts vormachen.

Wieder und wieder spielte sich die Szene im Kopierraum vor meinem inneren Auge ab, genau wie der Streit und die Nacht mit Julian und unser Gespräch heute Morgen.

Als ich abends völlig erledigt in unsere Wohnung zurückkehrte, war Julian noch nicht da. Dafür wartete ein kleines Päckchen auf dem Couchtisch auf mich. Es war in Geschenkpapier eingewickelt und hatte sogar eine rote Schleife umgebunden. Daneben lag eine kleine Karte, die ich aufklappte.

> Es tut mir leid. Ich liebe dich.
> –Julian

Mein Herz machte einen kleinen Satz, dann schlug es umso schneller weiter. Vor allem, als ich den nächsten Satz las, der in winzig kleiner Schrift daruntergekritzelt stand.

> Warte nicht auf mich, ich muss noch einiges abarbeiten, aber morgen nehme ich mir nur für dich frei. Würdest du den Tag mit mir verbringen?

Meine Finger kribbelten vor Aufregung, als ich das Geschenkpapier aufriss und die Schatulle vorsichtig öffnete. Darin lag eine Halskette mit einem wunderschönen herzförmigen Anhänger. Normalerweise würde ich nie etwas so Kitschiges tragen, aber Julian hatte es geschafft, ein Schmuckstück zu finden, das schlicht und überhaupt nicht kitschig aussah.

Lächelnd griff ich nach meinem Handy und schrieb ihm eine Antwort: Kann es kaum erwarten. Der Anhänger ist wunderschön. Danke!

17. KAPITEL

Gegenwart
Juni

Als ich die Augen aufschlage, liege ich nicht länger im Bett. Ich befinde mich auch nicht mehr in Saras Gästezimmer, in das ich mich nach dem entspannten Abend mit meiner Schwester und meinem besten Freund zurückgezogen habe. Und von Lucky ist weit und breit nichts zu sehen.

Durch die Sprossenfenster scheint die Sonne herein und blendet mich. Ich drehe den Kopf zur Seite und halte mir die Hand vors Gesicht, um etwas erkennen zu können.

Ich habe mich in einem unbequemen braunen Ledersessel zusammengerollt. Einem teuren Sessel, den ich bisher nur wenige Male gesehen habe.

Mein Puls fängt an zu rasen.

Langsam lasse ich den Blick durch den Raum gleiten. Der Boden ist aus hellbraunem Kunstharz. Die Wände sind nicht kahl und schmucklos wie bei Sara. Hier hängen gerahmte Fotos von Gebäuden und Bauplänen. Auf der anderen Seite des Raumes entdecke ich einen langen Holztisch, allerdings sind die dazugehörigen Stühle fast alle umgefallen.

Oh nein …

Nein.

Nicht schon wieder.

Meine Muskeln zittern, als ich mich aufsetze. Mein Nacken protestiert bei der Bewegung, und ich taste automatisch nach der verkrampften Stelle, während ich mich genauer umsehe.

Ich kenne diesen Ort. Ich weiß genau, wo ich bin: Es ist Julians Atelier. Ich bin in seinem verdammten Atelier aufgewacht. In seinem *verwüsteten* Atelier, denn die umgekippten Stühle sind erst der Anfang.

Zerbrochene Bilderrahmen liegen auf dem Boden, als wären sie von den Wänden gefallen. Die Glasscherben glitzern im Sonnenlicht, genau wie Julians Laptop. Er liegt aufgeklappt da, mit einem gewaltigen Riss im Bildschirm, als wäre jemand daraufgetreten. Daneben entdecke ich ein paar schwarze Buchstabentasten, die aus der Tastatur herausgefallen sein müssen.

»Oh Gott …«

Was ist hier passiert? Was ist …

Ich komme so schnell auf die Beine, dass mir kurz schwindelig wird. Blindlings stolpere ich auf den Tisch zu und stütze mich schwer darauf. Jetzt sehe ich auch den Rest des Studios.

Julians Arbeitsplatz, die sorgsam geordneten Papiere, Unterlagen, Ordner – alles ist herausgerissen worden und auf dem Boden verteilt. Stifte liegen herum, sein Zeichentisch ist umgestoßen. Es sieht aus, als wäre eine Bombe eingeschlagen.

Aber da ist keine Bombe. Da bin nur ich. Allein in Julians verwüstetem Atelier.

Panik legt sich schwer auf meine Brust und schnürt mir die Kehle zu. War ich das? Habe ich das getan? Aber warum? Und wie um alles in der Welt bin ich hierhergekommen?

Ängstlich sehe ich an mir hinab. Ich trage noch immer meine Schlafsachen, die lange Stoffhose und das T-Shirt, das ich vor Jahren auf einem Konzert gekauft habe und das von den vielen Waschgängen längst ausgeblichen ist. Aber meine Füße sind nicht nackt wie beim Zubettgehen, sondern stecken in meinen Halbstiefeln.

Ein ersticktes Geräusch kommt mir über die trockenen Lippen, eine Mischung aus ungläubigem Schnauben und schrillem Lachen. Bin ich wirklich mitten in der Nacht aufgestanden, habe mir Schuhe angezogen und bin dann einfach losgelaufen? Das Atelier mag ja nicht weit von Saras Wohnung entfernt sein, aber musste ich beim Schlafwandeln ausgerechnet an diesen Ort kommen?

Jeder Muskel in meinem Körper spannt, und ich fühle mich so matt, als hätte ich letzte Nacht kein Auge zugetan. Stattdessen bin ich anscheinend hierhergelaufen, um zu vandalieren. Aber wie kann das sein? Hat niemand gesehen, dass ich geschlafwandelt bin? Wollte niemand die seltsame Frau in Schlafsachen aufhalten, die mitten in der Nacht durch die Straßen wandert? Und was ist mit Sara? Hat sie nicht gehört, wie ich die Wohnung verlassen habe?

War es vielleicht gar nicht das erste Mal? Als ich im Eingang ihrer Wohnung aufgewacht bin, dachte ich, die Tür wäre einfach nur offen gewesen, aber was, wenn ich damals schon durch die Straßen der Stadt spaziert bin, ohne es zu bemerken?

Gott, es grenzt an ein Wunder, dass mir nichts zugestoßen ist. Ich hätte vor ein Auto rennen oder Kriminellen in die Arme laufen können. Es hätte sonst was passieren können.

Und dennoch bin ich hier. In Sicherheit. An Julians Arbeitsplatz.

Übelkeit macht sich in mir breit, als ich daran denke, dass mein Unterbewusstsein mich zielgerichtet zu diesem Ort geführt hat. Sucht ein unbewusster Teil von mir auf eine kranke Art noch immer die Verbindung zu Julian, obwohl ich nichts mehr mit ihm zu tun haben möchte? Oder wollte ich meine letzte Verbindung zu ihm zerstören, indem ich sein Studio in Schutt und Asche lege? Was zum Teufel stimmt nicht mit mir?

Ich balle die Hände zu Fäusten, bis ich ein Stechen spüre. Langsam, zitternd öffne ich die Finger meiner rechten Hand und starre auf den herzförmigen Anhänger mit der filigranen Halskette.

Das kann nicht sein. Das kann einfach nicht sein.

Julian hat mir dieses Schmuckstück vor Monaten geschenkt. Ich bin mir sicher, es in seiner Wohnung zurückgelassen zu haben, als ich meine Sachen geholt habe. Zumindest … *denke* ich, dass ich es getan habe. Es tun wollte. Doch jetzt … jetzt bin ich mir da nicht mehr so sicher.

Wo kommt dieser Anhänger her? Ich kann mich nicht daran erinnern, ihn an jenem Nachmittag doch wieder mitgenommen zu haben. Davon, ihn in der Hand gehalten zu haben, als ich ins Bett gegangen bin, ganz zu schweigen. Trotzdem ist er jetzt hier, als wäre er immer da gewesen. Als würde er noch immer zu mir gehören.

Ich starre auf den Herzanhänger, bis er vor meinen Augen verschwimmt. Ein gepresstes Keuchen dringt an mein Ohr. Abgehackte Atemzüge. Bin ich das? Ist das der Beginn einer Panikattacke? Was passiert mit mir?

Ich werfe den Anhänger so schnell auf den Tisch, als hätte ich mich daran verbrannt, und weiche zurück.

Tief durchatmen.

Tief.

Durchatmen.

Es muss eine logische Erklärung geben. Für den Anhänger. Julians Atelier. Doch ganz egal, wie sehr ich danach suche, die Frage, die Angst ist stärker. Denn wenn ich nachts wirklich geschlafwandelt und hierhergelaufen bin und Julians Studio demoliert habe, ohne es auch nur zu merken … Wozu bin ich dann noch in der Lage?

Ich schüttle den Kopf. Nein. *Nein.* Ich weigere mich, das zu glauben. Wenn ich diese Möglichkeit zulasse, muss ich ernsthaft an meiner eigenen Zurechnungsfähigkeit, an meinem Verstand zweifeln.

Julian ist ohne jede Spur verschwunden. Die ganze Zeit über bin ich davon ausgegangen, dass er zurückkehrt, dass es nur ein schlechter Scherz ist, er mir etwas beweisen oder eins auswischen will. Ich habe mich daran geklammert, weil ich mich nicht mit der viel zu realen Möglichkeit auseinandersetzen wollte, dass ihm etwas zugestoßen sein könnte. Dass er sich etwas angetan haben könnte. Aber nun kommt eine weitere Möglichkeit hinzu, eine, über die ich noch weniger nachdenken will, die ich aber einfach nicht ignorieren kann. Nicht wenn ich zwischen den Überresten von Julians Lebenswerk stehe, nachdem ich ein heilloses Chaos angerichtet habe.

Denn was … was, wenn ich etwas mit seinem Verschwinden zu tun habe? Was, wenn ich in Wahrheit die Schuldige bin? Wenn mir nicht einmal bewusst ist, was ich getan habe? Wenn ich in jener Nacht ebenfalls geschlafwandelt bin und Julian aufgelauert habe? Wenn ich ihn dazu gebracht habe, mit mir wegzufahren, und dann … dann …

Scheiße. Ich will diesen Gedanken nicht einmal zu Ende denken.

Panik breitet sich wie zähflüssiger Teer in meiner Brust aus. Quälend langsam und hartnäckig.

Ich vergrabe die Finger in meinem Haar und lasse den Blick durch das Studio irren. Ein hysterisches Lachen kitzelt in meiner Kehle und bricht gleich darauf hervor. In diesem Moment weiß ich nicht einmal, was mir mehr Angst einjagt: Dass ich nachts durch die Gegend laufe und Dinge tue, über die ich keinerlei Kontrolle habe – oder dass ich tatsächlich etwas mit Julians Verschwinden zu tun haben könnte.

18. KAPITEL

Ein Monat zuvor
Mai

Zum ersten Mal verließ ich die Redaktion mit einem Lächeln auf den Lippen und störte mich nicht mal an der feuchten, kühlen Luft oder dem Nebel, der über den Boden kroch und die ganze Stadt an diesem Abend in eine Szene verwandelte, die aus einem Horrorfilm stammen könnte. Dafür war ich viel zu gut gelaunt, denn ich war gerade befördert worden.

Na gut, nicht offiziell. Aber zumindest übernahm jetzt jemand anderes die Todesanzeigen, das Kopieren, Organisieren, Recherchieren und Kaffeekochen. In den letzten Wochen hatte ich bereits den einen oder anderen Artikel der Kollegen und Kolleginnen, die schon länger dabei waren, redigieren dürfen, allerdings nur zur Probe. Das hatte sich heute geändert. Ab jetzt war ich nicht mehr nur eine Aushilfe, sondern gehörte als Redaktionsassistentin ganz offiziell zum Team der Redakteure. Selbst durfte ich zwar noch nichts schreiben, sondern erst einmal nur weiterhin die Arbeit anderer korrigieren, aber das war wenigstens ein Schritt in die richtige Richtung. Ein Schritt, für den ich in den vergangenen Jahren verflucht hart gearbeitet hatte.

Während ich die Redaktion hinter mir ließ und die nächste

Bushaltestelle ansteuerte, holte ich mein Handy heraus, um Julian davon zu erzählen. Er würde sich mindestens so sehr darüber freuen wie ich, wenn nicht sogar mehr.

Die letzten Wochen waren anstrengend gewesen. Er hatte einen schwierigen Auftraggeber, der ständig seine Meinung änderte, und ihm waren zwei Kunden abgesprungen und zu einem Konkurrenten gegangen, was einen immensen finanziellen Verlust für Julian bedeutete. Kein Wunder, dass er so angespannt und schlecht gelaunt war, wenn er spätabends nach Hause kam. Nicht mal seine abendlichen Spaziergänge mit Lucky an der Golden Gate Bridge schienen ihn noch entspannen und von der Arbeit ablenken zu können. Vor allem, weil er zusätzlich an einem großen neuen Kunden für Luxuswohnungen dran war. Es gab drei Mitbewerber, und Julian setzte alles daran, diesen Auftrag zu bekommen. Das bedeutete jede Menge durchgearbeitete Nächte und viel Gereiztheit auf seiner Seite.

Ich tat mein Bestes, um ihn abzulenken und dafür zu sorgen, dass er sich entspannen konnte. Was gar nicht so leicht war, da ihn an manchen Tagen die kleinste Kleinigkeit an die Decke gehen ließ. Vor Kurzem hatte er sich darüber aufgeregt, dass der Hund ihm zwischen die Beine gelaufen war und er beinahe hingefallen wäre. Ich hatte alles versucht, um nicht zu lachen, weil es wirklich komisch ausgesehen hatte, aber so ganz gelungen war es mir nicht. Julians Wut war nicht schön gewesen. In diesem Zustand sagte er Dinge, die er mir sonst nie an den Kopf werfen würde. Der Abend hatte jedoch in heißem Versöhnungssex geendet – was leider nicht jede unserer Auseinandersetzungen tat. Mittlerweile hatte ich es dermaßen satt, mir Kommentare von ihm über meine Kleidung anzuhören oder darüber, mit wem ich denn jetzt schon wieder textete, dass ich tunlichst darauf achtete, nichts zu Aufreizendes anzuziehen, und es vermied, in seiner Gegenwart nach meinem Handy zu greifen. Er war schon angespannt genug, da musste ich es nicht noch schlimmer machen.

Gleichzeitig gab es immer wieder Momente, die so schön waren, dass ich gar nicht wusste, wohin mit meinen Gefühlen. Wenn er mich mit einem Wochenendausflug überraschte, weil er wusste, wie gerne ich reiste, und dass ich es mir mit meinem mickrigen Gehalt nicht leisten konnte. Wenn er Sara, Ellie und mich spontan zum Essen ausführte und die Rechnung, ohne mit der Wimper zu zucken, bezahlte. Sara war nämlich noch knapper bei Kasse als ich, darum war es wirklich nett von Julian, sie ebenfalls einzuladen. Oder wenn er mir Blumen und meine Lieblingspralinen schenkte – einfach so. Ohne Anlass. Nur weil er an mich gedacht hatte. Und jedes Mal, wenn er auf mir lag, uns beide zum Höhepunkt brachte und mir sagte, dass er mich liebte, drohte mir vor Glück das Herz aus der Brust zu springen.

Dieser Mann war so abwechslungsreich, so großzügig und seine Stimmungen so wechselhaft, dass ich manchmal kaum hinterherkam. Aber ich liebte ihn. Ich liebte unsere Wohnung, und ich liebte unser gemeinsames Leben.

Genau deshalb wollte ich ihm sofort von den guten Neuigkeiten aus der Redaktion erzählen, doch als ich auf mein Handy sah, blieb ich mitten auf dem Gehweg stehen. So abrupt, als hätte mir jemand einen Eimer kaltes Wasser übergeschüttet. Denn es war nicht Julians Name, der mir vom Display entgegenleuchtete – sondern Coopers.

Mein Herz begann wie verrückt zu hämmern.

Seinen Namen und den Anfang der Nachricht, die er mir

geschrieben hatte, auf dem Display zu lesen, machte etwas mit mir. Etwas zog sich tief in meinem Inneren zusammen, und ich konnte nicht sagen, ob es Schuldgefühle oder Sehnsucht waren, weil ich ihn so sehr vermisste. Ich vermisste seine dummen Sprüche, die Art, wie er mich immer auf Trab hielt und mich manchmal sogar besser zu kennen schien als ich mich selbst. Ich vermisste meinen besten Freund.

Und dieser Kuss … Ich schob die Erinnerung daran so schnell beiseite wie möglich. Doch meine körperliche Reaktion darauf konnte ich nicht so einfach unterdrücken. Hitze sammelte sich in meinem Bauch, und meine Lippen prickelten, als wäre dieser Moment im Kopierraum erst wenige Sekunden her und nicht bereits zwei Monate.

Seit dem Kuss und der Beichte gegenüber Julian hatte ich jede Nachricht und jeden Anruf von Cooper ignoriert. Ich wusste, dass das nicht für immer so weitergehen konnte. Wir mussten miteinander reden und die Sache klären. Trotz allem wollte ich meinen besten Freund nicht verlieren, auch wenn mich das mit ziemlicher Sicherheit zum egoistischsten Miststück auf dem Planeten machte. Ich wollte keinem der beiden wehtun, aber … ich wollte auch *mir* nicht wehtun, indem ich etwas Gutes fallen ließ, nur weil ich einen Fehler gemacht hatte. Und dieser Kuss *war* ein Fehler gewesen. Ein gigantischer Fehler.

Ohne aufzusehen, machte ich einem laut streitenden Paar Platz und rückte näher an die nächste Hauswand. Das Herz klopfte mir noch immer bis zum Hals. Sekundenlang schwebte mein Finger über der Nachrichtenvorschau, aber ich brachte es nicht über mich, sie zu öffnen und den ganzen Text zu lesen. Genau wie die vielen anderen Dinge, die Cooper mir in den vergangenen acht Wochen geschrieben hatte. Stattdessen wischte ich die Nachricht ebenso beiseite wie mein schlechtes Gewissen und rief den Chat mit Julian auf, um ihm die Neuigkeiten zu erzählen.

Er reagierte sofort.

Ich hatte mich gerade erst wieder in Bewegung gesetzt und wollte mein Handy einstecken, als das Display aufleuchtete und ich Julians Glückwünsche las, aus denen seine Begeisterung deutlich herauszuspüren war. Er freute sich aufrichtig für mich – und ich hatte vor nicht mal einer Minute noch an den Kuss mit Cooper gedacht.

Gott … Was war nur falsch mit mir?

Zu Hause angekommen bestellte ich zur Feier des Tages bei unserem Lieblingsrestaurant und warf mich in Schale. Ich wusste aus Erfahrung, dass Julian das schwarze Kleid mit dem tiefen Dekolleté besonders an mir schätzte – zumal ich es nie lange anbehielt, da er es mir in der Regel innerhalb kürzester Zeit wieder auszog. Dazu legte ich die Kette mit dem Herzanhänger an und schminkte mir die Augen dunkel und verführerisch. Ich war gerade dabei, mir Locken ins Haar zu drehen, als ich die Wohnungstür hörte.

Julians schwere Schritte. Das aufgeregte Tapsen von Pfoten. Lucky begleitete Julian immer zur Arbeit ins Atelier, da er ihn nicht den ganzen Tag allein in der Wohnung lassen wollte.

Ich starrte mein Spiegelbild an, aber vor meinem inneren Auge sah ich, wie Julian Lucky ein letztes Mal über den Kopf streichelte, ehe er ihm die Leine abmachte und ihn in die Wohnung entließ. Ich wusste, wie Julian aussah, wenn er sich wieder aufrichtete, die Leine weglegte und sich das Jackett auszog. Als Nächstes würde er seine Manschettenknöpfe öffnen und sich die Ärmel seines Hemds hochkrempeln – ein Anblick, den ich nicht verpassen wollte. Aber am meisten war ich auf seinen Gesichtsausdruck gespannt, wenn er mich in diesem Outfit sah.

Schnell schaltete ich das Glätteisen aus, zupfte ein letztes Mal an meinen Locken und verließ das Bad. Im Schlafzimmer schlüpfte ich in die High Heels, in denen ich zwar kaum laufen konnte, die aber perfekt zu diesem Kleid passten, und machte mich auf den Weg ins offene Wohn- und Esszimmer. Schon im Vorfeld hatte ich den Tisch gedeckt und Kerzen angezündet. Es konnte nicht mehr lange dauern, bis der Lieferservice klingeln würde.

»Hallo«, begrüßte ich ihn und trat neben den Esstisch.

»Hey, wo …« Was auch immer Julian gerade hatte sagen wollen, er vergaß es in der Sekunde, in der er den Kopf hob und mich erblickte. »Wow.«

Glühende Hitze trat in seine Augen, und sein Blick glitt wie unsichtbare Finger an meinem Körper auf und ab. Ich erschauerte, obwohl er mich noch nicht mal berührt hatte.

»Wow«, stieß er erneut hervor, und seine Stimme klang dabei deutlich rauer als sonst. »Du siehst atemberaubend aus, Süße.«

Glücksgefühle und Erleichterung brodelten wie Champagnerbläschen in mir auf. Ich strahlte ihn an. »Danke. Du siehst aber auch nicht übel aus.«

Ein Funkeln leuchtete in seinen Augen auf, das mir nur zu bekannt war und das Kribbeln in meiner Magengegend verstärkte. Das Kleid war eine fantastische Idee gewesen. Ach was, dieser ganze Abend war eine fantastische Idee gewesen. Und er hatte gerade erst begonnen.

Als wollte Julian meinen Anblick länger auskosten, löste

er ganz langsam seine Krawatte und legte sie über die Stuhllehne, ohne seine Aufmerksamkeit auch nur einen Moment von mir abzuwenden. Dann trat er einen Schritt auf mich zu und schien etwas sagen zu wollen, als mein Handy am Rande meines Sichtfelds auf dem Sofatisch aufleuchtete.

Oh nein. Nicht jetzt.

Ich war zu langsam. Blitzschnell stürzte sich Julian darauf und riss es an sich, bevor ich es zu fassen bekam. Von einer Sekunde auf die andere schlug die Stimmung im Raum um.

»Ist *er* das?«, knurrte er und wischte mit dem Daumen über den Bildschirm, um die Tastensperre zu lösen. Er klang so kalt, dass ich unwillkürlich fröstelte.

»Julian …« Beschwichtigend hob ich die Hände, auch wenn ich keine Ahnung hatte, was ich sagen sollte. Dass ich seit Wochen keinen Kontakt mehr zu Cooper gehabt hatte? Das wusste er. Aber ich hatte nicht erwähnt, dass er mir noch immer schrieb. Dass er noch immer an unserer Freundschaft festhielt und für sie kämpfte, während ich mich dazu zwingen musste, so zu tun, als würden weder er noch seine Anrufe und Nachrichten mir etwas bedeuten. Und ich hatte ihm auch nicht erzählt, wie sehr ich Cooper in meinem Leben vermisste. Ganz egal, wie falsch es sein mochte. Aber Gefühle waren nur selten logisch.

»Julian«, wiederholte ich, diesmal eine Spur eindringlicher. Ich würde nicht zulassen, dass eine dämliche Textnachricht den ganzen Abend verdarb.

Doch er beachtete mich gar nicht. Sein Blick flog über die Zeilen. Er las die neueste Nachricht von Cooper und scrollte anschließend nach oben zu all jenen, die ich so lange ignoriert hatte.

»Es ist nichts, okay?«, versuchte ich es ein weiteres Mal. »Lass uns –«

Julian riss den Kopf hoch und starrte mich einen Moment lang so wütend an, dass sich alles in mir vor Angst verkrampfte. Ohne Vorwarnung holte er aus und warf das Handy auf den Boden.

Das Scheppern war nicht laut, es war sogar erstaunlich leise, dafür dass gerade ein wichtiger Teil meines Lebens zu Bruch ging.

Mit hämmerndem Herzen starrte ich auf mein Handy auf dem Wohnzimmerboden und sah dann langsam wieder zu Julian. Seine Schultern waren angespannt, sein Atem ging schwer, und sein Blick bohrte sich geradezu in mich hinein.

»Bitte beruhige dich.«

»Ich soll mich beruhigen?«, wiederholte er gefährlich leise und machte einen Schritt auf mich zu.

Ich wich unwillkürlich zurück und stieß gegen die Sofalehne. Mein Puls raste. Schweiß brach mir aus.

»Es soll mir also nichts ausmachen, dass dir dieser Wichser immer noch schreibt und so tut, als würdest du ihm gehören, obwohl wir beide wissen, dass das nicht der Fall ist?« Fragend legte er den Kopf schief und kam noch einen Schritt näher. »Oder, Robyn? Gibt es irgendetwas, das du mir beichten willst?«

Wie bitte?!

»Nein.« Ich hasste mich dafür, wie zittrig meine Stimme klang. Wie schuldbewusst. »Du hast die Nachrichten gelesen. Ich habe auf keine einzige geantwortet.«

Wegen dir. Wegen dem, wie du letztes Mal reagiert hast. Weil ich dir nicht wehtun will. Weil ich dich trotz allem liebe, verdammt noch mal.

Die Worte brannten auf meiner Zunge, aber ich brachte sie nicht über die Lippen.

»Nein, du hast nicht geantwortet.« Jetzt stand Julian direkt vor mir. Hatte er mich vorhin noch bewundernd angesehen, lag jetzt so viel Verachtung in seinem Blick, dass es mir die Sprache verschlug. »Aber vielleicht hast du anderweitig mit ihm Kontakt gehalten. Noch ein paarmal mit ihm rumgeknutscht vielleicht? Es heimlich mit ihm getrieben?«

»Was? Das ist absurd – und das weißt du auch. Ich würde dich niemals betrügen.«

»Nein?« Seine Finger strichen fast schon zu sanft meine Arme hinauf, über meine Schultern und legten sich schließlich um meine Kehle. Ohne zuzudrücken, doch die Warnung war unmissverständlich. »So wie du dieses Arschloch auch niemals geküsst hast?«

Ich wagte es nicht, mich zu rühren. Ich wagte es nicht mal zu atmen. »Darüber haben wir doch geredet«, brachte ich hervor. »Ich habe ihn weggestoßen und dir sofort davon erzählt.«

»Und trotzdem schreibt er dir.« Ein lauernder Unterton schwang in seinen Worten mit, und seine Finger schlossen sich enger um meinen Hals. »Ich frage mich, warum.«

»Julian ...« Ich versuchte, mich aus seinem Griff zu befreien, der sich langsam anfühlte, als würde er mir die Luft abdrücken. Vergeblich. Nackte Angst begann sich in rasender Geschwindigkeit in mir auszubreiten. »Hör auf. Ich meine es ernst.«

»Ich auch!«, fiel er mir ins Wort. Seine kurzen Fingernägel bohrten sich in meine Haut. Mit einem Mal drückte er so fest zu, dass mein Aufschrei nur ein dumpfes Röcheln war.

Ich bekam keine Luft mehr. Panisch zerrte ich an seinen Handgelenken, aber er ließ mich nicht los.

Er hielt mich so fest, als würde er mir jeden Moment das Genick brechen wollen. Blinde Wut zeichnete sein Gesicht, und seine Augen blickten mich kalt an. »Wann begreifst du endlich, dass dieser Wichser nichts in unserem Leben zu suchen hat? Das hier ist ganz allein seine Schuld.«

Ich kämpfte gegen die Tränen an und versuchte, den Kopf zu schütteln. Zwecklos. Das Denken fiel mir schwer, weil kaum noch Sauerstoff zu mir durchdrang und der Schmerz einfach nicht aufhören wollte. »Bitte …«, krächzte ich und rüttelte an seinen Handgelenken. »Julian …«

In diesem Augenblick klingelte es an der Tür.

Wir erstarrten beide – und der Griff um meinen Hals lockerte sich.

»Das ist … das Essen.« Ich riss mich von ihm los und stürzte an ihm vorbei Richtung Eingang, um die Lieferung entgegenzunehmen und uns beide von diesem schrecklichen Thema abzulenken.

Vielleicht würde Julian sich wieder beruhigen, sobald das Essen auf dem Tisch stand und wir über andere Dinge redeten. Vielleicht würde er vergessen, dass das hier jemals passiert war. Aber noch während ich das dachte, liefen mir Tränen über die Wangen. Denn die Wahrheit war: Vielleicht würde er es vergessen – ich aber nicht.

Ich zitterte am ganzen Körper, mein Hals brannte, als hätte jemand ein Feuer darin entzündet, aber ich hatte es fast geschafft. Ich hatte die Tür beinahe erreicht und –

Finger schlossen sich um meinen Unterarm. Dann riss mich etwas so brutal an den Haaren zurück, dass ich stolperte und in den viel zu hohen Schuhen umknickte. Alles ging so schnell, dass ich nicht reagieren konnte. Ich verlor das Gleichgewicht und krachte gegen die Kommode im Flur. Schmerz explodierte in meiner Schläfe, in meiner Hüfte und in dem Knöchel, mit dem ich umgeknickt war. In letzter Sekunde versuchte ich, den Sturz mit den Händen abzufangen, landete aber trotzdem hart auf dem Boden. Sekundenlang konnte ich mich nur darauf konzentrieren, weiterzuatmen, während sich alles um mich herum drehte und glühender Schmerz durch meinen Körper jagte.

Wie an einem nebligen Morgen hörte ich Julians Stimme gedämpft und aus weiter Ferne. Aber er schien ohnehin nicht mit mir zu sprechen. Als der Geruch von frisch gegrilltem Wagyu Steak und gebackenen Kartoffeln den Flur erfüllte, drehte sich mir der Magen um.

Irgendwie schaffte ich es, mich an der Kommode hochzuziehen und darauf abzustützen. Meine Hände brannten, mein Kopf fühlte sich an, als würde er jeden Moment explodieren, und etwas Warmes rann von meiner Schläfe an meiner Wange hinab. Ich kämpfte gegen den Schmerz und den Schwindel an und versuchte, mich zu orientieren. Versuchte, einen klaren Gedanken zu fassen, während mir das Herz bis zum Hals schlug.

Was zur Hölle war gerade passiert?

Im nächsten Moment spürte ich Julians harten Körper hinter mir. Die eine Hand schlang er um meine Taille, als würde er mich von hinten umarmen. Die andere legte er an meine brennende Kehle. Mit einem Ruck zog er mich an sich und zwang mich dazu, uns beide im Spiegel anzuschauen.

Er war deutlich größer als ich. Mit wütend verzerrtem Gesicht und einer Kälte in den Augen, die mich bis ins Mark schaudern ließ, ragte er hinter mir auf. Einer Kälte, die ich nie zuvor an ihm gesehen hatte. Ich stand zitternd vor ihm, mit Tränenspuren auf den Wangen, die schwarze Schlieren auf meiner Haut hinterlassen hatten. Aus einer Wunde an meiner Schläfe lief Blut. Beides bildete einen heftigen Kontrast zu meiner geisterhaft blassen Haut.

»Du gehörst mir«, raunte Julian mir ins Ohr und küsste die zarte Haut darunter, als würde er das Blut und meine Tränen nicht bemerken. »Nur mir. Vergiss das nie wieder. Hast du mich verstanden?«

Sein heißer Atem, seine Lippen auf meiner Haut … In diesem Moment, in dieser Situation hasste ich mich dafür, dass ich darauf reagierte. Auf ihn. Obwohl mein Körper vor Angst wie erstarrt war, erkannte er in Julian dennoch den Mann wieder, der mich seit mehr als zwei Jahren mit Lust und Zärtlichkeiten überhäufte. Ein Teil von mir wollte fliehen, wollte bis ans andere Ende der Welt rennen, nur um von ihm wegzukommen, aber ein anderer … ein schrecklicher Teil von mir sehnte sich noch immer nach seinen Berührungen, nach seinem warmen Lachen, nach der Sicherheit, die er mir gab, und der Liebe, die ich Tag für Tag in seinen Augen las.

»Bitte …«, flüsterte ich erstickt, da er mich noch immer festhielt und ich es nicht wagte, mich zu bewegen.

Seine Finger drückten nur ganz leicht an meinem Hals zu. Eine unausgesprochene Warnung.

»Hast du mich verstanden?«, wiederholte er gefährlich leise.

Ich nickte hastig, auch wenn mir erneut Tränen über die Wangen liefen.

Julian ließ mich so schnell los, dass ich beinahe das Gleichgewicht verlor. Schwer stützte ich mich auf die Kommode und starrte auf das polierte dunkle Holz. Ich konnte nicht wieder in den Spiegel schauen. Ich wollte mein eigenes Gesicht nicht sehen, konnte es nicht länger ertragen. Die Gedanken in meinem Kopf wirbelten durcheinander, und jeder einzelne von ihnen wurde von einer Welle an Schmerz begleitet.

»Shhh«, hörte ich auf einmal eine schmerzlich vertraute Stimme an meinem Ohr. Warme Hände strichen in einer viel zu sanften, viel zu beruhigenden Geste über meine Arme. »Du hast dir wehgetan, Süße. Komm, ich helfe dir.«

Sein Arm glitt um meine Taille. Er wollte mich von der Kommode wegführen.

»Julian …«

»Es ist okay«, wisperte er und strich mir eine Locke hinters Ohr. »Du bist gestolpert. Es war ein dummer, dummer Unfall.«

Ich hätte schwören können, dass ich tief in mir einen Alarm schrillen hörte. Denn das war kein Unfall gewesen. Und auch kein Versehen. Man packte niemanden *aus Versehen* an den Haaren und riss ihn brutal zurück. Zumindest glaubte ich, dass das passiert war, da meine Kopfhaut noch immer brannte und mein Nacken wehtat, aber meine Erinnerungen an die Sekunden vor meinem Sturz waren mittlerweile so verflucht verschwommen … und in meinem Kopf pulsierte es nach wie vor heftig. Ich wusste mit absoluter Sicherheit, dass etwas Wichtiges passiert war, etwas, das ich mir merken musste, aber es fiel mir schwer, einen klaren Gedanken zu fassen.

Ich wehrte mich nicht dagegen, als Julian mich zurück ins Wohnzimmer führte und vorsichtig aufs Sofa setzte. Er verschwand für ein paar Sekunden, dann kehrte er mit einem herrlich warmen, feuchten Handtuch zurück, ging vor mir in die Hocke und wischte mir über das Gesicht. Trotz meiner Kopfschmerzen tat diese Behandlung so gut, dass ich mich unweigerlich in die Berührung lehnte. Am liebsten hätte ich einfach nur die Augen geschlossen und vergessen. Vergessen, was heute Abend passiert war. Vergessen, was dazu geführt hatte. Einfach nicht mehr daran denken und so tun, als wäre all das nie geschehen. Doch da war auch diese leise Stimme in meinem Hinterkopf, die von Sekunde zu Sekunde lauter, drängender wurde. Die Stimme, die mir sagte, dass nichts in Ordnung war. Die mich jetzt anschrie, so schnell wie möglich von hier zu verschwinden.

»Tut es sehr weh?«, fragte Julian leise und legte das Handtuch zur Seite.

Ich nickte und bereute die Bewegung sofort.

»Wir müssten noch Schmerzmittel und Verbandszeug dahaben. Warte kurz.«

»Nein«, widersprach ich krächzend. »Ich … Ich habe die letzten Tabletten aufgebraucht. Die Packung ist leer.«

Die Lüge kam mir so leicht über die Lippen, dass es mich selbst erstaunte. Im Gegensatz dazu hämmerte mein Herz viel zu schnell in meiner Brust.

Julian zögerte, und ich betete innerlich, dass er nicht ins Bad ging, um nachzuschauen, denn dort würde er mit Sicherheit noch genügend Schmerztabletten finden. Doch irgendetwas an meinem Gesichtsausdruck musste ihn überzeugt haben, denn er stand mit einem leisen Seufzen auf. »Dann fahre ich zur Apotheke. Rühr dich nicht von der Stelle. Ich bin in ein paar Minuten zurück.«

»Okay.« Ich lächelte, obwohl mir erneut Tränen in die Augen traten. Hastig senkte ich den Blick, damit er es nicht bemerkte.

Mit einer geradezu schmerzhaft liebevollen Geste strich er mir über die Wange, dann wandte er sich ab.

Ich wartete mit angehaltenem Atem, bis die Wohnungstür hinter ihm zufiel und seine Schritte im Treppenhaus verklangen. Und dann noch ein, zwei zusätzliche Minuten, um sicherzugehen, dass er wirklich weg war. Die ganze Zeit über raste mein Puls und jeder Muskel in meinem Körper war zum Zerreißen angespannt.

Cooper hatte es gewusst. Er hatte nur einen Blick auf die blauen Flecken an meinen Unterarmen werfen müssen, um zu ahnen, was passiert war. Ich hingegen hatte es nicht wahrhaben wollen – und ein viel zu großer Teil von mir weigerte sich noch immer, es als meine Realität zu akzeptieren. So etwas passierte in Filmen, Büchern, Serien oder Frauen in einer namenlosen Statistik. Aber nicht mir. Und vor allem nicht so unbemerkt, so schleichend, dass ich es nicht mal hatte kommen sehen.

Langsam, zittrig stand ich auf. Kurz überkam mich Schwindel, aber dann waren meine Gedanken erschreckend klar, und ich wusste eines mit absoluter Sicherheit: Ich musste hier weg.

Sofort.

19. KAPITEL

Gegenwart
Juni

Ich komme gerade von meinem Mittagessen mit Cooper und weiß jetzt schon, dass ich zu spät in die Redaktion zurückkehren werde, als mich der Anruf erreicht. Das Klingeln lässt mich zusammenzucken. Mein Herz hämmert wie wild, und mein Magen verkrampft sich, als ich den Namen auf dem Display lese: Detective Vicario.

Als ich sie das letzte Mal gesehen habe, hat sie mir die Audioaufnahme von Coopers Befragung vorgespielt und wollte mich dazu bringen, irgendetwas zuzugeben. Was ich nicht getan habe. Dass sie sich heute Mittag, nur wenige Tage nach unserem letzten Gespräch, erneut bei mir meldet, kann nichts Gutes bedeuten, oder?

Ich muss daran denken, wie ich in Julians verwüstetem Atelier aufgewacht bin – mit der Kette samt Herzanhänger in der Hand –, ohne mich daran erinnern zu können, wie ich dorthin gekommen bin und was ich getan habe. Das ist nicht normal. Das alles … ist einfach nicht normal. Und ich habe noch immer nicht die geringste Ahnung, warum ich das getan habe. Schuldgefühle? Rache? Um mögliche Beweise zu zerstören? Oder weil ein kranker Teil von mir ihn noch immer vermisst? Ich weiß es einfach nicht.

Seit ich mich morgens mit offener Wohnungstür in Saras Eingangsflur wiedergefunden habe, habe ich Angst, abends überhaupt die Augen zuzumachen. Dementsprechend fühle ich mich tagsüber. Gerädert. Übernächtigt. Unkonzentriert. Fertig mit der Welt. Ich will einfach nur, dass es vorbei ist.

Wann ist das alles endlich vorbei?

Das Telefon klingelt noch immer schrill und vibriert gleichzeitig in meiner Hand.

Ich schiebe alle Emotionen beiseite, ignoriere die irritierten Blicke der Passanten und halte mir das Handy ans Ohr. »Ja …?«

»Miss Claymore?«

»Ja.« Ich räuspere mich, weil ich so verdammt schwach klinge.

»Es gibt Neuigkeiten.«

Ich halte die Luft an.

Ich will es nicht wissen. Ich will es nicht wissen. Ich will es nicht wissen.

Und gleichzeitig … muss ich es erfahren.

»Auf einem Parkplatz in der Nähe der Golden Gate Bridge wurde ein verlassener Wagen gefunden.«

In der Nähe der Golden Gate Bridge … Wo Julian immer mit Lucky nach der Arbeit hingefahren ist. Und in der Nähe von Baker Beach, wo ich mit Cooper und Lucky spazieren war.

»Ein Strafzettel war unter dem Scheibenwischer befestigt«, fährt Detective Vicario in ihrer ruhigen, neutralen Art fort, »also scheint der Wagen schon seit ein paar Tagen dort zu stehen und sollte abgeschleppt werden. Wir haben das Kennzeichen überprüft und …«

»Er gehört Julian«, beende ich den Satz flüsternd.

»Ja.«

Meine Knie fühlen sich plötzlich ganz weich an. Übelkeit peitscht durch mich hindurch. Ich muss mich setzen.

Obwohl ich inzwischen zu spät dran bin, tragen mich meine Füße nicht mehr in Richtung Redaktion. Irgendwann während des Telefonats bin ich abgebogen. Ich entdecke eine Gruppe von Bäumen inmitten all der Gebäude um mich herum und steuere direkt darauf zu. Ein offener Platz. Eine freie Sitzbank. Endlich.

Ich lasse mich darauf fallen und schließe die Augen. Das Gelächter von Kindern vom Spielplatz vermischt sich mit den lauten Stimmen einer Demonstration, die gerade hier stattfindet. Ich versuche, all das auszublenden, und presse das Handy fester gegen mein Ohr.

»Was …«, beginne ich und befeuchte mir die trockenen Lippen. »Was bedeutet das? Wie geht es weiter?«

»Es bedeutet, dass wir eine Spur haben. Mr. Richardson ist in die Nähe der Golden Gate Bridge gefahren und hat den Wagen dort aus uns unbekannten Gründen zurückgelassen. Wir haben sein Handy auf dem Beifahrersitz gefunden. Der Akku war leer, aber wir überprüfen die letzten Anrufe. Fingerabdrücke haben wir leider keine nehmen können, zumindest keine brauchbaren.« Eine Spur von Verärgerung schleicht sich in ihre Stimme. »Der Wagen wurde bereits abgeschleppt und von den Kollegen geöffnet, bevor ich vor Ort war«, erklärt sie. »Kannte Mr. Richardson jemanden in der Gegend? Gibt es besondere Plätze, die er gerne aufgesucht hat? Restaurants, Läden, Strandabschnitte?«

Ich schüttle die ganze Zeit den Kopf, bis ich merke, dass sie das natürlich nicht sehen kann. »Nein, da … da ist nichts. Er war nur mit dem Hund nach der Arbeit gerne in der Nähe spazieren. Aber warum er ohne Lucky dorthin gefahren ist, weiß ich nicht.«

Vor meinen Augen spielen sich immer wieder die Bilder in Julians Atelier ab. Wie ich dort aufgewacht bin und alles verwüstet und zerstört vorgefunden habe. Wie ich den Anhänger in meiner Hand entdeckte, den Julian mir nach einem Streit geschenkt hat, obwohl ich sicher war, das Schmuckstück losgeworden zu sein. Jetzt, einige Tage später, bin ich mir da nicht mehr so sicher. Ich habe das Gefühl, überhaupt nichts mehr mit Sicherheit zu wissen.

Soll ich es erwähnen? Soll ich ihr sagen, was passiert ist? Was ich getan habe? Aber ich kann nichts beweisen, weder meine Schuld noch meine Unschuld in dieser Sache. Detective Vicario und ihre Kollegen müssten sich auf mein Wort verlassen, auf die Version der Geschichte, wie ich glaube, dass sie sich abgespielt hat. Und im Moment traue ich mir nicht einmal selbst über den Weg … Also halte ich den Mund.

»Im Moment deutet nichts auf ein Verbrechen hin, sondern auf Suizid. Es ist ein Low-Risk-Fall, was bedeutet, dass uns nicht viele Einsatzkräfte zur Verfügung stehen. Wir werden uns dennoch die nähere Umgebung genauer anschauen und alles nach Hinweisen auf Mr. Richardsons Verbleib absuchen«, erklärt Detective Vicario, und ich glaube, sie versucht mich zu beruhigen. Als wäre ich eine hysterische Frau, deren Mann auf und davon ist und die ihn nun schmerzlich vermisst.

Allein bei der Vorstellung muss ich ein Lachen zurückhalten. Vielleicht stimmt es ja. Vielleicht stehe ich wirklich kurz davor, hysterisch zu werden oder meinen Verstand zu verlieren, aber ganz sicher nicht, weil ich Julian vermisse oder ihn zurückwill.

»Als Nächstes werden wir die Buslinien überprüfen«, fährt Detective Vicario fort und klingt diesmal so, als würde sie eine Liste abarbeiten. »Gut möglich, dass er den Wagen dort gelassen hat und mit dem Bus oder einem anderen öffentlichen Transportmittel weitergefahren ist.«

Oder er liegt auf dem Meeresgrund, weil er sich das Leben genommen hat. Oder weil ich etwas getan habe, das sich nicht mehr rückgängig machen lässt …

Der Gedanke trifft mich mit voller Wucht. Ich zucke zusammen und schüttle den Kopf, kann ihn aber nicht vertreiben. Was, wenn Julian wirklich tot ist?

»Haben Sie einen Schlüssel zu dem Wagen?« Detective Vicarios Frage reißt mich aus dem Strudel, in dem ich zu versinken drohe.

»Ich … Was?«

»Ob Sie einen Autoschlüssel für diesen Wagen haben«, wiederholt sie geduldig.

Ich reibe mir über die Augen, versuche, an etwas anderes zu denken. »Ja«, gebe ich zögerlich zu. »Als wir uns getrennt haben, da … Ich hab ihm die Wohnungs- und Autoschlüssel noch nicht zurückgegeben.«

Mache ich mich damit verdächtig? Glaubt sie, ich hätte Julian dorthin gefahren, um ihn an einer geeigneten Stelle von der Brücke zu stoßen und seelenruhig dabei zuzusehen, wie er ertrinkt?

Trotz allem, was passiert ist, trotz allem, was er mir angetan hat, bin ich nicht zu einem Mord fähig. Ich will ihn nicht mehr in meinem Leben haben, aber das bedeutet nicht, dass ich ihm den Tod wünsche.

Doch jetzt haben sie seinen Wagen entdeckt. Ausgerechnet in der Nähe der Brücke, an der ich am selben Tag mit

Cooper und Lucky spazieren war, an dem ich von Julians Verschwinden erfahren habe.

Ich mag mich bei der Arbeit bis vor Kurzem ja nur mit Todesanzeigen, Recherchen und Kaffeekochen herumgeschlagen haben, aber ich habe nicht Journalismus studiert, um an Zufälle zu glauben. All das sind Hinweise. Und was sie andeuten, gefällt mir ganz und gar nicht. Mehr noch: Es macht mir Angst. Angst vor mir selbst und vor dem, wozu ich in der Lage sein könnte. Angst davor, die Wahrheit über Julians Verschwinden herauszufinden. Denn im Moment sehe ich nur zwei Möglichkeiten, nur zwei plausible Szenarien: Entweder hat er sich selbst umgebracht – oder ich habe es getan.

»Ist Ihnen mittlerweile noch etwas ein- oder aufgefallen?« Erneut holt mich Detective Vicarios monotone Stimme ins Hier und Jetzt zurück.

Meine Gedanken rasen.

Das Atelier. Das Schlafwandeln. Die Wahrheit über das, was Julian mir angetan hat und wie wir auseinandergegangen sind.

Mein Gewissen schreit mich an, feuert eine Sache nach der anderen wie ein Maschinengewehr auf mich ab. Nur mit Mühe unterdrücke ich ein schrilles Auflachen. Gleichzeitig brennen meine Augen so sehr, dass ich neben meinen Gefühlen auch noch gegen meine Tränen ankämpfen muss.

»Nein«, presse ich hervor. »Da ist nichts. Tut mir leid.«

Lügnerin.

Lügnerin, Lügnerin, Lügnerin!

Die Stimme in meinem Kopf macht sehr deutlich, was sie von meiner Antwort hält. Aber wenn ich Detective Vicario alles erzähle, was ich weiß, mache ich mich damit verdächtig. Sie haben keine Spur und keinen Hinweis darauf, was mit Julian passiert sein könnte. Alles, was ich ihnen liefern kann, wären Beweise, die auf meine Schuld oder zumindest auf meine Beteiligung hindeuten. Und wenn sie dann noch den Grund unserer Trennung erfahren, den Grund, aus dem Julian an jenem Abend ausgerastet ist …

Nein. Ich kann es ihnen nicht sagen. Ich kann einfach nicht. Mein moralischer Kompass zeigt in keine Richtung mehr, sondern dreht sich nur noch im Kreis. Vielleicht ist er mittlerweile aber auch schon gar nicht mehr vorhanden. Ich weiß es nicht. Ich weiß ja nicht einmal, was ich denken soll. Ich weiß nur, dass ich mich nicht für sein Verschwinden verantworten werde. Nicht wenn ich mich nicht mal daran erinnern kann, ob ich etwas damit zu tun habe oder nicht. Mal ganz davon abgesehen, dass mir niemand glauben würde, wenn ich erzähle, wie Julian wirklich ist. Dafür ist er zu beliebt, zu charmant und hat zu viele erfolgreiche Geschäftskontakte. Hätte ich es nicht selbst erlebt, hätte er mir nicht sein wahres Gesicht gezeigt, würde ich mir auch nicht glauben.

»Na gut. Sollte Ihnen noch etwas einfallen, wissen Sie, wie Sie mich erreichen können.«

»Danke.« Ich lege auf und starre auf das Display, bis es dunkel wird. Meine Hand zittert so sehr, dass es an ein Wunder grenzt, dass ich das Handy nicht fallen lasse.

Um mich herum dreht sich die Welt weiter. Die Demonstranten protestieren lauthals und mit Megafon. Die Kinder spielen, lachen und kreischen. Autos fahren vorbei. Ganz in der Nähe ertönt ein Hupen. Direkt vor mir hastet eine junge Frau mit Laptoptasche vorbei. Ihre Augen sind geweitet, ihre Jacke ist nur halb und auch noch schief zugeknöpft. Ich bin mir ziemlich sicher, dass sie zu spät dran ist. Bis vor Kurzem hätte ich das sein können. Jemand, der ein Teil von dieser Welt, vom Alltag in dieser Stadt ist. Doch mittlerweile fühle ich mich wie ein Fremdkörper in meinem eigenen Leben. Ich weiß nicht mehr, was ich tun soll. Ich weiß nicht einmal mehr, wem oder was ich noch glauben soll. Aber am schlimmsten ist, dass ein Teil von mir froh ist. Ein Teil von mir ist so verdammt froh, dass Julian fort ist. Dass ihm höchstwahrscheinlich etwas zugestoßen ist. Dass er einfach weg ist und hoffentlich nie wieder zurückkommt.

Eine Zeit lang habe ich ihn für das, was er mir angetan hat, gehasst. Heute frage ich mich, ob ich inzwischen nicht genauso schlimm geworden bin wie er.

20. KAPITEL

Ein Monat zuvor
Mai

»Robyn?«

Ich hob den Kopf und ignorierte das stechende Gefühl in meinem Nacken ebenso wie das brutale Hämmern, das bei der Bewegung einsetzte. Ich hatte keine Ahnung, wie spät es war oder wie lange ich schon im Flur vor Coopers Wohnung auf dem Boden saß, aber jeder Muskel in meinem Körper fühlte sich steif an. Mittlerweile blutete die Wunde an meiner Schläfe nicht mehr, brannte aber noch immer. Genau wie mein Hals. Mein Arm. Meine Knie. Der Knöchel, mit dem ich umgeknickt war.

Cooper stand nur zwei, drei Schritte von mir entfernt im Flur und trug noch seine Notfallsanitäteruniform: weißes Hemd, schwarze Hose mit Taschen an den Außenseiten. Auf den Oberarmen knapp unterhalb der Schultern prangte das rot-gelbe Abzeichen, das ihn als Mitglied der Paramedic Division auswies.

Obwohl ich Cooper schon so lange kannte, hatte ich ihn nie zuvor in Uniform gesehen. Seltsam eigentlich. Aber in letzter Zeit schien so einiges seltsam zu sein.

Sekundenlang starrten wir einander an, ohne ein Wort hervorzubringen, während er mich von oben bis unten mit seinem Blick abtastete. Ich hatte keine Zeit gehabt, mich umzuziehen. Um ehrlich zu sein, hatte ich nicht einmal darüber nachgedacht. Also trug ich noch dasselbe knappe schwarze Kleid und die High Heels, fühlte mich jedoch kein bisschen sexy oder verführerisch darin. Wenigstens hatte ich die Geistesgegenwart besessen, mein Handy einzustecken und einen Mantel anzuziehen, sonst hätte ich mir wahrscheinlich eine ernste Unterkühlung zugezogen.

Coopers Miene spiegelte nichts von seinen Gedanken wider. Seit dem Kuss hatten wir uns nicht mehr gesehen, und ich hatte jede Nachricht und jeden Anruf ignoriert. Vermutlich war ich gerade der letzte Mensch, den er sehen wollte, aber ich hatte nicht gewusst, wo ich sonst hätte hingehen sollen. Bei meiner Schwester und sogar bei meinen Eltern in Kanada würde Julian mich finden, da er ihre Adressen kannte. Das wären die ersten Orte, an denen er nach mir suchen würde. Zu meinen Freunden vom College hatte ich mittlerweile den Kontakt verloren, außerdem waren die meisten von ihnen weggezogen. Zu meinen Arbeitskollegen pflegte ich lediglich eine oberflächliche, berufliche Beziehung. Cooper war der Einzige, der hartnäckig versucht hatte, unsere Freundschaft aufrechtzuerhalten. Und da er nie viel von meinem Freund gehalten hatte, wusste Julian auch nicht, wo Cooper wohnte.

Ich hatte nicht nachgedacht, war einfach losgestürmt und hatte die Wohnung so schnell verlassen wie nur irgend möglich. Mein Instinkt hatte mich quer durch die Stadt hierhergeführt. An den einzigen Ort, an den ich gehen konnte. Zu der einzigen Person, bei der ich mich wirklich sicher fühlte. Trotz allem, was passiert war.

Cooper machte erst einen Schritt auf mich zu, dann noch

einen, bis er vor mir in die Hocke ging. An ihm haftete der Geruch der Straße, einer langen Arbeitsschicht und noch etwas, das ich nicht ganz zuordnen konnte. Es roch herb und zitronig. Vertraut. Aber das war nicht der Grund, aus dem all meine Schutzwälle mit einem Mal in sich zusammenbrachen, genauso wenig wie der alarmierte Blick aus seinen braunen Augen. Es war seine raue Stimme.

»Was ist passiert?«

Bevor ich hierhergekommen war, hatte ich mir fieberhaft alle möglichen Erklärungen und Entschuldigungen zurechtgelegt, die ich ihm erzählen könnte. Versionen der Wahrheit, die ich vor mir selbst rechtfertigen konnte. Sogar Lügen, um mich nicht mit dem auseinandersetzen zu müssen, was Julian getan hatte. Doch mit einem Mal brachte ich kein einziges Wort heraus.

»Robyn?«

»Ich bin okay«, presste ich hervor.

»Nein, bist du nicht. Und das wissen wir beide.« Behutsam strich er mir die Locken hinters Ohr, legte dadurch aber nur die Wunde an meiner Schläfe frei. Er schien sie vorher nicht bemerkt zu haben, denn ich hörte ihn scharf die Luft einziehen. Langsam glitt sein Blick über mein Gesicht bis zu meinem Hals. Etwas Hartes trat in seine Augen, als er mich wieder direkt ansah. »War *er* das?« Zorn tränkte jede einzelne Silbe. »Hat er dir das angetan, Robyn?«

Ich antwortete nicht – aber das musste ich auch nicht.

So fürsorglich Cooper mir über die Arme strich, so mörderisch sah er auf einmal aus. »Ich bringe ihn um.«

»Nein.« Ich griff nach seiner Hand, die so viel wärmer war als meine eigene, dass ein Schauder durch meinen Körper zuckte.

»Wir müssen zur Polizei«, beharrte er und warf einen weiteren prüfenden Blick auf meine Schläfe. »Und ins Krankenhaus. Das muss untersucht und richtig versorgt werden.«

»Nein. Kein Krankenhaus und auch keine Polizei.« Ich ließ den schweren Kopf gegen die Tür hinter mir sinken. »Ich will nur …«

Was …? Vergessen, was passiert war, und mich bei Cooper verkriechen? Ja. Wenn ich alles, was in den letzten Stunden passiert war, wie in einem schlecht geschriebenen Artikel löschen könnte, würde ich es sofort tun. Am Ende würde niemals jemand erfahren, was zuvor dort gestanden hatte, und mit der Zeit würde ich es selbst ebenfalls vergessen. Als wäre nichts davon je wirklich geschehen …

Aber das wäre nicht richtig. Das wusste ich. Dennoch konnte ich mich nicht dazu überwinden, etwas anderes tun zu wollen. Ich wollte mich nicht mit dem heutigen Abend auseinandersetzen, wollte ihn nicht wahrhaben. Gott, ich wollte ja noch nicht einmal darüber nachdenken – von Fühlen ganz zu schweigen. Ich wollte überhaupt nichts mehr fühlen, sondern für eine Weile einfach taub bleiben und vergessen.

Cooper zögerte. Hatte ich ganz zu Anfang nichts in seiner Miene lesen können, sah ich ihm nun deutlich an, wie er mit sich rang.

»Bitte«, wiederholte ich kaum hörbar.

Er seufzte. »Komm erst mal mit rein.«

Cooper half mir auf die Beine. Wie selbstverständlich schlang er einen Arm um meine Taille, um mich zu stützen. Obwohl er eine solche Ruhe ausstrahlte, zitterten seine Finger vor Wut und Anspannung, als er mit dem Schlüssel herumhantierte.

Klickend öffnete sich die Tür, und er schob mich sanft hinein. Mit der freien Hand schaltete er das Licht ein und führte mich ins Wohnzimmer. Ich merkte kaum, wie ich mich bewegte, bis ich das weiche Polster unter mir spürte und feststellte, dass ich mich aufs Sofa gesetzt hatte. Gleich darauf legte Cooper eine Decke um meine Schultern.

»Ich bin sofort zurück.«

Ich sah ihm nicht nach, sondern starrte auf einen unsichtbaren Punkt auf dem Boden. Die Decke half ein wenig dabei, mich aufzuwärmen, dennoch zitterte ich am ganzen Körper und sehnte mich nach der vertrauten Wärme und Geborgenheit von Coopers Badewanne. Es musste eine Ewigkeit her sein, seit ich das letzte Mal hier gewesen war, dabei war ich zu Studienzeiten ständig in seiner Wohnung gewesen und hatte sein Badezimmer belegt. Jetzt fühlte es sich an, als hätte eine andere Person das getan und erlebt. Eine andere Robyn.

Cooper kehrte nach weniger als einer Minute zurück. Er hatte sich nicht umgezogen, hielt dafür aber einen Erste-Hilfe-Kasten in den Händen und setzte sich vor mich auf den Couchtisch.

Beim Anblick des Kastens schloss ich unwillkürlich die Augen. Ich hatte kein Problem mit Nadeln, Blut oder anderen Aspekten, die mit Coopers Beruf zu tun hatten. Aber ich hätte nie gedacht, dass er sich irgendwann einmal auch um mich kümmern musste, wie er sich Tag und Nacht um wildfremde Menschen kümmerte. Vor allem nicht unter diesen Umständen. Niemals unter solchen Umständen.

»Warum hast du nicht angerufen?«, fragte er, während er die Sachen aus dem Sanitätskasten auspackte.

Bilder flackerten vor meinem inneren Auge auf. Bilder

davon, wie Julian sich auf mein Handy stürzte. Wie er all die Nachrichten von Cooper las, die ich nie beantwortet, ja, nicht einmal selbst gelesen hatte. Wie er vor Wut das Handy zu Boden warf.

Spätestens da hätte ich etwas tun müssen. Hätte gehen müssen. Aber ich war vor Schreck wie erstarrt gewesen. Fassungslos und ungläubig, dass das wirklich passierte. Selbst jetzt, Stunden später, fiel es mir noch immer schwer, all das zu glauben.

Ich zog die Überreste meines Handys aus der Manteltasche. Überraschenderweise war es nicht in tausend Teile zersprungen, aber ein langer Riss zog sich über das Display. Wie ein Baum mit unzähligen Verästelungen. Außerdem konnte ich es nicht mehr einschalten.

»Ich glaube, es ist kaputt«, sagte ich daher nur und wich Coopers musterndem Blick aus.

Er hakte nicht weiter nach, aber ich merkte ihm an, dass er noch immer mit sich kämpfte – und mir die Erklärung nicht ganz abkaufte. »Ich sollte dich wirklich ins Krankenhaus oder wenigstens in eine Arztpraxis bringen.«

»Nein!«, widersprach ich sofort und erschrak selbst darüber, wie laut mein Protest gewesen war. Aber ich wollte unter keinen Umständen in ein Krankenhaus. Dort würde man mir Fragen stellen, womöglich rief sogar jemand die Polizei oder informierte Julian, und ich … ich konnte mich damit nicht auseinandersetzen. Nicht jetzt.

»Na gut«, gab Cooper widerwillig nach. »Aber dann lass wenigstens zu, dass ich mich um dich kümmere, okay?«

»Okay«, flüsterte ich und hielt unbewusst den Atem an, als er etwas näher rutschte, um sich die Platzwunde an meiner Schläfe anzuschauen.

Sie hatte heftig geblutet, mittlerweile aber aufgehört. Auch wenn man es auf meinem schwarzen Kleid nicht sah, war es wahrscheinlich blutverschmiert. Dazu noch die schwarzen Mascaraspuren auf meinen Wangen. Eigentlich ein Wunder, dass mich auf dem Weg hierher niemand angesprochen und mir seine Hilfe angeboten hatte.

Cooper arbeitete schnell und schweigend. Nur einmal warnte er mich kurz, dass es gleich brennen könnte, dann machte er weiter, bis meine Wunde an der Schläfe gereinigt, desinfiziert und mit einem Wundpflaster abgedeckt war. Anschließend zog er mir die High Heels aus, um den Knöchel abzutasten, mit dem ich umgeknickt war, und beruhigte mich dahingehend, dass er nicht gebrochen zu sein schien, aber verstaucht sein könnte. Ich konnte ihm ansehen, dass er mich am liebsten zu einem Arzt geschleppt hätte, um mich genauer untersuchen und röntgen zu lassen, aber er respektierte meine Wünsche und hielt sich zurück.

»Wann hast du deine letzte Tetanusimpfung bekommen?«, fragte er stattdessen und wickelte eine Manschette um meinen Oberarm.

»Vor zwei oder drei Jahren.«

»Nimmst du blutverdünnende Medikamente? Oder hast du Aspirin eingeworfen?«

Ich schüttelte den Kopf und beobachtete ihn dabei, wie er meinen Blutdruck maß und sich die Werte notierte.

»Irgendwelche Vorerkrankungen oder Allergien?«

Ich befeuchtete mir die spröden Lippen. »Du weißt, dass ich keine habe.«

Er sah nicht auf. »Die könnten auch in den letzten Monaten aufgetreten sein, dann hätte ich nichts davon mitbekommen.«

Autsch.

Okay. Diesen kleinen Seitenhieb hatte ich verdient, weil es die Wahrheit war. Ich war eine schreckliche Freundin.

»Tut mir leid …«, flüsterte ich und kämpfte gegen das plötzliche Brennen in meinen Augen an. »Die letzten Monate … wie ich dich behandelt habe … Es tut mir so leid.«

»Ohne eine richtige ärztliche Versorgung kann sich die Wunde entzünden oder eine Narbe zurückbleiben. Ich bin dazu verpflichtet, dich darauf hinzuweisen.«

»Coop … Hast du gehört, was ich gerade gesagt habe?«

Er hob den Kopf. In seinen Augen lagen so viel Schmerz, so viel Enttäuschung, Wut und andere Emotionen, die ich nicht zuordnen konnte, dass sich alles in mir schmerzhaft zusammenzog. Ich war diejenige, die ihm das angetan, die ihn in diese Situation gebracht hatte …

»Ich … Wahrscheinlich hätte ich nicht herkommen sollen, aber ich wusste nicht … ich wusste nicht, wo ich sonst hingehen sollte. Es tut mir wirklich leid.« Um ihn nicht länger ansehen zu müssen, beobachtete ich lieber, wie meine Finger mit den Enden der Decke herumspielten.

»Ich bin froh, dass du hier bist.« Coopers Stimme klang so gepresst, dass ich unwillkürlich seinen Blick suchte. »Du glaubst gar nicht, wie sehr. Aber im Moment weiß ich nicht, ob ich dich umarmen, dich in einen Deckenburrito packen oder sofort ins Krankenhaus fahren soll.«

Obwohl ich nicht gedacht hätte, es noch zu können, verzog ich die Lippen zu einem schwachen Lächeln. »Umarmen«, wisperte ich. »Definitiv umarmen.«

Wortlos setzte er sich neben mich aufs Sofa und breitete die Arme aus. Statt mich einfach an sich zu ziehen, wartete er darauf, dass ich den ersten Schritt machte. Aus irgendeinem lächerlichen Grund bedeutete mir diese kleine Geste die Welt.

Ich rutschte zu ihm, ließ die Decke los und schmiegte mich an ihn. Sofort hüllte mich seine Wärme ein und ließ mich erschauern. Eine Gänsehaut breitete sich auf meinem Körper aus. Am liebsten hätte ich mich zusammengerollt und ihn nie mehr losgelassen, aber ich wusste, dass das nicht möglich war.

Behutsam strich er mir über das Haar und hielt mich so fest, als würde er diese Umarmung gerade genauso dringend brauchen wie ich.

Erst nach einer gefühlten Ewigkeit löste ich mich widerwillig von ihm. Ich wollte etwas sagen, doch als sein Blick wieder auf die Male an meinem Hals fiel, erstarben die Worte auf meinen Lippen. Keine Ahnung, wie schlimm es mittlerweile aussah, aber Coopers Reaktion nach zu urteilen, so wie seine Kiefermuskulatur arbeitete und er fest die Zähne zusammenbiss, musste es übel sein.

»Wie ist das passiert?«, presste er hervor.

Da war sie. Die gefürchtete Frage, über die ich noch immer nicht nachdenken wollte. Denn darüber nachzudenken hätte bedeutet, sich daran zu erinnern, und dann müsste ich mich mit dem auseinandersetzen, was geschehen war. Ich müsste mich dem stellen, müsste Entscheidungen treffen und … fühlen. Ich müsste diesen Orkan, der tief in mir tobte und den ich bisher so gut es ging unterdrückt hatte, zulassen. Und dazu war ich noch nicht bereit.

Also schüttelte ich nur den Kopf und bat ihn stillschweigend, nicht weiter nachzubohren. Ich brauchte nur noch ein bisschen mehr Zeit. Ein paar Stunden. Wenigstens diese Nacht. Morgen würde ich mich damit auseinandersetzen und all seine Fragen ehrlich beantworten, aber nicht heute. Nicht jetzt. Ich … Ich konnte einfach nicht.

Cooper kannte mich gut genug, um zu wissen, wann er nicht weiterkam. Er wirkte nicht glücklich damit, respektierte meinen Wunsch aber.

»Ich muss dich weiter untersuchen«, erklärte er und wartete mein Nicken ab, ehe er meine Temperatur maß und anschließend meine Pupillenreaktion und generelle Motorik testete. Dann begannen die Fragen. »Tut dir sonst noch etwas weh?« Er betrachtete mich eindringlich. »Bist du woanders verletzt?«

Ich schüttelte unmerklich den Kopf. Obwohl sich mein ganzer Körper noch immer dumpf und leer anfühlte, war ich mir relativ sicher. Meine Hände und Knie brannten nicht mehr, also waren dort maximal ein paar leichte Schrammen oder blaue Flecken von dem Sturz zurückgeblieben.

»Ist dir schwindelig oder übel?«

Ich räusperte mich. »Zuerst war mir etwas komisch, aber jetzt nicht mehr.«

»Warst du bewusstlos?«

»Nein.«

»Ganz sicher?«

Ich nickte.

Seine Schultern sanken vor Erleichterung etwas herab. »Wie sieht es mit Kopfschmerzen aus?«

»Nur an dieser Stelle hier.« Ich zeigte auf meine Schläfe, an der jetzt ein großes Pflaster klebte.

»Gut. Das ist gut.« Cooper nahm meine Hände in seine. Erst als ich seine Wärme spürte, realisierte ich, dass meine Finger eiskalt waren. Und dass ich noch immer am ganzen

Körper zitterte. »Die Wahrscheinlichkeit ist gering, aber du könntest trotzdem eine Gehirnerschütterung haben.«

»Ich will nicht ins Krankenhaus«, beharrte ich, bevor er mich erneut darum bitten konnte.

Ich sah ihm an, wie schwer es ihm fiel, das zu akzeptieren, wusste aber auch, dass er mich niemals zu etwas zwingen würde, das ich nicht wollte.

Also nickte er nur stumm und sah auf unsere miteinander verschränkten Finger hinab. »Willst du mir stattdessen erzählen, was heute Abend passiert ist?«

Wieder schüttelte ich den Kopf und unterdrückte den Impuls, die Arme um mich zu schlingen. Dafür hätte ich seine Hände loslassen und die Wärme, die von ihnen ausging, aufgeben müssen, und das wollte ich nicht. Einen Moment lang starrte ich auf seine Hände, die so viel größer waren als meine. Hände, mit denen er Menschenleben rettete, statt sie zu zerstören.

Er seufzte, bohrte aber nicht weiter nach, und dafür war ich ihm so viel dankbarer, als ich es im Moment ausdrücken konnte. »Du solltest dich etwas ausruhen.«

Ausruhen? Schlafen? Jetzt?

Obwohl es das Vernünftigste gewesen wäre, konnte ich mich nicht dazu überwinden, mich allein in einen dunklen Raum zu legen und die Augen zuzumachen. Dann würden nur all die Bilder und Gefühle zurückkehren, und ich … ich wollte das nicht. Ich wollte vergessen. Nur für eine kleine Weile.

Plötzlich kam mir eine Idee, und mit einem Mal sehnte ich mich wieder so sehr nach diesem vertrauten Gefühl von Wärme und Sicherheit, dass es beinahe wehtat.

»Kann ich … kann ich bei dir baden?«, fragte ich. Dabei

würde ich mich auch ausruhen, ohne versuchen zu müssen zu schlafen. Und vielleicht konnte Cooper den Fernseher im Wohnzimmer anmachen oder so, um mich abzulenken.

»Bei einer möglichen Gehirnerschütterung sollte man nicht baden, weil dir schwindlig oder du ohnmächtig werden könntest«, gab er zu bedenken.

»Ich habe keine Gehirnerschütterung«, behauptete ich. »Du hast selbst gesagt, dass es unwahrscheinlich ist. Außerdem ist mir kalt, und ich will mir das ganze Blut und ... Ich will mich waschen.«

Er zögerte. Ich konnte sehen, wie es in ihm arbeitete. »Du solltest die Wunde an deiner Schläfe und deinen Knöchel kühlen und nicht zusätzlich Wärme zuführen.«

»Du hast Kühlpacks da, und ich kann den Fuß hochlegen, wenn ich in der Wanne liege.« Ich atmete tief durch. »Bitte.«

Cooper schüttelte den Kopf, lenkte aber ein. »Na schön. Aber ich muss in deiner Nähe bleiben, um sicherzugehen, dass dir nichts passiert«, fügte er hinzu. Und dann, eine Spur leiser: »Ist das okay?«

»Ja, natürlich.«

Ich wollte einfach nur diesen ganzen Abend zusammen mit all meinen Gedanken und Erinnerungen daran abwaschen und für eine Weile in der Wärme der Badewanne versinken. So tun, als wäre nichts passiert. Als wäre alles in Ordnung. Als würde nicht gerade meine ganze Welt in Trümmern liegen.

Cooper musterte mich noch einen Moment prüfend, dann stand er auf und half mir ebenfalls auf die Beine. Ohne ein weiteres Wort führte er mich ins Bad.

Es war ein vertrauter Anblick: der längliche Raum mit

der ebenerdigen Dusche in der Ecke, Toilette, Waschbecken, jede Menge Grünpflanzen und Holzregale. Doch das Highlight war die frei stehende Wanne. Noch schöner wäre sie im Jugendstil mit Füßen und antik anmutender Armatur gewesen, aber man konnte nicht alles haben.

Während ich mich gegen die Wand lehnte, weil ich kaum noch stehen konnte, und so tat, als würde ich weiterhin die Wanne bewundern, ging Cooper hinüber und ließ heißes Wasser einlaufen. Gleich darauf erfüllten das Rauschen des Wassers und der Duft nach Zitrone und Patschuli den Raum. Mein Lieblingsbadezusatz. Ich hatte die Flasche hier gebunkert, als ich noch regelmäßig hergekommen war, um die Wanne zu benutzen, aber das letzte Mal war eine Ewigkeit her. Trotzdem hatte er den Badezusatz noch da, genau wie das große flauschige Handtuch, das ich immer benutzte und das er jetzt in die Nähe der Wanne legte.

Eigentlich waren all das Gründe, um zu lächeln, doch stattdessen begannen meine Augen zu brennen und meine Nasenspitze verräterisch zu kribbeln.

»Brauchst du Hilfe?«, fragte Cooper und deutete auf mich.

Es dauerte einen Moment, bis ich begriff, dass er meine Kleidung meinte.

»Nein, das … das schaffe ich schon.«

»In Ordnung.« Er atmete tief durch. »Ich warte draußen, bis du in der Wanne bist, dann komme ich zurück.«

Er ließ mir keine Zeit, darauf zu antworten, sondern verließ den Raum in großen Schritten und zog die Tür ein Stück hinter sich zu, ließ sie jedoch angelehnt, um im Notfall sofort reagieren und bei mir sein zu können.

Wieder war da dieses Brennen in meinen Augen. Seine

winzig kleine Geste schnürte mir die Kehle zu und vergrößerte das Gefühlschaos tief in meinem Inneren nur noch mehr.

Im Zeitlupentempo zog ich mir das Kleid und die Unterwäsche aus. Als mir die Haare über die nackten Schultern auf den Rücken fielen, hielt ich inne. Mist. Ich hatte nicht an einen Haargummi oder dergleichen gedacht. Ich hatte überhaupt nicht nachgedacht, als ich die Wohnung verlassen hatte. In Gedanken verfluchte ich mich selber – für meine Dummheit und dafür, dass mir ausgerechnet ein blöder Haargummi den Rest gab. Doch dann entdeckte ich die schwarze Klammer auf dem Handtuch. Ich musste sie bei meinem letzten Besuch hier vergessen haben, und wie immer hatte Cooper mitgedacht und sie bereitgelegt.

Ein erstickter Laut kam mir über die Lippen. Ich wusste nicht, ob ich darüber lachen oder weinen sollte. Stattdessen griff ich danach und steckte mir das Haar fest, damit es nicht nass wurde. Dann stieg ich vorsichtig in die Wanne.

Das warme Wasser war wie Balsam auf meiner Haut, auch wenn es an manchen Stellen kurz etwas brannte. Meine Muskeln begannen sich jedoch zu entspannen, weil das hier vertraut war. Die Wanne, der Duft, der Schaum, sogar die gedämpften Geräusche aus dem Wohnzimmer.

Ich rutschte etwas tiefer und schob den Schaum weg, der mich am Kinn kitzelte. Dann legte ich den linken Fuß hoch, der aufgrund der Wärme und Belastung bereits schmerzhaft pulsierte.

Ich atmete tief ein und aus. Ein. Und aus.

Dann hörte ich Coopers Stimme von der Tür her. »Darf ich reinkommen?«

Ich sah kurz an mir hinunter. Alles war von so viel Schaum

bedeckt, dass ich mich unweigerlich fragte, wie überhaupt noch Platz für Wasser in der Wanne war. »Ja.«

Cooper betrat den Raum mit zwei Kühlpacks in der einen Hand und einem großen Glas Wasser in der anderen. Zusätzlich hatte er sich ein Buch unter den Arm geklemmt.

Er stellte erst das Wasserglas griffbereit neben dem großen Handtuch ab. Dann platzierte er ein Kühlpack auf meinem hochgelegten Knöchel und drückte mir das andere in die Hand. »Für die Wunde an deiner Stirn«, erklärte er und setzte sich auf den geschlossenen Toilettendeckel, das Buch im Schoß, klappte es aber nicht auf. Seine ganze Aufmerksamkeit lag auf mir.

Behutsam drückte ich mir das Kühlpack gegen die Schläfe und war überrascht, wie gut sich die Kälte anfühlte.

Cooper schwieg, aber ich wusste, dass noch etwas kommen würde. Genau wie ich wusste, dass ich ihm eine Erklärung schuldig war.

»Das war nicht das erste Mal, oder?«, fragte er leise.

Langsam schüttelte ich den Kopf. Wieder musste ich gegen diese verdammten Tränen ankämpfen, dabei weinte ich doch sonst nie. »Es ist … Bisher war es … anders. Er wollte mir nicht wehtun, er hat mich nur zu fest gepackt und …«

Cooper musste nicht mal etwas sagen. Sein Gesichtsausdruck machte mir deutlich, wie oft er diese Worte schon gehört hatte, nachdem er mitten in der Nacht zusammen mit der Polizei zu einem Fall von häuslicher Gewalt gerufen worden war. Aber das hier war etwas anderes, oder nicht? Julian hatte nie die Hand gegen mich erhoben. Er hatte mich nie geschlagen, sonst hätte ich mich sofort von ihm getrennt. Er hatte nur …

Ich presste die Lippen aufeinander. Meine Gedanken verschwammen, dennoch war die Erinnerung an Julians Worte erschreckend klar.

»Es war ein Unfall«, wiederholte ich heiser. »Er hat gesagt, es wäre nur ein Unfall gewesen.«

Und ich wollte ihm glauben. Ich wollte mich an dieser Erklärung festklammern, statt mich der Wahrheit zu stellen. Ich wollte daran glauben, dass alles nur ein großes Missverständnis war und wieder in Ordnung kommen würde. Aber allein bei der Vorstellung, in die Wohnung zurückzukehren und Julian zu begegnen, verkrampfte sich alles in mir.

Die Ironie an der ganzen Sache? Julian war wegen Coopers Nachrichten so ausgerastet – und ich war ausgerechnet zu Cooper gerannt. Ohne nachzudenken. Ohne auch nur eine Sekunde zu zögern. Vielleicht weil ein Teil von mir immer gewusst hatte, dass ich bei ihm sicher war. An andere mögliche Gründe konnte und wollte ich im Moment nicht denken.

»Glaubst du auch, dass es nur ein Unfall war?«, hakte er ruhig nach.

Ich biss mir fest auf die Unterlippe, schüttelte jedoch langsam den Kopf. »Ich dachte … Ich dachte, ich liebe ihn.«

Und ich dachte, er würde mich lieben. So sehr, dass er mir niemals wehtun könnte.

Cooper zuckte bei meinen Worten nicht mal zusammen. Stattdessen glitt sein Blick zu meinem Hals und zu dem Pflaster an meiner Schläfe. »Wenn es dir wehtut, dann ist es keine Liebe.«

Ich nickte langsam. Auch wenn ich noch immer nicht die Kraft aufbrachte, über alles nachzudenken, wusste ich, dass er damit recht hatte. Er hatte absolut recht.

Ausgerechnet jetzt geisterten mir die Worte meiner Mutter durch den Kopf. *Du bist doch schon ein großes Mädchen, Robyn, und große Mädchen weinen nicht.*

Sie hatte recht. Große Mädchen weinten nicht, wenn die eigenen Eltern sich wieder mal so laut anbrüllten, dass es sie mitten in der Nacht aus dem Schlaf riss. Sie weinten nicht, wenn ihr Vater mit einem gepackten Koffer das Haus verließ, ohne sich zu verabschieden. Sie weinten nicht, wenn ihre Eltern wieder zusammenkamen, obwohl sie genau wussten, dass es so weitergehen würde wie zuvor. Tage und Nächte. Wut. Hass. Schreie. Aber vor allem weinten diese Mädchen nicht, wenn der eigene Freund ihnen wehgetan hatte.

Ich wischte mir über die Wange und starrte auf die Tropfen, die über meine Finger rannen. Kein Badewasser. Tränen. Diesmal konnte ich sie nicht zurückhalten. Sie liefen mir stumm über die Wangen.

»Soll ich dir etwas vorlesen?« Coopers ruhige Stimme holte mich aus dem Gedankenstrudel, in dem ich zu versinken drohte.

Ich blickte nicht zu ihm, weil ich mir sicher war, dass er mir alles, was mir gerade durch den Kopf ging, ansehen könnte, also nickte ich nur. Dankbar und in der Hoffnung auf Ablenkung.

Erleichterung breitete sich in mir aus, als er das Buch aufklappte und seine tiefe Stimme den Raum erfüllte, während er mir vorlas. Dieser Anblick erinnerte mich so sehr an früher, dass es mir wieder die Kehle zuschnürte. Trotzdem fühlte ich mich nicht unwohl in seiner Nähe. Im Gegenteil. Der Schaum verdeckte alle wichtigen Körperpartien, das warme Wasser entspannte meine steifen Muskeln und wärmte mich auf, während Coopers Stimme mich langsam einlullte und in eine andere Welt entführte. Eine Welt, in der die Heldinnen siegten, die Bösewichte ihre gerechte Strafe erhielten und so etwas wie heute Abend niemals passieren würde. Eine bessere Welt.

21. KAPITEL

Gegenwart
Juni

Wenn es dir wehtut, dann ist es keine Liebe.

Obwohl es schon über einen Monat her ist, seit Cooper diese Worte zu mir gesagt hat, hallen sie ausgerechnet heute wie ein Echo in meinem Kopf nach, während ich durch die Straßen der Stadt irre.

Nach dem Anruf von Detective Vicario bin ich nicht wie geplant in die Redaktion zurückgegangen. Ich habe nicht mal darüber nachgedacht, sondern bin von der Bank aufgestanden und losgelaufen. Weiter, immer weiter, ohne auf meine Umgebung zu achten, als wäre das eine von meinen Schlafwandel-Episoden. Nur leider ist es das nicht. Ich bin hellwach, auch wenn ich mir wünsche, all das wäre nur ein schrecklicher Albtraum.

Ich habe keine Ahnung, wo ich bin, doch die Gegend gehört eindeutig nicht zu jenen, die man auf Fotos und Postkarten von San Francisco wiederfindet. Ich kicke eine Dose auf dem Gehweg zur Seite und hebe zum gefühlt ersten Mal seit Stunden den Kopf. Am Straßenrand hat sich Müll angesammelt, alte Essensreste und deren Verpackungen, leere Becher, Dosen, Glasscherben, Kartons und Plastiktüten. Ein paar Tauben haben sich neben einem überfüllten Mülleimer an der nächsten Kreuzung versammelt und picken auf der Suche nach Nahrung auf dem Boden herum. Auf den Gehwegen sitzen und liegen Obdachlose, manche ohne Schutz vor Wind und Wetter, wieder andere haben eine Art Zelt für sich aufgebaut. Ich beobachte, wie der Wind vom Meer an den Planen rüttelt und eine einsame Plastikverpackung über den Boden rollt.

Zitternd schlinge ich die Arme um mich und beschleunige meine Schritte. In dieser Gegend sind nur wenige Leute auf den Straßen unterwegs. Ich komme an ein paar mit Graffiti besprühten Gebäuden vorbei. Nicht die Kunstwerke, die ganze Häuserfassaden schmücken, sondern hingeschmierte Wörter, Flüche und Beschimpfungen, mittlerweile kaum noch lesbar. Ganz in der Nähe höre ich gedämpfte Stimmen, die auf einmal deutlich lauter werden. Wütender. Als würde gleich eine Prügelei oder Schießerei ausbrechen.

Schnell überquere ich die Straße, sehe mich um und steuere die nächste Haltestelle an.

Wenn es dir wehtut, dann ist es keine Liebe.

Julian hat mich verletzt, lange bevor ich es richtig wahrgenommen habe. Bevor ich mir selbst eingestanden habe, was da passiert. Bin ich nun diejenige, die ihm wehgetan hat? Hat mein Unterbewusstsein nachts die Kontrolle übernommen, weil ich es nicht mehr ausgehalten habe? Bin ich in Wahrheit das Monster von uns beiden?

In der Nacht, bevor mich die Polizei darüber informiert hat, dass er vermisst wird, habe ich beschissen geschlafen und mich am nächsten Morgen genauso groggy gefühlt wie nach jenen Nächten, in denen ich geschlafwandelt bin. Aber an jenem Morgen bin ich in meinem Bett aufgewacht. Trotzdem lässt mich diese Möglichkeit nicht los. Der Verdacht nagt an mir und spielt ein mögliches Szenario nach dem anderen in meinem Kopf ab.

Bin ich nachts zu Julian geschlafwandelt, habe ihm etwas angetan und bin dann seelenruhig in Saras Wohnung zurückgekehrt, um mich im Gästezimmer ins Bett zu legen? Als wäre nie etwas gewesen? Allein die Vorstellung verursacht mir eine Gänsehaut. Selbst dann noch, als ich schon im Bus sitze und nach Hause fahre.

Wie würde man bei der Polizei sagen? Ich habe ein Motiv und hatte die Gelegenheit, aber ich habe kein Alibi. Denn Sara hat in jener Nacht geschlafen, genauso wie Ellie, also wird keine der beiden im Zweifelsfall für mich aussagen können. Im Moment kann ich ja nicht einmal meine eigene Unschuld beteuern, weil ich nicht weiß, was genau passiert ist. Und wozu ich in der Lage bin.

Meine Finger sind klamm, und ich zittere noch immer, als ich das Wohnhaus betrete. Ich achte nicht auf die Menschen um mich herum, sondern steuere schnurstracks den Aufzug an. Die Wärme hier drinnen prickelt wie lauter kleine Nadelstiche auf meiner Haut. Ohne nachzudenken, drücke ich den Knopf für die richtige Etage und fahre hinauf, während meine Gedanken mindestens so schnell rasen wie der Fahrstuhl.

Zum ersten Mal seit Stunden ziehe ich mein Handy hervor. Fünf verpasste Anrufe aus der Redaktion, weil ich nicht aufgetaucht bin. Ich stecke das Telefon wieder ein. Ignoriere das Problem, bis es von allein weggeht.

Ja, klar. Weil das schon bei Julian so gut funktioniert hat.

Sara begegnet mir an der Wohnungstür. Sie trägt einen Mantel und hat den Schlüssel in der Hand, also wollte sie anscheinend gerade los. Doch als sie mich sieht, macht sie einen Schritt zur Seite und lässt mich herein. »Was ist passiert? Du siehst aus, als hättest du einen Geist gesehen.«

Ich schnaube leise, was erschreckenderweise wie ein Schluchzen klingt.

»Hey, hey …« Sie nimmt mir Mantel und Tasche ab und führt mich zum Sofa ins Wohnzimmer.

Lucky tappt zu mir herüber und legt den Kopf auf meinen Schoß. Aus großen braunen Augen sieht er mich mitfühlend an. Er ist nicht gerade der klügste Hund und manchmal sogar anstrengend, wenn er wieder wegen eines Feuerwerks oder bei einem Unwetter vor Angst ausrastet, aber er ist treu. Er würde mich niemals einfach so zurücklassen, wie Julian ihn zurückgelassen hat. Ich kann gar nicht anders, als ihn zu kraulen, weil er so süß ist. Und weil er spürt, dass es mir nicht gut geht, und mir seine Art des Trosts anbietet.

Auf einmal liegt eine Decke über meinen Schultern. Kurz darauf halte ich eine Tasse mit dampfendem Tee in den Händen. Ich weiß nicht, wo beides hergekommen ist oder wie viel Zeit vergangen ist, als Sara sich neben mich aufs Sofa setzt. Auch sie trägt keinen Mantel mehr. Was auch immer sie gerade vorhatte, scheint ihrer Meinung nach warten zu können.

Weil ich hier bin. Weil ich wieder mal in ihr Leben gestolpert bin und nur Probleme mitgebracht habe.

Ich atme zittrig durch. »Tut mir leid«, beginne ich und starre in die Tasse. Jetzt dringt mir auch der Duft in die Nase. Es ist mein Lieblingstee. Schwarz mit Zitrone und einem Stück Zucker. Ich muss nicht mal davon kosten, um zu wissen, dass Sara ihn genau so zubereitet hat, wie ich ihn mag. So wie ich ihn schon seit Wochen trinke, seit sie mich bei sich aufgenommen hat.

»Dir muss überhaupt nichts leidtun. Wirklich nicht.« Ihre Stimme bebt, aber sie hat sich schnell wieder im Griff. »Was ist passiert? Ist er …?«

Ich weiß nicht, wie dieser Satz für sie endet, und schüttle dennoch den Kopf. Nein, er ist nicht zurückgekehrt, und sie haben ihn auch nicht gefunden. Das wären die naheliegendsten Fragen in einer Situation wie dieser, nicht wahr? Und nicht, ob ich ihm etwas angetan haben könnte.

»Was ist es dann?«, hakt sie nach. »Du machst mir Angst, Robyn.«

Meine Hände zittern noch immer, als ich die Tasse klirrend abstelle, aber nicht mehr so sehr wie vorhin. Bevor ich hier war. In der Sicherheit von Saras Wohnung.

»Ich weiß einfach nicht, was ich tun soll«, gebe ich leise zu und reibe mir mit den Händen über das Gesicht. »Oder was ich noch glauben soll.«

Kleine Falten erscheinen zwischen ihren Augenbrauen. »Wie meinst du das?«

»Die Polizei hat Julians Wagen gefunden. Verlassen. In der Nähe der Golden Gate Bridge. Wahrscheinlich steht er schon seit ein paar Tagen auf diesem Parkplatz.«

»Sicher, dass es sein Wagen ist?«

Ich nicke knapp. »Sie haben das Kennzeichen überprüft. Es ist seiner. Außerdem lag sein Handy auf dem Beifahrersitz.«

»Grundgütiger.« Ihre Augen werden riesig. »Also ist er …? Gehen sie davon aus, dass er …?«

»Dass er sich umgebracht hat?«, spreche ich aus, was sie nicht sagen kann. »Die Vermutung liegt nahe, oder nicht?«

»Aber gibt es nicht Wachposten an der Brücke? Oder … Oder … Was ist mit dem Netz, an dem sie seit Jahren bauen? Um Leute davon abzuhalten zu springen?«

Ich schüttle den Kopf. »Sie sind noch nicht fertig, die Bauarbeiten verzögern sich wieder mal. Dazu kam neulich was in den Nachrichten. Und die Leute, die dort aufpassen, sind Freiwillige, soweit ich weiß. Es ist praktisch unmöglich, die ganze Brücke vierundzwanzig Stunden am Tag, sieben Tage die Woche zu überwachen. Allein schon wegen des Nebels.«

Der Nebel, der manchmal so dicht wird, dass man keine fünf Meter weit sieht. Vom anderen Ende der Brücke oder Personen, die über das Geländer klettern könnten, ganz zu schweigen.

Ich zögere. Ringe mit mir. Will diesen Gedanken nicht aussprechen und tue es trotzdem. »Was, wenn er wirklich fort ist, Sara? Wenn er sich etwas angetan hat? Wenn er … Wenn er meinetwegen …«

Ich sollte so etwas wie Trauer empfinden, oder nicht? Verzweiflung. Wut. Schock. Aber da ist nichts. Nur eine tonnenschwere Last auf meiner Brust, die mir mit jeder Minute ein bisschen mehr die Luft abdrückt. Es fühlt sich beinahe so an wie … Schuldgefühle. Als hätte ich ihn dazu getrieben. Als wäre es meine Schuld, dass Julian keinen Sinn mehr in seinem Leben gesehen hat.

Doch da ist noch etwas anderes. Wenn all das stimmt, dann ist Julian für immer fort. Dann kommt er nicht mehr zurück. Und obwohl ich weiß, dass ich trauern oder wenigstens etwas anderes als Schuld empfinden sollte, ist da auch so verflucht viel Erleichterung in mir, dass ich gar nicht weiß, wohin damit.

»Es ist okay.« Sara greift nach meiner Hand und drückt sie. Ihre Finger sind warm, ihr Griff ist fest und beruhigend. »Was auch immer gerade in dir vorgeht, es ist okay. Du darfst fühlen, was auch immer du fühlst. Du musst dir nichts vorwerfen, nach allem, was du wegen ihm durchgemacht hast.«

Ich will mich an ihre Worte klammern und daran glauben, dass sie recht hat. Aber solange es keine endgültigen Beweise, solange es keine Leiche und kein Grab gibt, wissen wir beide, dass es nicht vorbei ist. Nicht wirklich.

Als es an der Tür klingelt, erstarre ich.

Sara entschuldigt sich und steht auf.

Ich höre gedämpfte Stimmen. Ein Mann, aber definitiv nicht Julian. Obwohl ich kein Wort verstehe, registriere ich die Anspannung in dem Gespräch.

Schnelle Schritte nähern sich, dann wirft sich Ellie neben mich aufs Sofa und schlingt die kleinen Arme um mich. »Tante Robyn!«

Ich schiebe das Chaos in mir beiseite, setze ein Lächeln auf und tätschle ihr den Kopf. »Hey, kleine Maus.«

»Ich bin so froh, dass du noch da bist.« Sie macht sich von mir los und strahlt mich mit der Lücke zwischen ihren Schneidezähnen an.

»Natürlich bin ich noch hier. Wo sollte ich denn sonst sein?«

Jetzt sieht sie weg, um Lucky begeistert und ein bisschen zu fest zu streicheln. Glücklicherweise ist er ein sanfter Hund und erduldet die kleinen Patschehändchen in seinem Fell.

»Daddy hat gesagt, der böse Mann kommt dich holen.«

Eisige Kälte rinnt durch mich hindurch. Jeder Muskel in meinem Körper ist in Alarmbereitschaft.

»Was … Was hat er gesagt?«, frage ich krächzend.

Ellie sieht mit großen unschuldigen Augen zu mir hoch. »Der böse Mann. Daddy hat gesagt, du gehst zu ihm zurück.«

Ich schüttle den Kopf. Diese Formulierung klingt zwar ein kleines bisschen weniger erschreckend, aber … was zur Hölle? Was fällt Peter ein, so einen Schwachsinn zu erzählen? Was fällt ihm überhaupt ein, mit Ellie über Julian und mich zu reden?

Gerade als ich aufstehen und ihm die Meinung sagen will, kehrt Sara ins Wohnzimmer zurück. Allein.

»Ist er weg?«

Sie nickt. »Er hat Ellie für mich vom Tanzunterricht abgeholt und hergebracht. Das hat seinen Terminplan durcheinandergebracht, aber ich wollte dich nicht allein lassen.«

»Sara …«

»Schon gut.« Sie schenkt mir ein erschöpftes Lächeln und setzt sich wieder zu mir aufs Sofa. »Ich bin einfach nur froh, dass ihr beide jetzt hier seid.«

Kurz denke ich darüber nach, ob ich ihr erzählen soll, was ich von Ellie erfahren habe, entscheide mich jedoch dagegen. Sara hat schon mit genug Problemen zu kämpfen, außerdem sieht sie müde aus. Kein Grund, ihr mehr Stress aufzubürden, als sie bereits hat.

Mittlerweile hat es sich Ellie mit ihren Puppen auf dem Fußboden gemütlich gemacht. Lucky liegt daneben, den Kopf auf die Pfoten gelegt.

Eine Weile beobachten wir Ellie schweigend beim Spielen.

»Ich kann nicht fassen, dass er sie dir wirklich wegnehmen will«, sage ich so leise, dass Ellie es nicht hören kann.

»Er hält mich für eine schlechte Mutter.« Eine ungewohnte Bitterkeit schleicht sich in ihre Stimme. »In der

Vergangenheit habe ich viele falsche Entscheidungen getroffen, aber ich würde alles für sie tun. Und dafür, sie zu behalten.«

Ich greife nach ihrer Hand und drücke sie. Ich wünschte, ich könnte ihr versprechen, dass alles gut wird, aber an diese Lüge glaube ich schon lange nicht mehr. »Du bist eine gute Mutter, Sara. Jeder Richter wird das erkennen.«

Sie lächelt matt. »Manchmal bin ich mir da nicht so sicher.«

»Aber ich bin es. Ich habe dich die letzten Wochen mit ihr erlebt. Ich weiß, wie wichtig sie dir ist und dass du alles dafür tun würdest, dass es ihr gut geht und sie eine glückliche Kindheit hat, ganz egal, was zwischen dir und Peter vorgefallen ist. Wenn du schon nicht selbst daran glaubst, dann glaub mir, wenn ich dir sage, dass du eine tolle Mom bist.«

Diesmal begleiten Tränen ihr Lächeln. »Danke, Schwesterchen.«

»Jederzeit.« Ich drücke ihre Hand ein letztes Mal, dann lasse ich sie los und setze mich zu Ellie auf den Fußboden.

Es tut gut, für eine Weile die ganze Sache mit Julian zu vergessen und einfach nur normal zu sein. Ein normales Leben zu führen und den Abend gemeinsam mit meiner großen Schwester und meiner Nichte zu verbringen.

Wir kochen zusammen, wobei Ellie beim euphorischen Umrühren für jede Menge Kleckse auf dem Herd sorgt. Nach dem Essen spielen wir ein Ratespiel, singen Karaoke und fangen mit einem 3-D-Pferde-Puzzle an, weil Ellie neuerdings ganz verrückt nach Pferden ist.

Nachdem wir sie ins Bett gebracht haben, sitzen Sara und ich noch einen Moment zusammen in der Küche und trinken einen Tee. Ich kann mir nicht mal vorstellen, was sie gerade durchmachen muss. Trotz der konstanten Angst, dass ein Richter und ihr Ex-Mann ihr Ellie wegnehmen könnten, steht sie jeden Tag auf und macht weiter. Sie war schon früher mein Vorbild, ist es jetzt aber umso mehr.

Als ich kurz nach Mitternacht ins Bett falle, bin ich so geschafft, dass ich weg bin, sobald mein Kopf das Kissen berührt.

22. KAPITEL

Ein Monat zuvor
Mai

Ich war eingeschlafen. Nicht in der Badewanne, denn die hatte ich rechtzeitig verlassen, bevor das Wasser kalt wurde. Aber ich war so unendlich erschöpft gewesen, dass ich kaum einen Fuß vor den anderen setzen konnte, ganz zu schweigen davon, auch nur einen Arm zu heben. Wortlos hatte Cooper mir dabei geholfen, mich abzutrocknen, und mir ein T-Shirt übergestreift, das nach ihm roch und viel zu groß für mich war, genau wie die Shorts, die er mir anzog. Anschließend hatte er mich ins Schlafzimmer geführt und mir sein Bett überlassen. Nachdem er noch mal meine Werte gemessen und sich versichert hatte, dass es mir gut ging, hatte er mich schlafen lassen. Das Letzte, woran ich mich erinnern konnte, war das Gefühl seiner warmen Hand an meiner Wange und sein besorgter, mitgenommener Blick, bevor er das Schlafzimmer verließ und die Tür anlehnte.

Als ich am nächsten Morgen aufwachte, war ich allein und orientierungslos. Ächzend setzte ich mich auf und hielt mir die Hand an die Stirn, hinter der es heftig pochte. Mehrere Sekunden lang hatte ich nicht den blassesten Schimmer, was passiert oder warum ich hier bei Cooper war. Wundervolle Sekunden, die ein jähes Ende nahmen, als die

Erinnerung an den gestrigen Abend mit der Geschwindigkeit eines herannahenden Jets über mir hereinbrach.

Die Beförderung. Das Kleid. Coopers Nachricht. Der Streit mit Julian. Der *Unfall*, der keiner gewesen war. Die blanke Panik. Und Cooper, der sich um mich gekümmert hatte, bis ich eingeschlafen war.

Mein Kopf dröhnte, mein Hals tat weh, und mein ganzer Körper fühlte sich an, als hätte ich einen Marathonlauf hinter mir. Einen unfreiwilligen wohlgemerkt.

Ich wollte mich gerade nach Schmerztabletten umsehen, als es rechts von mir kurz vibrierte. Ich zuckte zusammen.

Irgendwie war mein Handy auf dem Nachttisch gelandet. Das Display war noch immer gesprungen, aber das Gerät hing an einem Kabel und schien trotz allem zu funktionieren. Cooper musste es letzte Nacht hierhergelegt haben, um es aufzuladen. Ein Teil von mir wünschte sich, er hätte es nicht getan, denn jetzt konnte ich die Welt da draußen nicht mehr so einfach ignorieren wie zuvor. Jetzt musste ich mich ihr stellen.

Ich rollte mich auf die Seite und griff nach dem Handy. Dabei fiel mein Blick auf die Wasserflasche und die Schmerztabletten direkt daneben. Außerdem war da noch ein kleiner Zettel, der mir in Coopers Handschrift einen guten Morgen wünschte.

Meine Lippen verzogen sich zu einem schwachen Lächeln, auch wenn mir gleichzeitig die Kehle eng wurde. Vielleicht weil mein bester Freund heute Morgen und auch schon gestern Nacht besser als ich selbst gewusste hatte, was ich gerade brauchte. Vielleicht weil ich längst verlernt hatte, das zu wissen – und nicht einmal gemerkt hatte, wie es passiert war. Wie konnte ich in der einen Sekunde noch die kämpferische, selbstbewusste Studentin gewesen sein, die bereit war, es für ihre Träume mit ihrer eigenen Mutter und der ganzen Welt aufzunehmen – und jetzt saß ich hier, gebrochen, am Boden, verzweifelt und kämpfte mit den Tränen?

Ich schätzte, das war das Problem daran, immer die Starke zu sein. Niemand rechnete damit, dass es einem schlecht gehen könnte. Niemand erwartete von einem, auch mal schwach zu sein. Niemand reichte einem seine Hand. Alle gingen davon aus, dass man weiterhin stark blieb. Selbst wenn es einen innerlich umbrachte.

Ohne zu zögern, nahm ich die Schmerztabletten ein und spülte sie mit ein paar Schlucken Wasser hinunter. Dann legte ich mich wieder hin. Ein Manöver, das meinem Kopf überhaupt nicht gefiel. Jetzt pochte es nur noch stärker hinter meiner Stirn.

Als ich auf das Smartphone in meiner Hand blickte, vibrierte es erneut. Länger und wütender. Vor Schreck hätte ich es beinahe fallen gelassen. Aber es war nicht Julians Name, der auf dem Display erschien. Damit hätte ich gerechnet. Nicht jedoch, dass ausgerechnet meine Mutter anrief.

Wie lange war unser letztes Telefonat überhaupt her? Seit sie und mein Vater nach Kanada gezogen waren, sprachen wir nur noch alle paar Wochen miteinander, und meistens war Julian derjenige gewesen, der mit ihnen telefonierte.

Ich setzte mich abrupt auf und ignorierte meinen schmerzenden Kopf diesmal. Mein Finger schwebte über dem Annehmen-Button, aber ich zögerte. Würde Julian so weit gehen, über die Landesgrenze zu meinen Eltern zu fahren und von ihrem Telefon aus anzurufen, um sicherzustellen, dass ich auch wirklich ranging? Nein. Ich traute ihm zwar vieles zu, aber keine solche verrückte Aktion. Dafür war Julian viel zu beherrscht und kalkuliert. Zumindest, wenn er nicht wütend wurde …

Der Gedanke, dass es unmöglich Julian sein konnte, der mich anrief, hätte mich beruhigen sollen, dennoch musste ich mehrmals tief durchatmen, ehe ich ranging.

»Ja …?«

»Robyn?«

»Hey, Mom«, erwiderte ich und musste mich räuspern, weil meine Stimme so gebrochen klang.

»Oh, Robyn, es geht dir gut! Wir haben uns solche Sorgen gemacht!«

Ich ignorierte den vorwurfsvollen Unterton und runzelte die Stirn. »Warum …?«

Wahrscheinlich war es nichts. Wahrscheinlich hatte sie gestern angerufen und mich nicht erreicht, also hatte sie sich das Schlimmste ausgemalt. Dieses Verhalten passte zwar so gar nicht zu meiner Mutter, aber ich klammerte mich trotzdem an diese Erklärung. Weil sie mir lieber war und mehr Sinn ergab als die Alternative.

»Du bist einfach verschwunden und warst stundenlang nicht zu erreichen. Dein Vater und ich sind fast umgekommen vor Sorge. Er war kurz davor, ins Auto zu steigen und nach San Francisco zu fahren.«

Moment mal. Wovon redete sie da? Sie und Dad lebten über tausend Meilen entfernt. Warum sollten sie …?

»Wo steckst du?«, verlangte sie zu wissen.

Ich zögerte einen Herzschlag lang, während mein Blick durch Coopers Schlafzimmer wanderte. »Bei … Freunden«, sagte ich schließlich. »Ich bin bei Freunden und mir geht es –«

»Das ist gut. Und mach dir keine Gedanken«, plapperte sie weiter. »Du hast uns zwar einige graue Haare beschert, aber wir machen dir keinen Vorwurf.«

»Keinen Vorwurf weswegen?«

»Weil du einfach weggelaufen bist. Julian hat uns alles erzählt.«

Alles in mir erstarrte.

»Ach wirklich?«, hakte ich widerstrebend nach.

»Ja, natürlich. Er ist am Boden zerstört und macht sich große Sorgen um dich.«

Beinahe hätte ich ein schrilles Lachen ausgestoßen, beherrschte mich aber in letzter Sekunde.

»Er … Er macht sich Sorgen … um mich«, wiederholte ich ungläubig. Womöglich spielten mir meine Ohren auch nur einen Streich und ich hatte mich verhört. Oder Coopers Sorgen bewahrheiteten sich und ich hatte eine Gehirnerschütterung mit Halluzinationen entwickelt. Keine Ahnung, ob Halluzinationen zum Krankheitsbild gehörten, aber im Moment wäre mir so ziemlich alles lieber gewesen als die Realität. Eine Realität, in der Julian meine eigenen Eltern auf seine Seite gezogen und gegen mich aufgebracht hatte.

»Was hat er euch erzählt?«

Meine Mutter schien mich nicht zu hören, denn sie wechselte ein paar Worte mit jemand anderem. Meinem Vater vermutlich.

»Mom! Was hat er gesagt?«, rief ich, um ihre Aufmerksamkeit auf mich zurückzulenken.

»Kein Grund, laut zu werden«, tadelte sie in ihrer typisch kühlen Art. »Er hat uns erzählt, was passiert ist. Ihr hattet eine kleine Meinungsverschiedenheit, und du warst so aufgewühlt, dass du gestolpert bist und dir wehgetan hast. Du wolltest dir aber auch nicht von Julian helfen lassen, sondern bist einfach weggerannt.«

Was?!

Das war nicht das, was passiert war. Nicht wirklich. Also, zum Teil schon, aber … Ich spürte mit jeder Faser meines Herzens, dass das nicht die ganze Wahrheit war. Trotzdem klang es so plausibel. So realistisch. Viel realistischer, als dass er mich zurückgerissen hatte, wodurch ich überhaupt erst hingefallen war. Es passte so viel besser in ihre und auch meine hübsch eingerichtete Realität, dass Julian sich um mich gekümmert hatte, statt mich am Hals zu packen und mir zu drohen.

»Vor lauter Angst um dich hat er letzte Nacht kein Auge zugetan, der arme Junge«, erzählte Mom weiter. »Alle paar Stunden hat er sich bei uns gemeldet und gefragt, ob wir etwas von dir gehört haben. Du hast uns allen wirklich einen großen Schrecken eingejagt. Was hast du dir nur dabei gedacht?«

Ich presste die Lippen aufeinander und versuchte, das brennende Schuldgefühl zu ignorieren, es zu verbannen und zu vergessen, aber es funktionierte nicht. War ich in Wahrheit das Problem? Hatte ich gestern Abend überreagiert?

Du gehörst mir. Vergiss das nie wieder.

Nein, verdammt. Diese Worte … Wie Julian mich am Hals gepackt und zugedrückt hatte … All das hatte ich mir nicht bloß eingebildet. Es war wirklich passiert. Ich war zwar in Panik geraten und weggelaufen, aber ich hatte einen verdammt guten Grund dafür gehabt.

»Das ist nicht wahr«, stieß ich hervor und betastete vorsichtig das Pflaster an meiner Schläfe. »Er hat …«

Mich geschlagen? Nein, das hatte er nicht.

Mich zu fest gepackt? Das hatte er auch schon im Bett, und da hatte es mir gefallen.

Mich an den Haaren gezogen? Die Hände um meinen Hals gelegt? Auch das war nicht neu, auch das hatte er schon im Bett getan.

Die Erinnerung an den Sex mit ihm ließ heiße Flammen über meine Haut tanzen. Gleichzeitig vermischte sich diese Empfindung mit so viel Abscheu und Angst, dass mir beinahe schlecht wurde. Was stimmte nicht mit mir? Wie konnte sich ein Teil von mir nach letzter Nacht noch immer nach diesem Mann sehnen, ihn noch immer lieben?

Du hast dir wehgetan, Süße. Komm, ich helfe dir.

Mir drehte sich der Magen um, und ich schmeckte Galle. Ich kniff die Augen zusammen, dennoch brannten die Tränen unablässig in meinen Augen.

»Hör mir jetzt gut zu, Robyn Elizabeth Claymore«, meldete sich meine Mutter unvermittelt wieder. Beinahe hatte ich vergessen, dass ich noch mit ihr telefonierte. »In einer Beziehung gibt es immer Höhen und Tiefen, gute und schlechte Phasen. Du kannst nicht nur die schönen Seiten haben. Wenn du möchtest, dass es langfristig mit euch beiden funktioniert, wenn du ein Haus, eine Hochzeit und Kinder mit diesem Mann möchtest, dann musst du auch die schlechten Zeiten durchstehen. Das müsst ihr beide. Es gehört dazu. Mach nicht dieselben Fehler wie deine Schwester und wirf etwas Gutes einfach weg.«

Beinahe hätte ich aufgelacht, wenn es nicht so verdammt bitter geklungen hätte. Gehörte es ihrer Meinung nach auch dazu, blutend und panisch vor meinem Partner wegzulaufen? Angst davor zu haben, dass er beim nächsten kurzen Handyklingeln erneut ausrasten könnte? Sich nicht ausmalen zu wollen, was er als Nächstes tun würde? Wozu er in der Lage war? Was er zerstören und wie er mich verletzen würde?

Nein, verdammt. Das gehörte nicht dazu. Julian mochte mich nie im klassischen Sinn geschlagen haben, aber er hatte mir auf andere Weise wehgetan – emotional und körperlich. Er hatte mich manipuliert und versuchte, mir selbst jetzt noch das Gefühl zu geben, ich wäre an allem schuld, dabei befand er sich nicht mal im selben Raum wie ich. Er hatte meine eigenen Eltern auf seine Seite gezogen und ihnen eine Version der Geschehnisse aufgetischt, die zwar in Teilen stimmte, aber nicht die ganze Wahrheit war. Es war *seine* Wahrheit, nicht meine.

»Mom, ich –«

»Du solltest dich bei ihm melden und dich entschuldigen«, unterbrach sie mich, ohne mir zuzuhören. Ohne auch nur den Versuch zu unternehmen, sich meine Version der Wahrheit anzuhören. »Ihr zwei seid so ein schönes Paar. Ihr seid perfekt füreinander. Zerstör das nicht.«

Aber er hat mich *zerstört …*

In Gedanken schrie ich die Worte, brachte sie jedoch nicht über die Lippen. Denn wie sollte ich ihr etwas erklären, das ich selbst nicht begriff? Wie sollte ich ihr erklären, wie es so weit hatte kommen können, wenn ich nicht die geringste verdammte Ahnung hatte? Wenn sich ein Teil von mir noch immer nach diesem Mann sehnte, trotz allem was er mir angetan hatte? Wenn dieser Teil die Realität leugnen und lieber plausible Erklärungen zu finden versuchte, obwohl ich hier mit einem Pflaster auf einer Kopfwunde und Schmerzen saß, die *er* herbeigeführt hatte?

Meine Mutter ließ nicht locker. »Versprich mir, dass du

dich bei ihm meldest und ihr das klärt. Das ist mein Ernst, Robyn.«

»Mom …« Meine Stimme brach. Ich konnte die Tränen nicht länger zurückhalten. Sie liefen mir lautlos über die Wangen.

Aber meine Mutter … Sie bekam es nicht mit. Wie so oft ignorierte sie jeden Protest und jede meiner Gefühlsregungen. Vielleicht nahm sie diese nicht einmal wahr, vielleicht war es ihr einfach egal. Wie früher schon, ganz gleich, ob es um mein Studium und meine Zukunft ging oder um meine Beziehung zu Julian.

»Ich muss jetzt los«, trällerte sie. »Dein Vater wartet schon auf mich. Klär das mit Julian, dann ist alles wieder gut. Wir erwarten, euch bald hier zu sehen. Hab dich lieb!«

Ein Klicken in der Leitung, und sie war weg. Einfach so. Als wäre alles wieder in bester Ordnung. Als würde ich mich bei Julian für mein Verhalten entschuldigen, wieder mit ihm zusammenkommen und wir würden meine Eltern nächsten Monat in Kanada besuchen.

Ich schüttelte den Kopf. Das war …

Plötzlich vibrierte das Telefon erneut in meiner Hand. Als die Textnachricht auf dem Display erschien, ließ ich das Handy fallen und sprang so schnell aus dem Bett, dass ich mich in der Decke verhedderte. Ich wich zurück, bis ich mit dem Rücken gegen den Kleiderschrank stieß. Dennoch leuchtete das Display noch immer mit der neuen Nachricht auf. Und obwohl ich die Worte von hier aus nicht lesen konnte, hatten sie sich nach nur einem einzigen Blick darauf in mein Gedächtnis eingebrannt.

Ich weiß, dass du bei ihm bist.

23. KAPITEL

Gegenwart
Juni

»Robyn!« Saras panisches Rufen reißt mich aus dem Schlaf.

»Was …? Was ist los?« Meine eigenen Worte klingen verzerrt, meine Stimme verwaschen.

Wo bin ich? Was ist passiert?

Ich blinzle gegen die Erschöpfung an. Es dauert einen Moment, bis ich alles richtig wahrnehme. Die Kälte, die eine Gänsehaut über meine Arme schickt. Den harten Fußboden unter meinen nackten Füßen und die Wand in meinem Rücken. Meine bebenden Muskeln. Etwas Schweres in meiner rechten Hand.

Oh nein. *Nein* … Nicht schon wieder.

Mit einem Mal bin ich hellwach und reiße den Kopf hoch. Das Herz schlägt mir bis zum Hals. Ich starre in Saras bleiches Gesicht und lasse den Blick langsam umherwandern.

Nicht der Eingang und auch nicht Julians Atelier. Ich stehe im Flur. Direkt vor Ellies Kinderzimmer.

Zögernd sehe ich an mir hinunter. Meine Finger umklammern ein riesiges Küchenmesser.

Oh Gott.

Habe ich etwa …? Bin ich …?

»Ich … Oh mein Gott …« Ich lasse das Messer fallen und schiebe mich an der Wand entlang. Weiche zurück.

Meine Hände zittern. Alles an mir zittert. Mein Kopf dröhnt. Mein ganzer Körper fühlt sich an, als wäre ich die halbe Nacht durch die Stadt gewandert, statt in meinem Bett zu liegen und zu schlafen wie ein normaler Mensch. Als hätte ich wieder etwas komplett demoliert und zerstört – nur dass es sich diesmal nicht um das Studio meines Ex-Freundes handelt, sondern um das Vertrauen meiner eigenen Schwester.

Sie sagt kein Wort, aber ich erkenne das Gefühlschaos in ihren Augen. Die Angst. Die Sorge. Die innere Zerrissenheit.

»Ich … Es tut mir leid, Sara. Ich wusste nicht …«

Was ich tue. Gott, bin ich auf diese Weise etwa auch Julian losgeworden? Gibt es einen bösen, dunklen Teil in mir, der dazu fähig ist? Der mich zu einer Bedrohung für andere macht? Aber ich würde doch Ellie niemals in Gefahr bringen. Ich liebe meine Nichte über alles.

Trotzdem stand ich gerade mit einem Messer in der Hand vor ihrer Tür. Hätte Sara mich nicht gehört und geweckt … Ich will mir nicht mal ausmalen, was ich dann womöglich getan hätte. Und gleichzeitig … muss ich es. Weil es bedeutet, dass Julians Verschwinden kein Zufall ist. Dass die Wahrscheinlichkeit groß ist, dass ich etwas damit zu tun habe.

»Ich … Ich muss hier weg.«

»Was?« Sara starrt mich an, als versuche sie, einen anderen Sinn aus meinen Worten herauszulesen, und macht einen vorsichtigen Schritt auf mich zu. »Beruhige dich erst mal, okay? Lass uns darüber reden.«

Ich sehe an ihr vorbei zum Zimmer ihrer kleinen Tochter,

die noch immer tief und fest schläft und nichts von dem ahnt, was sich direkt vor ihrer Tür zugetragen hat.

Ich schüttle den Kopf. Langsam erst, dann immer schneller. Ich muss hier weg, auch wenn ich keine Ahnung habe, wohin ich gehen soll, wenn ich allem Anschein nach eine Bedrohung für andere bin.

»Robyn …«

Ich ignoriere sie. Wie in Trance schleppe ich mich ins Gästezimmer und ziehe mich dort noch immer etwas benommen an, schnappe mir Handtasche und Mantel und verlasse die Wohnung noch vor Sonnenaufgang.

Das alles ergibt keinen Sinn. Ich weiß nicht mehr, was wahr ist, wozu ich in der Lage bin – oder was ich getan habe. Alles ist verdreht. Alles ist falsch. Und ich weiß einfach nicht weiter.

24. KAPITEL

Ein Monat zuvor
Mai

Ich hasste es, dass ich mittlerweile bei jedem Vibrieren meines Handys zusammenzuckte. Aber noch mehr hasste ich es, dass ich mich nicht mehr sicher fühlte, ganz egal wo ich war und wo ich hinging.

Julian wusste, wo ich arbeitete. Er kannte all meine Lieblingscafés, -restaurants und -bars. Er kannte meinen Weg zur Arbeit. Er wusste, wo ich mir morgens einen Coffee to go holte und wohin ich in der Mittagspause essen ging. Er wusste auch, wo meine Schwester wohnte. Es grenzte an ein Wunder, dass er in den letzten zwei Tagen nicht dort aufgetaucht war, um mit mir zu reden. Bisher beschränkte er sich auf Anrufe und Nachrichten, die ich jedoch alle ignoriert hatte.

»Kann ich Ihnen noch etwas bringen?«

Ich schreckte hoch, als mich die Kellnerin ansprach. Irgendwie brachte ich ein Lächeln zustande und schüttelte den Kopf. Dann sah ich ihr nach, wie sie zum nächsten Tisch ging, bis ich sicher sein konnte, wieder allein zu sein.

Ich saß in einem kleinen Café an der Straßenecke, in dem ich nie zuvor gewesen war, in einem Stadtteil, den ich bisher kaum besucht hatte. Aber es war ein Ort, den Julian nicht kannte. Ein Ort, an dem er nicht nach mir suchen würde.

Trotzdem zuckte ich jedes Mal zusammen, wenn jemand Neues durch die Tür kam, vor allem wenn es ein großer blonder Mann war.

Das war nicht normal. Mein Verhalten. Meine Angst. Nichts hiervon war normal.

Nach meiner Nacht bei Cooper war ich zu Sara gefahren und bei ihr untergekommen. Sie hatte keine Fragen gestellt, aber wahrscheinlich musste sie das auch gar nicht – ein einziger Blick auf mich hatte genügt.

Die Wunde an meiner Schläfe hatte sich blauviolett verfärbt, aber dank Cooper war sie wenigstens nicht entzündet. Die dunkelroten Male an meinem Hals waren bestens zu sehen, deshalb versteckte ich sie unter einem Rollkragenshirt. Auch die Spuren an meinen Armen konnte ich mit Kleidung verdecken. Bei ihnen wusste ich wenigstens, dass sie in ein paar Tagen verschwunden sein würden, wie schon früher.

Wie schon früher …

Gott, allein für diesen Gedanken hasste ich mich selbst. Warum hatte ich nicht schon viel eher erkannt, was los war? Warum hatte ich nicht längst die Notbremse gezogen? Warum hatte ich sein Verhalten toleriert und entschuldigt, es kleingeredet und so getan, als wäre es nichts? Als würden mir seine Eifersucht und seine aggressiven Ausbrüche keine Angst einjagen? Warum war ich bei ihm geblieben?

Zusammen mit den Schuldgefühlen kam die Wut und schlug wie eine gewaltige Welle über mir zusammen. Warum suchte ich die Schuld ständig bei mir? *Er* hatte *mir* wehgetan. Er hatte mich gewürgt und so hart gepackt, dass ich Blutergüsse davongetragen hatte, gottverdammt noch mal. Er hatte mich an jenem Abend brutal zurückgerissen, wodurch ich gestolpert und mit dem Kopf gegen die Kommode geknallt war.

Warum suchte ich die Schuld nach wie vor bei mir? Warum versuchte ich es zu rechtfertigen und zu erklären?

Weil du ihn noch immer liebst.

Und genau dafür hasste ich mich am allermeisten. Denn die grausame Wahrheit war, dass meine Gefühle nicht einfach ausgelöscht worden waren. Dass die Ereignisse vor zwei Tagen nicht wie ein Ausschalter gewirkt hatten, und plötzlich liebte ich Julian nicht mehr.

Aber wie … wie konnte ich ihn überhaupt noch lieben? Er war ein Monster. Ich sollte ihn hassen, ihn verabscheuen und verachten, aber … wie konnte man jemanden für all das Schreckliche hassen, wenn man sich auch an die guten Momente erinnerte? An das gemeinsame Lachen, an die Zärtlichkeit in seinen Augen, an die wundervollen, besonderen Stunden, die man zusammen verbracht hatte? Wie konnte der Mann, den ich an jenem Abend erlebt hatte, derselbe sein, der mich bei unserem ersten Date in ein schickes Restaurant ausgeführt, meinen neuen Lieblingswein bestellt und anschließend dafür gesorgt hatte, dass ich sicher im Wohnheim ankam? Der einen streunenden Hund vor der Tötungsstation gerettet und ihm ein Zuhause gegeben hatte? Der auch mich bei sich aufgenommen hatte, als ich verzweifelt gewesen war und aus meiner Wohnung hatte ausziehen müssen? Der Mann, der mich mit süßen Nachrichten und sanften Liebkosungen mitten in der Nacht überraschte? Der teuren Wein liebte, aber genauso zufrieden damit war, einfach nur mit mir auf dem Sofa zu sitzen, fernzusehen und Snickers zu essen? Derselbe Mann, der mich kritisierte und seine schlechte Laune an mir ausließ. Der meinen besten Freund nicht leiden konnte und eifersüchtig auf ihn war – zu Recht, wie sich herausgestellt hatte.

Der Mann, der mich in einem Moment mit Zärtlichkeiten überschüttete und im nächsten Moment so fest packte, dass er mir wehtat und sichtbare Spuren hinterließ.

Das Erschreckendste war, dass ich nicht einmal gemerkt hatte, wie sich unsere Beziehung veränderte. Wie ich Stück für Stück von mir selbst verloren und mich mehr und mehr an ihn angepasst hatte. An seine Wünsche, seine Launen und Vorlieben. Es war ein solch schleichender Prozess gewesen, dass es mir nicht aufgefallen war. Selbst an jenem Morgen, als er mich das erste Mal so hart gepackt und geschüttelt hatte, hatte ich es abgetan, weil er danach so lieb gewesen war. Und weil ich ein schlechtes Gewissen gehabt hatte, schließlich hatte ich unsere Auseinandersetzung provoziert. Oder etwa nicht?

Wie hatte ich nur zulassen können, dass es so weit kam? Wie hatte ich jemandem so viel Macht, so viel Kontrolle über mich und mein Leben geben können? Und all das, ohne es zu merken. Bis es fast zu spät war.

Aber Gefühle ließen sich nicht einfach an- und ausschalten. Man hörte nicht einfach auf, jemanden zu lieben, nur weil derjenige einen verletzt hatte.

Meine Hand zitterte, als ich nach der Tasse griff und sie an meine Lippen führte. Der Kaffee war nur noch lauwarm. Keine Ahnung, wie lange ich schon hier saß, vor mich hin starrte und mich mit Wut und Schuldgefühlen selbst quälte. Ich versuchte, diese Gedanken, aber vor allem die damit einhergehenden Emotionen zu verbannen. Ich konnte und wollte mich jetzt nicht damit auseinandersetzen. Aber selbst wenn es mir gelang, sie zurückzudrängen, waren sie immer da, am Rande meines Bewusstseins, und warteten nur darauf, wieder über mich hereinzubrechen.

Mein Handy lag mit dem zersplitterten Display nach unten vor mir auf dem Tisch. Ich hatte es nicht zur Reparatur gebracht und auch nicht vor, es zu tun. Im Moment gab es Dringenderes, um das ich mich kümmern musste.

Zögerlich drehte ich es um. Ich sollte das nicht tun. Ich sollte das wirklich nicht tun. Aber ich war auch nicht dazu in der Lage, es noch länger vor mir herzuschieben, also öffnete ich den Nachrichtenverlauf.

Wo bist du?

Mir drehte sich der Magen um. In Gedanken hörte ich Julian die Worte aussprechen.

Es war die erste ungelesene Nachricht. Sie stammte aus der Nacht, in der ich aus unserer gemeinsamen Wohnung geflohen war. Zu dem Zeitpunkt war ich noch durch die Straßen San Franciscos gelaufen.

Ich mache mir Sorgen um dich, Robyn. Bitte melde dich!

Die zweite Nachricht. Eine halbe Stunde und zehn verpasste Anrufe später.

Mein Daumen schwebte über dem Antworten-Button, aber ich brachte es nicht über mich, darauf zu drücken. Ich brachte es nicht über mich, Julian zu antworten. Stattdessen quälte ich mich weiter und scrollte durch seine anderen Nachrichten.

Du bist die Liebe meines Lebens. Wir kriegen das wieder hin. Verlass mich nicht!

Mein Magen rebellierte immer heftiger, dennoch las ich alles, was er geschrieben hatte. Jedes Wort, jeden Satz, jede Nachricht. Gut möglich, dass das meine Art war, mich selbst zu bestrafen. Vielleicht suchte ich aber auch nur die Bestätigung für das, was ich erlebt hatte. Etwas, das es real machen würde. Einen Beweis, der nicht nur aus meinen Erinnerungen oder den Spuren an meinem Körper bestand. Denn selbst wenn ich zur Polizei gegangen wäre und man mich dort gefragt hätte, ob Julian mich geschlagen hatte, hätte ich nicht mit Ja darauf antworten können. Er hatte nie die Hand gegen mich erhoben, und die Erlebnisse kurz vor meinem Sturz waren noch immer so verflucht verschwommen, dass ich nicht ganz sicher sein konnte, was wirklich geschehen war. Zumindest nicht zu hundert Prozent.

Ich liebe dich. Bitte komm zurück nach Hause.

Ich war am Ende des Chats angelangt. Meine Hände zitterten, und etwas Schweres hatte sich auf meine Brust gelegt. Ich hatte das Gefühl, kaum noch Luft zu bekommen.

Julian hatte nichts von dem erwähnt, was vorgefallen war. Was er getan hatte. Warum ich weggelaufen war. Keine Entschuldigung. Keine Erklärung. Nichts.

Du hast dir wehgetan, Süße. Komm, ich helfe dir.

Seine warme, tiefe Stimme schlängelte sich durch meine Gedanken. Ich schauderte.

Unwillkürlich musste ich an das Telefonat mit meiner Mutter zurückdenken und an die Erklärung, die Julian ihr aufgetischt hatte. Wie überzeugt sie geklungen hatte, weil es in ihrer Welt wahrscheinlicher war, dass ich einen Unfall und eine Panikattacke gehabt hatte, als dass sich mein Freund an mir vergriffen haben könnte und ich deswegen die Flucht ergriffen hatte. Mir wurde übel, als ich daran zurückdachte, wie sie mich davon zu überzeugen versucht hatte, mich mehr zu bemühen. Mich bei ihm zu entschuldigen und zu ihm zurückzugehen. Auch die schlechten Zeiten einer Beziehung durchzustehen.

Hätte sie das ebenfalls gesagt, wenn sie gewusst hätte, was wirklich passiert war? Wenn sie dabei gewesen wäre und zugesehen hätte? Wäre das dann immer noch ihr mütterlicher Rat, ihre unumstößliche Meinung gewesen?

Frustriert ließ ich das Telefon sinken und vergrub das Gesicht in den Händen. Gott, ich musste damit aufhören, sonst würde ich noch komplett durchdrehen.

Ich wusste, was vorgefallen war. Ich wusste, was *meine* Wahrheit war. Und das bedeutete, nie wieder zu ihm zurückzukehren. Zum Teufel, wenn es nach mir ging, würde er nicht mal mehr auf diesem Planeten sein.

Mein Handy vibrierte kurz. Ich starrte durch meine gespreizten Finger auf die neue Nachricht.

Bitte, Robyn! Ich flehe dich an! Komm zurück nach Hause. Ich kann ohne dich nicht leben …

25. KAPITEL

Gegenwart
Juni

Abends öffnet Cooper mir die Tür mit einem kleinen Lächeln und macht einen Schritt zur Seite, um mich hereinzulassen. Nach dem schrecklichen Morgen, an dem mich Sara mit einem Messer in der Hand vor Ellies Zimmertür gefunden hat, brauche ich dieses Stück Normalität mit Cooper mehr als alles andere. Ich war vorher sogar einkaufen und habe Chips und sein Lieblingsbier für unseren gemeinsamen Filmabend mitgebracht.

Als ich die Wohnung betrete, ist es, als könnte ich den Rest der Welt aussperren. Als hätten all meine Sorgen und Probleme hier drinnen keinen Zutritt.

Cooper nimmt mir die Sachen ab. »Womit habe ich das denn verdient?«

»Ich dachte, ich tue dir zur Abwechslung mal was Gutes.«

Ich sehe ihm nach, wie er in die kleine offene Küche geht, das Bier in den Kühlschrank stellt und die Chips in eine große Schale schüttet.

Cooper trägt eine schlichte Jeans und ein schwarzes T-Shirt. Er hat sich wieder mal nicht rasiert, vielleicht sind die kurzen Stoppeln aber auch im Laufe des Tages nachgewachsen. Das braune Haar fällt ihm in die Stirn, und er macht sich nicht mal die Mühe, es zurückzustreichen. Alles an ihm wirkt entspannt. Als würde er sich in seinem Körper wohlfühlen. Und für einen kurzen Moment beneide ich ihn darum.

Nachdenklich lasse ich den Blick durch seine Wohnung gleiten. Das letzte Mal war ich in jener Nacht vor über einem Monat hier, und da stand ich zu sehr unter Schock, um etwas anderes außer Cooper wahrzunehmen.

Bei der Erinnerung daran und an die Umstände, die dazu geführt haben, kriecht ein kalter Schauder mein Rückgrat hinab. Nur mit Mühe unterdrücke ich den Drang, mich zu schütteln, um die Empfindung loszuwerden.

Nein, verdammt.

Ich werde mir von dieser Sache weder den Abend mit meinem besten Freund noch diese Wohnung, in der ich mich immer wohlgefühlt habe, kaputt machen lassen.

Cooper entgeht nichts. Natürlich nicht.

»Gibt es etwas Neues?«, fragt er, ohne seinen Namen zu nennen. Das tut er schon seit einer ganzen Weile nicht mehr. Er spricht nie seinen Namen aus, und irgendwie bin ich ihm dankbar dafür.

Ich presse die Lippen aufeinander. Es ist das letzte Thema, über das ich heute Abend reden möchte, aber Cooper war immer an meiner Seite. Er war immer zur Stelle. Er verdient es, die Wahrheit zu erfahren.

»Die Polizei hat seinen Wagen in der Nähe der Golden Gate Bridge gefunden«, erzähle ich und bemühe mich um eine neutrale Tonlage. »Sie ermitteln noch, aber bisher deutet nichts auf ein Verbrechen hin, also gehen sie von … von Selbstmord aus.«

Ich sage ihm nicht, wovon *ich* mittlerweile ausgehe.

Cooper flucht leise und trägt die Schale mit den Chips ins Wohnzimmer.

So grausam es auch klingt: Alles wäre einfacher, wenn wir Gewissheit hätten. Wenn die Polizei ihn gefunden hätte und ich wüsste, was mit ihm passiert ist. Ob er sich wirklich das Leben genommen hat oder ob ich … Vielleicht hat er auch nur die Stadt verlassen und aus irgendeinem Grund weder seinen Wagen noch seinen Hund oder sein Handy mitgenommen.

Ich schüttle den Kopf. Das ergibt keinen Sinn. Nichts davon ergibt einen Sinn, solange ich nicht weiß, was genau geschehen ist.

»Wie geht es dir damit?«, fragt Cooper leise und bleibt vor mir stehen.

Ich habe mich seit dem Hereinkommen nicht vom Fleck gerührt.

»Ganz ehrlich?« Das Lächeln auf meinen Lippen fühlt sich nicht echt an. »Ich habe nicht die geringste Ahnung. Ich will nicht darüber nachdenken und mich nicht schuldig fühlen, weil er mir dieses Gefühl unsere ganze verdammte Beziehung lang gegeben hat. Und jetzt schafft er das auch noch, nachdem ich mich von ihm getrennt und ihn aus meinem Leben verbannt habe. Ich … Ich weiß einfach nicht, wie …«

»Hey.« Cooper legt die Hände an meine Schultern und sucht meinen Blick. »Du trägst keine Schuld daran.«

»Das hat Sara auch behauptet.«

Und dann bin ich wieder geschlafwandelt und habe dadurch ihre Tochter in Gefahr gebracht. Ich bin mir ziemlich sicher, dass Sara mir zumindest daran die Schuld gibt. Wenn sie mich nicht gehört, wenn sie nicht nachgesehen und mich geweckt hätte ... Ich schaudere. Ich will mir nicht ausmalen, was ich dann womöglich getan hätte.

»Sie hat recht«, beharrt Cooper, ohne zu ahnen, in welche Richtung meine Gedanken gerade gewandert sind. »Du hast das Richtige getan, Robyn. Scheiße, du bist nicht mal ins Krankenhaus oder zur Polizei gegangen, um den Mistkerl anzuzeigen, obwohl er es verdient hätte. Das Einzige, was du getan hast, war, dich selbst zu schützen, und dafür darfst du dich niemals schuldig fühlen.«

Ich wende den Blick ab. »Leichter gesagt als getan.«

Seine Miene wird weicher, und er streicht behutsam über meine Arme. Auf und ab. Auf und ab. Der Rhythmus und die Berührung sind geradezu hypnotisierend. »Ich bin für dich da, okay? Du kannst jederzeit zu mir kommen. Oder zu meiner Badewanne«, fügt er trocken hinzu.

Ich schnaube leise – und muss gleichzeitig lächeln, weil er mich so verdammt gut kennt. »Eigentlich bin ich hergekommen, um den Abend mit dir zu verbringen und zur Abwechslung dir etwas Gutes zu tun. Nicht, damit du den Therapeuten für mich spielst.«

Dabei verabscheue ich es, ständig so zu fühlen wie jetzt. Ständig von anderen getröstet werden zu müssen, obwohl sie ihr eigenes Leben, ihre eigenen Sorgen und Probleme haben. Als könnte ich plötzlich nicht mehr für mich selbst sorgen. Ich hasse dieses Gefühl. Aber noch mehr hasse ich meine eigene Angst davor, dass Julian etwas in mir kaputtgemacht hat. Dass er die Person, die ich früher einmal war, für immer zerstört hat und es keinen Weg zurück gibt.

»Ich will einfach nur, dass das endlich vorbei ist.«

»Das wird es.«

»Wie kannst du da so sicher sein?« Ich mache mich von

ihm los und trete einen halben Schritt zurück. »Ich habe ihn verlassen, und trotzdem hat er einen Weg gefunden, wieder mein Leben zu beherrschen. Es soll einfach nur aufhören!«

»Hey … Sieh mich an, Robyn.« Cooper greift nach meinen Händen und sucht meinen Blick. »Es hat in dem Moment aufgehört, in dem du dich von ihm getrennt hast und vor meiner Wohnung aufgetaucht bist. Es hat aufgehört, als dir klar geworden ist, was passiert, und du dem ein Ende gesetzt hast. Lass dir nichts anderes einreden, ganz egal was es mit Julians Verschwinden auf sich hat oder was die Cops sagen. Du bist stärker als all das.«

Ich lächle, auch wenn mir die Tränen kommen und heiß über meine Wangen laufen. »Im Moment fühle ich mich nicht besonders stark …«

Cooper legt eine Hand an meine Wange und wischt die feuchten Spuren mit dem Daumen fort. »Dann vertrau mir, wenn ich dir sage, dass du verflucht stark bist.« Einen Moment lang sieht er mich nur an, als versuche er, in meinem Gesicht zu lesen, dann breitet er die Arme aus. »Komm her.«

Ich lasse mich gegen ihn sinken und atme zittrig durch. Er gibt mir den Halt, den ich gerade so dringend brauche. Seine Wärme umschließt mich ebenso wie seine Arme und sein vertrauter zitroniger Geruch. Ich kneife die Augen zusammen und grabe die Finger in sein T-Shirt.

Ich hätte nie gedacht, dass ich eines Tages eine dieser Frauen sein würde. Eine, die sich so viel gefallen lässt, statt bei der ersten Red Flag sofort Schluss zu machen. Eine, die zulässt, dass ihr Partner ihr wehtut, und die es abstreitet, es herunterspielt, anderen gegenüber leugnet. Eine, die sich selbst nach allem, was passiert ist, noch an die guten Momente erinnert, an die schönen Dinge, die netten Worte, die

Küsse und die Umarmungen. Früher habe ich solche Menschen nie verstanden, weil es für mich nur Schwarz und Weiß gab. Nur Richtig oder Falsch. Heute weiß ich, dass es unendlich viele Grauschattierungen dazwischen gibt und dass wir alle in einer davon existieren.

Das echte Leben ist kein Märchen. Niemand ist nur gut oder nur böse. Wir alle tragen beides in uns, und in manchen Situationen kann das Schlimmste aus uns hervorbrechen.

»Ich wünschte, ich wäre viel früher zu dir gekommen«, gebe ich leise zu.

Cooper erwidert nichts, aber er hält mich ein kleines bisschen fester, und mir wird klar, dass er dasselbe denkt.

Ich habe keine Ahnung, wie lange wir so dastehen und uns schweigend umarmen. Vielleicht sind es nur wenige Sekunden, vielleicht auch Minuten. Und obwohl ich es vermeiden wollte, über dieses ganze Thema zu sprechen, bin ich froh, dass wir es getan haben und es nicht mehr wie eine dunkle Gewitterwolke über uns hängt.

»Wie wär's mit einem Bad?«, fragt Cooper nach einer Weile leise und schiebt mich auf Armeslänge von sich, um mich anzusehen. »Die Wanne hat nur auf dich gewartet.«

»So verlockend das auch klingt – nein, danke. Ich bin deinetwegen hier, nicht wegen deiner Badewanne.«

Cooper sieht sich um, als würde er irgendwo eine versteckte Kamera vermuten. »Das wäre dann das erste Mal.«

»Ach, komm.« Belustigt verpasse ich ihm einen kleinen Klaps gegen den Oberarm.

Er grinst nur. »Ich fühle mich geehrt. Ehrlich. Auch wenn ich keine Ahnung habe, was ich jetzt mit dir anstellen soll. Ich hatte mich schon auf einen ruhigen Abend mit Pizza vor dem Fernseher gefreut, und plötzlich willst du *Zeit* mit mir verbringen.« Er sagt das so, als wäre es etwas Schreckliches, und bringt mich damit zum Lachen. Es ist das erste Mal seit Langem, dass ich wieder lachen kann.

»Sei kein Arsch, Vaughn.«

»Niemals.« Sein Lächeln wird etwas kleiner, sein Blick jedoch nicht weniger intensiv.

Es erinnert mich ein wenig daran, wie er mich vor ein paar Monaten in der Redaktion angesehen hat. Und mein dummer Körper reagiert darauf genau wie damals – nämlich viel zu heftig. Auf einmal hämmert mein Herz wie wild, und kleine warme Schauer rieseln durch meinen Körper. Ohne darüber nachzudenken, mache ich mich ganz von Cooper los und bringe etwas Abstand zwischen uns.

Da ich mich bisher nicht gerührt habe, beginne ich jetzt, seine Wohnung zu inspizieren. Auch wenn das nur ein Vorwand dafür ist, ihm den Rücken zukehren zu können.

Das dunkle Holz überall ist mir ebenso vertraut wie das durchgesessene Ledersofa und der Fernseher, vor dem wir schon zu Studienzeiten viel zu viele Stunden zusammen verbracht haben. Ein paar Bücher im Regal sind neu, aber es ist auch schon ewig her, seit ich das letzte Mal hier war – und mir die Zeit genommen habe, mich wirklich umzusehen.

Auf dem Fensterbrett entdecke ich neben zwei Kakteen und einer etwas traurig aussehenden Aloe-vera-Pflanze ein paar Dokumente.

»Was ist das?« Ich werfe ihm einen fragenden Blick über die Schulter zu.

Cooper erstarrt, hat sich jedoch schnell wieder im Griff. »Nichts weiter. Nur eine dumme Idee.«

»Was für eine Idee?«

Er zögert. Worum auch immer es hier geht, es ist alles andere als *nur eine dumme Idee*, das kann ich ihm ansehen. Schließlich seufzt er. »Erinnerst du dich noch daran, wie du vorhattest, nach dem Studium zu verreisen?«

Ich nicke. Ein Traum, den ich in den letzten Jahren begraben und beiseitegeschoben habe, als würde er nichts bedeuten, weil Julians Job wichtiger war als meine Wünsche. Das war kein Kompromiss in unserer Beziehung. Ich habe mich für ihn verändert und meine eigenen Bedürfnisse zurückgestellt, ohne mir dessen überhaupt bewusst zu sein. Und er hat es einfach so hingenommen – nein, meist hat er es sogar von mir verlangt. Warum ist mir nicht schon früher aufgefallen, wie falsch das war?

Sobald die ersten Selbstvorwürfe wieder in meinem Kopf auftauchen, schiebe ich sie entschieden beiseite. Was passiert ist, war nicht meine Schuld, und ich habe es verdammt noch mal auch nicht verdient, so behandelt zu werden. Niemand hat das verdient. Doch das ist nicht der einzige Grund, aus dem ich die Gedanken und Gefühle zurückdränge. Ich bin bei meinem besten Freund. Und ich werde nicht zulassen, dass Julian sich zwischen uns drängt. Nicht schon wieder.

»Ich überlege, für eine Weile wegzufahren«, erzählt Cooper und lehnt sich mit der Schulter neben mich gegen die Wand. »Ohne Ziel. Einfach drauflos. Mittlerweile habe ich einige Urlaubstage angesammelt und etwas Geld angespart, also sollte das kein Problem sein.«

»Du willst wegfahren?«, wiederhole ich überrascht.

Wie egoistisch macht es mich, dass ich zuallererst daran denke, wie sehr er mir fehlen wird, und nicht daran, wie viel Spaß er haben und wie gut ihm das tun könnte?

»Wahrscheinlich schon. Einfach mal weg von allem und an nichts mehr denken, außer daran, was es zu essen gibt und wo es als Nächstes hingeht. Aber bisher ist das bloß eine Gedankenspielerei. Ich hab noch nichts Konkretes geplant.«

Ich gebe mir innerlich einen Ruck. »Du solltest es durchziehen.«

»Ach ja?«

»Ja. Früher am College warst du doch immer derjenige mit den durchgeknallten Ideen. Das hier wird dir guttun. Es wird ein richtiges Abenteuer.«

Cooper zögert. »Was ist mit dir?«

Mit mir? Ich fechte gerade einen kleinen Kampf mit meinem dummen, dummen Herzen aus, das schon wieder viel zu schnell pocht.

Scheinbar gleichgültig zucke ich mit den Schultern. »Was soll schon mit mir sein?«

»Robyn …« Etwas verändert sich in seinem Blick, wird weich und einfühlsam.

Ich hasse es, wenn er mich so ansieht. Nein, das ist nicht die ganze Wahrheit. Ich hasse es, wie ich darauf reagiere, wenn er mich so ansieht, weil ich weiß, dass die Zeit der Sprüche und Neckereien vorbei ist und es plötzlich ernst wird.

Rasch wende ich mich ab. »Ich werde dich vermissen, aber ich brauche keinen Babysitter.«

Er sieht mir nach, als ich das Wohnzimmer durchquere und die offene Küche ansteuere. »Das habe ich nicht gesagt und auch nicht so gemeint.«

»Dann ist ja gut«, antworte ich mit gespielter Fröhlichkeit und öffne den Kühlschrank, obwohl ich weder hungrig noch durstig bin. Aber ich kann Cooper gerade nicht ins Gesicht schauen, denn wenn ich dort Mitleid oder Besorgnis lese, drehe ich durch.

In jener Nacht bin ich zu ihm gekommen, weil ich wusste, dass ich bei ihm sicher bin. Weil es mein erster, mein einziger Gedanke war. Ich bin ihm dankbar für alles, was er für mich getan hat, damals genauso wie heute. Aber ich ertrage es nicht, wenn er mich fortan nur noch als etwas Zerbrechliches ansieht, als etwas, das beschädigt ist. Für immer kaputt. Denn das bin ich nicht. Ich weigere mich, das zu sein.

Ja, ich habe einige Wunden und Narben davongetragen. Narben, die mich für immer prägen werden und auf die ich wirklich hätte verzichten können, aber jetzt wird mir auch endlich klar, dass Julian mich nicht völlig gebrochen hat. Diesen Sieg überlasse ich ihm nicht. Er hat mich manipuliert und mehr verletzt als irgendjemand sonst, aber er hat mich nicht zerstört. Nicht endgültig.

Ich hole eine Flasche Wasser aus dem Kühlschrank, um irgendetwas zu tun, und damit diese ganze Aktion nicht umsonst war. Als ich mich damit in der Hand umdrehe, hat sich Cooper nicht von der Stelle gerührt. Falten sind auf seiner Stirn erschienen, und er mustert mich nachdenklich. Aber da ist kein Mitleid, keine übertriebene Sorge in seiner Miene.

Vor Erleichterung wird mir die Kehle eng. Ich hätte es nicht ausgehalten, wenn er mich nach dieser Sache für immer mit anderen Augen sehen würde.

Ich räuspere mich leise. Mit der Flasche in der Hand deute ich aufs Sofa. »Film? Pizza?«

Cooper reagiert nicht sofort darauf, und irgendwie wünsche ich mir, ich könnte in seinen Kopf schauen und herausfinden, was er gerade denkt. Aber wahrscheinlich ist es besser, dass ich das nicht kann und nie erfahren werde, was in ihm vorgeht.

Der nachdenkliche Ausdruck verschwindet aus seinem Gesicht, die Falten auf seiner Stirn glätten sich, und er nickt. »Du suchst den Film aus, ich bestelle die Pizza.«

Es ist ein altes, ein vertrautes Ritual. Eines, das wir während der Studienzeit ständig hatten, in den letzten zweieinhalb Jahren immer seltener und dann gar nicht mehr. Eine leise Wehmut macht sich in mir breit, als ich mich aufs Sofa setze und mir die Fernbedienung schnappe. Während ich mich durch das Video-on-Demand-Angebot klicke, höre ich Cooper im Hintergrund. Er bestellt die Pizza und wirft mir dabei einen kurzen fragenden Blick zu, auch wenn er das nicht tun müsste. Er weiß noch von früher, welche ich möchte, und spricht die Worte nach meinem Nicken auch aus: mit jeder Menge Käse. Er selbst wird vermutlich wieder ganz klassisch Peperoni oder Chicago Style wählen. Die Chancen liegen bei fünfzig-fünfzig.

Kurz darauf stehen Cola und Bier samt Gläsern auf dem Couchtisch, und der Geruch von Chips und Popcorn erfüllt die Luft. Es ist nicht nur das übliche süße oder gesalzene Popcorn, das jeder mag, sondern zusätzlich auch das mit Parmesan. Noch so eine Sache, die ich Julian zuliebe komplett aufgegeben habe.

»Das habe ich ewig nicht mehr gegessen.« Ich greife sofort nach der Schüssel und schiebe mir ein paar Popcornstücke in den Mund. »Oh mein Gott, ist das gut!«

Cooper lässt sich neben mich aufs Sofa fallen und schmunzelt stumm.

Als es an der Tür klingelt, erstarre ich im ersten Moment. Doch Cooper steht auf und nimmt die Pizzen entgegen, und das Gefühl löst sich auf. Wir machen es uns auf dem Sofa gemütlich und starten den Film. Während eine wilde Verfolgungsjagd samt Schießerei über den Bildschirm flimmert, geben wir beide unsere Kommentare dazu ab.

Cooper hat gerade einen großen Bissen von seiner Chicago-Style-Pizza genommen, als ein Auto in der Luft in Flammen aufgeht. Er gibt einen leisen Laut von sich, der mich schmunzeln lässt.

»Mhm«, stimme ich ihm zu, denn das war wirklich unrealistisch. Aber genau das mag ich an diesen Filmen.

Cooper wirft mir ein kurzes Lächeln zu, dann ist seine Aufmerksamkeit wieder ganz bei dem Actionstreifen.

Es ist einfach, die Zeit genauso wie die Welt da draußen zu vergessen. Es ist einfach, sich in die Vergangenheit zu flüchten und von der Vertrautheit in eine wohlig weiche Decke hüllen zu lassen. Mit Cooper war es immer einfach. So viele Dinge waren und sind noch immer selbstverständlich zwischen uns. Es gab keine Kämpfe, kein ständiges Hin und Her, keine enttäuschten Erwartungen, kein schlechtes Gewissen, keine Kritik an meinem Aussehen, meiner Arbeit oder daran, mit wem ich gerade texte.

An diesem Abend wird mir überdeutlich bewusst, wie sehr mir das hier gefehlt hat – und gleichzeitig klar, dass es nicht mehr so einfach zwischen uns ist wie früher. Obwohl wir so tun, als würden wir genau da weitermachen, wo wir aufgehört haben, hat sich in den letzten zweieinhalb Jahren etwas zwischen uns verändert. Und damit meine ich nicht nur die Nacht, in der ich blutend vor seiner Tür auf ihn gewartet habe.

Als ich den Kopf zur Seite drehe, realisiere ich, dass er mich schon längst beobachtet. Unsere Blicke treffen sich, verschmelzen miteinander, und das stete Pochen in meinem Brustkorb nimmt rapide zu. Was hat er nur an sich, das mich so reagieren lässt? Und wie konnte ich es all die Jahre übersehen?

Nein, nicht übersehen. Ich habe es verdrängt und heruntergespielt, weil ich es nicht wahrhaben wollte. Weil ich mich nicht mit der Möglichkeit auseinandersetzen wollte, dass mehr zwischen uns sein könnte als Freundschaft.

Im Hintergrund läuft der Film weiter, Explosionen sind zu hören, aber keiner von uns kommentiert das Geschehen oder sieht auch nur hin.

Ich weiß nicht, wer von uns sich zuerst bewegt, aber wie damals im Kopierraum der Redaktion ist Cooper mir auf einmal viel zu nahe. Sein Arm liegt hinter mir auf der Lehne, und ich kann die Wärme, die er ausstrahlt, geradezu körperlich spüren. Im Laufe dieses Abends haben wir uns bereits umarmt und die letzte Stunde nebeneinander auf dem Sofa verbracht, aber das hier ist anders. Die Stimmung zwischen uns ist jetzt eine andere – aufgeladen, wie elektrisiert.

Mit dem Daumen fährt er meine Unterlippe entlang. Ich schließe die Augen, um der Empfindung nachzuspüren, weil sich selbst diese winzige Berührung so unglaublich gut anfühlt. Sie macht etwas mit mir, das nur Cooper kann.

Als ich die Augen wieder aufschlage, hat sich etwas in seinem Blick verändert, ist eindringlicher und intensiver geworden. Mein Magen macht einen kleinen Salto, und ich halte unwillkürlich den Atem an.

Bin ich ihm gerade näher gekommen oder er mir?

Sein warmer Atem streift über meine Haut. Seine Lippen berühren kaum merklich meine. Doch er geht keinen Schritt weiter, überlässt mir die Entscheidung.

In meinem Kopf ist kein Platz für Zweifel oder Zögern. Ich lehne mich zu ihm, und sobald sich unsere Lippen berühren, gibt es kein Halten mehr. Als wären all die Jahre nur eine Art Vorspiel gewesen, bei dem sich so viele unterschiedliche Emotionen zwischen uns aufgestaut haben, brechen sie jetzt alle hervor.

Ich lege die Arme um seinen Hals und klammere mich an ihn, während Cooper mich fest an sich drückt. Seine Hände gleiten meinen Rücken hinunter und packen an meinem Hintern zu. Er zieht mich zu sich, bis ich auf seinem Schoß sitze und die Finger in seinem Haar vergrabe.

»Wir müssen nichts überstürzen«, keucht er zwischen unseren Küssen, obwohl ich ganz deutlich spüre, dass er mehr will. »Wir können warten …«

»Haben wir nicht schon lange genug gewartet?« Ich beiße in seine Unterlippe und suche seinen Blick.

Ein paar atemlose Sekunden lang sehen wir einander nur an, schwer atmend und erhitzt, dann steht Cooper ohne Vorwarnung auf und hebt mich hoch. Reflexartig schlinge ich die Beine um seine Hüften. Seine Bartstoppeln kratzen über meine Haut, und ich spüre sein Lächeln an meinen Lippen mehr, als dass ich es sehe.

Ich merke kaum, wie wir uns bewegen, bis Cooper mich vor seinem Bett wieder auf die Füße stellt. Seine Brust hebt und senkt sich ebenso schnell wie meine. Seine Lippen sind feucht von unserem Kuss, und in seinen Augen erkenne ich ein solch drängendes Verlangen, dass mir schier die Luft wegbleibt. Er sagt kein Wort, blickt mich nur fragend an, während seine Finger nach dem Saum meines T-Shirts greifen.

Das ist der Moment der Entscheidung. Der Moment, der

alles zwischen uns verändern wird. Noch können wir aufhören. Noch können wir zurück. Aber ich will nicht zurück. Und es gibt nichts zu entscheiden.

Ich kann mich nicht daran erinnern, wann sich das letzte Mal etwas so richtig angefühlt hat wie das hier. Vielleicht hat es das noch nie. Darum nicke ich Cooper zu und hebe die Arme.

Innerhalb von Sekunden hat er mir das Oberteil abgestreift und zieht sich sein eigenes aus. Während ich in einem schlichten schwarzen BH vor ihm stehe, trägt er nichts darunter, sodass ich seinen nackten Oberkörper in aller Ruhe betrachten kann. Für seinen Job als Paramedic muss er in Form sein, und man sieht ihm das regelmäßige Training an. Er ist keiner dieser aus Marmor gemeißelten Fitnessgötter, die im Übrigen gar nicht unattraktiver sein könnten, aber seine Muskeln sind definiert und spannen sich unter meiner Berührung an.

Als ich über seine festen Bauchmuskeln streiche und mich seinem Hosenbund nähere, greift Cooper blitzschnell nach meiner Hand. Ohne meinen Blick loszulassen, setzt er einen kleinen Kuss auf meine Fingerspitzen und dann … Himmel. Pure Hitze schießt durch mich hindurch, dabei hat er nur die Lippen um meine Finger geschlossen und liebkost sie mit der Zunge. Trotzdem fühlen sich meine Knie auf einmal ganz wacklig an, und mein Puls trommelt in meinen Ohren.

Seinem Lächeln nach zu urteilen, weiß er genau, welches Chaos diese kleine Geste in mir auslöst. Ein letztes Mal streicht er mit der Zunge über meine Fingerkuppen, dann legt er sich meine Hand auf die Brust.

Ich kann nur auf die Stelle starren, an der ich seine erhitzte

Haut berühre. Kann mich nur auf das schnelle Hämmern seines Herzens konzentrieren. Es pocht genauso heftig wie mein eigenes.

Mit der Hand hebt Cooper mein Kinn an und beugt sich zu mir hinunter. Ich muss keine Sekunde darüber nachdenken, stelle mich auf die Zehenspitzen und komme ihm entgegen. Dieser kurze Moment der Ruhe, des Luftholens ist vorbei, als sich unsere Lippen ein weiteres Mal treffen.

Brennende Hitze breitet sich in meinem Inneren aus und sammelt sich tief in meinem Unterleib. Ich dränge mich an Cooper, schmiege mich an ihn, will ihn Haut an Haut spüren. Der BH ist plötzlich sehr lästig geworden.

Cooper scheint dasselbe zu denken, denn gleich darauf spüre ich seine Finger am Verschluss an meinem Rücken nesteln. Keiner von uns will den Kuss unterbrechen, darum dauert es einen Moment, bis ich ein leichtes Ziehen wahrnehme und der BH geöffnet ist. Hastig streife ich ihn ab, schmiege mich wieder an Cooper und lege die Arme um seinen Hals. Diesmal ganz ohne irgendwelche Barrieren zwischen uns.

Mein leises Stöhnen verschmilzt mit seinem.

Er hebt mich wieder hoch, ohne den leidenschaftlichen Kuss zu unterbrechen, und plötzlich finde ich mich der Länge nach auf dem Bett liegend wieder. Cooper ist halb über, halb neben mir und schiebt sein Knie zwischen meine Beine. Ich kann nicht mehr denken, aber das will ich auch nicht. Ich will fühlen, will nur noch Cooper spüren und alles andere auf dieser Welt vergessen.

Er setzt einen heißen Kuss auf meine geöffneten Lippen, lässt mich viel zu kurz seine Zunge spüren und wandert dann weiter. Mit jedem Kuss kratzen seine Bartstoppeln ein wenig über meine Wange, meinen Hals und die Stelle unter meinem Ohr, die er liebkost, was einen heißen Schauer nach dem anderen durch meinen Körper jagt. Währenddessen gleitet seine Hand an mir hinunter. Sein Daumen umkreist meine Brustwarze und spielt damit, wie seine Zunge mit meiner gespielt hat, dann wandert er tiefer, immer tiefer bis zum Bund meiner Jeans. Ein kurzer Blick in mein Gesicht, wie um sich meine Zustimmung zu holen, dann öffnet er den Knopf. Einen Herzschlag später zieht er den Reißverschluss hinunter und verlagert sein Gewicht auf den Unterarm neben meiner Schulter.

Seine Hand schwebt über mir, und es fällt mir so verflucht schwer, ruhig liegen zu bleiben, wenn ich mich am liebsten auf ihn stürzen würde. Aber ich will auch nicht, dass das hier genauso schnell wieder vorbei ist, wie es angefangen hat. Ich bin nicht auf eine schnelle Nummer aus, sondern möchte es genießen. Selbst wenn diese Nacht zu einer einzigen wundervollen Qual wird.

Als würde er in meinem Gesicht die Antwort auf die Frage lesen, die er nie laut ausgesprochen hat, gleiten seine Finger unter den Bund meines Slips, immer tiefer, bis sie genau dort sind, wo ich sie unbedingt spüren muss.

»So …?«, fragt er rau und reibt in sanften, kreisenden Bewegungen über meine Mitte.

Ich werfe den Kopf in den Nacken und kralle die Finger ins Laken. »Oh Gott, ja.«

Aus dem Augenwinkel nehme ich sein Lächeln wahr. Ein Lächeln, das nur noch breiter und faszinierter wird, als ich meine Hand über dem Stoff auf seine lege und den Druck erhöhe, bis es sich perfekt anfühlt. Cooper folgt meiner unausgesprochenen Forderung und massiert mich fester.

Ein Stöhnen hallt durch das Zimmer, und es dauert lächerlich lange, bis mir klar wird, dass es aus meiner Kehle kommt. Cooper brummt leise und verteilt Küsse auf meinem Hals, meinem Dekolleté und widmet sich schließlich meinen Brüsten, während seine rechte Hand mich weiterhin mal mit stärkeren, mal mit sanfteren Berührungen streichelt.

Als er seine Finger ohne Vorwarnung zurückzieht, entkommt mir ein protestierender Laut. »Nicht aufhören …«

Er lacht leise und drückt einen Kuss auf meinen Bauch, knapp über dem Hosenbund.

Sein Lachen vibriert an meiner Haut und verursacht ein Kribbeln, das mich unwillkürlich lächeln lässt. Ich bin es nicht gewohnt, im Bett zu lachen, aber es ist irgendwie … schön. Befreiend. Außerdem sieht Cooper unglaublich heiß aus, wenn er lacht.

»Keine Sorge«, murmelt er und schaut zu mir hoch, während er an meiner Haut knabbert. Ich zische leise. »Ich hab ganz andere Pläne mit dir.« Kaum ausgesprochen, hakt er die Finger unter den Bund meiner Jeans und zieht daran.

Automatisch hebe ich die Hüften an und helfe ihm dabei, mir erst die Hose, dann die Socken und schließlich auch den Slip auszuziehen, bis ich nackt unter ihm liege.

»Du hast noch zu viel an«, wispere ich und strecke mich etwas, um meinen Mund für einen viel zu kurzen, viel zu atemlosen Kuss auf seinen zu pressen. Dann zerre ich an seiner Jeans, bis auch diese zusammen mit unseren restlichen Klamotten teils auf dem Boden, teils auf dem Bett verstreut liegt. Gleich darauf ist Cooper wieder über mir und küsst mich so leidenschaftlich, dass ich jede aufgestaute Emotion der letzten Jahre darin fühlen kann.

Ich erwidere den Kuss, spiele mit seiner Zunge, dränge mich an ihn, um so viel wie möglich von ihm zu spüren. Feste Muskeln. Heiße Haut. Sein Duft hüllt mich ein, hat sich mit meinem vermischt, aber ich brauche mehr. Ich muss alles von ihm spüren. Und diesmal kann ich mich nicht zurückhalten.

Ich will mich auf ihn stürzen, doch er wirft mich in einer rasend schnellen Bewegung zurück aufs Bett und drückt meine Handgelenke neben meinem Kopf ins Kissen. Glühende Hitze peitscht durch meine Adern – noch verstärkt, als ich seinen Blick und das atemlose Lächeln bemerke. Ich kann gar nicht anders, als es zu erwidern, während mein Herz gegen meine Rippen trommelt und ich mich mit jeder Sekunde mehr nach diesem Mann sehne.

»Kondom«, keuche ich. »Und wehe, du wartest noch eine Sekunde länger.«

Ein Grinsen breitet sich auf seinem attraktiven Gesicht aus. »So fordernd«, murmelt er und beißt spielerisch in meine Unterlippe.

Der winzige Schmerz schickt eine neue Hitzewelle durch meinen Körper geradewegs zwischen meine Beine.

»Cooper!«

Ein kurzes, atemloses Lachen, dann rollt er sich zur Seite und kramt in seiner Nachttischschublade herum. Zu lang. Ich folge ihm und setze einen Kuss auf seinen Hals, dann noch einen und wieder einen, bis ich bei seinem Ohrläppchen angelangt bin und sanft hineinbeiße. Cooper flucht leise, und ich lächle, zufrieden mit seiner Reaktion. Ein kurzes Knistern von Folie, dann hat er sich das Kondom übergestreift.

Ehe ich mich versehe, ist er wieder über mir, und seine

Lippen liegen auf meinen, doch dann sind sie plötzlich an meinem Ohr. »Sollen wir so bleiben? Oder ist dir eine andere Stellung lieber?«

Ich weiß nicht, warum mein Herz ausgerechnet jetzt, ausgerechnet bei dieser Frage kurz ins Stolpern gerät, aber das tut es.

»Robyn …?«, fragt er leise, da ich noch immer keinen Ton von mir gegeben habe. Kleine Falten sind auf seiner Stirn erschienen, und er schiebt mir ein paar kurze Haarsträhnen hinters Ohr, während er mich aufmerksam betrachtet.

Ich drehe den Kopf zur Seite und hauche einen Kuss auf seine Finger, dann suche ich wieder seinen Blick. »Dreh dich auf den Rücken«, flüstere ich und bin seltsam überrascht davon, dass er sofort tut, was ich vorgeschlagen habe.

Meine Arme und Beine zittern, als ich mich aufsetze und über ihn klettere. Die Hitze und Reibung zwischen meinen Beinen verschlägt mir für einen Moment den Atem. Ich beiße mir fest auf die Unterlippe und richte mich auf die Knie auf.

Cooper sieht mich die ganze Zeit über an, als er sich in Position bringt und ich mich langsam auf ihn sinken lasse. Mit jedem Zentimeter dringt er tiefer in mich ein, und ich kann sehen, wie sein Blick dunkler und verhangener wird, besonders dann, als er ganz in mir ist.

Im ersten Moment bewege ich mich nicht. Meine Sinne sind auf all das gerichtet, was Cooper in mir auslöst. Seine Hände streichen an meinen Oberschenkeln aufwärts und legen sich um meine Hüfte, aber er spornt mich nicht an, zwingt mich nicht dazu, endlich loszulegen, sondern überlässt es ganz mir.

Als ich mein Becken langsam kreisen lasse, kommt uns beiden ein Stöhnen über die Lippen.

Entfernt höre ich das Klingeln meines Handys aus dem Wohnzimmer, doch so schnell wie dieser Gedanke in meinem Kopf auftaucht, so schnell verschwindet er auch wieder.

»Du fühlst dich so gut an«, raunt Cooper und kommt meinen Bewegungen mit Stößen von unten entgegen. »Das hier fühlt sich so verdammt gut an.«

Ich nicke schwer atmend, da ich kein Wort hervorbringe. Mein ganzes Sein konzentriert sich nur noch auf diesen Moment, auf die Empfindungen, die wir beide mit jeder Bewegung, jeder Reibung, jedem Stoß erzeugen.

Seine Hände gleiten über meinen Rücken, packen fest in meinem Haar und an meinem Hintern zu, während wir einander mit jeder Sekunde noch ein bisschen mehr um den Verstand bringen.

Ich sinke auf ihn, verschließe seinen Mund mit meinem, grabe die Finger neben seinem Kopf ins Kissen. Gleich ist es so weit ... gleich ... Als sich alles in mir auf herrlichste Weise zusammenzieht, sehe ich nur ihn, denke und fühle nur ihn.

Gleich darauf erreicht auch Cooper seinen Höhepunkt und presst mich mit einem tiefen Stöhnen fest an sich.

Ich weiß nicht, wie lange ich auf ihm liegen bleibe. Erschöpft. Glücklich. Verschnaufend. Irgendwann bewegt Cooper sich, und ich rolle von ihm herunter, damit er aufstehen und kurz ins Bad gehen kann, um das Kondom zu entsorgen. Als er zurückkehrt, zieht er mich wortlos an sich, und ich kuschle mich ganz selbstverständlich an seine Seite.

Nichts an diesem Abend lief wie geplant, aber das hier

ist so viel besser als jede Wunschvorstellung. Zum ersten Mal seit langer Zeit fühle ich mich geborgen. Endlich wieder ganz wie ich selbst.

»Versuch ein bisschen zu schlafen.« Cooper drückt mir einen Kuss aufs Haar. »Du bist hier sicher. Ich passe auf dich auf.«

Diese Worte bedeuten mir mehr, als er je begreifen könnte. Ich blinzle gegen die aufsteigenden Tränen an und nicke stumm, denn er hat recht. Wenn es einen Ort oder eine Person auf dieser großen, weiten Welt gibt, bei der ich mich völlig sicher fühle, dann ist er das.

26. KAPITEL

Drei Wochen zuvor
Anfang Juni

Ich quetschte das Handy zwischen Ohr und Schulter ein, als ich aus dem kleinen Supermarkt an der Ecke kam. »Ich bin gerade auf dem Weg zu ihr, Mom. Und ich weiß leider auch nicht, was ihr Sara zum Geburtstag schenken sollt. Vielleicht etwas für Ellie?«

»Ellie bekommt natürlich auch eine Kleinigkeit, damit sie sich in dieser schwierigen Zeit nicht ausgeschlossen fühlt. Aber das löst nicht das Problem mit Saras Geschenk, und das weißt du auch. Vielleicht können wir irgendetwas ersetzen, das kaputtgegangen ist?«

»Willst du ihr allen Ernstes einen neuen Toaster oder einen Staubsauger zum dreißigsten Geburtstag schenken?«, konterte ich trocken und verlagerte das Gewicht der Einkaufstüten in meinen Armen.

»Sprich nicht in diesem Tonfall mit mir, junge Dame.«

Ich verdrehte die Augen. Glücklicherweise konnte meine Mutter das nicht sehen, sonst hätte sie gleich zu einer ihrer üblichen Tiraden ausgeholt. Aber mit etwas Glück …

»Manchmal weiß ich wirklich nicht, was in deinem Kopf vor sich geht, Robyn. Du bist doch eine gut erzogene junge Frau.«

Und schon ging es los …

Ich verlangsamte meine Schritte und wünschte mir sehnlichst, eine Hand frei zu haben, um mir das Handy etwas weiter vom Ohr weghalten zu können. Wenn Mom einmal angefangen hatte, dauerte es in der Regel einige Minuten, bis sie alles losgeworden war und man wieder vernünftig mit ihr reden konnte. Und da sie noch immer kein passendes Geburtstagsgeschenk für meine Schwester gefunden hatte, konnte ich sie auch nicht so leicht abwürgen. Sie würde einfach wieder anrufen und mich zutexten, ob ich es nun hören wollte oder nicht. Die Gefühle und Wünsche anderer waren ihr noch nie sonderlich wichtig gewesen.

Wenigstens hatte ich schon ein passendes Geschenk gefunden: ein Ausflug nach Disneyland für Sara, Ellie und mich, sobald wir es zeitlich einrichten konnten. Das würde zwar meine Ersparnisse etwas sprengen, aber Ellie wünschte sich das schon so lange, und Sara konnte die Ablenkung gut gebrauchen. Genau wie ich. Ein paar Tage aus der Stadt rauszukommen, klang einfach traumhaft. Insbesondere nach allem, was passiert war.

Als ich mich dem Apartmentkomplex näherte, begrüßte ich ein paar Nachbarn mit einem Nicken und einem knappen Lächeln, während sich Mom am Telefon weiter aufregte. Inzwischen waren wir bei »Die Jugend hat einfach keinen Respekt mehr vor dem Alter« angelangt. Ein Thema, das ich mir schon anhören durfte, seit ich zehn gewesen war.

»Ich wünschte wirklich, du wärst noch mit Julian zusammen«, sagte sie unvermittelt.

Ich blieb abrupt stehen. Kälte kroch mir das Rückgrat hinunter, und ich spürte ein Prickeln im Nacken, das ich nicht abschütteln konnte. Inzwischen war es über zwei Wochen her, seit ich ihn verlassen hatte, aber Mom trauerte ihm immer noch nach, als hätte sie einen Sohn verloren. Ich hatte ihr nie erzählt, was genau passiert war. Ich konnte nicht. Vielleicht, weil ich es nicht einmal selbst begriff. Nicht nur, wie es dazu hatte kommen, sondern auch, wie ich so blind hatte sein können. Wie ich hatte zulassen können, dass es dermaßen eskalierte. Ich schämte mich so unglaublich, und gleichzeitig hasste ich mich auch dafür, denn es war nicht meine Schuld. Es war verdammt noch mal nicht meine Schuld. Ich hatte ebenfalls Fehler in dieser Beziehung gemacht, keine Frage, aber was Julian getan, wie er reagiert und mich behandelt hatte, war nicht meine Schuld.

Dafür war mir in den letzten Wochen etwas anderes schmerzhaft klar geworden: Jemanden zu zerstören, war ganz einfach. Es dauerte nur ein paar Minuten, manchmal auch nur Sekunden. Es brauchte nur einen Moment. Ein Wort, eine Tat, um jemanden zu vernichten. Heilung dagegen? Sich von dem zu erholen, was passiert war? Damit zurechtzukommen und zu lernen, damit zu leben? Das dauerte eine Ewigkeit.

»Warum schenkt ihr Sara nicht einfach einen Gutschein oder Geld?«, schlug ich vor und betrat das Gebäude. Nicht nur, um sie vom Julian-Thema abzubringen und ihre Tirade zu unterbrechen oder mich von meinen eigenen Gedanken abzulenken, sondern weil ich das Gefühl hatte, dass Sara es gut gebrauchen könnte.

Meine Schwester hatte mich, ohne zu zögern, bei sich aufgenommen, daher war es das Mindeste, dass ich mich inzwischen an der Miete und an den Einkäufen beteiligte. Vor allem, nachdem ich gemerkt hatte, wie sie auf Dinge verzichtete, die Geld kosteten. Einen Coffee to go hier, einen

Restaurant- und Kinobesuch da. Das hatte sie zwar früher schon getan, um stattdessen Ellie etwas kaufen zu können, aber nicht so häufig wie in letzter Zeit. Sie hatte nie ein Wort gesagt, und in den letzten Monaten hatten wir uns beide entfremdet. Noch so etwas, das ich zumindest teilweise Julian zu verdanken hatte. Allein die Vorstellung, dass ich meine Zeit mit jemand anderem verbringen könnte – selbst wenn dieser Jemand meine eigene Schwester oder meine Nichte war –, hatte ihn rasend gemacht. Und Sara hatte sich nie beschwert oder etwas von ihren eigenen Problemen durchblicken lassen. Weder finanziell noch mit ihrem Ex, mit dem sie sich diesen verdammten Sorgerechtsstreit lieferte. Ich wusste bis heute nicht, was genau passiert und wie schlimm ihre finanzielle Situation wirklich war, aber ich wollte helfen. Sie war schließlich auch immer für mich da gewesen.

»Ist das nicht langweilig?« Mom klang, als würde sie schmollen.

»Nein, ich denke, das wäre wirklich das Beste«, beharrte ich und steuerte den Aufzug an. »Dann kann sie sich selbst kaufen, was sie möchte, und alle sind zufrieden.«

Ich drückte den Knopf neben dem Fahrstuhl, während meine Mutter das Für und Wider von Gutscheinen und Geldgeschenken abwog. Aber ganz ehrlich? Je länger ich darüber nachdachte, desto besser fand ich die Idee. Und mit der Zeit würde ich auch noch herausfinden, was mit Sara los war. Vielleicht war es nur eine kleine finanzielle Durststrecke. Manchmal verschätzte man sich und gab mehr Geld aus, als man zur Verfügung hatte. Das war mir vor allem im College und kurz nach meinem Eintritt in die Berufswelt selbst so ergangen. Aber wenn doch mehr dahinterstecken sollte, wollte ich Sara wissen lassen, dass sie damit zu mir kommen konnte. Dass sie auf mich zählen konnte, ganz egal was gerade bei mir los war.

Die Aufzugtür glitt zur Seite, und ich ließ eine Frau mit Aktentasche und einen jungen Vater mit einem kleinen Mädchen an der Hand aussteigen, bevor ich die Kabine betrat. Vorsichtig, ohne dass mir das zwischen Schulter und Ohr geklemmte Handy oder die Einkaufstüten in meinen Armen verrutschten, drückte ich den Knopf für die richtige Etage mit dem Ellbogen. Nach wenigen Sekunden setzte sich der Fahrstuhl mit einem leisen Summen in Bewegung.

»Ich werde das mit deinem Vater besprechen«, ertönte Moms Stimme an meinem Ohr. »Vielleicht fällt ihm etwas Besseres ein als dir, sonst wird es wohl oder übel ein Gutschein werden.«

Ihr Widerwille war so deutlich herauszuhören, dass ich erneut die Augen verdrehte. Als ob Gutscheine unter ihrer Würde wären.

Allerdings versuchte ich mir nichts von meinen Gedanken anmerken zu lassen und auch nicht mit ihr zu diskutieren, als ich endlich in der richtigen Etage ankam und ausstieg. »Das klingt super, Mom. Ich bin auch fast da und …«

Meine Stimme erstarb, als ich den Mann entdeckte, der neben Saras Wohnungstür an der Wand lehnte. Mein Herz polterte los. Ob aus Panik oder Sehnsucht konnte ich nicht sagen.

Auf den ersten Blick sah Julian aus wie immer: schick gekleidet in Hemd und Anzughose. Das blonde Haar auf diese lässige Weise gestylt. Doch bei genauerem Hinsehen bemerkte ich die Stoppeln auf seinem Kinn und an seinen Wangen und die dunklen Ringe unter seinen Augen.

Trotzdem war sein Anblick nach wie vor so vertraut, dass es wehtat.

Als er mich bemerkte, stieß er sich von der Wand ab und wandte sich mir zu. »Robyn …«

Alles in mir erstarrte, und ich hätte schwören können, dass auch mein Herz für eine Sekunde stehen blieb, als ich diese Stimme, als ich meinen Namen aus seinem Mund hörte.

»Ich muss Schluss machen, Mom«, murmelte ich und beendete das Gespräch sofort, statt ihre Antwort abzuwarten. Ohne den Blick von Julian abzuwenden, verlagerte ich das Gewicht der Einkäufe, bekam meine Hand frei und ließ das Telefon in eine der Tüten fallen.

Ein Albtraum. Das musste es sein. Ich träumte nur. Das hier geschah nicht wirklich. Gleich würde ich in Saras Gästezimmer aufwachen, mit rasendem Puls und Panik in der Brust, aber allein. Wundervoll allein.

Allerdings wachte ich nicht auf. Und Julian verschwand auch nicht einfach.

Stattdessen machte er einen Schritt auf mich zu. »Ich helfe dir.«

Es dauerte einen Moment, bis mir klar wurde, dass er die Einkaufstüten meinte. Obwohl meine Arme mittlerweile wehtaten, schüttelte ich den Kopf. »Nein.«

Julian blieb stehen, einen gequälten Ausdruck in den Augen. »Du fehlst mir so.«

Es kostete mich sämtliche Selbstbeherrschung und Willenskraft, ruhig stehen zu bleiben, während jeder Instinkt mir riet wegzulaufen.

»Du solltest nicht hier sein.«

»Ich musste dich sehen. Ich musste …« In einer Geste, die fast schon frustriert wirkte, fuhr er sich mit den Fingern durchs Haar und brachte seine Frisur durcheinander. »Können wir reden?«

Ein ungläubiges Lachen kitzelte in meiner Kehle, aber mir kam kein Ton über die Lippen, so fassungslos war ich. Er wollte *reden*? Nach allem, was … O mein Gott. Das konnte nicht wirklich passieren.

»Du musst jetzt gehen«, sagte ich so emotionslos wie möglich.

Lass dir nicht anmerken, wie nahe dir das hier geht. Zeig ihm nicht, dass er noch immer eine Wirkung auf dich hat.

»Süße …«

Ich konnte nicht anders. Mein Fluchtinstinkt übernahm die Kontrolle, und ich wich einen Schritt vor ihm zurück. »Geh jetzt!«

Doch er ging nicht. Er schüttelte geradezu mitleidig den Kopf und seufzte leise, als hätte er es mit einem störrischen Kind zu tun, das einfach nicht hören wollte. »Ich habe dir jetzt wirklich lange genug Zeit gelassen, deine Entscheidung zu überdenken.«

»Zu überdenken?«, wiederholte ich ungläubig. Existierte wirklich eine Welt, in der ich meine Entscheidung, nie mehr zu ihm zurückzukehren, überdenken musste? Glaubte er das tatsächlich?

Ein einziger Blick in seine Augen beantwortete meine Frage. Er war überzeugt von dem, was er da sagte. Und warum auch nicht? Schließlich hatte er alle um uns herum um den kleinen Finger gewickelt. Zum Teufel, wenn es nach meiner Mutter ginge, würde sie schon unsere Hochzeit planen. Sogar Sara war es schwergefallen, mir zu glauben, als ich ihr erzählt hatte, was passiert war. Und Cooper … Er hatte sich zwar nie von Julians Charme blenden lassen, in ihm aber auch keine Gefahr gesehen. Zumindest nicht am Anfang. Niemand hatte gesehen, wer er wirklich war. Niemand außer mir, doch da war es bereits zu spät gewesen. Und manchmal zweifelte ich noch immer an meiner Erinnerung daran, was in jener Nacht geschehen war.

Ich schüttelte den Kopf, entschlossen, all diese Gedanken und Zweifel loszuwerden.

»Robyn …« Seine Stimme brach. »Ich will nur mit dir reden.«

»Was ist mit dem, was ich will?«, stieß ich viel zu leise hervor. »Denn ich will, dass du jetzt gehst. Sofort!«

»Bitte, Robyn …« Er machte noch einen Schritt auf mich zu, obwohl ich zurückwich, und hob die Hände, als würde keine Gefahr von ihm ausgehen. »Ich brauche dich. Ich weiß nicht, was ich ohne dich machen soll.«

Ich schüttelte den Kopf. Kniff die Augen zusammen. Aber er hörte nicht auf. Warum hörte er nicht auf? Warum konnte er mich nicht endlich in Ruhe lassen?

»Ich kann nicht … nicht essen«, erklang seine raue Stimme auf einmal viel zu nahe an meinem Ohr. Der typische Duft von Rosmarin ging von ihm aus. Ein Teil von mir verkrampfte sich vor Panik, ein anderer wollte diesen vertrauten Geruch tief inhalieren. »Ich kann nicht schlafen, nicht arbeiten. Ich brauche dich. Du bist das Einzige, was Sinn ergibt. Das Einzige, was mich aufrechterhält, was mich weitermachen lässt. Ich weiß nicht, wie ich ohne dich leben soll.«

Ich musste an all die großen und kleinen Dinge denken, die er mir in den gemeinsamen zweieinhalb Jahren angetan hatte. Wie er mich manipuliert und mir ständig Schuldgefühle eingeredet hatte. Wie er mich von meinen Freunden und meiner Familie isoliert hatte, bis ich neben der Arbeit nur noch Zeit mit ihm verbrachte. Wie er an mir herumkritisiert und mir Untreue vorgeworfen hatte. Wie er mich gepackt und geschüttelt hatte. Wie er nach diesem heftigen Streit damals meinen Hinweis darauf, ein Kondom zu benutzen, einfach ignoriert und trotzdem weitergemacht hatte. Wie er mich in jener Nacht gewürgt, am Arm und an den Haaren gepackt und zurückgerissen hatte. Ich hatte mir all das nicht nur eingebildet. Julian mochte mich nie im klassischen Sinne geschlagen haben, aber er hatte mich dennoch verletzt. Emotional, seelisch und körperlich.

All diese Erinnerungen und all die Wut, die mit meiner Machtlosigkeit und Scham einhergingen, brandeten wie ein Tsunami in mir auf. Ich riss die Augen auf und starrte ihm geradewegs ins Gesicht. Zum ersten Mal hatte ich keine Angst vor ihm und seiner Reaktion. Zum ersten Mal wich ich nicht vor ihm zurück, sondern machte sogar einen Schritt auf ihn zu, bis wir so dicht voreinanderstanden, dass die Einkaufstüten in meinen Armen die einzige Barriere zwischen uns bildeten. Und als ich die nächsten Worte aussprach, meinte ich sie mit jeder Faser meines Seins.

»Dann geh sterben.«

Seine Augen weiteten sich, doch dann begann er langsam den Kopf zu schütteln. »Das meinst du nicht so …«

»Und ob«, stieß ich hervor. »Such dir eine neue Freundin, verlass das Land, spring vom Dach – es ist mir völlig egal! Aber lass mich endlich in Ruhe!«

Ich schob mich an ihm vorbei. Ich musste in die Wohnung, weil ich seine Gegenwart keine Sekunde länger ertrug. Zwar fürchtete ich mich davor, was er tun würde – aber ich hatte mindestens genauso große Angst davor, wozu ich in der Lage wäre, wenn er nicht endlich aufhörte.

Gerade als ich die Wohnungstür erreicht hatte, packte mich Julian plötzlich am Arm. Vor Schreck ließ ich die Tüten fallen. Sie landeten krachend auf dem Boden. Eine Dose rollte davon. Eine Saftpackung lief neben meinen Füßen aus.

Julian zerrte mich grob an sich. Seine Miene war vor Wut verzerrt. »Du gehörst mir. Vergiss das nicht.«

»Verschwinde endlich aus meinem Leben!« Ich wusste nicht, ob ich die Worte schrie oder flüsterte, so sehr toste das Blut in meinen Ohren, so laut waren die Gedanken in meinem Kopf.

Zu meiner Überraschung ließ Julian mich tatsächlich los. Nacheinander löste er die Finger von meinem Unterarm und machte einen Schritt zurück. Ein scheinbar entspanntes Lächeln trat auf sein Gesicht, während mir das Herz bis zum Hals schlug.

»Ich gebe dich nicht auf, Robyn. Ich kann nicht ohne dich leben.«

Dann drehte er sich um und ging.

27. KAPITEL

Gegenwart
Juni

Ich habe ganz vergessen, wie schön das Leben sein kann. Wie gut es sich anfühlt, völlig entspannt und mit einem Lächeln auf den Lippen aufzuwachen. Und zwar nicht irgendwo auf einem harten Boden, nachdem man geschlafwandelt ist, sondern in einem weichen Bett.

Ein leises Grollen dringt an mein Ohr. Ich bin mir ziemlich sicher, dass das nicht mein Magen war, also scheint es von draußen zu kommen. Offenbar braut sich ein Sturm zusammen.

Langsam öffne ich die Augen. Irgendwann in der Nacht muss ich mich auf die andere Seite gedreht haben, denn ich bin nicht mehr an Cooper geschmiegt wie zuvor. Dafür hat er sich von hinten an mich gekuschelt. Sein Arm liegt schwer auf meiner Taille, sein Atem kitzelt meinen Nacken, und seine Finger malen kleine Kreise auf meinen Bauch.

»Hey …« Er muss gemerkt haben, dass ich aufgewacht bin. Ich höre das Lächeln in seiner Stimme, und als ich mich zu ihm umdrehe, kann ich es auch sehen.

Obwohl er vor mir wach geworden ist, wirkt Cooper noch etwas verschlafen. Sein Haar ist zerzaust. Seine Bartstoppeln kratzen ein bisschen mehr als gestern über meine Haut, als er einen Kuss auf meinen Hals haucht.

»Morgen«, murmelt er und sucht meinen Blick. Er wirkt völlig entspannt. Geradezu glücklich.

»Hey«, erwidere ich müde und komme nicht gegen mein eigenes Lächeln an. Diese Situation ist ungewohnt und fühlt sich dennoch richtig an. Als wäre ich genau dort, wo ich hingehöre, auch wenn ich mich viel zu lange dagegen, gegen die Anziehungskraft zwischen uns, gesträubt habe.

»Gut geschlafen?«, fragt er leise und spielt mit meinen Haarsträhnen.

Ich strecke mich genüsslich. »Besser als … Ich weiß gar nicht mehr, wie lange das schon her ist.«

»*Besser* reicht mir schon.«

»Du wolltest schon immer der Allerbeste sein.«

»Hast du gerade Pokémon zitiert?« Ein jungenhaftes Grinsen breitet sich auf seinem Gesicht aus, als er eines seiner Lieblings-Games erwähnt. »Vorsicht, damit könntest du glatt zu meiner Traumfrau werden.«

Ich lache leise.

Während es draußen immer düsterer wird und das Grollen näher kommt, macht keiner von uns Anstalten, das warme Bett zu verlassen.

»Kann ich dir was sagen?«

»Mhm«, mache ich, zu sehr auf das wohlige Gefühl konzentriert, das seine Finger auslösen, während er gedankenverloren über meinen Arm streichelt.

»An dem Abend, an dem du ihn kennengelernt hast … da wollte ich mit dir reden. Über uns beide. Darüber, dass wir mehr sein könnten.«

Ich erstarre und suche seinen Blick. »Wirklich? Das wusste ich gar nicht …«

Er zuckt mit einer Schulter. »Ich war zu langsam. Das war ganz allein meine Schuld.«

»Ich kann mich nicht daran erinnern, dass du letzte Nacht zu langsam warst.«

»Ach nein?« Grinsend zieht er die Brauen hoch. »Soll ich dir zeigen, wie es langsam sein kann? Langsam und … intensiv?«

»Ja«, hauche ich, ohne auch nur eine Sekunde darüber nachdenken zu müssen.

Cooper hält meinen Blick noch einen Moment fest, dann legt er die Hände an meine Schulter und meine Hüfte und dreht mich behutsam auf die andere Seite, bis ich wieder mit dem Rücken zu ihm liege. Ich höre ein kurzes Rascheln, das Aufreißen eines Kondompäckchens, dann schmiegt er sich von hinten an mich und verteilt heiße Küsse auf meinem Hals, während die ersten Regentropfen gegen die Fensterscheiben prasseln.

Er dringt in dieser Position in mich ein und bewegt sich so quälend langsam, dass ich die Finger ins Laken kralle und meinem Stöhnen freien Lauf lasse. Jede noch so kleine Bewegung fühlt sich so intensiv an, dass ich nicht weiß, wohin mit mir. Und als er den Arm um mich legt und seine Finger mich zusätzlich streicheln, verliere ich endgültig den Verstand.

Erst nach einer ganzen Weile setzt mein Denken wieder ein, obwohl mein Körper noch immer herrlich entspannt und an seinen geschmiegt ist, und ich erinnere mich daran, worüber wir vorhin gesprochen haben. Aber vor allem erinnere ich mich an etwas, das ich ihm gestehen muss.

»Was du damals in der Redaktion zu mir gesagt hast … dass ich es einfach nicht sehe oder nicht sehen will …« Nachdenklich nage ich an meiner Unterlippe. »Ich glaube, du hattest recht. Ich wusste schon lange, dass etwas zwischen uns ist, aber ich wollte es nicht wahrhaben.« Das zuzugeben, fällt mir nicht leicht, aber er hat die Wahrheit verdient. Die ganze Wahrheit. »Ich wollte meinen besten Freund nicht verlieren. Und ich hatte Angst, dass … wenn ich dem nachgebe, dass ich dann am Ende alles verliere. Julian … und dich.«

Als Cooper mir ein paar Haarsträhnen hinters Ohr streicht, drehe ich leicht den Kopf, um meine Wange in seine Hand zu schmiegen.

»Ich wollte dich nie unter Druck setzen oder zu etwas drängen«, murmelt er. »Das weißt du, oder? Es sollte immer deine Entscheidung sein.«

»Ich weiß.«

Lange sieht er mich einfach nur an. Ich weiß, dass ihm etwas auf der Seele brennt, auch wenn er es nicht ausspricht. Noch nicht. Aber ich kenne diesen Mann lange genug, um seine Miene richtig zu deuten. Zumindest teilweise, denn die Faszination und diese Zärtlichkeit in seinen Augen sind neu. So neu, dass allein der Anblick mein Herz wieder viel zu schnell schlagen lässt.

»Auf die Gefahr hin, meine guten Vorsätze zu untergraben«, beginnt er und mustert mich, als würde er sich jeden Zentimeter meines Gesichts einprägen. »Das hier … diese Nacht … das war keine einmalige Sache, oder?«

Okay, ich habe mich geirrt. *Jetzt* schlägt mein Herz irrsinnig schnell und hämmert so fest gegen meine Rippen, als wollte es geradewegs in Coopers Arme springen.

»Du musst nicht sofort antworten«, beeilt er sich zu versichern, nachdem ich ihn mehrere Sekunden lang nur angestarrt habe. »Ich wollte nur –«

»Nein«, unterbreche ich ihn. »Das heißt … Ich meine … Nein, es war keine einmalige Sache. Nicht für mich.«

Die besorgten Falten auf seiner Stirn verflüchtigen sich, und seine Miene hellt sich auf. »Wirklich?«

Ich nicke sofort. »Ja.«

Nichts hat sich je so richtig angefühlt wie das hier. Wie wir. Zusammen. Ich könnte es nicht ertragen, wenn wir diese Nacht und diesen Morgen einfach abtun und wieder zum alten Status quo übergehen würden. Wenn wir so tun würden, als existierten diese Gefühle, die Sehnsucht und die Leidenschaft zwischen uns nicht. Das haben wir schon viel zu lange getan.

Cooper küsst mich und murmelt dann gegen meine Lippen: »Ich lasse dir den Vortritt im Bad. Außer du willst wieder zwei Stunden lang baden, dann möchte ich zuerst duschen.«

»Hey.« Ich lehne mich etwas zurück und bedenke ihn mit einem gespielt empörten Blick. »Ich bade keine zwei Stunden lang.«

»Stimmt.« Ein freches Grinsen umspielt seine Lippen. »Einmal warst du dreieinhalb Stunden drin. Damals hab ich mir Sorgen gemacht, dass du in der Zwischenzeit ertrunken bist.«

»Und du hast nicht nach mir gesehen?« Ich schnaube. »Ein toller Paramedic bist du, Vaughn.«

Er schmunzelt nur.

Bevor er es sich anders überlegt, stehe ich auf. Mein erster Impuls ist, meine Nacktheit zu bedecken, aber Cooper hat alles von mir gesehen. Nicht nur in den leidenschaftlichen, sondern auch in meinen schlimmsten Momenten. Kein Grund, plötzlich verlegen zu sein. Also gehe ich nackt ins angrenzende Badezimmer.

Auch wenn die Wanne verlockend aussieht, verzichte ich ausnahmsweise darauf. Meine Worte von gestern sind auch heute gültig. Jetzt sogar noch mehr als zuvor. Ich bin hier, weil ich Zeit mit Cooper verbringen will. Selbst wenn ich mir vor vierundzwanzig Stunden nicht hätte ausmalen können, wie dieser Filmabend enden würde. Aber bei dem Knistern zwischen uns ist es vermutlich nur eine Frage der Zeit gewesen.

Nach der Dusche kehre ich lediglich in eines von Coopers Handtüchern gewickelt ins Schlafzimmer zurück. Er betrachtet mich einen langen Moment von oben bis unten, als wollte er mich direkt zurück ins Bett zerren. Doch dann gibt er mir im Vorbeigehen einen innigen Kuss und steuert das Bad an.

Ich sehe ihm viel zu lange nach. Viel zu … verliebt. Kopfschüttelnd wende ich mich ab, ziehe mir die Klamotten von gestern an und schminke mich mit den wenigen Sachen, die ich in meiner Handtasche immer dabeihabe. Sobald ich einigermaßen präsentabel aussehe, höre ich, wie das Wasserrauschen aufhört. Und als ich uns kurz darauf Kaffee mache, betritt Cooper auch schon die Küche.

All das ist so vertraut, als hätten wir es schon immer so gemacht. Ich habe auch früher bei ihm übernachtet – damals allerdings auf dem Sofa –, kenne seine Kaffeemaschine besser als meine eigene und weiß, wo ich alles fürs Frühstück finde. Aber die sanften Küsse, die tiefen Blicke und die zärtlichen Berührungen sind neu. Und ich genieße sie. Sehr sogar.

»Sehen wir uns später?«, frage ich und trinke einen Schluck Kaffee. Draußen stürmt und schüttet es mittlerweile, als würde die Welt untergehen, also habe ich es nicht sonderlich eilig, Coopers Wohnung zu verlassen. Glücklicherweise habe ich mir nach dem Zwischenfall vor ein paar Tagen, als ich nach Detective Vicarios Anruf nicht mehr in die Redaktion zurückgegangen bin, freigenommen, also muss ich mich nicht beeilen.

Cooper legt die Hände an meine Wangen und streift mit seinen Lippen für einen viel zu kurzen Kuss über meine: »Ich hab noch was zu erledigen, aber danach gerne, wenn du willst.«

»Wenn ich *will*?«

Seine Mundwinkel zucken. »Könnte ja sein, dass du schon genug von mir hast.«

»Das ist in den letzten knapp sechs Jahren nicht passiert, also tippe ich auf Nein.«

Gespielt erleichtert wischt er sich mit dem Handrücken über die Stirn. »Puh. Da hab ich ja echt Glück gehabt.«

Ich grinse. Manchmal kann er so ein Idiot sein.

»Stimmt«, gehe ich trotzdem darauf ein. »Die meisten Menschen nerven mich viel früher. Bei so viel Glück solltest du anfangen, Lotto zu spielen.«

Er lacht leise. »Ich –«

Ein lautes Klopfen unterbricht ihn. Nein, kein Klopfen. Jemand hämmert mit der Faust gegen die Wohnungstür.

»Polizei! Machen Sie auf, Mr. Vaughn!«

Ich starre auf die Tür und sehe dann zu Cooper hinüber, der meinen Blick stirnrunzelnd erwidert. Er wirkt genauso überrascht, hat sich jedoch schneller im Griff als ich und setzt sich in Bewegung.

»Hey, was –« Als er die Tür öffnet, lässt ihn der Mann davor kaum zu Wort kommen.

»Sind Sie Cooper Vaughn?«

»Ja.«

Er hält ihm ein Papier vor die Nase. »Wir haben einen Durchsuchungsbefehl.«

»Was hat das zu bedeuten?« Ich stelle meinen Kaffee beiseite, gehe um die Kochinsel herum und betrete den Flur, in dem inzwischen zwei uniformierte Polizisten stehen.

Einer davon sieht mich jetzt direkt an. »Ma'am. Wenn Sie nicht hier wohnen und nichts mit der Sache zu tun haben, können Sie gehen.«

»Einen Moment«, schaltet sich eine neue Stimme ein, und Detective Vicario schiebt sich an ihren Kollegen vorbei. »Miss Claymore. Ich habe mehrfach versucht, Sie anzurufen.«

Hat sie? Oh, verdammt. Seit gestern Abend habe ich keinen Blick mehr auf mein Handy geworfen. Wahrscheinlich liegt es noch auf dem Wohnzimmertisch, zwischen unseren Gläsern, dem Popcorn und den leeren Pizzaschachteln.

»Was ist hier los?« Ich suche Coopers Blick, doch der schüttelt nur den Kopf und lässt die Polizei vorbei. Sofort teilt sich die Gruppe, bestehend aus drei Männern und einer Frau, auf und fängt an, die Wohnung auf den Kopf zu stellen, während Cooper sie mit vor der Brust verschränkten Armen und hartem Gesichtsausdruck dabei beobachtet.

Detective Vicario nimmt mich zur Seite und dirigiert mich zurück in die offene Küche. Während um uns herum das reinste Chaos auszubrechen scheint und die Polizisten sich immer wieder etwas zurufen, strahlt sie wie üblich vollkommene Ruhe aus.

»Wir haben einen Durchsuchungsbefehl veranlasst, weil Zeugen Mr. Vaughn am Abend von Mr. Richardsons Verschwinden vor seinem Atelier gesehen haben.«

»Zeugen?«, wiederhole ich ungläubig. »Was für Zeugen? Und was haben sie gesehen?«

»Sie haben beobachtet, wie sich Mr. Vaughn und Mr. Richardson gestritten haben. Dann ist Mr. Vaughn handgreiflich geworden.«

Wie bitte? Cooper ist handgreiflich geworden? Das ist völlig absurd. Doch dann taucht eine Erinnerung in meinem Kopf auf und bringt den Protest in mir zum Schweigen. Der Abend, an dem wir zusammen am Strand spazieren waren, als ich ihn auf seine aufgeschrammten Fingerknöchel angesprochen hatte. Ist es seine rechte oder seine linke Hand gewesen? Verdammt, ich weiß es nicht mehr. Aber es war am selben Tag, an dem ich von Julians Verschwinden erfahren habe. Cooper hat mir nie eine Antwort oder vernünftige Erklärung auf meine Frage gegeben, aber ... *Mord*?

Kälte breitet sich in mir aus. Es fühlt sich an, als würde jemand meine ganze Welt und alles, was ich empfinde, auf den Kopf stellen. Einfach so. Denn ... das kann nicht sein. Cooper würde so etwas nicht tun. Er ist derjenige, der meine Wunden versorgt und mir neben der Badewanne etwas vorgelesen hat, damit meine Gedanken nicht ständig um das kreisen, was passiert ist. Derjenige, der mir Bilder von süßen Tierbabys schickt, um mich aufzumuntern oder mir zumindest ein Lächeln zu entlocken. Derjenige mit den sarkastischen Sprüchen und den leidenschaftlichen Küssen. Verlässlich, hilfsbereit, selbstlos. Er riskiert Tag für Tag sein Leben an der Seite von Polizei und Feuerwehr, um andere Menschen zu retten.

Allerdings hat er Julian von Anfang an nicht gemocht. Vielleicht hätte das schon meine erste Warnung sein sollen, aber ich habe sie ignoriert, genau wie die Red Flags in meiner Beziehung mit Julian. Und wenn ich an Coopers Stelle wäre, wenn ich wüsste, dass jemand ihm so etwas angetan hat – oder Sara oder sogar Ellie ... Wozu wäre ich dann alles fähig?

Meine Gedanken rasen. Suchen nach Hinweisen und werten sie aus. Feuern eine Theorie nach der anderen auf mich ab. Sind die Reisepläne, die ich gestern entdeckt habe, etwa keine dumme Idee, wie er behauptet hat, sondern in Wahrheit ein Fluchtplan? Hat er mir die ganze Zeit etwas vorgemacht?

Ich sehe mich nach Cooper um. Es muss eine andere Erklärung für all das geben. Eine, die nichts mit Julian zu tun hat. Doch als sich unsere Blicke quer durch den Raum treffen, weiß ich, dass Detective Vicario die Wahrheit gesagt hat. Cooper war am Abend von Julians Verschwinden bei ihm. Und er hat ihn geschlagen.

Sofort muss ich an Coopers Reaktion denken, als ich blutend, verletzt und verzweifelt vor seiner Tür auf ihn gewartet habe. Daran, was er damals mit mühsam unterdrückter Wut gesagt hat.

Ich bringe ihn um.

Nein, verdammt. Das kann nicht sein. Das kann nicht wirklich passieren. Ich weigere mich, das zu glauben. Cooper ist Notfallsanitäter. Er rettet Leben – er beendet sie nicht.

Ich wende den Blick ab und reibe mir über das Gesicht, brauche einen Moment, um mich zu sammeln. Vielleicht auch ein ganzes Jahr.

»Haben Sie deswegen versucht, mich anzurufen?«, frage ich die Beamtin, während ich meine Gedanken zu sortieren versuche.

Detective Vicario schüttelt knapp den Kopf und senkt die Stimme. »Nicht nur. Es gibt Neuigkeiten im Fall von Mr. Richardson.«

Noch mehr Neuigkeiten? Ich weiß nicht, ob ich weitere ertrage, trotzdem muss ich es wissen. Ich muss erfahren, was in jener Nacht wirklich passiert ist, auch wenn sich alles in mir sträubt, darüber nachzudenken, was Julian zugestoßen sein könnte. Was er sich selbst angetan haben könnte. Was *ich* ihm angetan haben könnte. Oder jemand anderes.

»Ein Fischerboot hat eine Leiche gefunden und es den Kollegen von der Golden Gate Division gemeldet. Leider ist die Leiche durch die Zeit im Wasser unkenntlich, aber die Beschreibung hinsichtlich Statur und Haarfarbe könnte auf Mr. Richardson passen. Wir konnten keine persönlichen Papiere, keinen Ausweis und kein Handy finden, allerdings trägt die gefundene Person eine Armbanduhr bei sich. Eine silberfarbene Rolex.«

Ich kämpfe gegen die plötzliche Übelkeit, die in mir aufsteigt, an. »Mit schwarzem Ziffernblatt?«

Detective Vicario hält einen Moment inne und nickt dann. »Richtig.« Auf einmal beobachtet sie mich sehr genau.

»Sie ist ein Familienerbstück. Julian hat sie von seinem Vater.«

Ich klinge monoton, als hätte ich keinen Funken Gefühl in meinem Körper. Und wenn ich ehrlich bin, fühlt es sich gerade auch genauso an. Als könnte ich nur von außen zuschauen, denken und analysieren, aber nichts empfinden.

Mein Verstand arbeitet auf Hochtouren, während meine Emotionen irgendwo auf der Strecke geblieben sind. Oder tot. So wie Julian.

»Miss Claymore? Ist alles in Ordnung?«

Ich blinzle mehrmals, doch die Taubheit, die mich erfasst hat, ist noch da. Schwer lehne ich mich gegen die Kochinsel hinter mir, mit dem Rücken zur restlichen Wohnung, die noch immer von den Officers auseinandergenommen wird, während Cooper hilflos zusieht.

»Ja.« Ich räuspere mich, um meiner Stimme mehr Kraft zu verleihen. »Alles okay.«

»Hier. Trinken Sie das.« Detective Vicario drückt mir ein Glas Wasser in die Hand und wartet, bis ich es zur Hälfte geleert habe, ehe sie weiterspricht. »Die Leiche wurde nicht weit von der Stelle entfernt angespült, an der wir Mr. Richardsons Wagen gefunden haben. Die Autopsie steht noch aus. Im Moment ist beides möglich: Suizid – oder Fremdeinwirkung.«

Fremdeinwirkung durch mich während einer Schlafwandel-Episode. Oder durch Cooper.

Aber dann ist da auch noch das, was Julian gesagt hat, als ich ihn das letzte Mal gesehen habe. Worte, die mich seither verfolgen.

Ich gebe dich nicht auf, Robyn. Ich kann nicht ohne dich leben.

»Die Autopsie wird uns hoffentlich mehr über die genaue Todesursache verraten. Da wir bedauerlicherweise keine Daten von Mr. Richardson in unserem System haben, auf die wir uns beziehen können, und es keine Familienangehörigen gibt, muss ich Sie bitten, die Leiche für uns zu identifizieren.«

Ich reiße den Kopf hoch. Starre sie an. »Ich … Muss ich das sofort tun?«

»Nein, natürlich nicht.« Ein kurzes Räuspern, als wäre ihr dieses Gespräch ebenso unangenehm wie mir. »Das muss ein Schock für Sie sein. Mein herzliches Beileid. Aber ich würde Sie bitten, sich zeitnah zurückzumelden und einen Termin zu vereinbaren.«

»Ja. Ja, natürlich.« Meine Hand zittert, als ich das Glas an meine Lippen führe und noch einen Schluck trinke.

»Miss Claymore?«

»Ja?«

Detective Vicario zögert kurz. Zum ersten Mal seit unserem Kennenlernen meine ich, Mitgefühl in ihrer ansonsten so neutralen Miene lesen zu können. »Tut mir leid, dass ich keine besseren Nachrichten für Sie habe.«

Mir nicht.

Ich hasse mich für diesen Gedanken im selben Moment, in dem er mir durch den Kopf schießt. Ich sollte Trauer empfinden, Schuldgefühle, Reue, Entsetzen – irgendetwas. Doch da ist nichts. Nur Leere.

»Schon gut«, bringe ich hervor und stelle das Glas wie betäubt neben mir ab. »Danke. Ich … Ich werde mich bei Ihnen melden.«

Die Welt um mich herum dreht sich weiter, geht ihren gewohnten Gang, aber in mir ist es ganz still. Da ist nur ein einziger Gedanke: Es ist vorbei. Julian kann mir nichts mehr anhaben. Es ist endlich vorbei.

Plötzlich meldet sich einer der Polizisten. »Vicario?«

»Ja?« Sie eilt an mir vorbei.

Ich drehe mich um und folge ihr mit dem Blick Richtung Wohnungseingang. Richtung Garderobe.

Der junge Polizist kann nicht älter als Anfang zwanzig sein. Jetzt hält er etwas Kleines, Eckiges in die Höhe. »Wir haben das in Mr. Vaughns Jackentasche gefunden.«

Detective Vicario kommt mit dem Gegenstand in der Hand zurück und zeigt ihn mir. »Erkennen Sie das wieder?«

Ich will den Kopf schütteln, will Nein schreien, aber ich kann mich nicht rühren. Und vor allem kann ich Cooper nicht ansehen.

»Miss Claymore?«

Ich klammere die Finger so fest um die Kante der Kochinsel, dass ein heißer Schmerz durch meine Hände schießt. »Das ist … Das ist Julians Autoschlüssel«, flüstere ich.

28. KAPITEL

»Sie haben das Recht zu schweigen.«

»Ich war es nicht. Ich habe nichts damit zu tun!«

»Alles was Sie sagen, kann und wird vor Gericht gegen Sie verwendet werden.«

»Robyn! Sieh mich an. Ich war es nicht.«

»Sie haben das Recht, zu jeder Vernehmung einen Verteidiger hinzuzuziehen. Wenn Sie sich keinen Verteidiger leisten können, wird Ihnen einer gestellt.«

»Robyn!«

»Verstehen Sie diese Rechte?«

Die nächsten Minuten erlebe ich wie in Trance. Die Polizei nimmt Cooper vor meinen Augen fest. Sie legen ihm Handschellen an und lesen ihm seine Rechte vor, aber er sieht die ganze Zeit nur mich an. Versucht mich zu überzeugen, dass er nichts mit der Sache zu tun hat. Dass er Julian nicht getötet hat. Dann wird er abgeführt.

Ich weiß nicht, wie ich draußen vor dem Wohnkomplex gelandet bin. Wahrscheinlich hat Detective Vicario mich begleitet, doch inzwischen ist sie zusammen mit den anderen Polizisten und mit Cooper verschwunden. Ich werde nie vergessen können, wie Cooper mich aus dem

Polizeiauto aus angesehen hat. Verzweifelt. Eindringlich. Bittend.

Ein Donnergrollen erschüttert die Stadt. Der Regen fällt so schnell und hart nieder, dass ich innerhalb von Sekunden völlig durchnässt bin. Trotzdem suche ich mir nichts zum Unterstellen.

Ich kann mich nicht bewegen. Kann nicht denken. Nichts fühlen. Ein winziger Teil von mir, der noch richtig funktioniert, realisiert, dass ich unter Schock stehe.

Ein Klingeln reißt mich aus meiner Erstarrung, und mit einem Mal nehme ich die Welt um mich herum wieder wahr. Das Dröhnen des Verkehrs, verärgertes Hupen, das Prasseln des Regens.

Ich kann mich nicht daran erinnern, meinen Mantel angezogen oder mein Handy eingesteckt zu haben, trotzdem ziehe ich es jetzt hervor und gehe ran.

»Oh, Gott sei Dank«, höre ich die Stimme meiner Schwester, bevor ich auch nur ein Wort hervorbringen kann. »Ich brauche deine Hilfe.«

»Was ist los?«

Ich glaube nicht, dass ich heute noch mehr aushalten kann. Nach Coopers Festnahme und der Bestätigung, dass Julian wirklich tot ist, ertrage ich keine schlechten Nachrichten mehr.

»Es ist Lucky«, sagt sie und klingt sowohl erschöpft als auch total gestresst. »Er ist komplett ausgerastet, als es angefangen hat zu donnern. Ich dachte, ich kann ihn beruhigen, aber er hat die halbe Wohnung demoliert. Sogar Ellie hat Angst vor ihm. Du musst mir helfen. Ich habe schon alles versucht. Gibt es irgendetwas, das ihn beruhigen kann? Ein Spielzeug, eine Decke, irgendwelche Tropfen oder …«

Ich schließe die Augen. Als ich meine Sachen, ein paar Spielzeuge und Futter für Lucky aus der alten Wohnung geholt habe, habe ich nicht daran gedacht, sein Thundershirt mitzunehmen. Wann immer es ein Feuerwerk gab oder ein heftiges Gewitter, haben Julian und ich es Lucky angezogen, um ihn zu beruhigen. Es ist das Einzige, was hilft. Und jetzt liegt das Shirt noch immer in Julians Wohnung. Verdammt.

Ich seufze tief. »Halt durch, ich hole etwas aus der Wohnung. Bin so schnell wie möglich da.« Ich lege auf, bevor sie antworten kann, schiebe mir das Handy in die Manteltasche und mache mich auf den Weg.

Aus irgendeinem lächerlichen Grund bin ich erleichtert. Nicht weil keine weitere Katastrophe eingetreten ist, sondern weil ich etwas zu tun habe. Weil ich mich auf etwas anderes konzentrieren und mich eines Problems annehmen kann, für das es eine simple Lösung gibt.

Kurze Zeit später erreiche ich das Haus, in dem ich anderthalb Jahre gelebt habe, und die Wohnung in der obersten Etage, in die ich nie mehr zurückkehren wollte. Jetzt ist es Julian, der nie mehr zurückkehren wird.

Als ich den Schlüssel mit einem Klicken im Schloss herumdrehe und die Tür zu seiner Wohnung aufdrücke, wird es mir erst so richtig bewusst. Julian ist fort. Ich kann noch immer nicht glauben, dass Cooper in die Sache verwickelt ist, selbst wenn er Julian geschlagen hat. Vielleicht ist das naiv, aber ich kenne Cooper.

Du dachtest auch, du würdest Julian kennen, meldet sich eine gemeine kleine Stimme in meinem Kopf. *Und sieh dir an, was passiert ist.*

Ich ignoriere sie und stürze mich stattdessen auf etwas, woran ich mich festhalten kann: Julian ist fort. Er ist tot.

Ich kann gar nicht zählen, wie oft er behauptet hat, er könne nicht ohne mich leben, aber ich habe das nie wirklich ernst genommen. Nicht einmal als er vor mittlerweile drei Wochen vor Saras Wohnung auf mich gewartet hat. Und am Ende … am Ende wollte ich nur noch, dass er weggeht. Dass er aus meinem Leben verschwindet. Aber den Tod? Den habe ich ihm trotz allem nicht gewünscht. Schon gar nicht so. Schon gar nicht meinetwegen.

Die Wohnung wirkt noch genauso wie bei meinem letzten Besuch. Kalt, leer, emotionslos.

Diesmal ist der Impuls, meine Handtasche auf der Kommode abzulegen, nicht da. Ich starre nur auf die Stelle, die alles für mich verändert hat, und betaste meine Schläfe. Mittlerweile ist die Wunde verheilt, aber die kleine Narbe wird mich wohl mein Leben lang begleiten, auch wenn sie meist von meinen Haaren verdeckt wird. Die Erinnerung wird für immer bleiben, ob ich will oder nicht.

Meine Finger gleiten über das Holz der Kommode bis zur Ecke. Wie seltsam, dass nicht die geringsten Spuren zu sehen sind. Keine Kratzer. Kein Blut.

Entschlossen öffne ich eine Schublade nach der anderen. Vielleicht hat Julian ja doch einen Abschiedsbrief hinterlassen. Irgendetwas, das ich bisher übersehen habe und das alles erklärt. Irgendetwas, das beweist, dass er es selbst getan hat. Etwas, das Cooper entlastet – und mich. Aber … wenn es wirklich eine Nachricht von ihm gibt, möchte ich sie überhaupt lesen? Will ich ein weiteres Mal damit konfrontiert werden, wie sehr er mich liebt und braucht, dass ich ihm gehöre und er ohne mich nicht leben kann? Will ich mir das wirklich antun? Jetzt, wo alles vorbei ist?

So kaltherzig es auch sein mag, die Antwort lautet: Nein.

Nein, das will ich nicht. Ich bin endgültig fertig mit Julian Richardson und werde nicht zulassen, dass er noch länger die Kontrolle über mich oder mein Leben hat. Nie wieder. Aber wenn auch nur die geringste Chance besteht, dadurch Coopers Unschuld zu beweisen, muss ich es tun.

Also suche ich. Ich reiße alle Schubladen heraus, öffne jede Schranktür, taste Regale und Kommoden ab. Ich will endlich einen Schlussstrich unter diese Sache ziehen. Nicht für ihn, nicht einmal nur für Cooper oder das, was sich zwischen uns entwickelt hat, sondern vor allem für mich selbst. Es muss endlich ein Ende haben.

Ich finde Luckys Thundershirt in einer Kiste im Wohnzimmer und stopfe es in meine Handtasche. Als ich mich wieder aufrichte, rast mein Puls und die kleinen Härchen in meinem Nacken stellen sich auf. Meine Sinne sind bis aufs Äußerste angespannt. Irgendetwas stimmt hier nicht. Irgendetwas ist anders. Aber was?

Während ich mich langsam im Kreis drehe und mein Blick wie wild hin und her zuckt, fällt mir plötzlich etwas auf. Etwas, das mich erneut eiskalt erstarren lässt: Es ist die Weinflasche.

Sie ist weg.

Mit einem dumpfen Laut landet meine Handtasche auf dem Boden. In wenigen Schritten bin ich beim Regal, doch der Platz, an dem der Wein die letzten anderthalb Jahre stand, ist leer. Ich bin mir zu hundert Prozent sicher, dass er bei meinem letzten Besuch noch da war.

Ich weiche vor dem Regal zurück. Mein Blick irrt umher, auf der Suche nach Spuren oder weiteren Dingen, die ich übersehen habe.

Und mit einem Mal weiß ich, was hier nicht stimmt. Was

mir seit dem Betreten ein mulmiges Gefühl bereitet hat. Es ist nicht die Weinflasche – es ist der Geruch. Er ist anders als bei meinem letzten Besuch. Die Luft ist noch immer abgestanden, weil tagelang nicht durchgelüftet wurde, aber da ist auch ein Duft, der mir nur zu vertraut ist. Ein Duft, den ich Tag für Tag gerochen habe, weil er an der Bettwäsche ebenso hing wie an seinem Besitzer. Und oft genug auch an mir.

Mein Herz hämmert wie verrückt. Ich muss hier raus. Ich muss sofort hier raus.

Wie aus dem Nichts taucht eine Hand aus dem Schatten auf und drückt mir etwas gegen Mund und Nase. Im nächsten Moment schlingt sich ein Arm um meine Taille und zieht mich an einen festen Körper.

Ich wehre mich instinktiv, versuche, um mich zu schlagen, ihn mit dem Ellbogen zu treffen, aber mit jedem Atemzug werden meine Sinne getrübter. Schwindel und eine bleierne Müdigkeit machen sich rasend schnell in mir breit. Ich kann nicht mehr denken. Nicht mehr fühlen. Mich nicht mehr bewegen.

Dann wird alles schwarz um mich herum.

29. KAPITEL

»Guten Morgen, Süße«, raunt eine tiefe Stimme dicht an meinem Ohr.

Ich lächle benommen und strecke mich im Bett. Der herrliche Duft von heißem Kaffee, Rührei und Pancakes steigt mir in die Nase. Vergangenheit und Gegenwart verschmelzen miteinander, und einen kostbaren Moment lang fühlt es sich an, als wäre die Welt wieder in Ordnung. Als wäre alles an seinem rechten Platz. Genau so wie es sein sollte. Doch dann sickert die Realität ein …

Die Nacht mit Cooper. Die Polizei. Der Leichenfund. Coopers Festnahme. Julians Wohnung. Und die Hand, die mich von hinten packt.

Ich reiße die Augen auf – nur um sie sofort wieder zusammenzukneifen, als sich die Helligkeit schmerzhaft in meine Pupillen bohrt. Mein Kopf dröhnt wie nach einer durchgefeierten Nacht mit zu viel Wein. Allerdings kann ich mich nicht daran erinnern, auch nur ein einziges Glas getrunken zu haben.

Was ist passiert?

»Aufwachen, Süße. Du willst doch nicht, dass dein Kaffee kalt wird, oder?«

Diese Stimme …

Schlagartig erwachen all meine Sinne zum Leben. Benommen öffne ich die Augen erneut und blinzle mehrmals, um etwas in dem grellen Tageslicht erkennen zu können. Diesmal funktioniert es.

Ich liege auf dem Rücken auf einem Bett und starre an eine weiße Zimmerdecke. Langsam sehe ich nach rechts. Bodentiefe Fenster. Der Ausblick in einen Garten. Nichts hiervon kommt mir bekannt vor.

Ich reiße den Kopf herum. Starre auf die Gestalt, die links neben mir auf der Bettkante sitzt.

»Julian …«

Er ist hier. Er lebt.

Mein Puls rast. Mein Herz donnert schmerzhaft schnell gegen meine Rippen. Nackte Angst verkrampft meinen Magen und breitet sich so schnell in mir aus, dass sie jeden klaren Gedanken auszulöschen droht.

Ich will instinktiv vor ihm zurückweichen, aber mein Körper gehorcht mir nicht. Träume ich nur? Aber egal, wie lange ich ihn anstarre, das Bild vor mir verändert sich nicht. Es ist Julian. Dabei sollte er doch tot sein.

»Ich hab dir Frühstück gemacht«, sagt er und deutet auf das Tablett auf dem Nachttisch, als wäre es das Normalste der Welt. Als hätte es die letzten Wochen nie gegeben und das hier sei nur ein weiterer Morgen in unserem gemeinsamen Leben als Paar. Ein Morgen, an dem er mir Frühstück ans Bett bringt.

Im Gegensatz zum letzten Mal, als ich Julian gesehen habe, sieht er überraschend gepflegt aus. Sein Haar ist etwas länger geworden, aber er hat es wie immer perfekt zurückgestylt und sich gründlich rasiert. Er trägt ein hellblaues

Hemd, wie er es auch zur Arbeit anziehen würde. Der oberste Knopf ist geöffnet, die Ärmel sind hochgekrempelt, wie er es immer macht, wenn er abends nach Hause kommt. Dazu eine schwarze Bundfaltenhose und polierte Schuhe. Julian sieht aus, als wäre er nach einem erfolgreichen Arbeitstag durch die Tür hereingekommen und hätte sich gerade erst die Krawatte abgenommen.

Ich weiß nicht, was ich erwartet habe. Ein blutleeres, aufgedunsenes Gesicht vielleicht, weil ich verdammt noch mal davon ausgegangen bin, dass er tot ist. Die Polizei hat seine Leiche gefunden. Wie kann er jetzt hier sein? Wie kann er am Leben sein?

Ihn so zu sehen, so *normal*, nach allem, was ich seinetwegen durchgemacht habe und was in den letzten Tagen passiert ist, löst etwas in mir aus. Eine wilde Mischung aus Wut, Erleichterung, Fassungslosigkeit, Schuldgefühlen – und Angst.

Irgendwie schaffe ich es, mich aufzusetzen, obwohl mir dabei schwindelig wird. Sobald die Welt aufgehört hat, sich um mich zu drehen, kann ich besser erkennen, wo ich mich befinde.

Es scheint ein Schlafzimmer zu sein. Drei weiße Wände, die andere ist in einem Graublauton gestrichen. Die große Fensterseite rechts von mir zeigt auf einen gepflegten Garten mit angrenzendem Waldstück hinaus. Von anderen Häusern oder Nachbarn keine Spur. Wir scheinen mitten im Nirgendwo zu sein.

Hektisch zuckt mein Blick hin und her. Von den schmucklosen Wänden zu einer halb offen stehenden Tür, die zum Badezimmer gehört. Zumindest kann ich gefliesten Boden und ein paar Handtücher in einem Regal erkennen. Links von mir befinden sich zwei weitere Türen. Eine scheint in einen begehbaren Kleiderschrank zu führen, die andere in einen Flur.

Das Bett ist groß und breit. Matratze und Bettwäsche wirken teuer und so, als seien sie von hoher Qualität. Am Bettende steht eine Sitzbank, womöglich auch eine Kiste, gegenüber davon eine antik anmutende Kommode aus rotbraunem Kirschholz mit vielen Schubladen. Darauf ein paar Bilderrahmen. Auf die Entfernung kann ich die Fotos nicht genau erkennen, aber es scheint sich um einen Mann und eine Frau zu handeln. Um Julian und mich.

Er hat mich entführt. Er hat mich hierher verschleppt, in dieses fremde Haus, und hält mir jetzt die Kaffeetasse hin, als wäre es das Normalste auf der Welt. Als würde ich nicht gleich losschreien oder sie ihm ins Gesicht schleudern.

Der Impuls ist da, aber ich kenne Julian. Er tut nichts ohne Grund. Und hinter all dem Charme, hinter der Freundlichkeit liegt ein lauerndes Glitzern in seinen Augen. Er rechnet damit, dass ich mich wehre. Wartet vielleicht nur darauf.

Meine Hände zittern, als ich nach der Tasse greife und sie zum Mund führe. Der Kaffee schmeckt bitter mit nur einem kleinen Schuss Milch, so wie Julian ihn immer trinkt. Trotzdem zwinge ich mich dazu, noch einen Schluck zu nehmen.

»Danke.«

Julian lächelt zufrieden und hält mir eine Gabel Rührei hin.

Ich zögere einen Herzschlag lang, dann beuge ich mich etwas vor und lasse zu, dass er mir die Gabel zwischen die Lippen schiebt. Erst eine, dann noch eine.

Ein Schweißtropfen rinnt mir den Rücken hinunter. Meine Muskeln sind zum Zerreißen angespannt, aber nach außen hin lächle ich und lobe ihn für das Frühstück. Gleichzeitig rasen meine Gedanken. Ich muss hier raus. Ich muss einen Ausweg finden. Aber das schaffe ich nur, wenn ich sein krankes Spiel mitspiele.

Mein Magen rebelliert, aber ich esse trotzdem weiter, lasse mich von ihm füttern, bis der Teller leer und Julian zufrieden ist.

Als er Teller und Gabel zurück auf das Tablett stellt, sehe ich, dass mein Handy direkt danebenliegt. Es hat noch immer den großen Riss im Display von damals, als er es zu Boden geworfen hat.

»Das brauchst du nicht mehr«, sagt Julian, der meinem Blick gefolgt ist, und beobachtet mich genau, als würde er nur darauf warten, dass ich panisch danach greife. Dann steckt er es ein.

»Warum nicht?«, frage ich stattdessen.

»Weil es niemanden gibt, den du anrufen musst. Ich habe mich um alles gekümmert und vorhin eine E-Mail mit deiner Kündigung an die Redaktion geschickt. So ist es einfacher für dich. Für uns beide.«

Wie bitte? Er hat *was* getan?

»Du hast meinen Job in der Redaktion für mich gekündigt?«

Er lacht leise. Unfassbar, dass es eine Zeit gegeben hat, in der ich sein Lachen anziehend fand. Jetzt jagt es mir einen kalten Schauder über den Rücken.

»Du hast die Arbeit doch sowieso gehasst. Sie wussten dich nie zu schätzen, ganz im Gegensatz zu mir. Ich habe dir einen Gefallen getan.« Er rückt näher heran und stützt sich mit der Hand neben meinem Oberschenkel auf die Matratze.

Es kostet mich sämtliche Selbstbeherrschung, nicht vor ihm zurückzuzucken. Nicht einmal dann, als mir der schmerzhaft vertraute Geruch seines Aftershaves in die Nase dringt und sich alles in mir verkrampft.

Erst jetzt, aus der Nähe, registriere ich die dunkle Stelle seitlich an seinem Kinn. Es sieht wie ein Bluterguss aus, der gerade verheilt. Eine Woche alt, vielleicht auch älter. Ich sollte es schließlich wissen.

Sofort wandern meine Gedanken zu Detective Vicarios Aussage und von dort zu dem Treffen mit Cooper, kurz nachdem ich erfahren habe, dass Julian verschwunden ist. Coopers Hand war verletzt, seine Fingerknöchel aufgeschrammt. Obwohl ich es schon in seinem Blick gesehen habe, ist das die Bestätigung dafür, dass er Julian wirklich vor seinem Atelier aufgelauert und ihn geschlagen hat. Aber was ist danach passiert? Wie konnte Julian einfach verschwinden?

»Ich dachte, du wärst tot«, wispere ich kaum hörbar. »Ich dachte …«

30. KAPITEL

»Du dachtest, du hättest etwas mit meinem angeblichen Tod zu tun, nicht wahr? Du hast dir Vorwürfe gemacht und um mich getrauert. Ach, Robyn …«

Seine Worte klingen beinahe sanft. Und so sehr wie der Mann, den ich geliebt habe, dass es wehtut. Sie fühlen sich an wie eine Klinge, die er mir in die Brust rammt – und mit einem Lächeln auf den Lippen auch noch umdreht.

Dann erst wird mir die Bedeutung seiner Aussage klar, und ich runzle die Stirn. »Ich bin geschlafwandelt. Ich habe dein ganzes Atelier demoliert und stand nachts mit einem Messer in der Hand im Flur vor Ellies Kinderzimmer.«

»Oh, Süße.« Julian lacht kurz und hart auf. »Hast du das allen Ernstes geglaubt?« Er stößt einen leisen Pfiff aus. »Eines muss man deiner Schwester lassen: Sie ist gut. Sie ist wirklich gut.«

Jeder Muskel in meinem Körper erstarrt. Ich wage es nicht mal mehr zu atmen.

»Was … Was soll das heißen?«

»Deine Schwester, die liebe, ach so herzensgute Sara hat mir die ganze Zeit über geholfen. Zuerst wollte sie nicht mitmachen, als ich ihr angeboten habe, ihr finanziell ein bisschen unter die Arme zu greifen, wie ein guter Schwager in spe das tun würde. Aber als ich sie an ihr kleines Geheimnis erinnert habe, hat sie sofort mitgespielt. Als ehemaliger Junkie kennt man sich mit Drogen aus, nicht wahr? Sie war diejenige, die dich betäubt und nachts aus deinem Bett geholt hat, um dich irgendwo abzuladen.«

Nein … Das kann nicht sein. Ich weigere mich, das zu glauben.

»Ich wollte dich nur ein bisschen mürbe machen«, erzählt er weiter und hält mir jetzt die Gabel mit einem aufgespießten Stück Pancake hin. Mein Magen protestiert, aber ich zwinge mich dazu, den Mund zu öffnen und den Bissen zu essen. »Anscheinend hat sie Spaß daran gefunden. Erst war es nur in ihrer Wohnung, dann sogar in meinem Atelier.« Er schnalzt mit der Zunge und klingt aufrichtig beeindruckt. »Zugegeben, das auseinanderzunehmen hat ein bisschen wehgetan, aber was tut man nicht alles für die einzige wahre Liebe? Oder im Fall deiner Schwester: für Geld?«

In meinem Kopf rasen die Gedanken. Wenn ich genauer darüber nachdenke, habe ich mich in den letzten Wochen ungewohnt müde und gerädert gefühlt. Bisher habe ich mir das mit dem Schlafmangel erklärt, aber was, wenn Julian die Wahrheit sagt? Wenn ich gar nicht geschlafwandelt bin und all das nur Saras Werk war? Aber wie hätte sie mich unter Drogen setzen sollen, ohne dass ich etwas bemerke? Wie sollte sie …

Ich atme scharf ein. Mit einem Mal kommen meine Gedanken zum Stillstand. Der Tee. Das Valium, das sie mir einmal zur Beruhigung gegeben hat. Mit genug Geld ist es erschreckend leicht, an Beruhigungsmittel zu kommen, das weiß ich nur zu gut aus Gesprächen mit Cooper. Valium,

Xanax und andere Medikamente, die das Nervensystem beruhigen. Sie können nicht nur süchtig machen, sondern eine Person sogar komplett ausknocken. Oder töten.

Aber würde sie so weit gehen und ihre eigene Schwester unter Drogen setzen? Nicht für Geld. Für Ellie schon. Die Anwaltskosten sind schon jetzt unbezahlbar, und ein Ende des Sorgerechtsstreits scheint noch immer nicht in Sicht zu sein. Selbst wenn Sara alles zu verlieren droht, was sie besitzt – für Ellie würde sie es in Kauf nehmen. Sie würde nicht zögern, die ganze Welt in Brand zu setzen, wenn sie dadurch ihre Tochter behalten könnte.

Ich zittere am ganzen Körper, so wütend, so entsetzt bin ich – und so schwer fällt es mir, nichts zu sagen, sondern mich weiter brav von Julian füttern zu lassen.

Sara will das Sorgerecht für ihre Tochter. Sosehr es auch wehtut, aber alles, was sie getan hat, hat sie für Ellie getan.

»Und dann auch noch den Verdacht auf Cooper zu lenken, indem sie den Autoschlüssel bei eurem letzten Treffen in seinen Mantel schmuggelt. Das war wirklich clever, so viel musst du ihr lassen.« Julian legt die Gabel beiseite und mustert mich eindringlich. »Sieh es ein, Robyn. Alle haben dich belogen, betrogen und dir etwas vorgemacht. Ich bin der Einzige, der immer ehrlich zu dir war. Der Einzige, der dich verdient hat und der alles für dich tun würde.« Mit dem Daumen streichelt er über mein Kinn. »Selbst jetzt noch, nachdem meine Frau hinter meinem Rücken mit diesem Dreckschwein gevögelt hat. Und das hast du doch, oder? Dabei gehörst du mir«, erinnert er mich lächelnd. »Du gehörst ganz allein mir.«

Ich zucke zusammen.

Einen Moment lang befürchte ich, dass er versuchen

wird, mich zu küssen, doch stattdessen hält er mir seine Hand hin. »Komm mit.«

»Wohin?«

Obwohl sich alles in mir dagegen sträubt, weiterhin in seiner Nähe zu sein und mich von ihm anfassen zu lassen, lege ich meine Hand in seine und lasse mir von ihm auf die Beine helfen. Kurz schwankt die Welt, und ich beiße die Zähne zusammen.

Alles, was mich von diesem Bett wegbringt, scheint mir in der aktuellen Situation sicherer zu sein, als hierzubleiben und darauf zu warten, was Julian als Nächstes in den Sinn kommen könnte. Bis er mehr wollen könnte, als mir Frühstück ans Bett zu bringen und mit mir über seine krankhaften Pläne zu plaudern.

Ich schlucke krampfhaft, doch der Brechreiz bleibt.

»Ich will dir das Haus zeigen«, erwidert er, als wäre es das Selbstverständlichste der Welt – und ich spiele sein Spiel weiterhin mit. »*Unser* Haus.«

31. KAPITEL

Unser Haus. Während ich diese Worte noch zu verarbeiten versuche, deutet Julian um sich, als würde er einem Kunden ein fertiges Projekt präsentieren.

»Das ist das Schlafzimmer, wie du sicher schon bemerkt hast. Hier werden wir viel Zeit verbringen.«

Ich presse die Lippen aufeinander, um jede Reaktion meinerseits zurückzuhalten. Doch gegen das grässliche Rumoren in meinem Magen komme ich nicht an. Er meint es wirklich ernst. Er denkt tatsächlich, ich werde hier mit ihm leben und … was? Glückliche Ehefrau spielen?

»Das ganze Haus ist mit dem neuesten Kunstharzboden und einer Fußbodenheizung ausgestattet. Alle Fenster sind dreifach verglast, um die Wärmeeffizienz zu erhöhen.«

Automatisch wandert mein Blick zur Fensterfront im Schlafzimmer. Sie ist hoch und breit und lässt dadurch viel Licht herein, so wie jetzt, wo Sonnenstrahlen über den glänzenden Boden wandern. Ein bisschen erinnert es mich an Julians Wohnung in San Francisco, nur dass wir meilenweit von der Stadt entfernt sein müssen. Denn statt Nachbarhäusern, Trubel und Straßenverkehr sehe ich dort draußen nur einen großen Garten, ein Waldstück und endloses

Nichts. Nicht das geringste Anzeichen von anderen Menschen. Wir sind allein.

Obwohl mir das Herz bis zum Hals schlägt, versuche ich, so viele Informationen aufzusaugen wie irgend möglich. Die kleinste Kleinigkeit könnte mir bei der Flucht helfen.

Wir befinden uns im ersten Stock. Da bin ich mir ziemlich sicher. Im Flur scheint es zwar eine Treppe zu geben, die nach unten führt, aber zur Not könnte ich auch springen. Zumindest, wenn sich direkt unter den Schlafzimmerfenstern kein Steinboden befindet, sondern getrimmtes Gras und gepflegte Büsche, wie es von hier aus wirkt.

»Auf dem Dach ist eine Solaranlage installiert, und auf der anderen Seite des Gartens, von hier aus nicht einsehbar, gibt es einen Brunnen. Wir können uns komplett selbst versorgen.«

Ich bin nicht mal überrascht. Julian achtet auf Nachhaltigkeit und Umweltschutz – nicht nur beruflich bei seinen Projekten, sondern auch privat. Die Ironie entgeht mir nicht. Meinem Entführer und gewalttätigen Ex-Freund sind Themen wie Klimaschutz, erneuerbare Energien, Natur- und Tierschutz wichtig. Wobei ihm Lucky nicht allzu wichtig gewesen sein kann, sonst hätte er den armen Hund nicht eingesperrt in seinem Atelier zurückgelassen.

Julians Finger schließen sich fester um meinen Oberarm, und er zerrt mich weiter. Nicht in den Flur hinaus, sondern ins angrenzende riesige Badezimmer. Ebenerdige Dusche mit extra viel Platz. Zwei Waschbecken. Toilette. Und …

»Eine frei stehende Badewanne.« Julian deutet auf das Monstrum in der Mitte des Raumes. »Genau so, wie du es dir immer gewünscht hast.«

»Das …«, bringe ich stockend hervor, »das ist toll. Kann es kaum erwarten, hier zu baden.«

Im Bad gibt es nur ein Fenster. Es ist gekippt. Auch wenn es nicht besonders groß ist, könnte ich es bestimmt öffnen und mich zur Not vielleicht hindurchquetschen. Ich brauche nur etwas Zeit.

Mein Blick fällt wieder auf die Wanne, und mir kommt eine Idee.

Ich sehe zu Julian hoch. »Ein Bad wäre jetzt wirklich traumhaft. Könntest du …?« Auch wenn sich Widerwille in mir regt, ihn um etwas zu bitten, tue ich es. Ich muss. Etwas anderes bleibt mir nicht übrig.

Die Falten auf seiner Stirn gefallen mir ganz und gar nicht. Automatisch verspannen sich meine Schultern, als wüsste mein Körper ganz instinktiv, dass Gefahr von diesem Mann ausgeht, wenn er verärgert ist.

»Jetzt? Wir sind noch nicht fertig mit der Führung.«

Ich beiße die Zähne zusammen und versuche, meine Chancen auszurechnen. Bis zum Fenster könnte ich es schaffen, aber es zu öffnen und hinauszuklettern, bevor Julian mich packen kann? Unmöglich. Er steht noch immer mitten im Raum. Wahrscheinlich wäre er mit zwei großen Schritten sogar schneller am Fenster als ich. Und um zur Tür zu gelangen, müsste ich an ihm vorbei.

Dieser verdammte Mistkerl.

Um keinen Verdacht aufkommen zu lassen, senke ich den Kopf und nicke möglichst gefügig. »Natürlich. Tut mir leid.«

Als sich unsere Blicke wieder treffen, lächelt er. »Braves Mädchen.«

Ich hasse ihn. Ich hasse ihn so sehr, wie ich nie zuvor

etwas oder jemanden gehasst habe. Und ich kann nichts tun. Es gibt keinen Ausweg.

»Komm.« Erneut hält er mir die Hand hin und sieht für einen Moment so sehr wie der alte Julian aus, wie der Mann, den ich geliebt habe, dass ich das Gefühl habe, plötzlich in eine Erinnerung gestolpert zu sein.

Allerdings ist es keine Erinnerung, sondern grausige Realität, als er mich den Flur entlangführt, in dem Fotos von uns hängen. Die Wände im Zimmer nebenan sind in einem zarten Hellblau gestrichen, kleine Wolken zieren eine Seite. Aber es ist das Babybett in der Mitte des Raumes, bei dessen Anblick sich alles in mir zusammenzieht. Auf einmal habe ich das Gefühl, den Boden unter den Füßen zu verlieren.

Das hier ist nicht mein Leben. Das ist nicht der Mann, den ich liebe. Das ist *nicht* meine Zukunft.

»Wir werden so glücklich sein«, raunt er hinter mir und schlingt die Arme um mich. Sein Atem streift meinen Nacken, und ein eisiger Schauder kriecht mir den Rücken hinunter. »Nur du, ich und viele kleine Babys. Hier wird uns niemand mehr stören.«

Atme, Robyn. Du musst verdammt noch mal atmen!

Ich kämpfe gegen meine Panik an und versuche gleichzeitig krampfhaft, ihn nichts davon merken zu lassen. Er darf nicht denken, dass er die Oberhand hat. Dass er mich gebrochen hat.

»Wie … Wie weit sind wir von der Stadt entfernt?«, wispere ich.

»Weit genug«, lautet seine vage und zugleich niederschmetternde Antwort. »Bisher habe ich es zwar noch nicht geschafft, ein Baby in dich zu pflanzen«, fährt er gnadenlos fort, »aber das wird sich schnell ändern.«

Mein Magen zieht sich schmerzhaft zusammen. Angst und Übelkeit peitschen durch mich hindurch. »Damals … als wir das Kondom vergessen haben und du nicht reagiert hast, als ich dich hinterher darauf angesprochen habe …«

Er hat es mit Absicht gemacht. Natürlich. Warum bin ich eigentlich noch so verdammt überrascht? Doch es ist eine Sache, jemandem das Schlimmste zu unterstellen, und eine völlig andere, diese Vermutungen bestätigt zu bekommen. Ein Teil von mir wünscht sich, dass all das nur in meinem Kopf stattfindet. Dass es nicht real ist. Denn alles wäre besser, als meine schlimmsten Ängste leibhaftig vor mir stehen zu haben. Oder in dem Fall hinter mir.

»Vergessen?«, wiederholt Julian ungläubig und lacht leise. »Oh, Süße. Ich habe dich ja für vieles gehalten, aber nicht für so naiv. Ich habe es nicht *vergessen*. Ich wusste die ganze Zeit genau, was ich tue.«

Ich kann nicht mehr. Ich kann diese Farce nicht länger aufrechterhalten. Aber vor allem kann ich nicht einfach so stehen bleiben und mich von ihm umarmen lassen, als wäre alles beim Alten. Als würde ich ihn noch immer lieben und nicht das Monster in ihm sehen, das er in Wahrheit ist. Als wäre ich damals nicht so verflucht erleichtert gewesen, als ich wenige Tage nach der Pille danach meine Periode bekommen habe und endgültig feststand, dass ich nicht schwanger bin.

Hektisch mache ich mich von ihm los und wirble zu ihm herum. Doch die zornigen Worte verblassen, ehe sie meinen Mund verlassen können, als ich seinen Gesichtsausdruck registriere. Das gefährliche Glitzern in seinen Augen. Er weiß genauso gut wie ich, dass wir beide ein Spiel spielen. Und er wartet nur darauf, dass ich einen Fehler mache oder aus der Rolle falle.

Irgendwie schaffe ich es, mir ein Lächeln abzuringen. »Zeigst du mir den Rest?«, frage ich, obwohl eine Haus-Tour das Letzte ist, was ich mir wünsche, aber mir bleibt keine andere Wahl.

Julian nickt zufrieden und führt mich die Treppe hinunter. Sie hat breite Stufen und ein Geländer, das handgeschnitzt aussieht. Er hat weder Kosten noch Mühen gescheut.

Im Erdgeschoss riecht es nach Beton, Farbe und Feuchtigkeit. Seltsam. Hier sieht es nicht fertig und heimelig aus wie oben. An den Wänden hängen keine Bilderrahmen. Sie scheinen nicht mal tapeziert oder gestrichen zu sein. Offensichtlich hat sich Julian nach dem Bau zunächst auf die Zimmer in der oberen Etage konzentriert. Der Rest scheint noch in Arbeit zu sein.

Aber Julian kann das alles nicht allein geschafft haben. Er muss Leute haben, die herkommen und ihm helfen. Das bedeutet, dass ich diese Leute um Hilfe bitten kann. Wenn ich ihnen erzähle, was passiert ist, müssen sie mir einfach helfen. Es sei denn ... Es sei denn, ich werde sie nie zu Gesicht bekommen, weil Julian mich einsperrt – oder weil er sie bereits großzügig dafür bezahlt hat, den Mund zu halten. Außerdem habe ich nicht die geringste Ahnung, wann die Arbeiter zurückkehren werden. Vielleicht hat er ihnen auch einen Monat freigegeben. Verdammt.

Julian scheint meine Gedanken zu erahnen. »Ich habe das Haus schon vor einer Ewigkeit geplant. Was meinst du, warum ich mir damals diese Dokumentation über Traumhäuser mit dir anschauen wollte? Ich habe mich sofort an die Arbeit gemacht und den Bau unter falschem Namen in Auftrag gegeben, damit du mir auf keinen Fall auf die Schliche kommst.« Ein vergnügtes Grinsen umspielt seine

Lippen. »Die ganzen langen Arbeitstage, die vielen Abende, an denen ich spät nach Hause gekommen bin … Es sollte eine Überraschung werden. Unser ganz persönliches Traumhaus. Nur für dich und mich. Weit weg vom Rest der Welt.«

»Das muss ein Vermögen gekostet haben«, bringe ich hervor, während mein Blick hektisch hin und her zuckt. Ich muss einen Ausweg finden. Ich muss. Denn wenn ich keinen finde …

»Mach dir keine Gedanken um das Geld. Du weißt doch, dass meine Eltern mir einiges vererbt haben. Es ist bereits alles finanziert.«

»Und die Arbeiter …?«

»Habe ich schwarz bezahlt. Du wärst überrascht, wie viel man über Betrug lernt, wenn man in dieser Branche arbeitet.« Er lacht kurz über seine eigene Aussage und bringt dann seinen Mund nahe an mein Ohr. »Eigentlich sollte schon alles fertig sein, wenn ich dich hierherbringe, aber jetzt pausieren die Arbeiten, bis ich mich wieder bei den zuständigen Handwerkern melde. In nächster Zeit wird uns also niemand stören.«

Damit bestätigt er meine schlimmsten Befürchtungen.

Ich wage es kaum zu atmen, doch Julian scheint keine Antwort von mir zu erwarten. Als Nächstes führt er mich in die Küche, die genauso unfertig ist wie der Rest des Erdgeschosses. Die Schränke sind zwar eingebaut, ebenso wurden alle elektrischen Installationen vorgenommen, aber die Schranktüren fehlen. Und die Herdplatte. Außerdem ist der Raum vollkommen leer. Kein Geschirr, keine Tassen – und auch keine Messer, Scheren oder andere scharfen Gegenstände. Klug von ihm. Allerdings habe ich mit nichts anderem gerechnet. Gehofft, ja, aber nicht damit gerechnet.

Julian ist nicht dumm. Wenn er es wäre, dann wäre ich heute nicht hier.

Er hat an alles gedacht. Dieser verdammte Mistkerl.

»Ich glaube, du verstehst noch immer nicht, wie sehr ich dich liebe«, sagt er unvermittelt und kommt näher. Rohes Verlangen lodert in seinen Augen auf.

Instinktiv weiche ich vor ihm zurück – und verfluche mich im selben Moment dafür. Das war ein Fehler.

Ohne Vorwarnung drängt er mich gegen die Wand neben der Tür. Sein großer Körper hüllt mich ein, droht mich zu zerquetschen, während sein Mund bei jeder einzelnen Silbe mein Ohr streift. »Ich habe alles für dich, *für uns*, geopfert und du hast dich noch nicht einmal dafür bedankt.« Er packt mich an den Oberarmen und drückt zu. Immer fester, bis ich vor Schmerz wimmere.

»Julian …« Panik tobt in mir. Meine Worte sind kaum ein Flüstern, obwohl ich schreien will. »Bitte … Wenn du mich wirklich liebst …«

»Ich habe noch nicht mal angefangen, dir zu zeigen, wie sehr ich dich liebe.« Er packt mein Kinn und hält es brutal fest. Seine Augen glänzen wie im Fieberwahn. »Wie sehr ich dich brauche, Robyn. Du bist alles für mich. Alles. Ohne dich kann ich nicht schlafen, nicht essen, nicht existieren. Ich brauche dich, verdammt noch mal.«

Es hat eine Zeit gegeben, da habe ich sein Lächeln geliebt. Jetzt hasse ich es. Und fürchte es.

Etwas Heißes läuft mir über die Wange. Erst als Julian es mir mit dem Daumen wegwischt, wird mir klar, dass es Tränen sind.

»Bitte …«, flüstere ich und hasse mich im selben Atemzug dafür, ihn anzuflehen, wenn ich ihn doch anschreien sollte. Aber ich kann nicht. Ich bin wie gelähmt, habe keine Kraft mehr und zu viel Angst davor, was er tun wird. Zu was er noch alles fähig ist.

»Schhh«, macht er und streift mit seinen feuchten Lippen über meine. Ich will den Kopf wegdrehen, zwinge mich aber dazu, stillzuhalten. Ihn nicht aufzuregen. »Alles wird gut. Du wirst sehen.«

Er löst die Hände von meinen Oberarmen und lässt sie über meine Seiten wandern, an meiner Taille hinab und wieder hinauf. Seine Finger schließen sich um meine linke Brust und kneten sie fest. Ich beiße mir auf die Zunge, damit kein Schmerzenslaut über meine Lippen kommt.

»Warum … Warum zeigst du mir nicht weiter das Haus?«, stoße ich hervor. »Ich … Ich will es sehen.«

Das lässt ihn innehalten. Misstrauen und Freude liefern sich einen Kampf in seinem Gesicht, als er meinen Blick sucht. »Wirklich?«

Ich nicke sofort. »Wirklich.«

Er überlegt einen Moment, dann lässt er von mir ab.

Vor Erleichterung geben fast meine Knie unter mir nach. Mir bleibt keine Zeit, darüber nachzudenken, was da gerade beinahe passiert wäre, denn Julian zieht mich schon weiter. Zurück in den Flur und durch die Verbindungstür in die Garage. Hier ist der Betongeruch am stärksten, und ich erkenne auch, warum: Ein Betonmischer, eine Schubkarre und mehrere Säcke Zement stehen auf der einen Seite. Der Boden wirkt erdig und uneben, und es gibt keine Fenster. Der Platz ist gerade mal für ein Auto ausreichend. Nicht für zwei.

»Was ist mit mir?«, höre ich mich fragen, nur um ihn weiter hinzuhalten, bis mir eine Lösung, ein Ausweg eingefallen ist. »Wir sind nicht mehr in der Stadt. Brauche ich kein Auto?«

»Nein. Nachdem du jetzt diesen grässlichen Redaktionsjob losgeworden bist, wirst du schön hierbleiben und dich um unsere Kinder kümmern.«

Unsere Kinder. Allein bei der Vorstellung sträubt sich alles in mir so sehr, dass ich zittere.

»Das ist verrückt.« Ich wollte den Gedanken nicht laut aussprechen, doch die Worte kommen mir über die Lippen, bevor ich sie zurückhalten kann.

»Im Gegenteil, meine Liebe.« Julian lächelt entschlossen, zieht mich zurück und knallt die Tür zur Garage hinter uns zu. »Ich weiß nur sehr genau, was ich will. Und was mir gehört.«

Als Nächstes folgt das Wohnzimmer. Eine große Eckcouch nimmt den größten Teil des Raumes ein, doch sie ist noch unter einer Plastikplane verborgen. Es gibt einen Kamin, aber keine Kamingarnitur. Keinen Besen und kein Kehrblech, keine Zange und vor allem keinen Schürhaken, den ich als Waffe benutzen könnte. Wahrscheinlich liegt das Werkzeug irgendwo eingepackt herum, denn der Kamin sieht völlig unbenutzt aus. Dafür bemerke ich die sorgsam aufgetürmten Holzscheite gleich daneben. Sie reichen vom Boden bis zum Kaminsims. Die einzige Waffe, die Julian nicht weggeräumt hat. Vermutlich, weil er keine Gefahr darin sieht, doch für mich ist es eine Chance. Womöglich sogar meine einzige.

Ich versuche, mich näher an den Kamin heranzuschieben, doch Julian zieht mich in die entgegengesetzte Richtung. Zu einem Weinregal an der Wand, das mir bisher nicht aufgefallen ist. Ich weiß, um welche Flasche es sich handelt, noch bevor Julian sie herauszieht.

»Du warst noch mal in der Wohnung«, stelle ich unnötigerweise fest.

»Aber natürlich. Nicht nur einmal. Ich war die ganze Zeit in deiner Nähe.«

Also ist es doch keine Einbildung gewesen. Ich habe etwas gehört, und meine Tasche stand plötzlich auf der Kommode, obwohl ich sicher war, sie nicht dorthin gestellt zu haben.

»Außerdem musste ich dafür sorgen, dass in unserem neuen Zuhause alles perfekt ist. Und dazu gehört natürlich auch dein Lieblingswein.«

Mein Blick zuckt zurück zum Kamin. Ich muss näher an die Scheite rankommen. Mein Puls rast, aber ich gebe mir alle Mühe, mir nichts von meinem Vorhaben anmerken zu lassen.

»Was noch?«, frage ich, um ihn dazu zu bringen weiterzureden, sich weiter selbst zu beweihräuchern. Er muss abgelenkt sein, damit mein Plan funktioniert. »Dieses Wohnzimmer … haben wir darüber gesprochen? Was hast du dir überlegt, damit es perfekt wird?«

So etwas wie Genugtuung leuchtet in seinen Augen auf, aber da ist auch noch ein Funken Misstrauen. Julian ist nicht dumm, und er kennt mich gut, doch sein Stolz scheint die Oberhand zu gewinnen.

»Diese beiden Türen führen auf die Terrasse und in den Garten hinter dem Haus hinaus.« Er deutet in die entsprechende Richtung, und ich drehe mich mit ihm, sodass ich mit dem Rücken zum Kamin stehe.

Während Julian über die Verglasung und Größe der Terrassentüren spricht, damit der Lichteinfall tagsüber perfekt ist, mache ich langsam einen Schritt zurück. Dann noch einen. Ich bleibe in seinem Augenwinkel, entferne mich aber Stück für Stück von ihm, bis ich direkt vor dem Kamin stehe.

Hinter mir spüre ich die raue, unregelmäßige Rinde eines Holzscheits. Nur noch ein bisschen ... Nur noch ein kleines bisschen ... Ich ertaste die Kanten, schließe die zitternden Finger um die Waffe und grabe die Fingernägel ins Holz, damit es mir nicht entgleitet.

Mein Puls rast. Schweißperlen treten mir auf die Stirn und rinnen mir den Rücken hinunter, während meine Muskeln vor lauter Anspannung beben. Ich halte die Luft an. Wappne mich innerlich.

Als sich Julian zu mir umdreht, fällt ihm auf, dass ich unbemerkt vor ihm zurückgewichen bin. Er runzelt die Stirn auf eine Art, die ich kenne. Sie bedeutet Ärger. Diesmal warte ich jedoch nicht darauf. In dem Moment, in dem er vor mir stehen bleibt, hole ich aus – und schlage zu.

Der Holzscheit rast auf ihn zu und knallt gegen seine Brust. Zu tief, obwohl er sich krümmt und vor Überraschung scharf ausatmet. Ich wollte sein Gesicht treffen, aber ich hatte keine Zeit, mich vorzubereiten und richtig zu zielen. Ich lasse das Holz fallen und stürze aus dem Wohnzimmer.

Hinter mir höre ich Julian fluchen.

Ich ignoriere es. Renne zur Haustür und zerre daran. Nichts. Sie bewegt sich nicht. Warum geht sie nicht auf, verdammt?

»Ach, Robyn«, ertönt Julians Stimme aus dem Wohnzimmer. »Dachtest du wirklich, ich würde die Haustür offen lassen?«

Entsetzt löse ich die Hände vom Türgriff. Ich habe wertvolle Sekunden verschwendet. Panisch sehe ich mich um. Entdecke die Treppe. Sprinte darauf zu.

»Du kannst nicht vor mir weglaufen, Robyn!«, ruft er und klingt dabei erschreckend gelassen, beinahe so, als hätte er

Spaß an der Verfolgungsjagd, während ich immer zwei Stufen auf einmal nehme. »Wir werden für den Rest unseres Lebens zusammen sein.«

Diesmal kann ich den kalten Schauder nicht unterdrücken. Er kriecht mein Rückgrat hinab und lässt mich erzittern, als ich mich gegen die nächste Wand drücke. Vor Angst. Vor Wut. Vor Machtlosigkeit.

Julian hat mein Handy. Ich kann niemanden anrufen. Sara hat mich ausgeliefert und verkauft. Meine Eltern sind viel zu weit weg. Von ihnen kann ich keine Hilfe erwarten. Cooper wurde von der Polizei festgenommen. Andere Freunde oder Arbeitskollegen habe ich nicht mehr, dafür hat Julian gesorgt.

Niemand kann mir helfen. Ich bin ganz allein.

Allein mit *ihm*.

32. KAPITEL

In der oberen Etage laufe ich sofort ins Schlafzimmer. Es gibt keinen Grund zu schleichen, Julian hat mich auf der Treppe gehört. Ich stürze auf die großen Fenster zu. Ich muss hier raus. Wir sind nur ein Stockwerk hoch, ich muss springen. Im Moment ist selbst die Aussicht auf ein paar Knochenbrüche angenehmer als die Vorstellung, für immer hier gefangen zu sein.

Hektisch probiere ich es beim ersten Fenster und rüttle am Griff. Dann beim zweiten. Beim dritten. Vierten. Nichts. Keines geht auf. Sie sind alle verriegelt, und in diesem verdammten Zimmer ist nichts, womit ich die Scheiben einschlagen kann.

Die Verzweiflung schnürt mir die Kehle zu. Treibt mir Tränen in die Augen. Trübt meinen Verstand. Nein, verdammt! Ich gebe nicht einfach auf. Wenn ich aufgebe, könnte ich genauso gut sterben.

Ein Knarren hinter mir.

Ich erstarre.

Ich wirble auf dem Absatz herum, doch da ist nichts. Niemand steht hinter mir. Ein letztes Mal kämpfe ich mit den Fenstern, dann lasse ich es sein. Aber da ist noch das im

Bad. Wieso habe ich nicht schon früher daran gedacht? Es war vorhin gekippt, also muss es sich von innen öffnen lassen.

Doch gerade als ich einen Schritt Richtung Bad mache, höre ich es wieder knarren. Diesmal lauter. Näher.

Julian. Er spielt mit mir.

Bevor mir klar wird, was ich tue, hechte ich auf die andere Tür im Schlafzimmer zu und ziehe sie so leise wie möglich hinter mir zu. Es ist dunkel. Nur durch die Ritze unter der Tür dringt ein winziges bisschen Licht herein. Nicht genug, um viel zu erkennen, aber der Raum scheint nicht besonders groß zu sein. Ich ertaste Regale. Stoff streift meine Schulter, und als ich mich umdrehe, klappern ein paar Kleiderbügel. Bei dem Geräusch erstarre ich.

Mein Herz rast. Schweißperlen bilden sich auf meiner Oberlippe.

Hat er mich gehört? Ist er hier oben? Oder wartet er unten auf mich, weil er ganz genau weiß, dass es keinen Ausweg gibt?

Ein weiteres leises Knarren dringt an mein Ohr. Gedämpfte Schritte. Sie nähern sich dem Schlafzimmer. Kommen in meine Richtung.

Oh Gott. Er ist hier.

Ich presse mir die Hände auf den Mund, um jeden Laut zu unterdrücken. Ich wage es nicht mal zu atmen. Tränen laufen mir über die Wangen, aber ich versuche, ruhig zu bleiben. Ich muss mich zusammenreißen, sonst wird er mich finden.

Sekunden vergehen, dann Minuten. Ich muss atmen und tue das so flach und leise wie möglich.

Die Schritte werden leiser, scheinen sich zu entfernen. Sieht er im Bad nach? Doch dann sind sie plötzlich wieder lauter und viel zu nahe. Ein Schatten geht an der Tür zum Kleiderschrank vorbei. Er hält inne.

»Robyn«, ruft er leise. Ein amüsierter Ton schwingt in seiner Stimme mit. »Ich weiß, dass du hier bist. Du kannst dich nicht verstecken. Nicht vor mir. Ich kenne dich besser als jeder andere, schon vergessen? Wir gehören zusammen.«

Ich wage es nicht, mich auch nur einen Millimeter zu bewegen, obwohl ich mich gegen die Wand drücken und mich zwischen den aufgehängten Kleidungsstücken verstecken will. Aber eine falsche Bewegung und er könnte mich hören.

Ich zähle meine Herzschläge, während ich auf die Tür starre. Eins. Zwei. Drei. Vier.

Bei dreißig höre ich auf. Nichts ist passiert. Ist er noch da und wartet, dass ich rauskomme? Oder ist er längst gegangen? Je länger ich in der Dunkelheit stehe, desto unsicherer werde ich.

Noch immer ist kein Geräusch zu hören. Im Haus ist es totenstill. Je länger ich im Schrank bin, desto wärmer und stickiger wird es. Mein Shirt klebt an meinem Rücken, trotzdem kann ich nicht aufhören zu zittern. Ich lausche in die Dunkelheit, versuche irgendetwas zu hören, ein Geräusch, das mir verrät, wo er sich befindet und ob es sicher ist, das Ankleidezimmer zu verlassen.

Da. Ein Geräusch. Ganz leise nur, aber es könnte aus dem Erdgeschoss gekommen sein.

Mit hämmerndem Herzen nähere ich mich der Tür und drücke mein Ohr dagegen. Ich muss hier raus und einen Fluchtweg finden. Sofort.

Langsam, ganz langsam schiebe ich die Tür auf. Erst nur einen Spalt, um mich an die Helligkeit im Schlafzimmer zu gewöhnen und sicherzugehen, dass er sich nicht doch hier oben aufhält. Aber der Raum ist leer.

Schnell drücke ich die Tür ganz auf und schleiche durch das Schlafzimmer Richtung Bad. Ganz leise. Falls er im Flur ist, darf er mich nicht hören, darf nicht wissen, dass ich hier bin.

Ich habe es fast geschafft. Von hier aus kann ich das gekippte Fenster bereits sehen und beschleunige meine Schritte.

Ein Knarren hinter mir. Plötzlich schießt eine Hand aus dem Nichts hervor und packt meinen Arm. Finger schließen sich um meine Haare und reißen mich brutal zurück. Glühender Schmerz schießt durch meine Kopfhaut und meinen Nacken und blendet mich für einen Moment. Ich schreie auf, verliere das Gleichgewicht und stolpere. Der Türrahmen kommt auf mich zu, aber in letzter Sekunde bewahrt mich Julian vor dem Sturz. Ich knalle nicht gegen das Holz. Nicht wie damals, wie in jener Nacht.

»Vorsicht«, knurrt er und zieht mich ruckartig zurück an seine Brust. Sein schwerer Atem streift meinen Hals. Seine Finger gleiten über meine Taille. »Du willst dir doch nicht wieder wehtun, Süße.«

Jeder Muskel in meinem Körper spannt sich an, als sich die Erinnerung an jene Nacht wie ein grotesker Film in meinem Bewusstsein abspielt. Der Streit mit Julian. Wie er mich gepackt und gewürgt hat. Wie ich es einfach nicht wahrhaben und dem Lieferanten die Tür öffnen wollte. Vielleicht hatte ich damals schon vor zu fliehen, ohne mir dessen bewusst zu sein. Und dann …

Der Flur. Seine Hände. Die Kommode. Der Schmerz.

»Keine Sorge.« Seine Lippen gleiten über meinen Hals, doch meine Gänsehaut hat nichts mit Erregung zu tun, nur mit Abneigung und Ekel. »Ich lasse nicht zu, dass du dir noch mal wehtust. Ich passe auf dich auf. Ich beschütze dich.«

Ich will nicht beschützt werden. Und ich will erst recht keine Gefangene an diesem Ort sein, in diesem Haus, das einmal unser gemeinsamer Traum war. Ein Traum, der sich in einen Albtraum verwandelt hat.

Ich wehre mich gegen seinen Griff, versuche ihn zu treten, aber er schlingt jetzt auch den zweiten Arm fest um mich und hebt mich hoch.

»Lass mich los! Lass mich verdammt noch mal los!«

Denkt Julian wirklich, er könnte mir dasselbe noch mal antun? Glaubt er allen Ernstes, ich würde zu ihm zurückkehren und einfach so weitermachen wie zuvor? Nach allem, was er getan hat?

Nein, verdammt. Ich bin nicht mehr die Frau von damals. Die Frau, die sich für ihn verbogen, die sich angepasst und alles dafür getan hat, damit diese Beziehung funktioniert. Die sogar sich selbst und ihre eigenen Wünsche und Gefühle ignoriert hat. Ich bin nicht mehr die Frau, die Julian so lange manipuliert und bearbeitet hat, bis sie völlig am Boden war.

Auch wenn ich es lange Zeit geglaubt habe – er hat mich nicht zerstört. Nicht endgültig. Das hat er nicht geschafft. Und ich lasse nicht zu, dass er je wieder eine Gelegenheit dazu bekommt.

Vor dem Bett setzt er mich ab und zieht mich so fest an seine Brust, dass ich mich nicht mehr bewegen kann.

»Wie kannst du überhaupt noch am Leben sein?«, zische ich. »Die Polizei hat dein Auto gefunden. Und die Leiche im Meer …«

»War nicht meine«, beendet er meinen Satz. »Offensichtlich.«

»Aber die Beschreibung passt auf dich. Und er hatte deine Uhr bei sich. Die Rolex von deinem Vater!«

Julian schnalzt mit der Zunge. »Hast du es immer noch nicht kapiert? Als angehende Journalistin hätte ich dich wirklich für klüger gehalten, Süße.«

Ich beiße die Zähne zusammen. Es ist nicht so, dass ich es nicht begriffen habe, sondern vielmehr, dass ich es nicht begreifen *will*. Denn das würde bedeuten, mir einzugestehen, dass ich zweieinhalb Jahre lang mit einem Psychopathen zusammen war. Einem Psychopathen, der seinen eigenen Tod vorgetäuscht, mich entführt und hierher verschleppt hat.

»Ich hatte alles so schön geplant. Es sollte die perfekte Überraschung werden, aber dann kam es zu diesem unglücklichen Vorfall und –«

»Die Nacht, in der du mich halb erwürgt und gegen die Kommode gestoßen hast, nennst du einen *unglücklichen Vorfall*?«

Er dreht mich um, ohne mich loszulassen, und tut meinen Vorwurf mit einem Schulterzucken ab. »Das war nicht geplant. Daran ist nur dieser Wichser Cooper schuld. Du weißt, wie sehr ich dich liebe. Ich würde dir nie wehtun.«

Ich kann ihn nur anstarren. Anstarren und an seinem Verstand zweifeln. Welcher normale Mensch bezeichnet es als Liebe, wenn man seine Partnerin so behandelt? Wenn man sie *verletzt*, gottverdammt noch mal.

Was auch immer Julian glaubt, für mich zu empfinden, ist keine Liebe. Man zerstört nicht die Menschen, die man liebt.

»Gleichzeitig war dein ach so guter Freund Cooper auch der perfekte Anlass, um meinen Plan durchzuziehen und den Verdacht dabei auf ihn zu lenken. Er ist zu meinem Atelier gekommen und war außer sich vor Wut, weil ich dir immer noch geschrieben und dich angerufen habe. Ein Wort von mir, eine winzige Andeutung, dass wir uns wieder versöhnen könnten, und er hat sich sofort auf mich gestürzt. Danach bin ich wie so oft abends zur Golden Gate Bridge gefahren, aber diesmal habe ich mich dort auf die Lauer gelegt.«

Oh Gott. Mir gefällt nicht, in welche Richtung das geht. Überhaupt nicht. Aber ich muss die Wahrheit erfahren.

»Und dann … was?«

Ein unnatürliches Funkeln tritt in seine Augen. »Dann habe ich jemanden gefunden, der von der Brücke springen wollte. Das passiert öfter, als du denkst, öfter als deine Kollegen von der Presse das der Öffentlichkeit berichten. Ich habe schon ein paarmal beobachtet, wie jemand gesprungen ist, aber diesmal bin ich hingegangen.«

Ich blinzle. Die Rolex. Detective Vicario hat nicht gesagt, dass der Mann, den sie im Meer gefunden haben, sie am Handgelenk trug. Sie hat nur erwähnt, dass er eine Armbanduhr bei sich hatte.

»Du hast ihm deine Uhr untergeschmuggelt.«

Es ist mehr eine Feststellung als eine Frage, dennoch nickt Julian zufrieden.

Ich weiß nicht, warum mich das noch schockt, aber das tut es. Der Mann, mit dem ich zweieinhalb Jahre lang mein Leben und mein Bett geteilt habe, trifft auf jemanden, der in den Tod springen will – und er lässt es zu. Schlimmer noch: Er benutzt ihn, um seinen eigenen Tod vorzutäuschen. Ohne Anzeichen von Reue oder Schuldgefühlen.

Ich habe das Gefühl, einem Fremden gegenüberzustehen. Wer *ist* dieser Kerl?! Und wie kann er nach allem, was passiert ist und was er getan hat, morgens überhaupt noch in den Spiegel schauen? Ich begreife einfach nicht, wie ich mich so in ihm getäuscht haben kann. Wie kann ich all die Zeit nicht gesehen haben, wer er wirklich ist?

Es dauert mehrere Sekunden, bis ich die Sprache wiederfinde. »Und dann dachtest du dir: Hey, das ist die perfekte Gelegenheit, um meinen eigenen Tod vorzutäuschen? Ich habe heute ja sowieso nichts Wichtiges mehr vor?«

Mein bissiger Kommentar prallt genauso an ihm ab wie der Suizid dieses verzweifelten Mannes. Ein Suizid, den man vielleicht hätte verhindern können, aber Julian hat nur danebengestanden und ihn springen lassen. Wahrscheinlich hat er auch noch in aller Seelenruhe dabei zugeschaut, um sicherzugehen, dass er es tatsächlich durchzieht.

Gott, allein die Vorstellung macht mich krank.

»Ich verzeihe dir das mit dem Holzscheit«, murmelt er unvermittelt und hebt die Hand, um mir ein paar Haarsträhnen hinters Ohr zu streichen. »Du bist verwirrt. Das verstehe ich. Das ist alles noch neu für dich. Aber keine Sorge, du wirst dich an unser gemeinsames Leben gewöhnen.« Mit jedem Wort senkt er die Stimme, bis sie nur noch ein gefährliches Raunen ist. »Und du wirst endlich akzeptieren, wem du gehörst.«

Ich reiße mich von ihm los. Stolpere zurück. »Ich gehöre dir nicht, du Bastard!«

Ohne Vorwarnung macht Julian einen Satz nach vorne. Ich will instinktiv ausweichen, vor ihm fliehen, komme aber nicht weit. Er packt mich an den Armen und reißt mich brutal an sich. »Dabei hast du doch selbst gesagt, dass du mir gehörst. Weißt du nicht mehr? Wie viel Spaß wir zusammen im Bett hatten? Wie sehr es dir gefallen hat?« Seine Hände gleiten über meine Hüfte.

Ich zucke zurück, aber er lacht nur.

»Spiel jetzt nicht die Unnahbare. Ich weiß doch, wie du es magst.« Er schiebt die Finger in mein Haar und zerrt meinen Kopf zurück. Zwingt mich dazu, ihn anzusehen. »Mit langen Haaren mochte ich dich zwar lieber, aber das hier geht natürlich auch.«

Ich starre ihn mit einer Mischung aus Angst und zitternder Wut an. »Fahr zur Hölle.«

Er grinst dreckig. »Ach, Süße ... Da war ich doch längst. Die letzten Wochen ohne dich waren die Hölle auf Erden, das kannst du mir glauben.« Er reißt so fest an meinen Haaren, dass ein brennender Schmerz durch meine Kopfhaut schießt und mir Tränen in die Augen treibt. »Aber jetzt sind wir endlich wiedervereint.« Seine Lippen schweben über meinen.

Ich will den Kopf zur Seite drehen, will ihm ausweichen oder ihn von mir stoßen, aber ich kann nicht. Im nächsten Moment presst er seinen Mund auf meinen.

Schock hallt in mir wider. Schock darüber, wie vertraut es sich anfühlt, von ihm geküsst zu werden. Doch statt Liebe und Erregung ist da nur noch Abscheu. Angst. Wut und Hass auf diesen Mann.

Ohne nachzudenken, bohre ich die Zähne so fest in seine Unterlippe, bis ich etwas Metallisches schmecke.

Julian macht sich mit einem Schmerzenslaut von mir los. Reflexartig holt er aus, doch seine Hand verharrt in der

Luft, nur wenige Zentimeter von meinem Gesicht entfernt. Stattdessen wischt er sich schwer atmend das Blut von der Lippe.

»Ich wusste ja, dass du es etwas härter magst, aber so hart? Das ist neu.« Zu meinem Entsetzen verziehen sich seine Lippen zu einem breiten Grinsen. Seine Zähne sind rot gefärbt. »Das merke ich mir für die Zukunft.«

Bevor ich die Flucht ergreifen kann, legt er die Hand erneut an mein Gesicht – und etwas brennt in mir durch. Ich denke nicht nach, verschwende keine Sekunde – und beiße zu.

Julian schreit vor Schmerz auf. Ich ramme meinen Ellbogen in seine Rippen und schaffe es, mich zu befreien. Mit aller Kraft stoße ich ihn zur Seite, renne durch das Schlafzimmer zurück in den Flur und die Treppe hinunter.

Ich blicke mich um. Drehe mich im Kreis. Die Brust wird mir eng und das Atmen fällt mir schwer, obwohl ich hektisch nach Luft schnappe. Verdammt, ich darf jetzt keine Panikattacke bekommen.

Denk nach, Robyn! Denk verflucht noch mal nach!

Es gibt keine Lösung und auch keinen Ausweg. Julian hat alles von langer Hand geplant. Er kennt dieses Haus besser als ich und hat an jedes Detail gedacht. Alle Fenster und Türen nach draußen sind verriegelt.

Es. Gibt. Keinen. Ausweg.

Mein Blick zuckt hoffnungslos zur Tür, die ins Wohnzimmer führt. Und auf einmal weiß ich genau, was ich zu tun habe.

33. KAPITEL

»Wo hast du dich versteckt, Süße?« Er klingt beinahe wie früher. Ganz wie der alte, charmante Julian, der mich so leicht um den kleinen Finger gewickelt hat, dass es geradezu absurd war.

Mit angehaltenem Atem drücke ich mich neben die Tür an die Wand und warte. Ich kann ihn im Flur hören. Diesmal gibt sich Julian keine Mühe, leise zu sein. Er will, dass ich weiß, wo er ist.

Mein Puls rast. Mein Herz trommelt so schnell in meiner Brust, und ich zittere so stark, dass ich Angst habe, mich dadurch zu verraten. Sogar meine Zähne klappern, verdammt.

»Wartest du etwa wie eine brave kleine Ehefrau hier auf mich?« Julian betritt das Wohnzimmer.

Er dreht den Kopf im selben Moment herum, in dem ich aushole. Schützend reißt er die Arme hoch, aber er ist zu langsam. Die Weinflasche trifft ihn seitlich am Kopf. Die Wucht des Aufpralls hallt in meinem Arm nach, aber die Flasche geht nicht kaputt – und Julian auch nicht zu Boden. Er stolpert zurück und starrt mich einen Sekundenbruchteil fassungslos an, dann stürzt er sich auf mich.

Ich habe keine Zeit nachzudenken, kann nur reagieren und hole ein zweites Mal aus, um mit aller Kraft zuzuschlagen. Doch diesen Angriff blockt er mit dem Unterarm ab. Unvermittelt packt er mich so fest, dass ich die Flasche fallen lasse. Ein hässliches Splittern. Glasscherben fliegen in alle Richtungen, blutroter Wein breitet sich auf dem teuren Kunstharzboden aus.

»Du Miststück!«, brüllt er. Blut fließt seitlich an seinem Gesicht herab.

Ich registriere noch, wie er ausholt – und dann sehe ich gar nichts mehr.

Meine Hände und Knie schrammen über den Boden, bevor Schock und Schmerz zu mir durchdringen. Meine Wange und mein Mund brennen höllisch. Ich schmecke Blut. Julian steht mit erhobener Hand über mir. Der Siegelring an seinem Finger glänzt im Sonnenlicht. Sein Brustkorb hebt und senkt sich hektisch.

Reflexartig weiche ich vor ihm zurück. Mein ganzer Körper ist auf Flucht eingestellt, bevor mein Verstand verarbeitet hat, was gerade passiert ist.

Er hat mich geschlagen. Diesmal hat er mich wirklich geschlagen.

Etwas Feuchtes dringt in meine Kleidung, und eine Scherbe bohrt sich in meine linke Hand. Da ist kein Schmerz, nur brennende Hitze. Ich zucke zurück, als sich Julians Finger um meinen Hals schließen und zudrücken. Röchelnd versuche ich, seine Hände von meinem Hals zu ziehen, aber es klappt nicht. Ich kriege keine Luft mehr. Weiße Punkte tauchen vor meinen Augen auf. Ich japse. Schlage gegen seine Arme. Versuche ihn zu treten, aber meine Knie schaben nur über den Boden.

»Julian …«

Nichts. Er lässt nicht los. Er lässt einfach nicht los.

»Du gehörst mir«, knurrt er und schüttelt mich. »Wann wird dir das endlich klar? Du wirst immer nur mir gehören.«

Panik breitet sich in mir aus. Droht mich zu lähmen.

Er wird nicht aufhören. Diesmal nicht.

Kraftlos fällt meine Hand herab. Da ist etwas Kaltes, Feuchtes unter meinen Fingern. Der Wein auf dem Boden. Die Flasche …

Mit zitternden Händen taste ich danach, während der Druck um meinen Hals zunimmt und mein Sichtfeld immer kleiner wird. Ein kurzer Schmerz zuckt durch meine Hand, als ich etwas Hartes, Scharfes ertaste und danach greife. Es klirrt leise. Der Flaschenhals rutscht mir aus der Hand. Ich packe ihn erneut, fester diesmal – und stoße mit dem zerbrochenen Ende zu.

Glas bohrt sich durch Julians Hemd in sein Fleisch. Wieder und wieder, bis sein Griff um meinen Hals endlich nachlässt.

Keuchend schnappe ich nach Luft. Lasse die Flasche los. Weiche auf allen vieren vor ihm zurück.

Julian starrt mich aus weit aufgerissenen Augen an. Die zerbrochene Flasche steckt noch immer in seinem Bauch. Rundherum beginnt sich sein Hemd dunkelrot zu verfärben. Er schwankt, fällt gegen die Wand neben der Tür und rutscht daran zu Boden.

»Ro… Robyn …« Er streckt die Hand nach mir aus. Zum ersten Mal in seinem Leben braucht Julian wirklich jemanden.

Und ich … ich helfe ihm nicht. Ich rücke von ihm ab und schiebe mich nach hinten, bis ich mit dem Rücken neben dem Weinregal gegen die gegenüberliegende Wand stoße. Ich kann nicht wegsehen. Ich schaue dabei zu, wie Blut aus seiner Wunde sickert und sich mit meinem Lieblingswein auf dem glänzenden Boden vermischt. Ich schaue dabei zu, wie sämtliche Farbe aus Julians Gesicht weicht, wie seine Bewegungen immer langsamer und seine Worte ein einziges Gurgeln werden.

Ich sehe dabei zu, wie er gegen das Ende ankämpft, ohne auch nur einen Finger zu rühren, um ihm zu helfen. Ich sehe zu, wie der Mann, der mich besitzen und zerstören wollte, vor meinen Augen stirbt.

34. KAPITEL

Ich weiß nicht, wie viel Zeit vergeht, bis ich mich wieder bewegen kann. Ich versuche aufzustehen und mich an der Wand hochzudrücken, aber meine Knie beben so stark, dass ich wieder zurückfalle. Beim zweiten Versuch funktioniert es. Ich stehe, auch wenn sich meine Gliedmaßen seltsam taub anfühlen. Alles an mir fühlt sich taub an. Vielleicht sollte ich Erleichterung empfinden, oder Schuldgefühle, aber da ist nichts.

Zögernd nähere ich mich ihm. Julian liegt noch immer reglos auf dem Rücken. Mit weit aufgerissenen Augen. Dennoch rechne ich damit, dass er jeden Moment wieder anfängt zu atmen. Dass er mich packt, als ich mein Handy aus seiner Hosentasche ziehe und es ihm abnehme. Dass das hier nur ein weiteres seiner kranken Spielchen ist.

Aber er atmet nicht mehr und bewegt sich auch nicht plötzlich. Als ich mich über ihn beuge, starrt er mich nur aus diesen leeren, kalten Augen an, während seine Haut eine seltsam fahle, wächserne Farbe annimmt.

Erst jetzt wird mir bewusst, was ich getan habe.

Ich habe ihn sterben lassen.

Nein.

Ich habe ihn getötet.

Mit dem Telefon in der Hand stolpere ich zurück, bis ich wieder die Wand hinter mir spüre. Ich muss etwas tun. Muss Hilfe holen oder die Polizei rufen oder … keine Ahnung. Nichts in meinem Leben hat mich auf diese Situation vorbereitet. Nichts hat mich darauf vorbereitet, dass mein Ex-Freund mir das Leben zur Hölle machen und mich entführen würde. Nichts hat mich darauf vorbereitet, eine Mörderin zu sein.

Bevor mir klar wird, was ich tue, rufe ich die einzige Nummer an, die ich in einer Situation wie dieser wählen kann.

»Geh ran. Geh ran!«, flüstere ich immer wieder und kralle die Finger in mein Haar.

Doch während es klingelt, sickert nach und nach in mein Bewusstsein, was geschehen ist. An jenem Morgen, als die Polizei an Coopers Wohnungstür gehämmert hat. Als die Welt noch halbwegs in Ordnung war.

Sie haben Cooper festgenommen, weil sie denken, er hat etwas mit Julians Verschwinden zu tun. Weil sie denken, er hätte ihn getötet. Dabei liegt er hier. Und seine Mörderin steht direkt neben ihm.

Selbst wenn er wollte, könnte Cooper meinen Anruf nicht entgegennehmen, solange er auf dem Revier ist. Oder bereits im Gefängnis.

Ein hysterisches Lachen kitzelt in meiner Kehle, und diesmal kann ich es nicht zurückhalten. Es hallt von den Wänden wider und klingt so irre, wie ich mich fühle. Aber da ist auch ein Schluchzen, das sich mit dem Lachen vermischt, bis nur noch das Schluchzen zu hören ist.

Meine Knie geben unter mir nach, und ich sinke zu Boden.

»Komm schon!« Ich versuche es erneut, aller Unwahrscheinlichkeit, dass er tatsächlich drangehen wird, zum Trotz, und drücke mir das Handy fester gegen das Ohr. Mit der freien Hand fahre ich mir über das tränennasse Gesicht. »Bitte!« Meine Stimme ist nur noch ein gebrochenes Flüstern. »Bitte hilf mir …«

35. KAPITEL

Zeit ist etwas Seltsames. In den schönsten Momenten vergeht sie schneller als ein Wimpernschlag – und in den schlimmsten Augenblicken dehnt sie sich bis in die Unendlichkeit aus. Das hier ist kein schöner Moment. Jede Minute und jede einzelne Sekunde ziehen sich zäh dahin.

Meine größte Angst, dass ich Julian etwas angetan haben könnte, hat sich letzten Endes doch noch bewahrheitet. Ich starre auf die Zeitanzeige auf meinem Handy und auf das leuchtende GPS-Symbol, dann auf das Blut, das inzwischen nur noch langsam aus Julians Körper sickert. Es vermischt sich mit dem Wein, bis das eine nicht mehr vom anderen zu unterscheiden ist. Ein widerlich süßlicher Gestank tränkt die Luft und übertüncht sogar den Geruch nach Beton.

Ich habe Julian bereits sein neues Handy und einen Schlüsselbund für das Haus abgenommen. Sonst hat er nichts bei sich getragen. Denke ich. Habe ich richtig nachgesehen? Aber dafür müsste ich ihn wieder anfassen, und das ist das Letzte, was ich im Moment tun will.

Mein Blick irrt durch den Raum, wird aber immer wieder von der reglosen Gestalt neben der Tür angezogen. Und von der dunkelroten Lache, die sich um sie herum gebildet hat. Ich sollte das aufwischen, oder? Ich sollte … *irgendetwas* tun. Irgendetwas, statt nur hier herumzustehen und dabei zuzusehen, in welchen Mustern das Blut auf dem Boden trocknet. Oder so absurde Gedanken zu haben wie: Zum Glück hat sich Julian für Kunstharz und nicht für Fliesen oder Parkett entschieden. Das ganze Blut könnte man nie ganz aus den Fugen bekommen, und die Holzdielen hätten sich schon längst damit vollgesogen.

Was stimmt nicht mit mir?

Vielleicht ist es nur der Schock, der aus mir spricht. Oder ich bin ein gefühlskaltes, gestörtes Miststück, das gerade ihren Ex ermordet hat. Denn genau das ist passiert. Ich hatte nichts mit Julians Verschwinden zu tun, obwohl ich das lange Zeit befürchtet habe – aber dafür mit seinem Tod. Es war Notwehr, aber ich habe ihn getötet.

Ich gebe mir einen Ruck und zwinge mich dazu, mich von dem abstoßenden Anblick loszureißen. Ein kalter Schauder kriecht mir über den Rücken, als ich mich von der Leiche abwende. Ein Teil von mir befürchtet noch immer, dass Julian jeden Moment erwachen und plötzlich hinter mir stehen könnte – und irgendetwas sagt mir, dass mich diese Angst noch eine ganze Weile begleiten wird.

Obwohl ich mich nicht daran erinnern kann, die Entscheidung bewusst getroffen zu haben, steuere ich die Garage an. Hier hängt noch immer der penetrante Betongeruch in der Luft. Eine willkommene Abwechslung, und ich atme mehrmals tief durch. Neben der Betonmischmaschine und der Schubkarre finde ich ein paar Planen. Ich nehme eine der halb durchsichtigen Plastikstreifen und kehre damit ins Wohnzimmer zurück. Mit angehaltenem Atem und rasendem Puls. Doch Julian hat sich nicht gerührt. Keinen Zentimeter. Er liegt noch genauso da wie zuvor.

Schnell breite ich die Plane über ihm aus und mache ein paar Schritte zurück. Haben meine Schuhe Abdrücke in dem Blut-Wein-Gemisch hinterlassen? Spielt es überhaupt eine Rolle, da sowieso klar ist, dass ich diejenige bin, die ihn getötet hat?

Ich weiß nicht, wie viel Zeit vergangen ist, als ich draußen ein Auto vorfahren höre. Der Motor wird ausgeschaltet, eine Tür geöffnet und wieder zugeschlagen. Schritte nähern sich dem Haus. Ich stehe noch immer wie versteinert da.

»Robyn? Bist du hier?«

Als ich Coopers gedämpfte Stimme höre, löst sich meine Erstarrung. Ich renne zur Eingangstür. Meine Finger zittern, und ich brauche mehrere Versuche, bis ich mit dem Schlüssel treffe und die Tür öffnen kann. Als ich es endlich geschafft habe und Coopers Gesicht sehe, stürze ich mich in seine Arme, als würde mein Leben davon abhängen, und er drückt mich ebenso fest an sich. Ich schließe die Augen, als könnte ich so der Außenwelt entfliehen, und vergrabe das Gesicht an seinem Hals.

Ich habe keine Ahnung, wie viele Stunden seit unserem Telefonat vergangen sind oder wie kompliziert es für ihn war, dieses Haus dank GPS und Handy zu finden. Aber es spielt auch keine Rolle. Das Einzige, was zählt, ist, dass er jetzt hier ist.

Sein vertrauter zitroniger Duft dringt mir in die Nase und übertüncht die Gerüche im Haus. Seine Wärme hilft meinen verkrampften Muskeln dabei, sich ein klein wenig zu entspannen. Hilft mir dabei, mich wieder mehr wie ein Mensch zu fühlen. Mehr wie ich selbst.

»Geht es dir gut?«, fragt er leise. Rau. Als hätte er nicht damit gerechnet, mich je wiederzusehen.

Ich nicke kaum merklich. »Mir geht's … Ich bin okay.«

Aber vor allem bin ich am Leben.

»Du blutest«, stellt er fest und schiebt mich ein Stück von sich, um mich anzusehen. Behutsam streicht er über meine Wange und meine aufgeplatzte Unterlippe.

»Das ist nicht … nicht mein Blut«, flüstere ich. »Nicht nur.«

So schnell ich die Außenwelt habe aussperren können, so schnell kehrt sie mit brachialer Gewalt zurück und bricht über mich herein.

Hastig mache ich mich von Cooper los und schließe die Haustür hinter ihm. »Er … Julian hat … Er ist tot.«

Cooper presst die Lippen zu einer harten Linie zusammen. Sein Blick wandert Richtung Wohnzimmer. Von hier aus sieht man das Blut kaum. »Ist er dadrinnen?«

»Ja, ich … ich habe ihn getötet.«

36. KAPITEL

Ich sitze auf den untersten Treppenstufen und ziehe Coopers Jacke fester um mich. Von irgendwoher hat er ein Handtuch aufgetrieben und es mir um die linke Hand gewickelt, auch wenn sie nicht mehr blutet.

Als Cooper aus dem Wohnzimmer zurückkehrt, ist seine Miene grimmig und seine Kiefermuskeln treten hervor, so fest beißt er die Zähne zusammen. »Er ist tot«, erklärt er.

»Bist du sicher?«

Es ist eine dumme Frage, gerade im Hinblick auf Coopers Beruf und Erfahrung als Notfallsanitäter. Wenn jemand den Tod eines Menschen feststellen kann, dann mit Sicherheit er. Dennoch muss ich nachfragen, weil ich diese Gewissheit brauche. Ich brauche die Gewissheit, dass Julian wirklich fort ist und nicht mehr zurückkehren wird. Nie mehr.

Cooper geht vor mir in die Hocke und legt die Hände auf meine Knie. »Absolut sicher. Er kann dir nichts mehr anhaben.«

Ich atme zittrig durch. Und dann noch mal, weil ich das Gefühl habe, noch immer nicht genug Sauerstoff zu bekommen.

Es ist vorbei. Julian ist tot. Diesmal wirklich. Es ist endlich vorbei.

Heiße Tränen laufen mir über die Wangen, obwohl ich nicht mal weiß, warum ich weine – oder um wen.

»Komm her.« Cooper lässt sich neben mir auf der Treppe nieder und breitet die Arme aus.

Ich sinke gegen ihn, lasse mich von ihm halten und erzähle ihm alles. Alles, was passiert ist, alles, was ich erfahren habe – und was ich getan habe. Ich kann nicht fassen, dass ich das hier beinahe verloren hätte. Dass Julian mich wirklich so weit gebracht hat, Cooper zu ignorieren, immer seltener zu sehen und unsere Freundschaft zu riskieren. Wenn ich Julian nicht mit der Weinflasche angegriffen, wenn es nicht geklappt hätte, wäre ich noch immer eine Gefangene in diesem Haus. Zusammen mit Julian. Wer weiß, wie lange es gedauert hätte, bis mich jemand findet. Wenn überhaupt.

»Es ist okay«, flüstert Cooper und drückt mir einen Kuss ins Haar. »Wir kriegen das hin.«

Noch während er das sagt, schüttle ich den Kopf. Nichts ist okay. Und ich habe nicht die geringste Ahnung, wie wir das jemals wieder hinkriegen sollen.

»Wie kannst du überhaupt hier sein?«, flüstere ich.

»Sara hat die Kaution für mich bezahlt.«

»Von dem Geld, das Julian ihr gegeben hat, um mich unter Drogen zu setzen.« Meine Stimme klingt so bitter, wie ich mich gerade fühle.

»Ja«, bestätigt Cooper ruhig. »Sie hat gesagt, dass sie einen riesigen Fehler gemacht hat. Sie wollte helfen. Deshalb hat sie die Kaution übernommen, aber, um ehrlich zu sein, hätten sie mich ohnehin nicht lange festhalten können.

Dafür mangelt es ihnen an Beweisen. Sie haben zwar den Autoschlüssel in meiner Manteltasche gefunden, allerdings ohne meine Fingerabdrücke. Und obwohl die Nachbarin gesehen hat, wie ich auf Julian losgegangen bin, wurde in der Autopsie Suizid als Todesursache festgestellt. Ohne Einwirkung von außen. Wen auch immer sie da im Meer gefunden haben und für Julian halten, er ist in den Fluten ertrunken.«

Erleichterung und Schuldgefühle machen sich zu gleichen Teilen in mir breit. Ich bin so unglaublich froh, dass es Cooper gut geht und er wieder auf freiem Fuß ist, gleichzeitig tut mir dieser fremde Mann, der verzweifelt genug war, seinem Leben selbst ein Ende zu setzen, unheimlich leid.

Ich hebe den Kopf und suche Coopers Blick. Überraschenderweise taucht dieser Gedanke erst jetzt wieder in meinem Kopf auf, ist dafür aber umso präsenter. »Ich muss zur Polizei. Ich … Ich muss alles aufklären und mich stellen.«

Cooper runzelt die Stirn. »Und was willst du ihnen sagen?«

»Oh, ich weiß nicht. Wie wär's mit der Wahrheit?«

»Dass Julian dich entführt und du ihn getötet hast?«

»Es war Notwehr.«

Cooper legt mir die Hände auf die Schultern und sieht mich eindringlich an. »Wir können nicht zur Polizei gehen, Robyn.«

»Aber …«

»Du hast getan, was du tun musstest. Ich weiß das, und du weißt es auch. Aber wie willst du ihnen das hier erklären? Julian galt als vermisst. Sie haben dich und auch mich verdächtigt. Es gibt keine Beweise, dass wir nichts damit zu tun hatten. Und dieses Haus mit den Fotos von euch und allem …? Sie werden denken, wir hatten eine Affäre und wollten Julian loswerden.«

Verdammt, er hat recht. Aber das kann es doch nicht sein. Julian kann unser Leben nicht auch noch nach seinem Tod zerstören. Das werde ich nicht zulassen.

»Was ist mit Sara?«, frage ich leise, während es in mir arbeitet. »Julian hat sie erpresst und bezahlt. Sie könnte vor Gericht alles erklären und für uns aussagen.«

Ein paar Sekunden lang mustert Cooper mich schweigend. »Denkst du wirklich, dass sie das tun wird?«

Für uns aussagen? Zugeben, wie schuldig sie sich gemacht hat, und damit riskieren, das Sorgerecht für ihre Tochter für immer zu verlieren? Nein. Das würde sie nicht tun. Wenn sie schon bereit war, ihre eigene Schwester unter Drogen zu setzen, wird sie nicht für uns aussagen. Nicht, wenn sie dadurch Gefahr läuft, dass Peter ihr Ellie wegnimmt.

Cooper greift nach meiner Hand, wickelt das Tuch ab und begutachtet die Schnittwunde. Irgendwann in den letzten Minuten hat er einen Erste-Hilfe-Kasten besorgt und bedient sich jetzt daraus. »Sie werden es als Mord oder Totschlag auslegen, obwohl es Notwehr war. Obwohl er es verdient hat.«

»Das können sie nicht tun«, stoße ich hervor und beobachte, wie Cooper anfängt, meine Hand zu versorgen und anschließend zu verbinden.

Schweigen senkt sich über uns, dafür sind meine Gedanken umso lauter.

Es gibt keine Beweise für das, was Julian getan hat. In jener Nacht, als ich vor ihm weggelaufen bin, war ich nicht bei der Polizei. Ich bin nicht mal in ein Krankenhaus gegangen, obwohl Cooper versucht hat, mich davon zu überzeugen.

Es gibt keine Aufzeichnungen und keine Fotos von dem, was Julian mir angetan hat. Ich habe die Spuren immer versteckt. Sogar die Platzwunde an meiner Schläfe habe ich mit einem neuen Haarschnitt kaschiert. Neben Cooper ist Sara die Einzige, die meine Wunden gesehen hat, und sie wird mir nicht helfen.

Offiziell gilt Julian als vermisst, wurde mittlerweile womöglich sogar für tot erklärt. Wer soll mir glauben, dass er mich entführt hat? Wenn ich noch nicht einmal auf die Frage von Detective Vicario, ob er mich während unserer Beziehung geschlagen hat, mit einem Ja antworten konnte? Wenn sie auf Band hat, wie ich sage, dass Julian mich nie geschlagen hat?

Wer soll dann noch glauben, dass mein verschollener Ex ein durchgeknallter Psychopath war, der das alles nur inszeniert hat, um mich gegen meinen Willen zu entführen und in dieses Haus zu bringen? Ein Haus, in dem Fotos von uns beiden als glückliches Paar an den Wänden hängen und das Kinderzimmer schon eingerichtet ist, als hätten wir alles zusammen geplant und ausgesucht.

Die Polizei hätte nur mein Wort und das von Cooper. Und wir haben beide nicht die besten Aussichten, einen solchen Prozess zu gewinnen. Nicht nach allem, was zwischen uns passiert ist. Ein guter Anwalt würde es so darstellen, dass wir eine Affäre begonnen haben und Julian aus dem Weg räumen wollten.

Eigentlich sollte die Antwort auf der Hand liegen. Es war Notwehr, aber wenn ich mich dagegen entscheide, die Polizei zu rufen, wenn ich vertusche, was geschehen ist, mache ich mich strafbar. Kann ich wirklich damit leben? Kann ich dann überhaupt noch in San Francisco bleiben? Werde ich morgens noch in den Spiegel schauen können oder mich für immer dafür verabscheuen?

Coopers Stimme ist leise, rau – aber sein Blick ist fest. »Es ist deine Entscheidung, Robyn.«

37. KAPITEL

Der Rechtsmediziner schlägt das Laken bis zu den Schultern zurück.

Ich starre auf die Leiche auf dem Sektionstisch hinunter. Auf den ersten Blick hat der Mann wirklich eine gewisse Ähnlichkeit mit Julian, zumindest soweit das in dem aufgedunsenen Zustand überhaupt noch auszumachen ist. Die Haarfarbe stimmt – und laut Julians eigener Aussage auch die Augenfarbe. Allerdings ist er nicht glatt rasiert, wie Julian es immer war.

Ich halte unwillkürlich den Atem an. Das ist der Moment der Entscheidung. Noch kann ich einen Rückzieher machen. Ein einziges Wort von mir genügt. Ein einziges Wort, und alles wird sich ändern.

»Ist er das?« Detective Vicarios Stimme dringt wie durch eine dichte Nebelwand an einem grauen Morgen in San Francisco zu mir durch. Sie kommt näher, und ihre Stimme wird ein wenig deutlicher. »Ist das Julian Richardson?«

Ich starre noch immer auf den bleichen leblosen Körper hinab. Julian hat seinen Tod perfekt vorgetäuscht, und jetzt ist es an mir, die Wahrheit endlich ans Licht zu bringen. Oder aus einer Lüge eine Wahrheit zu machen.

Der Atem kommt mir stockend über die Lippen. Ich wage es nicht, zu blinzeln oder wegzusehen, da mir Tränen den Blick verschleiern.

Ein Wort von mir genügt. Lüge oder Wahrheit? Wahrheit oder Lüge?

Ich muss mich entscheiden – und zwar jetzt.

In diesem Moment, der sich bis ins Unendliche auszudehnen scheint, lasse ich all die Dinge, die Julian zu mir gesagt und die er mir angetan hat, noch einmal Revue passieren. Ebenso wie das, was *ich* getan habe.

Ich werde nie den Ausdruck des Schocks in seinen Augen vergessen, als ihm klar wurde, was passiert ist. Als ihm klar wurde, dass ich ihn mit der zerbrochenen Weinflasche attackiert habe. Als ihm klar wurde, dass er das nicht überleben wird. Dass ich ihn sterben lassen und seelenruhig dabei zuschauen würde, wie sein Blut über den Boden *unseres* Hauses fließt.

»Miss Claymore?« Detective Vicarios Blick bohrt sich in mich hinein.

Ich räuspere mich, da meine Kehle auf einmal schrecklich trocken und kratzig ist. Doch als mir die Worte über die Lippen kommen, sind sie erstaunlich klar. »Ja«, sage ich. »Das ist Julian.«

Detective Vicario starrt mich mit unbewegter Miene an.

Den Bluterguss an meiner Wange, den ich Julians Faust und seinem Siegelring zu verdanken habe, habe ich überschminkt, und obwohl meine Unterlippe brennt, trage ich Lippenstift, um auch diese Spuren zu verbergen. Rein äußerlich sieht man mir nichts von dem an, was geschehen ist.

Ich bin gut im Verbergen geworden. Vielleicht zu gut.

»Sind Sie absolut sicher?«, hakt die Polizistin nach.

Ahnt sie etwas? Weiß sie, dass ich lüge? Dass ich etwas vertusche?

Ich balle die Hände zu Fäusten und bohre die Fingernägel fest in meine Handflächen. Ich habe den Mann bereits als Julian identifiziert. Es gibt kein Zurück mehr.

»Ja«, wiederhole ich, diesmal fester. »Er ist es. Ich bin sicher. Er … Er hat sich umgebracht.«

Mein Herz rast, als ich mich abwende und den Obduktionssaal mit schnellen Schritten verlasse. Aus dem Augenwinkel nehme ich wahr, wie das Laken wieder über die Leiche gebreitet wird. Detective Vicario wechselt ein paar Worte mit dem Rechtsmediziner und folgt mir dann.

Im Flur mustert sie mich einen Augenblick mit diesem stoischen Gesichtsausdruck, dann neigt sie leicht den Kopf zur Seite. »Mein Beileid.«

Ich schlucke krampfhaft, doch der Kloß in meinem Hals will nicht verschwinden. Rasch wende ich den Blick ab und starre auf einen imaginären Punkt an der weißen Wand vor mir. »Danke.«

»Da Sie ihn für uns identifiziert haben und nichts auf ein Verbrechen hindeutet, werden wir den Fall nun zu den Akten legen«, informiert sie mich, während sie mich nach draußen begleitet.

Ich nicke. Äußerlich mag ich ruhig und gefasst wirken, doch in Wirklichkeit rast mein Herz wie verrückt. Ich habe es getan. Ich habe es wirklich getan. Ich habe die Polizei und die Rechtsmedizin belogen. Der Fremde, der von der Brücke gesprungen ist und aus dem Meer gefischt wurde, wird nun als Julian Richardson begraben werden, während der echte Julian in einem Loch in der Erde vor sich hin rottet und von Maden zerfressen wird.

Er hätte daran denken sollen, das Haus fertig zu bauen, bevor er mich entführt. Insbesondere die Garage, die seit letzter Nacht einen frisch gegossenen Betonboden hat.

Cooper und ich waren gründlich. Wir haben alle Oberflächen abgewischt, um keine Fingerabdrücke zu hinterlassen. Ich habe den Boden im Wohnzimmer geschrubbt, bis nichts mehr darauf hingedeutet hat, dass dort jemand verblutet ist. Nirgendwo hängen noch Fotos. Julian hat das Haus unter falschem Namen bauen lassen. Eine Vorsichtsmaßnahme seinerseits, die jetzt mir zugutekommt. Niemand hat uns gesehen. Es gibt keine Nachbarn, die gegen uns aussagen könnten, und keinen Hinweis darauf, dass ich je dort war oder etwas mit dem Haus zu tun habe.

Vor dem Gebäude wartet Cooper auf mich. Er hat den Wagen am Straßenrand geparkt und sieht mir vom Fahrersitz aus entgegen. Im ersten Moment glaube ich, dass er aussteigen und mich umarmen will, aber ich schüttle unmerklich den Kopf.

Detective Vicarios Blick folgt mir die Stufen hinunter bis zum Auto. Sie beobachtet, wie ich die Beifahrertür öffne und ins Auto steige.

Cooper sieht kurz an mir vorbei in ihre Richtung, dann richtet er seine ganze Aufmerksamkeit auf mich. »Ist es vorbei?«

Ich nicke. Auch wenn ich nicht ändern kann, was geschehen ist und was Julian mir angetan hat, gebe ich mir nicht länger die Schuld daran. Es ist vorbei. Diesmal wirklich.

Wortlos greift er nach meiner Hand und drückt sie. Ich klammere mich an seine Finger und erwidere zittrig sein Lächeln.

Ich weiß, dass er sich am liebsten zu mir lehnen und mich

küssen würde, aber er tut es nicht. Noch nicht. Detective Vicario beobachtet uns noch immer. Keiner von uns will ihr einen Grund geben, den Fall wieder aufzurollen und weitere Ermittlungen anzustellen.

»Wohin möchtest du?« Cooper lässt meine Hand los und startet den Motor.

Im Kofferraum liegen unsere gepackten Reisetaschen, im Handschuhfach Coopers Reisepläne und etwas Bargeld. Ich habe keine Ahnung, wo es hingeht und wie lange wir weg sein werden. Oder ob wir jemals zurückkehren. Nichts davon spielt eine Rolle. Nicht in diesem Moment.

»Ganz egal. Lass uns einfach nur von hier verschwinden.«

Cooper nickt und fährt los.

Ich hole den breiten Siegelring aus meiner Hosentasche und betrachte ihn einen Moment lang. Er ist meine letzte Verbindung zu Julian, und ich werde ihn wegwerfen, sobald wir die Stadt verlassen haben. Dann ist es wirklich vorbei.

Und während San Francisco im Seitenspiegel immer kleiner wird, habe ich zum ersten Mal das Gefühl, wieder frei atmen zu können. Als würde mit jeder weiteren Meile eine unendliche Last von mir abfallen, nun da ich diesen Albtraum endlich hinter mir lasse.

Julian dachte, in mir ein leichtes Opfer gefunden zu haben. Er dachte, er könnte mich manipulieren und so formen, wie es ihm beliebt, mich brechen und zerstören, aber die Wahrheit ist, dass ich *ihn* zerstört habe.

Und ich bereue nichts.

Triggerwarnung
(Achtung: Spoiler!)

In *SORRY* tauchen Themen auf, die triggern können. Diese sind: Toxische Beziehungen, Manipulation, Gaslighting, Stalking, Entführung, Verlust, Trauer, Drogen- und Medikamentenmissbrauch, häusliche Gewalt, physische, psychische und sexualisierte Gewalt, Suizid, Gewalt gegen Frauen, Mord, Tod, Leichen, Blut

NACHWORT

In *SORRY* steckt mehr von mir selbst, als mir lieb ist. Auch wenn ich nicht dasselbe durchgemacht habe wie Robyn, habe ich toxische und manipulative Beziehungen mit angesehen und selbst erlebt. Daher ist es mir wichtig, deutlich zu machen, dass ich mit *SORRY* unter keinen Umständen eine Beziehung wie die von Robyn und Julian romantisieren oder beschönigen will. Im Gegenteil. Mir ist es wichtig, zu zeigen, wie leicht, wie schnell und unbemerkt man in diese Muster hineinrutschen kann, und dass das jedem von uns zu jeder Zeit passieren kann. Aber auch, dass wir einen Ausweg finden können.

Wenn du betroffen bist und Hilfe brauchst, sprich mit den Menschen, die dir am nächsten stehen, oder nutze das Hilfetelefon »Gewalt gegen Frauen«: 08000 116 016

Unter hilfetelefon.de bekommst du rund um die Uhr, anonym und kostenlos Unterstützung per Telefon, Mail oder Chat.

Unterstützung findest du ebenfalls in Frauenhäusern, bei Frauenberatungsstellen, bei der Opferhilfeorganisation

WEISSER RING e.V. (Tel.: 116 006, weisser-ring.de, deutschlandweit, anonym und kostenlos) sowie bei der Polizei.

Bei der Telefonseelsorge (telefonseelsorge.de) findest du rund um die Uhr Hilfe und jemanden zum Reden: 0800–1110111 oder 0800–1110222

Für betroffene Männer gibt es das Hilfetelefon »Gewalt an Männern« (0800 1239900), unter maennerhilfetelefon.de auch online per Chat und E-Mail.

In Krisensituationen findest du unter echte-männer-reden.de Gesprächsangebote und Unterstützung.

Die genannten Nummern kannst du auch nutzen, wenn du nicht selbst betroffen bist, sondern dich um jemanden sorgst, der von häuslicher Gewalt betroffen sein könnte.

Ich wünsche dir ganz viel Kraft und Stärke.

DANKSAGUNG

Dieses Buch schreiben und veröffentlichen zu können, ist ein wahr gewordener Traum. Jedes Mal, wenn mich jemand in den letzten Jahren gefragt hat, was ich unbedingt noch schreiben will, lautete meine Antwort: einen Thriller.

Als Erstes möchte ich meinem Vergangenheits-Ich danken. Danke an Vergangenheits-Bianca, dass sie allen Widerständen zum Trotz (von denen es eine Menge gab!) gekämpft hat. Dass sie immer wieder aufgestanden ist und weitergemacht hat. Dass sie diesen Traum nie aufgegeben hat. Nur deshalb sind wir jetzt hier, am Ende von *SORRY* angelangt.

Ein riesengroßes Dankeschön geht an meine Agentinnen Kristina Langenbuch Gerez und Gesa Weiß, die an mich glauben, mich bestärken und mir stets mit Rat und Tat zur Seite stehen. Ohne euch wäre ich nicht da, wo ich heute bin. Und ohne euch wäre ich nicht die Autorin, die ich heute bin. Insbesondere Gesa möchte ich dafür danken, dass sie immer wieder Morde in meinen Geschichten vorschlägt. Nur durch diesen kleinen Nebensatz in einer Mail kam *SORRY* überhaupt erst ins Rollen.

Ein gigantisches Dankeschön geht an meine Lektorin

Laura Lichtenwalter und an alle Mitarbeiter*innen vom Penguin Verlag. Danke für eure Begeisterung und euren Einsatz. Danke dafür, dass ihr an mich geglaubt und *SORRY* möglich gemacht habt.

Ebenfalls ganz herzlich möchte ich Melike Karamustafa für das fantastische und entspannte Außenlektorat danken.

Vielen Dank an meine Testleserinnen Nina, Marie, Caro, Tina, Beate, Mandy. Eure ehrlichen Anmerkungen, eure Begeisterung und euer Feedback waren Gold wert.

Danke an alle Rettungssanitäter*innen, die meine Fragen auf Instagram geduldig beantwortet und mir das korrekte medizinische Vorgehen für die Schlüsselszene mit Robyn und Cooper erklärt haben.

Danke an Klaudia für die Unterstützung bei der Recherche – auch wenn die Themen nicht ganz so appetitlich waren.

Danke an Alex für den Tipp mit dem Kunstharzboden.

Danke an Nina, Ava, Klaudia, Tami und Caro für eure unendliche Begeisterung und ehrliche Freude.

Danke an meine Freund*innen und meine Familie. Für alles.

Und zu guter Letzt danke ich dir, dass du dieses Buch bis hierher gelesen hast. Ich hoffe, wir sehen uns bald wieder, denn die nächsten Romane sind bereits in Arbeit. Online findest du mich auf bianca-iosivoni.de (einschließlich Newsletter mit exklusiven News vor allen anderen!), auf Instagram, Pinterest und TikTok.